Für Phyllis und Eric Preston, in Zuneigung.

Kapitel Eins

Es war Lauren Delaneys vierundzwanzigster und letzter Hochzeitstag, denn einen weiteren würde es nicht geben. Viele dachten, Laurens Leben wäre vollkommen, denn sie hatte die Wahrheit immer für sich behalten. Aber jetzt war sie gerade bei ihrer Anwältin gewesen und brauchte nun ein bisschen Zeit, um über alles nachzudenken. Dazu begab sie sich an einen ihrer Lieblingsplätze. Sie wünschte sich den Trost eines schönen Gartens.

Die katholische Erlöserkirche von San Francisco war sehr alt und hatte alle Erdbeben überlebt, die auf das eine große von 1906 gefolgt waren. Lauren hatte sie nur ein paarmal besucht, allerdings nicht zur Messe. Zwar war ihre Mutter katholisch getauft, aber nie eine aktive Kirchgängerin gewesen. Die Kirche hatte einen wunderschönen Garten, in dem die Besucher oft verweilten, und es gab auch mehrere Bänke, auf die man sich setzen konnte, um zu beten oder zu meditieren. An diesem Tag machte Lauren hier Halt, wie schon so oft auf dem Rückweg von ihrer Arbeitsstelle bei Merriweather Foods, bevor sie heim nach Mill Valley fuhr. Es gab keine Broschüren, die erklärten, warum die Kirche für nordkalifornische Verhältnisse ein so großzügiges Grundstück besaß oder wie der Garten entstanden war, aber Lauren hatte einmal zufällig von einem alten Priester erfahren, dass einer seiner Vorgänger zu Beginn des zwanzigsten Jahrhunderts ein begeisterter Gärtner gewesen war. Und obwohl er schon seit Jahrzehnten tot war, pflegte die Kirche weiterhin seinen Garten. Es gab hinter den hinreißenden Blumenrabatten einen großen Nutzgarten mit Obst und Gemüse, das entweder an Tafelausgaben oder an Bedürftige in ärmeren Gemeinden gespendet wurde.

Die Gemeinde des Göttlichen Erlösers am Rand von Mill Valley hatte allerdings kaum bedürftige Mitglieder. Es war eine vornehme Gegend. Und Lauren wohnte dort.

Sie war sehr wohlhabend, reicher, als sie sich in ihrer Kindheit je hätte vorstellen können. Und doch nörgelte ihr Mann über seine schlechte Bezahlung. Er war ein erfolgreicher Chirurg, der jährlich über eine Million einstrich, aber eine Jacht oder einen Privatjet hatte er nicht. Und das ärgerte ihn. Er verbrachte viel Zeit damit, sich über seine Finanzen Gedanken zu machen oder zu beschweren.

Sobald sie die letzten Einzelheiten geklärt hätte, würde sie ihn verlassen. An diesem Tag hatte sie deswegen über eine Stunde mit ihrer Anwältin Erica Slade verbracht. »Jetzt soll es also sein, Lauren?«, hatte Erica gefragt.

»Unsere Ehe ist schon seit Jahren am Ende«, hatte Lauren geantwortet. »Jetzt muss ich ihm nur noch sagen, dass es aus ist. Und alles planen und vorbereiten.«

Den Abend würden sie bei einem karitativen Gala-Essen verbringen, wofür sie sehr dankbar war. Denn dann würden sie sich nicht wie sonst über ein gestärktes weißes Tischtuch hinweg anstarren und vergeblich nach einem Gesprächsthema suchen, und sie müsste Brad auch nicht dabei zusehen, wie er die ganze Zeit mit seinem Handy beschäftigt war. Er erinnerte sie gerne daran, dass er ein wichtiger und gefragter Mann war. Sie hingegen war ein Niemand.

Wenn sie je einen Anruf oder eine SMS bekam, dann von einer

ihrer Töchter oder von ihrer Schwester. Doch wenn sie wussten, dass sie unterwegs war, würden sie keine Antwort erwarten. Außer vielleicht ihre ältere Tochter Lacey. Die hatte von ihrem Vater das Anspruchsdenken und den Hang zur Grenzüberschreitung geerbt: Es ging immer nur um sie. Cassie, ihre jüngere Tochter, hatte hingegen Laurens vorsichtiges und zurückhaltendes Wesen geerbt – vielleicht zu ihrem Nachteil. Lauren und Cassie mieden Konflikte und traten niemandem zu nahe.

»Wann endlich wirst du lernen, dich zu behaupten, Lauren?«, pflegte Brad sie immer wieder zu fragen. »Du bist rückgratlos.« Selbstverständlich meinte er, dass sie sich nur anderen gegenüber behaupten sollte, niemals aber ihm gegenüber.

Es würde eine große Überraschung für ihn werden, wenn sie es endlich tat. Und er würde wütend werden. Sie wusste, dass die Leute fragen würden: *Warum ausgerechnet jetzt? Nach vierundzwanzig Jahren?* Weil es vierundzwanzig *schwere* Jahre gewesen waren. Es war schon von Anfang an schwer gewesen. Natürlich nicht jede Minute. Aber insgesamt war ihre Ehe mit Brad nie wirklich glücklich gewesen. Die ersten Jahre hatte sie gedacht, sie müsste sich nur mehr bemühen, damit es besser würde; die Jahre darauf hatte sie gedacht, dass es doch gar nicht so schlimm war, weil Brad sie *nur* verbal und emotional attackierte. Und die letzten zehn Jahre dachte sie nur noch, dass sie endlich fliehen konnte, sobald ihre Töchter groß waren und ihre Ausbildung abgeschlossen hatten. Denn je älter Brad wurde, desto streitsüchtiger und aggressiver wurde er auch.

Als sie zum ersten Mal daran gedacht hatte, ihn zu verlassen, waren die Mädchen noch klein gewesen. »Dann verlange ich das Sorgerecht«, hatte er gedroht. »Ich werde darum kämpfen und beweisen, dass du eine schlechte Mutter bist. Ich habe das Geld dazu – du nicht.« Ein zweites Mal wollte sie ihn verlassen, als die

Mädchen in der Junior High waren. Er hatte sie betrogen, und sie war überzeugt, das war nicht das erste Mal, sondern nur das erste Mal, dass er dabei erwischt wurde. Sie war mit den Mädchen in das enge, vollgestopfte Haus ihrer Schwester gezogen, wo sie zu dritt in einem Zimmer gewohnt hatten. Als die Mädchen sie anflehten, wieder nach Hause zurückzugehen, hatte sie nachgegeben, aber von Brad verlangt, mit ihr eine Eheberatung aufzusuchen. Dort hatte er zugegeben, ein-, zweimal fremdgegangen zu sein, aber nur, wie er betonte, weil seine Ehefrau keine große Lust mehr auf Sex hatte. Die Beraterin hatte sie davor gewarnt, einfach so den Vater ihrer Kinder zu verlassen, weil es lang nachwirkende Konsequenzen für ihre Töchter haben würde. Als sie daraufhin zu einer anderen Beraterin gingen, geschah dasselbe: Sie sympathisierte mit Brad. Nur Lauren konnte sehen, dass Brad ein Manipulator war, der seinen Charme spielen ließ, wann immer es ihm passte.

Anstatt es mit einem dritten Berater zu versuchen, spendierte Brad der Familie einen Luxusurlaub in Europa. Er verwöhnte die Mädchen nach Strich und Faden, und schließlich erklärte sich Lauren bereit, ihrer Ehe noch eine Chance zu geben. Ein paar Jahre später jedoch bekam sie Chlamydien, aber er stritt jede Schuld ab. »Mach dich nicht lächerlich, Lauren. Die hast du dir selbst irgendwo geholt und dann mich damit angesteckt! Wag nicht mal, das zu leugnen.«

Als sie daraufhin erklärte, sie wolle die Scheidung, sagte er: »Na schön. Dann zahlst du auch den Preis dafür. Ich werde es dir nicht leicht machen.«

Da sie wusste, was auf dem Spiel stand, war sie daraufhin nur aus ihrem gemeinsamen Schlafzimmer ausgezogen.

Aus Tagen wurden Wochen, aus Wochen Monate. Sie gingen wieder zur Eheberatung. Innerhalb kürzester Zeit hatte Lauren die

Beraterin in Verdacht, es selbst auf Brad abgesehen zu haben. Sie half ihm, Ausreden zu finden, deckte ihn und drängte Lauren zuzugeben, dass sie selbst manipulativ sei. Lauren argwöhnte, dass er mit ihr schlief. Daraufhin erklärte er, ihre Paranoia sei ja schon krankhaft.

Als Lacey aufs College ging und Cassie kurz vor dem Schulabschluss stand, benahm sich Brad schlimmer denn je. Er war kontrollsüchtig, tyrannisch, geheimnistuerisch, streitsüchtig und beleidigend. Gott, warum ließ er sie nicht einfach gehen? Es war doch eindeutig, dass er sie hasste!

Aber er meinte, wenn sie ihn verließe, würde er kein Geld mehr fürs College zahlen. »Kein Richter kann mich dazu zwingen. Vielleicht muss ich Unterhalt zahlen, aber keine sonstigen Kosten wie zum Beispiel für die Ausbildung übernehmen. Sobald die Mädchen achtzehn werden, sind sie auf sich allein gestellt. Also geh nur«, sagte er. »Aber dann bist du schuld, wenn sie keinen Cent mehr kriegen.«

Die letzten Jahre waren unendlich einsam gewesen. Außerdem hatte sie sich große Sorgen darüber gemacht, was ihre Töchter daraus lernten, dass sie bei einem Mann wie Brad blieb. Sie hatte zwar ihr Bestes gegeben, dennoch konnte sie nicht vor ihnen verbergen, wie ihre eigene Mutter ihr Leben verbrachte.

An diesem Tag also hatte sie ein paar Stunden früher als sonst ihre Arbeit verlassen, um sich mit ihrer Anwältin zu treffen: Pläne zu schmieden, Listen anzulegen und Fragen zu klären. Die Anwältin hatte gesagt: »Er hat Sie seit Jahren terrorisiert. Wir haben Gesetze in diesem Staat. Da kann er Sie nicht einfach mittellos auf die Straße setzen. Es wird bestimmt nicht leicht und auch nicht schmerzlos werden, aber Sie werden nicht verhungern, sondern einen gerechten Anteil am ehelichen Vermögen bekommen.«

Es war Zeit. Sie war endlich bereit zu gehen.

Jetzt holte sie tief Luft und genoss den Duft der Blumen. Der Frühling, wenn alles zum Leben erwachte, war eine der schönsten Zeiten in der Bay Area und dem Inland von Nordkalifornien. Die Weinberge wurden grün, und die Obstbäume blühten. Lauren liebte Blumen; ihre Großmutter war eine begeisterte Gärtnerin gewesen, die ihr gesamtes Grundstück in einen prachtvollen Garten verwandelt hatte. Blumen spendeten ihr Trost. Sie brauchte jetzt einen Garten.

Als sie das Quietschen von Reifen hörte, blickte sie auf und sah einen Mann, der eine Schubkarre über den Pfad schob. In der Schubkarre lagen eine Schaufel, eine Handschippe und sechs Pflanzen. Der Mann nickte ihr zu und begann, ein paar der Pflanzen in den Beeten zu ersetzen. Dann hockte er sich auf die Fersen, sah sie an und lächelte. »Besser?«, fragte er.

»Wunderschön«, erwiderte sie, ebenfalls lächelnd.

»Sind Sie zum ersten Mal hier im Garten?«, erkundigte er sich.

»Nein, ich war schon öfter hier«, antwortete Lauren. »Sind Sie der Gärtner?«

»Nein.« Er lachte. »Obwohl, doch, wenn ich hier im Garten arbeite ... Aber ich helfe heute nur aus. Mir sind ein paar Dinge aufgefallen, die geändert werden müssen ...«

»Oh, ist das Ihre Kirche?«

»Nein, ich gehöre zu einer kleineren Gemeinde südlich von hier. Aber ich fürchte, ich bin abtrünnig ...«

»Und doch helfen Sie in der Gemeinde aus. Sehr hingebungsvoll.«

»Ich bewundere diesen Garten«, erwiderte er. Er verlagerte sein Gewicht, setzte sich hin und zog die Knie an. »Und was bringt Sie her?«

»Ich liebe Gärten«, antwortete sie. »Blumen machen mich glücklich.«

»Dann leben Sie ja im richtigen Teil des Landes. Haben Sie selbst einen Garten?«

»Nein«, sagte sie und lachte unbehaglich. »Mein Mann hat sehr entschiedene Ansichten darüber, wie ein Grundstück aussehen sollte.«

»Also übernimmt er das Gärtnern?«

Sich die Hände schmutzig machen? Ha! »Nicht doch! Er stellt dafür Leute ein und gibt ihnen sehr präzise Anweisungen. Ich finde unseren Garten nicht mal annähernd so schön wie diesen hier.«

»Dann haben Sie wohl kein Wörtchen mitzureden«, bemerkte er.

»Das würde nur für Konflikte sorgen«, erklärte Lauren. »Aber es ist mein geheimes Hobby, Gärten zu entdecken und zu besuchen. Schöne Gärten, meine ich. Meine Großmutter war eine meisterhafte Gärtnerin: Ihr gesamtes Grundstück vor und hinter dem Haus quoll über vor Blumen, Obst und Gemüse. Sie zog sogar Artischocken und Spargel. Es war unglaublich. Und es gab keinen richtigen Plan, sondern sah aus wie in einem prächtigen Dschungel.«

»Als Sie noch ein Kind waren?«

»Auch noch, als ich älter war. Meine Töchter liebten ihn ebenfalls.«

»Hat Ihre Mutter auch gegärtnert?«, erkundigte er sich.

»Nur selten – sie musste viel arbeiten. Aber nach dem Tod meiner Großeltern erbte sie Haus und Garten. Nur fürchte ich, sie hat Letzteren verwildern lassen.«

»Die Liebe zu Gärten wird wohl vererbt, meinen Sie nicht auch?«, fragte er. »In meiner Kindheit arbeitete die ganze Familie im Garten. Und dazu gehörte auch ein großer Nutzgarten. Da meine Mutter alles einlegte, hatten wir den ganzen Winter hindurch Gemüse. Jetzt friert sie viel mehr ein, aber ihre Kinder stürzen sich immer noch darauf. Ich glaube, sie macht das alles genauso für uns wie für sich selbst.«

»Das würde mir sehr gefallen«, bemerkte Lauren. Dann fragte sie sich, wie die Einwohner von Mill Valley wohl reagieren würden, wenn sie in Latzhose Unkraut jätete und frischen, stinkenden Kompost verteilte. Unwillkürlich musste sie lachen.

»Was ist so lustig?«, fragte er.

»Ich arbeite für einen Lebensmittelhersteller. Merriweather. Und da darf ich auch nicht in den Garten, der in erster Linie für die Forschung gedacht ist.«

»Was machen Sie dort?«, erkundigte er sich.

»Ich koche«, antwortete sie. »In der Produktentwicklung. Teste Rezepte. Außerdem werden unsere Produkte regelmäßig geprüft, und wir haben ausgezeichnete Kundenrückmeldungen. Wir möchten den Kunden zeigen, wie man unsere Produkte nutzt.«

»Sind Sie Ernährungswissenschaftlerin?«, fragte er.

»Nein, aber langsam werde ich eine. Ich habe Chemie studiert. Doch was ich jetzt mache, hat nichts mit Chemie zu tun. Ehrlich gesagt ist es so lange her …«

Er runzelte die Stirn. »Geht es da um Fertiggerichte? Mit lauter Zusatzstoffen?«, fragte er. »Und Konservierungsstoffen?«

»Wir bürgen für die Qualität, und es ist eine schnelllebige und herausfordernde Welt. Da haben die Menschen nicht mehr die Zeit, selbst ihre Lebensmittel zu erzeugen, zu konservieren, zuzubereiten und auf den Tisch zu bringen.« Als sein Handy klingelte, zog er es aus der Tasche. »Sehen Sie, was ich meine?«, fragte sie und zeigte auf das Mobiltelefon: den Beweis für das Tempo der modernen Welt.

Aber er warf nicht mal einen Blick darauf, sondern schaltete es einfach aus. »Was außer Blumen macht Sie denn sonst noch glücklich?«, fragte er.

»Ich mag meinen Job. Meistens jedenfalls. Ehrlich, fast zu neunzig Prozent der Zeit. Ich arbeite mit netten, fähigen Kollegen zusammen. Und ich koche gern.«

»All diese häuslichen Beschäftigungen. Ihr Mann muss sehr glücklich sein.«

Fast wäre ihr herausgerutscht, dass nichts ihren Mann glücklich machen konnte, doch dann sagte sie nur: »Er kocht auch – und meint, er sei besser als ich. Ist er übrigens nicht.«

»Wenn Sie also keine Chemikerin wären, die für ein Lebensmittelunternehmen kocht, was würden Sie dann sein wollen? Hätten Sie einen Cateringservice?«

»Nein, ich glaube nicht«, erwiderte sie. »Es wäre wohl zu stressig für mich, Kunden zufriedenzustellen, die sich einen Caterer leisten können. Früher wollte ich mal Hauswirtschaft unterrichten, aber das ist kein Schulfach mehr.«

»Nicht doch«, widersprach er stirnrunzelnd. »Im Ernst?«

Sie schüttelte den Kopf. »Es gibt nur noch einen neun- bis zwölfwöchigen Kurs. Aber der ist auch ganz anders als früher. Wir haben noch gelernt, wie man näht und backt. Aber jetzt gibt es nur noch Modedesign als Wahlfach. An manchen Schulen wird auch Kochen für Schüler angeboten, die mal Köche werden wollen. Aber es ist nicht mehr dasselbe.«

»Ich schätze, wenn man Haushaltstipps braucht, sucht man im Internet«, bemerkte er.

»Das gehört übrigens auch zu meinen Aufgaben«, erklärte sie. »Mithilfe von Videos demonstrieren, wie man bestimmte Gerichte kocht.«

»Macht das Spaß?«

Sie dachte kurz nach und nickte dann.

»Vielleicht sollte ich Videos übers Gärtnern drehen.«

»Was macht *Sie* denn glücklich?«, fragte sie zu ihrer eigenen Überraschung.

»Ach, fast alles.« Er lachte wieder. »In der Erde buddeln. Körbe werfen mit meinen Jungs, wenn sie mal da sind. Angeln. Ich angle für mein Leben gern. Stille. Ich liebe Stille. Außerdem Kunst und Design. Es gibt da ein Buch – das ich vor langer Zeit gelesen habe –, in dem es um die Psychologie des Glücks geht. Eine Zusammenstellung von Ergebnissen aus einer Glücksstudie. Die Studie ging der Frage nach, warum manche Menschen glücklich sind und andere nicht, ganz unabhängig von den Umständen. Nehmen wir zum Beispiel zwei Männer: Der eine hat den Holocaust überlebt und führt ein glückliches, produktives Leben, während der andere eine Scheidung durchmacht, kaum noch vom Sofa herunterkommt und sich viele Jahre lang nur zur Arbeit schleppt. Worin unterscheiden sie sich? Warum kann der eine glücklich sein und der andere nicht?«

»Depressionen?«, warf sie ein.

»Nicht immer«, erklärte er. »Die Studie führte viele Faktoren an. Manche können wir beeinflussen, andere sind erlerntes Verhalten. Interessant. Es ist nicht nur eine Frage der Entscheidung, aber ich bin ein glücklicher Kerl.« Er grinste sie an.

Plötzlich fiel ihr auf, wie gut er aussah. Er war um die vierzig, und seine dunkelbraunen Haare hatten an den Schläfen schon graue Strähnen. Seine Augen waren dunkelblau und seine Hände groß und für einen Gärtner bemerkenswert sauber. »Wie kommt ein ehrenamtlicher Gärtner dazu, psychologische Bücher zu lesen?«, fragte sie.

Er lachte leise. »Tja, ich lese ziemlich viel. Lesen gefällt mir. Ich glaube, das habe ich von meinem Vater. Ich kann alles ausblenden, was außerhalb meines Kopfes stattfindet. Offenbar werde ich dann taub. Zumindest wurde das behauptet. Von meiner Frau.«

»Hyperfokus«, sagte sie. »Außerdem hören Männer nie ihren Frauen zu.«

»So heißt es wenigstens«, erwiderte er. »Ich bin mit einer unglücklichen Frau verheiratet, also habe ich mir dieses Buch ausgesucht, weil ich wissen wollte, wieso Einfaltspinsel wie ich so leicht glücklich zu machen sind, andere Menschen aber solche Probleme damit haben.«

»Aber wie sind Sie auf das Buch gekommen?«

»Ach, ich stöbere gerne in Buchläden ...«

»Wir auch«, sagte sie. »Eine der wenigen Beschäftigungen, die uns beiden Spaß macht. Ansonsten haben mein Mann und ich wohl nicht viel gemeinsam.«

»Ist auch nicht unbedingt erforderlich«, entgegnete er. »Meine Freunde Jude und Germain sind so unterschiedlich wie Tag und Nacht.« Er stand auf und klopfte sich den Staub von der Hose. »Sie haben nicht das Geringste gemeinsam. Trotzdem genießen sie es, zusammen zu sein. Sie lachen die ganze Zeit. Dabei haben sie vier Kinder, also gibt es ständig Störungen und Kompromisse, aber bei ihnen sieht es ganz leicht aus.«

Sie runzelte die Stirn. »Wer von ihnen ist die Frau? Oh! Vielleicht haben sie dasselbe Geschlecht?«

»Germain ist die Frau und Jude der Mann«, erklärte er. »Aber ich kenne auch ein männliches Pärchen, mit dem ich befreundet bin. Wir nennen sie nur die Zickersons, weil sie sich ständig anzicken.«

»Also wäre auch die Frage geklärt, ob es am Geschlecht liegt ...«

»Ich muss los«, sagte er. »Aber ... ich heiße Beau.«

»Lauren«, erwiderte sie.

»Es war schön, sich mit Ihnen zu unterhalten, Lauren. Also, wann haben Sie wohl das nächste Mal Zeit für Blumen?«

»Dienstag?«, bot sie an.

Er lächelte. »Dienstag ist gut. Ich hoffe, Sie genießen den Rest der Woche.«

»Danke. Das wünsche ich Ihnen auch.«

Sie ging den Weg hinunter Richtung Parkplatz. Er fuhr seine Schubkarre zum Gartenschuppen.

Da machte Lauren kehrt und lief ein Stück in seine Richtung. »Beau!«, rief sie. Er wandte ihr sein Gesicht zu. »Äh ... Ich möchte das noch mal überdenken. Ich weiß nicht, wann ich wieder herkomme, aber eigentlich ist das auch keine gute Idee. Schließlich sind wir beide verheiratet.«

»Aber wir reden doch nur, Lauren«, entgegnete er.

Wahrscheinlich ist er ein Psychopath, dachte sie. *Weil er so anständig und harmlos aussieht.* »Trotzdem, keine gute Idee«, beharrte sie kopfschüttelnd. »Doch es war schön, mit Ihnen zu reden.«

»Ist gut«, sagte er. »Ich finde es schade, verstehe es aber. Eine schöne Woche noch.«

»Ihnen auch«, erwiderte sie.

Zielstrebig ging sie zu ihrem Wagen und drehte sich dort um. Er war auf der anderen Seite des Grundstücks im Gartenschuppen. Sie hörte, wie er dort etwas aufräumte. Er starrte ihr nicht nach, um herauszufinden, was für ein Auto sie fuhr, oder um sich ihr Nummernschild einzuprägen. Er war ein vollkommen normaler, netter Kerl, der wahrscheinlich regelmäßig einsame Frauen abschleppte. Dann ermordete und zerstückelte er sie und benutzte sie als Dünger für seine Pflanzen.

Sie seufzte. Manchmal kam sie sich so lächerlich vor. Aber auf jeden Fall wollte sie im Buchladen nach diesem Buch suchen.

An diesem Abend war sie in besserer Stimmung als sonst. Als

Brad ziemlich wütend nach Hause kam – weil irgendjemand seinen Operationsplan durcheinandergebracht und ein paar seiner Eingriffe verschoben hatte, ohne ihn zu fragen –, da merkte sie sogar, dass sie das kaum berührte.

»Hörst du mir überhaupt zu, Lauren?«, herrschte Brad sie an.

»Wie? Oh, ja, tut mir leid. Hast du das denn klären können?«

»Nein! Ich werde den ganzen Abend herumtelefonieren müssen! Was glaubst du denn, warum ich so *wütend* bin! Hast du überhaupt eine Ahnung, wie kostbar meine Zeit ist?«

»Nun, da du es erwähnst, weiß ich nicht ...«

»Dann kannst du dich aber glücklich schätzen, einen Mann zu haben, der bereit ist, sich um solche Dinge zu kümmern ...«

»Oh«, sagte sie, »schön.«

»*Schön* wäre es, wenn du zur Abwechslung mal was Intelligentes von dir geben würdest.«

»Eigentlich ist es doch eine Ausnahme, wenn du abends nicht telefonieren musst«, gab sie zurück. »Hattest du auf einen freien Abend gehofft?«

»Offensichtlich! Wieso sollte ich sonst darüber reden? Ich hab ihnen schon tausendmal gesagt, sie sollen nicht an meinem Terminkalender herumpfuschen. Das sorgt nur für Unruhe bei den Patienten, und bei mir auch! Aber sie meinen, ich würde auf Abruf zur Verfügung stehen, stets zu Diensten sein, dabei bin ich doch derjenige, der das Geld bringt. Selbst wenn ich ihnen sorgfältig erkläre, wie genau der Terminkalender geführt werden soll: Schaffen sie das? Ich bezahle eine persönliche Assistentin, eine überqualifizierte persönliche Assistentin, die meine Termine und Operationen organisiert, und dann schleppt das Krankenhaus diese Highschool-Absolventin mit einem sechswöchigen Lehrgang an und gibt ihr Verfügungsgewalt über *meinen* Terminkalender ...«

Lauren hörte abwesend zu und mixte ihm einen Bourbon, mit Soda, da sie an diesem Abend noch zu dem karitativen Empfang mussten. Sich selbst schenkte sie ein Glas Burgunder ein. Dies war ihre Aufgabe: ihn toben lassen und zuhören, nicken und hin und wieder sagen: *Kein Wunder, dass du so aufgebracht bist.* Während sie das tat, tigerte er unruhig hin und her und setzte sich dann an die Frühstückstheke, um von dem Käse, den Kräckern und den Weintrauben zu essen, die sie ihm hingestellt hatte.

Doch dabei dachte sie die ganze Zeit an den heiter lächelnden Mann mit den grauen Schläfen und den dunkelblauen Augen. Und stellte sich vor, wie schön es doch wäre, mit jemandem zusammenzuleben, der kein totales Arschloch war.

»Vielleicht sollten wir uns jetzt fürs Diner fertig machen«, bemerkte sie. »Ich würde mir gerne noch die Objekte für die Auktion ansehen.«

»Ich weiß, ich weiß«, sagte er. »Ich habe mir einen Tisch ausgesucht, deshalb sollten wir nicht zu spät kommen.«

Selbstverständlich rechnete man damit, dass er viel beschäftigt war und erst in letzter Minute hereinrauschte. »Ich bin bereit«, sagte sie. »Musst du noch duschen?«

»Ich bin in fünf Minuten fertig«, verkündete er, ging und nahm seinen Bourbon mit.

»Herzlichen Glückwunsch zum Hochzeitstag«, rief sie ihm nach.

»Hmpf«, erwiderte er und winkte verächtlich ab. »Schöner Hochzeitstag«, knurrte er. »Mit einem derart verpfuschten Terminkalender.«

Das Wohltätigkeitsevent wurde von der Andrew Emerson Foundation abgehalten, die sozial benachteiligte Kinder unterstützte. Diese wurden allgemein nur *Andy's Kids* genannt. Am heutigen

Abend ging es darum, Geld für die Kinder gefallener Kriegshelden aufzutreiben. Profisportler, Unternehmen, die Handelskammer, Krankenhäuser, Veteranenverbände und Gewerkschaften aus San Francisco und Oakland unterstützten karitative Fundraisingevents so wie dieses Gala-Essen mit Auktion. Andy Emerson war ein milliardenschwerer Software-Entwickler aus San Francisco; er war politisch einflussreich und wurde von Leuten wie Brad bewundert. Brad verpasste nie eines seiner Events und bezeichnete Andy als seinen Freund. Bei Golfturnieren war Brad eine feste Größe, und er spendete großzügig. Um die Schuldgelder, die heute gesammelt wurden, konnten sich die Kinder von männlichen und weiblichen Soldaten sowie Notfallhelfern bewerben, die im Einsatz verwundet oder getötet worden waren. Wenn sie ehrlich war, empfand Lauren große Bewunderung für die Stiftung und deren Leistungen. Außerdem mochte sie Andy und Sylvie Emerson, obwohl sie sich nicht anmaßte, sie als Freunde zu bezeichnen. Dieses Event war ein sehr beliebtes und gut organisiertes Diner, das zehntausende von Dollars einbringen würde.

Brad und Lauren besuchten regelmäßig solche Veranstaltungen; dazu wurden auch Brads Kollegen aus der Praxis und der Klinik eingeladen, und normalerweise bezahlte er für einen ganzen Tisch. Dies war eine der eher seltenen Gelegenheiten, an denen Lauren mit Brads Kollegen zu tun hatte. Brad ging es wohl vor allem um Andys Reichtum und Einfluss, aber Lauren fand den fünfundsiebzigjährigen Emerson und seine fast fünfzigjährige Frau Sylvie auch persönlich sehr nett. Zwar wurden Brad und Lauren nie zu ihnen nach Hause oder auf die Jacht eingeladen – dazu waren die Emersons viel zu beschäftigt und engagiert. Aber es kam nicht selten vor, dass Brad von einem Verwandten oder Freund der Emersons angerufen wurde, um Fragen zu einer anstehenden medizinischen Behandlung oder nach einem guten Arzt zu beantworten.

Gerade als Lauren an Sylvie Emerson dachte, löste sie sich von ein paar Gästen, mit denen sie sich unterhalten hatte, kam zu ihr und drückte zur Begrüßung ihre Wange an Laurens. »Ich freue mich sehr, Sie zu sehen«, sagte sie. »Das letzte Mal ist doch bestimmt schon ein Jahr her.«

»Weihnachten haben wir uns in der City gesehen«, erinnerte Lauren sie. »Sie sehen hinreißend aus, Sylvie. Ich weiß nicht, wie Sie das machen.«

»Danke. Mit viel Kleister und Farbe. Aber Sie strahlen ja geradezu. Wie geht es den Mädchen?«

»Sehr gut. Lacey absolviert ihr Graduiertenstudium in Stanford, sodass wir sie ziemlich häufig sehen. Und Cassidy macht in sechs Wochen ihren Abschluss.«

»In Berkeley, nicht wahr?«, fragte Sylvie. »Welches Fach?«

»Jura-Vorstudium. Sie hatte sehr gute Ergebnisse beim Eingangstest und will nach Harvard.«

»Oh mein Gott. Freuen Sie sich für sie?«

»Ich weiß es nicht genau«, erwiderte Lauren. »Muss man nicht ein wahres Raubtier sein, um Jura zu studieren? Cassie erscheint mir dazu viel zu sanftmütig.«

Sylvie tätschelte ihren Arm. »Für jemanden wie sie gibt es im Rechtswesen bestimmt auch eine Nische. Zwar wüsste ich nicht, wo, doch sie wird sie bestimmt finden. Aber keine von beiden hat sich für Medizin entschieden?«

Lauren schüttelte den Kopf. »Ich war selbst ein bisschen überrascht, da auch ich einen naturwissenschaftlichen Abschluss gemacht habe. Allerdings ist das schon so lange her, dass ich –«

Sie wurde von einem Mann abgelenkt, der sich mit zwei Drinks in der Hand einen Weg durch die Menge bahnte und bei ihr stehen blieb. »Lauren?«, fragte er. Dann lächelte er, und seine dunkelblauen Augen leuchteten auf. »Du meine Güte!«

»Beau?«, erwiderte sie. »Was in aller Welt tun Sie denn hier?«

»Vermutlich dasselbe wie Sie«, antwortete er. Dann sah er Sylvie an und sagte: »Hi, ich bin Beau Magellan und habe Lauren kürzlich in der Kirche kennengelernt.«

Lauren musste lachen. »So ganz stimmt das nicht, aber es ist recht nahe dran. Beau, dies ist Sylvie Emerson, unsere Gastgeberin.«

»Oh«, rief er aus und verschüttete seine Getränke. »Oh, Mann«, murmelte er und lachte schließlich auf. Lauren nahm ihm die Gläser ab, sodass er Sylvie die Hand geben konnte – nachdem er sie an seiner Hose abgewischt hatte. »Es ist mir eine Freude, Mrs Emerson. Ich verdanke Ihnen persönlich sehr viel.«

»Inwiefern, Mr Magellan?«

»Meine Söhne haben eine Freundin, deren Vater im Dienst umgekommen ist. Er war bei der Polizei von Oakland, und sie hat ein Stipendium erhalten. Jetzt bin ich ein eifriger Unterstützer Ihrer Sache.«

»Magellan«, wiederholte Sylvie. »Wieso kommt mir der Name so bekannt vor?«

»Keine Ahnung«, gab er schmunzelnd zurück. »Ich bin sicher, dass sich unsere Wege jetzt zum ersten Mal kreuzen. Meine Firma heißt Magellan Design. Aber sie ist nicht groß ...«

Sylvie schnippte mit den Fingern. »Sie haben den Dachgarten meiner Freundin entworfen: Lois Brumfield in Sausalito!«

Beau strahlte. »Ja, das stimmt. Darauf bin ich auch sehr stolz – er ist unglaublich geworden.«

Sylvie sah zu Lauren. »Die Brumfields sind nicht mehr die Jüngsten ... wie wir alle ... und sie haben einen Bungalow in Sausalito. Da ihre Knie ihnen zu schaffen machen, wollten sie keine zusätzlichen Stockwerke, sondern haben auf dem Dach einen Garten anlegen lassen. Mit einem Aufzug! Wenn das Wetter es zulässt, sitzen sie jeden Abend dort. Es ist hinreißend! Sie haben sogar Gärtner, die ihr Dach pflegen!« Sie lachte. »Auf dem Grundstück gibt es natürlich auch eine Terrasse mit schönem Pool und so weiter. Aber der Dachgarten ist ihre geheime Zuflucht. Das Haus ist so geschnitten, dass sie dort oben vollkommene Privatsphäre haben. Und dazu eine wundervolle Aussicht.«

»Es gibt auch einen Whirlpool«, bemerkte Beau. »Und ein paar Bäume in Kübeln an strategischen Stellen.«

»Im Ernst, wenn die Brumfields mehr Freunde hätten, wären Sie berühmt.«

»Sie haben doch Sie«, bemerkte Beau.

»Oh, ich kenne Lois schon seit dem College. Sie hat einen Großteil meiner Familie überlebt.« Dann blickte sie Lauren an. »Und Sie haben sich in der Kirche kennengelernt?«

Lauren lachte und stellte Beaus Gläser auf den Tisch neben ihnen. »Ich wollte den Garten der Erlöserkirche besuchen – er ist wunderschön. Und liegt direkt auf meinem Heimweg von der Arbeit. Beau hat gerade ein paar Pflanzen ersetzt. Ich hielt ihn für den Gärtner.« Sie schnitt eine Grimasse.

»Ich kenne den Priester dort schon viele Jahre und liebe den Garten«, erklärte Beau. »Ich hab ihn ein bisschen umgestaltet und Rabatt auf die Pflanzen gegeben.«

»Haben Sie eine Karte, Mr Magellan?«, fragte Sylvie.

»Aber ja«, antwortete er und zog eine aus der Innentasche seines Jacketts. »Und bitte: Nennen Sie mich doch Beau.«

»Danke«, erwiderte sie und steckte die Karte in ihre schmale Tasche. »Und Sie nennen mich bitte Sylvie. Lauren, das Wetter soll schön werden. Wenn ich Sie anriefe, hätten Sie wohl Lust, mit mir in meinem Garten Mittag zu essen? Nur wir zwei?«

»Sehr gerne«, sagte Lauren. »Bitte, rufen Sie mich an! Ich bringe Ihnen auch eine Pflanze mit.«

»Also abgemacht. Es hat mich sehr gefreut, Sie kennenzulernen, Beau. Aber jetzt entschuldigen Sie mich bitte. Ich muss noch ein paar Gäste begrüßen.«

Und schon war sie fort.

Lauren sah Beau an. »Was mache ich bloß mit Ihnen? Sie haben mich also in der Kirche kennengelernt?«

»In gewisser Hinsicht schon«, entgegnete er. »Aber Sie hier zu sehen, ist noch erstaunlicher.«

»Wir sind große Unterstützer«, erklärte sie. »Sehen Sie den kahlköpfigen Mann da drüben? Bei Andy? Das ist mein Ehemann.«

»Hm«, machte er. »Er ist also mit dem Gastgeber befreundet? Mit Andy Emerson?«

»Das glaubt er zumindest«, sagte sie. »Wie ich schon sagte: Wir sind große Unterstützer. Spielen Sie Golf?«

»Ich weiß, wie's geht«, erwiderte Beau. »Aber man kann es nicht gerade als ›spielen‹ bezeichnen.«

»Alles klar.« Sie schmunzelte. »Sie lesen psychologische Bücher. Und angeln. Und gärtnern.« Sie warf einen Blick auf die Getränke. »Sollten Sie die nicht an Ihren Tisch bringen?«

»Als ich das letzte Mal hingesehen habe, waren sie noch nicht verdurstet. Momentan tragen sie sich für Auktionsobjekte ein.«

»Vielleicht haben wir gemeinsame Freunde«, sagte sie. »Mein Schwager ist bei der Polizei von Oakland. Ich erinnere mich, dass es vor ein paar Jahren einen Todesfall im Department gab.«

»Roger Stanton«, erklärte Beau. »Kannten Sie ihn?«

Sie schüttelte den Kopf. »Kannten Sie ihn denn?«

»Nein, aber meine Jungs sind mit den Kindern bekannt. Sie müssten mal Ihren Schwager fragen …«

»Ach, Chip kannte ihn bestimmt. Obwohl es ein großes Department ist, sind sie alle miteinander befreundet. Es war herzzerreißend. Und ich freue mich sehr, dass seine Tochter ein Stipendium bekommen hat.« Sie wies nickend auf die Getränke. »Wahrscheinlich sollten Sie Ihrer Frau jetzt wirklich etwas zu trinken bringen.«

Er schüttelte den Kopf. »Sie ist heute Abend nicht hier. Ich bin mit meinen Söhnen, meinem Bruder und seiner Frau und einem Freund gekommen.«

»Nicht mit Ihrer Frau?«, hakte sie nach.

»Pamela findet solche Veranstaltungen langweilig, also habe ich lieber einen guten Freund mitgenommen. Denn ich finde so etwas ganz und gar nicht langweilig. Aber jetzt sagen Sie mir: Was haben Sie am Dienstag vor?«

»Und Sie?«, wich sie aus.

»Ich werde nach den Pflanzen sehen und hacken. Unkraut zupfen«, erklärte er, als sie lachte. »Außerdem wollte ich etwas zur Abschreckung der Kaninchen unternehmen. Und allgemein nach allem schauen. Ich möchte, dass die Pflanzen vor dem Sommer gut anwurzeln. Meinen Sie, Sie wollen sich von den Blumen ein bisschen aufheitern lassen?«

»Sie flirten mit einer verheirateten Frau«, bemerkte sie.

»Verzeihung, ich wollte Sie nicht in Verlegenheit bringen. Ich gehe wohl besser«, erwiderte er und nahm die Gläser.

»Könnte sein, dass ich mir die Blumen ansehen komme«, sagte sie. »Mittlerweile bin ich mir ziemlich sicher, dass Sie kein Stalker oder Serienmörder sind.«

»Himmel, wirke ich etwa so?«, fragte er, und erneut schwappte etwas Flüssigkeit aus den Gläsern. »Da muss ich aber noch an meinem Auftreten feilen.«

»Wie ein Kellner jedenfalls wirken Sie ganz und gar nicht«, bemerkte sie und nahm eine Serviette vom Tisch, um ihm zu helfen.

In diesem Augenblick erschien Brad neben ihr. »Wir sind ganz vorne, Lauren. Ich will dich nicht suchen müssen.«

»Ich weiß. Brad, dies ist Beau Magellan, ein Gartenarchitekt. Und ein Freund von Sylvie.«

Brads dunkle Augenbrauen schossen in die Höhe. »Ach wirklich? Vielleicht bitten wir Sie ja, sich auch unseren Garten mal anzusehen.« Er streckte ihm die Hand entgegen, da er nun erfahren hatte, dass Beau Verbindungen zu den Emersons hatte. Aber Beau hielt in jeder Hand ein Glas. Und seine Hände waren nass.

»Oh. Verzeihung«, sagte er und hob verlegen die Gläser.

»Schon gut«, sagte Brad und lachte kurz. »Dann ein anderes Mal. Ich halte dir einen Platz frei«, sagte er zu Lauren gewandt.

»Ist gut. Ich komme gleich.« Als sie Beau wieder anblickte, lächelte sie verschmitzt.

»Sie sind eine Lügnerin, Lauren«, bemerkte Beau.

»Tut mir leid«, meinte sie. »Ich konnte einfach nicht widerstehen. Ich hoffe, wir begegnen uns mal wieder, Beau. Aber jetzt bringen Sie Ihre Gläser zum Tisch, wenn denn überhaupt noch was drin ist.«

Kapitel Zwei

Lauren wusste, sie würde am Dienstag nach der Arbeit in den Kirchgarten gehen, obwohl sie dachte, es könnte vielleicht töricht sein. Ein anderer Mann war nicht Teil ihres Plans. Im Gegenteil, er konnte sogar für Komplikationen sorgen. Aber sie mochte Beau. Sie mochte, dass er gerne las, und wollte über das reden, was er gelesen hatte. Sie fand es rührend, dass er bei der Begegnung mit Sylvie so aufgeregt gewesen war und seine Getränke verschüttet hatte. Und es wärmte ihr Herz, dass er zur Unterstützung einer Stipendiatin da war, die ihren Vater verloren hatte.

Natürlich war er am Dienstag im Garten. Sie sah, wie sich sein Rücken durch die Pflanzen und Büsche bewegte. Er zupfte abgestorbene Blätter und verwelkte Blüten ab. Und steckte sie in seine Hosentasche!

Sie bemerkte ein paar Dinge auf der Bank, auf der sie das letzte Mal gesessen hatte. Eine Tüte und zwei Kaffeebecher von Starbucks. Unwillkürlich musste sie lächeln. Woher wusste er, dass ein Kaffee von Starbucks sie glücklich machte?

Als sie sich räusperte, drehte er sich lächelnd um und stopfte noch mehr verwelkte Blätter und Blüten in seine Tasche.

»Hi«, sagte er. »Ich habe Ihnen einen Mokka mit Schlagsahne mitgebracht.«

Perfekt! Selbstverständlich. »Sehr aufmerksam von Ihnen«, erwiderte sie, ohne sich zu rühren, und fühlte sich seltsam unbeholfen.

»Und noch etwas«, fuhr er fort und hob die Tüte.

»Aber warum denn? Sie sollten mir nichts schenken. Sie sollten sich auf die Bank setzen, sich entspannen und an den Blumen erfreuen. Stattdessen räumen Sie hier auf.«

»Ich zupfe ständig an Pflanzen herum. Vielleicht ist das ein nervöser Tick.« Er holte eine Handvoll trockener Blätter und Zweiglein aus seiner Hosentasche und warf sie in den Mülleimer. Dann gab er ihr die Tüte. Darin befand sich ein Buch mit dem Titel: *Flow. Das Geheimnis des Glücks.*

»Oh, das ist ja wunderbar«, sagte sie. »Ich bin tatsächlich dafür in den Buchladen gegangen. Allerdings habe ich nicht danach gefragt, sondern mir nur die Abteilung mit den psychologischen Büchern angesehen.«

»Ich habe es aus einem Antiquariat …«

»Hat es Ihr Leben verändert?«

»Nein, aber es war erhellend.«

Sie setzte sich auf die Bank und blätterte das Buch durch. Er reichte ihr einen Kaffee und blieb am anderen Ende der Bank stehen. »Ich vermute, davon ist Ihre Frau auch nicht glücklicher geworden«, bemerkte sie.

»Nein«, antwortete er und lachte kurz auf. »Sie wollte immer mehr, als sie hatte. Immer was anderes, Neues. Hören Sie, um ganz ehrlich zu sein, muss ich gestehen, dass meine Frau und ich getrennt sind. Wir wohnen bereits seit einem halben Jahr nicht mehr zusammen und lassen uns scheiden.«

»Ach«, sagte Lauren, »dann sind Sie wieder auf dem Markt.«

Er wirkte entsetzt. »Nein! Ich meine, das hat jetzt nichts mit uns hier zu tun. Ich bin nicht auf der Suche. Sie stehen damit in keinerlei Zusammenhang. Vermutlich hätte ich Sie auch angesprochen, wenn –« Verlegen schüttelte er den Kopf. »Sie scheinen mir nur ein sehr netter Mensch zu sein, mehr nicht. Und Sie haben mir ein Kompliment über die Blumen gemacht. Meine Scheidung – die ist lange überfällig. Es ist nicht unsere erste Trennung. Und nein, ich hab mich nicht nach anderen Frauen umgesehen. Ich habe zwei Söhne. Genauer gesagt: Stiefsöhne, und ich möchte, dass ihr Leben so lange wie möglich stabil verläuft. Sie sind achtzehn und einundzwanzig. Ich glaube, sie werden verstehen, dass wir uns besser scheiden lassen, ich aber immer für sie da sein werde. Wenn sie bis jetzt nicht wissen, dass sie auf mich zählen können, dann wohl nie. Ich werde jedenfalls nicht verschwinden.«

»Und ihre Mutter?«, fragte sie.

»Die liebt sie natürlich auch«, antwortete er. »Aber sie stehen mir näher, wahrscheinlich weil es Jungs sind. Vielleicht aber auch, weil sie so schwer zufriedenzustellen ist.«

»Oh Gott«, stöhnte sie. »Es ist gar nicht gut, dass wir dies hier gemeinsam haben.«

»Leben Sie denn auch getrennt?«

»Noch nicht«, gab sie widerstrebend zu. »Ich befinde mich in einer schwierigen Lage und bin noch nicht bereit, darüber zu reden. Aber können Sie mir von sich erzählen? Ich meine, wenn es nicht zu …« Achselzuckend verstummte sie.

Daraufhin machte er es sich mit seinem Kaffee auf der Bank bequem. »Ist gut, ich erzähle Ihnen die Kurzfassung. Ich bin seit zwölf Jahren verheiratet, aber davor haben wir auch schon zusammengelebt. Als wir uns kennenlernten, waren die Jungs vier und sieben. Sie haben verschiedene Väter. Die sich nicht für sie interessieren. Aber verheiratet war Pamela mit keinem von beiden. Sie haben sich kaum blicken lassen, und wenn doch, dann haben sie nur ihren eigenen Sohn mitgenommen, nicht den Bruder. Allein das finde ich schon widersinnig. Das sind doch erwachsene Menschen! Können sie sich nicht vorstellen, was das für die Kinder bedeutet? Dass sie sich ausgeschlossen fühlen und ihr Selbstwertgefühl angegriffen wird? Wenn ich also wusste, einer der Väter kommt, um etwas mit seinem Sohn zu machen, dann habe ich immer versucht, etwas mit dem anderen zu planen. Nichts Besonderes, ich hab mir nur ein bisschen mehr Zeit genommen, um mit ihm Basketball oder ein Videospiel zu spielen. Ihm ein bisschen Aufmerksamkeit zu schenken.«

»Wie *nett* von Ihnen«, sagte sie.

»Nein, gar nicht«, widersprach er fast verärgert. »Nur ganz normal für einen Erwachsenen. Alles andere ist doch unsinnig. Finden Sie nicht?«

»Was hat ihre Mutter denn dazu gesagt, dass immer nur einer mitgenommen wurde?«

»Sie hat sich mit den Vätern über viele Dinge gestritten, das war also nur noch eines mehr. Aber das ging mich nichts an. Mike und Drew waren kleine Kinder. Sie hatten genug Probleme, verstehen Sie? Die Schule behauptete, Drew hätte Lernschwierigkeiten, und Mike versuchten sie ADHS anzuhängen, bloß weil er so viel Energie hatte und sich im Unterricht langweilte. Pamela machte das nur wütend, aber das löste das Problem nicht, also ging ich mit ihr zusammen zu den Elternabenden und Sprechtagen, außerdem überlegten wir uns Hilfsmaßnahmen. Schon ziemlich schnell ging ich allein zu den Schultreffen.« Er verstummte und strich sich mit der Hand über den Nacken. »An guten Tagen war sie mir sehr dankbar, dass ich das übernahm. An schlechten Tagen hielt sie mir vor, ich benähme mich, als wäre ich ihr Vater, hätte aber keineswegs das Sagen.«

»Das tut mir leid«, bemerkte Lauren.

»In ein paar Wochen schließt Drew mit Auszeichnung die

Schule ab«, erklärte Beau lächelnd. »So viel zum Thema Lernschwierigkeiten. Und Mike geht mit einem ausgezeichneten Notendurchschnitt aufs College. Er hat eine nette Freundin, spielt Baseball und hat zahlreiche Freunde. Will Architekt werden«, fügte er mit einem stolzen, aber leicht verlegenen Lächeln hinzu.

»Wann wussten Sie es?«, fragte sie. Er sah sie verwirrt an. »Wann wussten Sie, dass Ihre Ehe nicht halten würde?«

»Schon sehr schnell«, antwortete er. »Nach ein, zwei Jahren. Aber ich gab nicht auf. Die Jungs ... Die hatten zwar verschiedene Väter, aber sie würden nur einen einzigen Stiefvater haben. Wir haben es ganz gut hingekriegt. Irgendwie. Ich hätte wohl auch so weitergemacht, aber Pamela wollte mich verlassen, und ich sträubte mich nicht dagegen. Nicht im Geringsten.« Er lachte freudlos. »Dann wollte sie zu mir zurückkommen, aber da weigerte ich mich.«

»Für Sie ist es wohl zu Ende«, bemerkte Lauren.

»Meine Mutter behauptet, ich wäre ein Friedenswächter. Aber das meint sie nicht als Kompliment.«

»Schande über sie«, sagte Lauren. »Wir könnten in dieser Welt wirklich ein bisschen mehr Bereitschaft zu Kooperation und Kompromissen gebrauchen.«

»Gesprochen wie ein wahrer Friedenswächter«, erwiderte er. »Es gibt auch eine Interkontinentalrakete mit der Bezeichnung Peacekeeper. Eine Nuklearwaffe. Vielleicht sollten all diejenigen, die uns für selbstverständlich nehmen, mal aufpassen.«

»Allerdings«, bekräftigte sie und musste unwillkürlich lächeln.

Dann brachen beide in Lachen aus.

»Wie lange sind Sie schon mit Sylvie Emerson befreundet?«, fragte Beau.

»Ich weiß nicht, ob wir wirklich befreundet sind«, gab sie zurück. »Wir kennen uns eigentlich nur über unsere Männer. Aber wir mögen uns. Allerdings treffen wir uns ausschließlich bei gesellschaftlichen und karitativen Veranstaltungen. Wir stehen auf freundschaftlichem Fuß, könnte man sagen. Mein Mann war ein paar Jahre lang im Aufsichtsgremium der Stiftung und hat dort viele Freunde von Andy kennengelernt. Eigentlich geht es ihm nicht um die Sache, sondern nur darum, wichtige Verbindungen zu knüpfen und an Andys Macht und Reichtum teilzuhaben, obwohl ich mir nicht vorstellen kann, warum eigentlich. Deshalb treffe ich Sylvie öfter – Brad hängt sich ständig an sie dran. Das würde er übrigens leugnen. Ich wäre überrascht, wenn sie mich wirklich wegen dieser Verabredung anrufen würde – sie hat viel zu tun. Aber eines will ich Ihnen sagen: Was ich von den Emersons weiß, ist, dass sie wirklich anständige und großzügige Menschen sind. Sylvie hat mal erwähnt, dass von all den Aktionen der Stiftung ihr besonders die Sache mit den Stipendien am Herzen liegt. Möglicherweise geht es ihrem Mann da anders, ich kenne Andy nicht so gut, aber Sylvie hat mir mehr als einmal erklärt, dass wir der nächsten Generation ein sicheres Auskommen und eine gute Ausbildung garantieren müssten. Nur so könnten wir die Welt besser machen, als sie ist.«

»Ich frage mich, ob Ihnen überhaupt klar ist, welch ein Geschenk eine gute Ausbildung ist. Ich weiß nicht, wie es bei Ihnen war, aber meine Familie war eigentlich nicht in der Lage, mich aufs College zu schicken.«

»Meine auch nicht«, erwiderte sie. »Ich bin in Armut aufgewachsen.«

»Inwiefern?«, fragte er und zog eine Augenbraue in die Höhe.

»Ich habe eine Schwester, Beth, die drei Jahre jünger ist als ich. Als sie noch ein Baby war, ging mein Vater mal kurz Zigaretten holen – ja, tatsächlich – und kehrte nie mehr zurück. Während wir aufwuchsen, hatte meine Mutter die gesamte Zeit zwei Jobs. Gott sei Dank lebten meine Großeltern noch und wohnten in der Nähe, sodass sie uns helfen konnten. Sie passten auf uns auf, damit meine Mutter arbeiten gehen konnte, und wenn nicht genug Geld für die Miete oder eine Autoreparatur da war, sprangen sie ein.«

Er lächelte. »Ich habe eine sehr große Familie. Wir waren zu sechst: Mom und Dad, mein Bruder, meine zwei Schwestern und ich wohnten in einer alten Garage, die meine Eltern zu einem Häuschen umgebaut hatten. Meine Mutter lebt immer noch dort, allerdings weiß ich nicht, wie lange noch, weil sie ziemlich gebrechlich wird. Mein Dad war Hausmeister, meine Mutter arbeitete in der Mensa der Junior High und putzte. Sobald wir alt genug waren, besorgten wir uns ebenfalls Jobs. Obwohl meine Eltern keine besondere Bildung genossen hatten, drängten sie uns, anständige Noten zu bekommen. Bei den Hausaufgaben konnten sie uns nicht helfen, aber wir gaben unser Bestes. Kann sein, dass wir ein bisschen mit den Cousins und Cousinen wetteiferten.«

»Es geht doch nichts über gesunden Wettbewerb«, sagte sie. »War Ihnen bewusst, dass Sie arm waren?«

»Klar, in gewisser Hinsicht schon. Aber wir hatten eine große Familie in der Gegend. Ein paar Tanten und Onkel, Großeltern, Cousins und Cousinen. Manchmal wurde es ziemlich voll. Doch wenn im Winter die Heizung ausfiel, hielten uns die vielen Menschen warm. Für die Hitze im Sommer allerdings gab's keine Lösung.« Er trank einen Schluck von seinem Kaffee. »Wir hatten nicht viel, aber es war keine schlechte Kindheit. Auch wenn wir arm waren, waren wir doch nicht allein arm.«

»Darf ich Ihnen eine persönliche Frage stellen?«

»Sie können mich fragen, was Sie wollen, Lauren ...«

»Wie wird sich Ihr Leben nach der Scheidung ändern, was meinen Sie? Beginnt damit ein ganz neues Abenteuer?«

»Abenteuer?«, wiederholte er. »Gott, nein! Mein Leben muss sich gar nicht ändern. Ich liebe es so, wie es jetzt ist. Ich habe eine Arbeit, mit der ich andere Menschen glücklich machen kann. Ich habe gute Freunde und eine wunderbare Familie. Mein Alltag ist so vorhersehbar, dass ich nicht oft aus der Bahn geworfen werde. Ich schlafe gut, und mein Blutdruck ist in Ordnung. Ich weiß nicht, ob ich überhaupt ein besseres Leben haben könnte. Ich will nur nicht, dass es wieder so wird wie früher.«

Darauf schwieg sie eine ganze Weile. Schließlich sagte sie. »Das Leben muss schwierig gewesen sein ... früher ...«

»Das weiß ich nicht«, erwiderte er. »Schwierig? Es gab Tage, da fand ich es hart. Oder sogar unerträglich. Aber diese Tage gingen auch vorbei. Was nicht vorbeiging, war die Unruhe. Die Unsicherheit, weil man nie wusste, was einen erwartete. Aber Sie können jeden fragen: Abhauen, nur weil die eigene Frau Stimmungsschwankungen hat, geht einfach nicht. Oder weil sie mich angebrüllt und manchmal auch Gegenstände nach mir geworfen hat. Schließlich hat sie nie getroffen und danach auch die Scherben eingesammelt. Aber sie hat weder getrunken, noch ist sie mit einem Messer auf mich los, und fremdgegangen ist sie auch nicht ... abgesehen von den Affären während unserer Trennungen. Da waren wir ja schließlich getrennt, meinte sie. Wenn man es also irgendwie hinkriegt ...« Er zuckte die Achseln. »Ich fragte mich nicht mehr, ob ich so leben konnte, denn ich *konnte* es, aber genau das war das Problem. Irgendwann fragte ich mich, ob ich so leben *wollte*. Denn darauf lautete die Antwort: nein. Ich hatte Glück, dass Pamela eine kleine Auszeit brauchte, um darüber nachzudenken, was sie sich vom Leben erhoffte. Sie brauchte wieder mal eine Trennung. Unsere vierte in dreizehn Jahren Beziehung. Es war der perfekte Zeitpunkt für mich, zu sagen: Ich auch.« Er lachte leise. »Als sie das hörte, wollte sie es sich ganz schnell wieder anders überlegen. Aber ich nicht. Ich befand, dass ich allein glücklicher war. Ich kann mir gut vorstellen, ein zufriedener alter Junggeselle zu werden.« Er grinste. »Ich würde mich nicht einen Tag in meinem Leben einsam fühlen oder langweilen. Wahrscheinlich würden die Jungs ab und zu nach mir sehen, um zu prüfen, ob ich mir nicht die Hüfte gebrochen habe oder so was.«

»Wie alt sind Sie?«, fragte sie.

»Fünfundvierzig.«

Lauren schnaubte. »Dann brauchen Sie sich noch lange keine Sorgen um eine gebrochene Hüfte machen.«

»Ich will damit nur sagen, dass mein Leben jetzt wirklich gut ist. Viel besser als zu der Zeit, als ich mich jeden Abend fragen musste, in welcher Stimmung Pamela wohl nach Hause kommen würde. Aber eigentlich ist es kein echter Scheidungsgrund, nicht mehr mit einem sprunghaften, zornigen und unberechenbaren Menschen zusammenleben zu wollen. In guten wie in schlechten Zeiten, nicht wahr?«

Lauren konnte viel von dem nachvollziehen, was er erzählte, doch ihr erster Gedanke war, dass Männer es so viel einfacher hatten. Von ihnen wurde nicht erwartet, dass sie mit launischen, reizbaren Frauen zurechtkamen, aber Frauen sollten mit schwierigen Männern umgehen können. Am liebsten hätte sie sich Luft gemacht und sich darüber beklagt, wie es war, mit einem kontrollsüchtigen, aggressiven Mann zusammenzuleben. Einem Mann, der *tagelang* streiten konnte. Einem Mann, der sich in der Schlange vordrängelte, um Kinokarten zu kaufen, der die Empfangsdame in einem Restaurant beschuldigte, eine Reservierung vergessen zu haben, die er nie gemacht hatte, einem Mann, der die Rechnungen von Handwerkern einfach kürzte, weil er annahm, sie würden sich nicht beschweren, da sie keine Papiere hatten und zu schlecht Englisch sprachen. Als sie einmal Urlaub auf den Turks- und Caicosinseln machten, suchte er sich Liegestühle aus, auf denen schon Handtücher lagen – jemand hatte sie bereits für sich beansprucht. Daneben lagen ein paar Wasserspielzeuge, die offensichtlich Kindern gehörten. Brad warf die Handtücher und Spielzeuge einfach auf den Boden und besetzte mit ihr und den Kindern die Liegestühle. Als kurz darauf ein junger Mann mit zwei kleinen Kindern kam, herrschte er ihn an: »Sie dürfen die Liegestühle nicht reservieren. Sie müssen sie schon benutzen.«

Brad war ein Tyrann, der sich allen anderen überlegen fühlte. Aber Lauren sagte nichts zu Beau. Wenn man Brad nicht wirklich kannte, dann würde man es nicht verstehen. Also wechselte sie das Thema und bat Beau, ihr etwas über Dachgärten zu erzählen.

Er strahlte. »Meine Spezialität«, sagte er.

Nach einer Stunde angenehmer Unterhaltung beschloss sie, dass es Zeit war zu gehen. Als er sie fragte, ob sie sich am nächsten Dienstag wiedersehen würden, antwortete sie: »Wohl eher nicht. Ich halte das für keine gute Idee.«

Er lachte leise. »Oh. Ich will Sie nicht in eine unangenehme Lage bringen. Zwar haben Sie nichts gesagt, aber ich weiß es trotzdem. Sie befinden sich in derselben Situation wie ich. Vielleicht ist es nicht eins zu eins vergleichbar, aber in etwa. Mein Mitgefühl. Und wenn Sie jemanden zum Reden brauchen, dann wissen Sie ja, wo Sie mich finden.«

Sie nickte traurig. Er hingegen wusste nicht, wo er sie finden konnte. Und sie verriet es ihm auch nicht.

Beth Shaughnessy verbrachte ihren Sonntag damit, die Reste der Party zu beseitigen, die sie und ihr Mann Chip am Vorabend geschmissen hatten. Chip hatte einen neuen Grill und daher etliche ihrer Freunde zu einem Barbecue eingeladen. Mittlerweile hatte sie in Küche und Wohnzimmer schon große Fortschritte gemacht, aber Terrasse und Grillplatz waren noch ein Trümmerfeld. Chip, der eigentlich Michael hieß, hatte einen leichten Kater und wollte mit den Jungs helfen, nachdem sie sich eine Weile die US Open auf dem großen Fernseher im Hobbyraum angesehen hätten. Als sie das letzte Mal nach ihnen geschaut hatte, zappte Chip jedoch zwischen Basketball, Golf und Frauenbeachball hin und her.

Vor einer Weile hatte ihre Schwester Lauren angerufen und gefragt, ob sie nicht essen gehen wollten, aber Beth hatte erklärt, sie müsse aufräumen. Daraufhin sagte Lauren, sie würde zuerst ins Fitnessstudio gehen und dann bei ihr vorbeikommen. Sie müsse reden.

Wenn Lauren mit Beth reden wollte, und zwar nicht am Telefon, dann ging Beth von Eheproblemen aus. War man mit Brad Delaney verheiratet, war *Probleme* der harmloseste Begriff, den man dafür verwenden konnte. Beth musste erst mal tief durchatmen und sich ermahnen, auf ihre Worte zu achten. Denn der einzige und ziemlich nachhaltige Streit, den die beiden Schwestern je gehabt hatten, war der Tatsache geschuldet, dass Beth wegen der Ehe ihrer Schwester Bedenken hatte. Vorsichtig ausgedrückt. Eigentlich war Beth überzeugt, Lauren sollte sich sofort scheiden lassen, ganz gleich, was es kostete. Aber Lauren hatte ausgeharrt. Jahre um Jahre um Jahre.

Beth war erst zwanzig gewesen, als Lauren und Brad sich verlobten. Zuerst fand sie Brad attraktiv und sexy, aber schon bald änderte sich ihr Eindruck von ihm. Sie hörte und sah Dinge, die einfach nicht richtig waren. Mehr als einmal bekam sie mit, wie Brad Lauren als Idiotin bezeichnete. Sie sah, dass er Laurens Hand so fest quetschte, dass sie zusammenzuckte und sie ihm entriss.

Beth war sich nicht ganz sicher, was da nicht stimmte, aber sie wusste, es war nicht richtig. Obwohl sie noch so jung und unerfahren war, hatte sie ihre Schwester gefragt: »Lauren, was machst du denn da?«

»Ich heirate einen gut aussehenden und erfolgreichen Arzt«, hatte Lauren strahlend vor Glück geantwortet. Lauren sah all die Dinge, die sie in ihrer Kindheit nie gehabt hatten: finanzielle Sicherheit, eine schicke, große Wohnung, Autos, die nicht kaputt gingen, Restaurantbesuche, Urlaube ... Aber hinter ihren strahlenden Augen verbarg sich etwas. Und natürlich war nicht mal die Hochzeit ohne Tränen und ernsthafte Zweifel vonstattengegangen. Wie jeder sehen konnte, der dem Paar nahestand, war Brad wesentlich älter als Lauren und ein launischer, selbstbezogener, mürrischer Egomane. Seine verwitwete Mutter Adele war eine ältere Ausgabe ihres Sohns. Adele war eine kontrollsüchtige, reizbare Diva mit entschiedenen Ansichten darüber, was ihr kostbares einziges Kind von der Welt zu erwarten hatte. Allerdings verfügte Adele im Gegensatz zu ihrem Sohn über keinerlei Charme. Während Lauren und Beth mit ihrer alleinerziehenden Mutter Honey Verona in ärmlichen Verhältnissen aufgewachsen waren, hatte Brads Familie recht viel Geld gehabt.

Kurz vor der Hochzeit bat Honey: »Lauren, tu das nicht. Du musst doch bemerkt haben, dass er nicht mal versuchen wird, dich glücklich zu machen.«

»Aber es ist schon alles geplant und von seiner Mutter bezahlt!«, protestierte Lauren.

»Und wenn schon«, erwiderte Honey. »Du kannst ihn einfach verlassen. Sollen sie uns doch verklagen.«

Beinahe hätte Lauren ihn nicht geheiratet. Es gab einen letzten melodramatischen Augenblick, in dem sie sagte: »Ich kann nicht. Ich bin mir einfach nicht sicher.« Fast hätte Beth eine Party geschmissen. Aber dann wurden sie und die anderen Brautjungfern aus dem Zimmer gescheucht, und Brads Mutter nahm sich Lauren zur Brust. Wenn die große Mrs Delaney etwas wollte, war sie eine Naturgewalt …

Und so fand die Hochzeit statt.

Obwohl Beth und Lauren sich ganz und gar nicht ähnelten, waren sie doch sehr wichtig füreinander. Beth war Fotografin für Hochzeiten, Geburtstage, Privatpartys, sogar Beerdigungen. Sie fotografierte auch Brücken, Felder, die freie Natur, Blumen, Kinder, ältere Menschen, Strände, Sonnenuntergänge … Beth war Künstlerin. Aber sie fotografierte auch viele Menschen und hatte gelernt, ihre Persönlichkeit an ihren Augen, ihrem Gesichtsausdruck, ihrer Körpersprache, ihrem Stirnrunzeln oder Lächeln zu erkennen. Sie konnte Menschen deuten.

Brad hatte sie richtig gedeutet: Er war ein Arschloch.

Lauren war vernunftgesteuerter. Pragmatischer. Strategischer.

Beth hatte Chip vor sechzehn Jahren geheiratet und mit ihm zwei Kinder adoptiert, da sie selbst keine bekommen konnten. Ravon war dreizehn und mit vier Jahren zu ihnen gekommen. Stefano war neun und seit sieben Jahren bei ihnen. Beide waren zunächst Pflegekinder gewesen. Chip war Polizist und begeisterte sich für Sport, vor allem für Golf. Er brachte den Jungs das Spielen bei, und die drei verbrachten jede freie Minute mit irgendeinem Ballspiel. Beth lebte in einem wilden Haushalt und hatte einen Mann mit gefährlichem Beruf: Sie kämpfte ständig gegen die Testosteronvergiftung, die nichts als Chaos schuf.

Aber Beth war nicht dafür gemacht, sich die Schikanen gefallen zu lassen, die Lauren ständig erduldete. Sie hatte die Männer in ihrer Familie fest an der Kandare und bestand darauf, dass sie mithalfen und sich gut benahmen. Dabei war sie nur ein ganz kleines Persönchen. Das allerdings ständig eine zwanzig Kilo schwere Kameraausrüstung mit sich herumschleppte. Ravon war bereits größer als sie, doch das beeindruckte sie nicht im Geringsten. Mit einem einzigen Todesblick konnte sie die drei Männer in ihrem Haus in die Knie zwingen.

Als Lauren bei ihr auftauchte, wirkte sie mit ihren Sportsachen und dem dicken kastanienbraunen Pferdeschwanz schlank und reich. Sie schien auch niemals zu schwitzen. Jetzt setzte sie sich mit einer Flasche Wasser an den Küchentisch, während Beth die letzten Servierplatten abtrocknete. »Wie war deine Party?«, erkundigte sich Lauren.

»Laut«, antwortete Beth. »Eine Menge Cops mit Frauen und Kindern. Die üblichen Verdächtigen. Sie blieben zu lange und störten die Nachbarn. Mit anderen Worten: großartig.«

»Wir waren auf einer Cocktailparty für einen Arzt, der in Ruhestand ging. Ich habe gehört, wie Brad ein paar Männern erzählte, er hätte mir die Kontrolle über die Finanzen abnehmen müssen, weil ich uns sonst ins Armenhaus gebracht hätte. Jetzt dürfte ich nur noch über meinen kleinen Scheck verfügen, während er sich um den Rest kümmerte.« Sie seufzte. »Ich kann mich nicht erinnern, dass ich mich jemals um die Finanzen gekümmert hätte.«

»Ich wollte auch gerade fragen, wann genau du denn die Finanzen kontrolliert hast …« Aber Beth war überhaupt nicht überrascht über die kleine Gemeinheit ihres Schwagers. »Wenn er das mit mir abziehen würde, könnte er sich ganz schnell warm anziehen«, sagte sie.

»Er weiß es noch nicht, aber seine Zeit als Kerkermeister ist schon bald vorbei. Ich will nur Cassie keine Probleme bereiten. Wenn ich es vierundzwanzig Jahre mit ihm ausgehalten habe, geht das auch noch ein paar Wochen. Bis Cassie das College beendet hat.«

Vom Hobbyraum ertönte lautes Gebrüll: Jemand hatte ein Tor geschossen oder ein Hole in One geschafft, und Beths Männer jubelten. »Ich hätte noch nicht mal so lange ausgehalten, bis meine Babys keine Windeln mehr brauchen, geschweige denn, bis sie aus dem College sind«, bemerkte Beth.

»Sie können uns doch nicht hören, oder?«, fragte Lauren.

»Sie könnten uns nicht mal hören, wenn wir uns direkt vor ihren beschränkten Männervisagen unterhalten würden.«

»Ich habe die Kaution für ein Mietshaus gezahlt, das ab ersten Juli frei ist. Ich werde mit den Mädchen reden und ausziehen. Meinen Urlaub habe ich so gelegt, dass ich Zeit für Cassies Abschluss und die erste Woche im Juli habe. Ich vermute, es wird ziemlich heiß werden.«

Beth klappte der Mund auf. »So was höre ich nicht zum ersten Mal von dir«, sagte sie schließlich.

»Aber ich habe zum ersten Mal was angemietet«, gab Lauren zurück. »Ich war bei einer Anwältin und habe alles sorgfältig geplant. Hör zu, es tut mir leid, dass du mich und meine zerrüttete Ehe ertragen musst, meine Unentschlossenheit und Feigheit, meinen gemeinen Mann. Ich weiß, ich bin dir eine Last. Aber jetzt möchte ich dich um einen Gefallen bitten.«

»Du weißt, dass du hier immer willkommen bist«, sagte Beth.

»Nein, das meinte ich nicht. Aber ich werde ein paar Kisten und Koffer packen und außerdem einiges neu kaufen müssen: Bettwäsche, Geschirr, Küchengeräte und so weiter. Dafür brauche ich Platz zum Lagern. Einen Ort, wo es niemandem auffällt.«

»Das Gästezimmer«, meinte Beth. »Wir schließen die Tür ab. Darf ich bitte nur eines sagen? Darf ich sagen: Bitte, ach Gott, bitte, zieh es diesmal wirklich durch? Denn noch ist Zeit genug, dass du dein Leben leben kannst.«

»Ich werde es durchziehen«, versprach Lauren.

Beth seufzte schwer. Trotz allem waren Brad und Lauren ziemlich großzügig gewesen. Brad hatte ihnen für die künstliche Befruchtung fünfundzwanzigtausend Dollar geliehen und weitere fünfundzwanzigtausend, damit sie ihr Haus so vergrößern konnten, dass genügend Platz für die ganze Familie war. Er und Lauren waren eingesprungen, als Beth und Chip für Stefano einen Privatlehrer brauchten, weil er Lernschwierigkeiten hatte. Selbstverständlich hatte Beth ihren Schwager schon lange im Verdacht, dass er nur Geld verlieh, das man über viele Jahre zurückzahlen musste, um Macht über andere zu haben.

»Honey wäre begeistert«, sagte Lauren, und ihre Augen füllten sich mit Tränen.

Ihre Mutter war zwei Jahre zuvor bei einem Autounfall ums Leben gekommen: Ein Lkw-Fahrer hatte zu viele Medikamente genommen, die Kontrolle über seinen Wagen verloren und drei Autos inklusive ihrer Fahrer überrollt. Honey hatte davon nichts mitbekommen, sie war glücklicherweise sofort tot gewesen.

»Sie fehlt mir so«, sagte Beth. »Jetzt sind nur noch wir beide geblieben. Ich bin für dich da und du für mich, das dürfen wir nie vergessen. Wie oft warst du schon bei dieser Anwältin?«, erkundigte sie sich betont beiläufig.

»Es muss sehr sorgfältig geplant werden, einen Mann wie Brad zu verlassen«, erwiderte Lauren statt einer Antwort.

»Hast du Angst vor ihm?«

»Natürlich. Nicht, dass er gewalttätig wird. Das war er nie …«

»Ach, hier mal ein Kneifen, da mal ein Schubsen …«, bemerkte Beth, die ein völlig sauberes Tablett noch mal abwusch.

»Er meint, dann würde seine Zuneigung mal ein bisschen wildere Züge annehmen«, sagte Lauren.

»Weil er ein Lügner ist. Ein routinierter Manipulator.«

Lauren holte tief Luft.

»Schon gut, schon gut«, wehrte Beth ab. »Ich versuche, den Mund zu halten und aufs Beste zu hoffen.«

»Wenn Cassie ihren Abschluss hat, hält mich nichts mehr zurück.«

Beth blickte ihrer Schwester in die hinreißend lavendelfarbenen Augen. Lauren war eine makellose Schönheit. Sie war elegant, klug, fürsorglich, mitfühlend und vielseitig begabt, wurde jedoch aus irgendeinem Grund von einem arroganten Arschloch als Geisel gehalten. Allerdings würde sie das nie zugeben. Wenn man Lauren in die Enge trieb, hielt sie das vielleicht davon ab, sich aus ihrer Lage zu befreien. Es war Beth unerklärlich, warum ihre brillante, liebevolle, gebildete Schwester sich für Brad entschieden hatte – und noch mehr, warum sie bei ihm geblieben war.

Sie war jung gewesen. Sie hatte durch eine rosa Brille geblickt – und sich von der Aussicht auf Wohlstand blenden lassen.

»Okay, erzähl mal, was du dir gemietet hast«, forderte Beth sie auf.

»Es ist ein kleines und schlichtes Haus, in einer Straße mit viktorianischen Villen, ähnlich wie die Painted Ladies in San Francisco«, erklärte Lauren mit leiser Stimme. »Drei Schlafzimmer und ein großes Wohnzimmer mit Veranda und Garten in einer schönen alten Straße in Alameda. Die Besitzerin hat dort ein langes, glückliches Leben geführt und einen hübschen Garten gestaltet, mit altem Baumbestand. Ihr Sohn hat das Haus zur Vermietung behalten, deshalb wird es renoviert: neue Böden, die Wände neu verputzt und gestrichen, neue Schränke und Geräte in Küche und Badezimmer. Ich habe erst mal für ein Jahr unterschrieben, mit der Option auf Erstkaufrecht, falls er verkaufen will. Außerdem kann ich bei der Wahl der Küchengeräte mitentscheiden ... Besser gesagt, ich habe ihm erzählt, ich würde Videos für Merriweather drehen, daher nahm er an, ich wäre eine großartige Hausfrau ...«

»Bist du ja auch«, warf Beth ein.

Als Lauren so lebhaft das Haus beschrieb, beschlich Beth zum ersten Mal seit langer Zeit Hoffnung. Nur ihre reiche Schwester würde eine viktorianische Villa auf Alameda Island als ›schlicht‹ bezeichnen. Wahrscheinlich war der Besitz eine Million Dollar wert.

Sie unterhielten sich über das Haus, über den kürzeren Weg von der und zur Arbeit, über Laurens Mitspracherecht bei der Gestaltung des Gartens. Es würde ein eigenes, gemütliches Zuhause werden. Sie würde Platz für die Mädchen haben, wenn sie sie besuchen kamen – was sie hoffte. Allerdings würde es sie nicht überraschen, wenn sie lieber in ihrem Elternhaus übernachteten. »Hauptsache, sie wissen, dass ihre Eltern sie beide lieben«, erklärte Lauren. Und dann erschauerte sie.

»Leicht wird das nicht«, bemerkte Beth.

»Ich weiß«, bestätigte Lauren und holte zittrig Luft. »Ich habe eine große Feier zu Cassies Abschluss geplant. Wenn wir die hinter uns haben, werde ich Cassie beim Umzug nach Boston helfen. Und dann rede ich mit den Mädchen. Einzeln. Erst danach werde ich es Brad sagen. Ich würde es ihm ja zuerst sagen, aber dann müsste ich sofort ausziehen. Wenn nicht alles nach Plan läuft – zum Beispiel, wenn ihm eines der Mädchen Bescheid sagt, bevor ich dazu komme –, müsste ich auf dich zurückgreifen. Denn sobald er von meinen Absichten weiß, kann ich nicht mehr bei ihm wohnen. Er ...«

»Er würde ausrasten«, beendete Beth den Satz für sie.

Sie hatten das schon mal durchgemacht. Aber am Ende war Lauren immer bei ihm geblieben. Beth wusste über alles Bescheid: die Affären, die Chlamydien, die getrennten Schlafzimmer. Ganz gleich, wie schlimm es wurde, Lauren versuchte immer, zum Wohl ihrer Töchter das Beste daraus zu machen.

»Ich werde dir auf jede erdenkliche Weise helfen«, sagte Beth. »Aber wieso bist du dir so sicher, dass du es diesmal wirklich durchziehst?«

»Wenn ich es nicht tue, kann ich mich auch gleich damit abfinden, mein Leben mit einem gemeinen, streitsüchtigen alten Mann zu verbringen, der glaubt, er wüsste mehr als Gott.«

»Das wäre schon bald die einzige Möglichkeit«, sagte Beth nickend.

Lauren überhörte die Bemerkung. »Also feiern wir Cassies Abschluss, und wenn das Haus fertig ist, sage ich allen Bescheid. Cassie wird mindestens die nächsten drei Jahre in Boston sein. Lacey hat ihre Wohnung in Menlo Park. Wenn ich mit ihnen alles geklärt habe, rede ich mit Brad.«

»Vielleicht solltest du das nicht allein tun ...«

»Ich habe das schon mit der Anwältin geklärt«, sagte Lauren. »Sie stellt einen Ermittler, der bereit ist, mich zu unterstützen.« Wieder erschauerte sie.

Beth hoffte aufrichtig, ihre Schwester würde es endlich tun. Aber sie hatte auch Angst davor. Das Ganze konnte sehr hässlich werden.

Aus dem Hobbyraum ertönte erneut lautes Brüllen.

Beth und Lauren unterhielten sich noch eine Weile. Hin und wieder warf Beth einen Blick auf das Chaos draußen: nasse Handtücher, die auf dem Boden lagen, verschiedene Männerschuhe, ein fettbespritzter Grill, Plastikbecher, Eimer, die, nicht ganz erfolgreich, für die Entsorgung der Abfälle aufgestellt worden waren. Bei Lauren würde es niemals so aussehen. Das würde Brad nicht dulden.

Auch Beths Ehe war nicht perfekt. Ein Leben mit einem Polizisten war ziemlich spannungsreich, und jede Beziehung barg Herausforderungen. Sie und Chip hatten Probleme mit dem Geld und mit den Kindern, denn ihre Söhne hatten eine andere ethnische Herkunft als sie und kamen außerdem in die Pubertät. Manchmal erschien ihr das Leben wie ein endloser Kampf. Aber sie waren glücklich.

Lauren hingegen war mit einem unerträglichen Scheißkerl verheiratet. Traurig zu sagen, aber das überlagerte alles andere. Wie schaffte man es, mit einem solchen Kerl zusammenzuleben? Ja, er schlug sie nicht, aber er verdrehte ihr hin und wieder den Arm oder packte sie zu hart an. Er hatte mindestens ein, zwei Affären gehabt, aber dann war er so reumütig gewesen, dass er es mit teurem Schmuck wiedergutmachen wollte oder der ganzen Familie so exklusive Urlaube spendierte, dass die Mädchen gar hofften, er würde noch eine Affäre haben. Er behandelte die Menschen schlecht, erzählte Lügen, glaubte, er verdiente eine bessere Behandlung und ein besseres Schicksal als alle anderen, tyrannisierte seine Ehefrau und demütigte sie. Und er glaubte immer und unter allen Umständen, im Recht zu sein. Wie erklärte man so was seinen Kindern?

Als Lauren ging, begab sich Beth in den Hobbyraum. Oh Gott, sie hätte ihren Männern niemals erlauben sollen, Möbel hier reinzustellen! Chip lag auf der Couch, Ravon lümmelte quer auf dem Sessel und Stefano fläzte auf dem Boden und hatte die Füße auf den Beistelltisch gelegt. Es sah aus wie in einem Studentenwohnheim. Morty, ihr alter brauner Labrador, ruhte mit dem Kopf auf Stefanos Schoß. Beth würde das ganze Zimmer mit Febrèze ausräuchern müssen.

Da passierte etwas im Fernsehen, das sie alle zum Jubeln brachte.

»Hey«, sagte sie. »Wieso stinkt es in diesem Hobbyraum wie im Innern eines Tennisschuhs?«

»Das ist doch kein Hobbyraum«, entgegnete Chip entrüstet, »sondern eine *Männerhöhle*, wo wir noch Männer sein dürfen!«

»Verzeihung«, sagte Beth. »Hier stinkt's ziemlich nach wilden Tieren. Und ist es nicht noch ein bisschen früh für die US Open? Kommen die nicht erst im Juni?«

»Das ist eine Wiederholung«, erklärte Chip. »Ein Spiel von vor zehn Jahren. Wird noch mal gezeigt.«

Eine Sekunde lang war sie sprachlos. »Das muss doch wohl ein Witz sein! Mein Garten sieht aus wie ein Trümmerfeld, und ihr sitzt hier, stinkt die Bude voll und seht euch ein zehn Jahre altes Golfspiel an? Los, los, raus hier und ran ans Aufräumen, bevor die Sonne untergeht! Das ist mein Ernst!«

Stöhnend und murrend, weil ihr fauler Sonntagnachmittag ruiniert war, erhoben sich die Jungs. Chip stand auf, reckte sich und legte ihr seinen Arm um die Schultern. »Danke, Schatz. Ich hab mal ein kleines Päuschen gebraucht.«

»Hmpf«, machte sie.

»Ich hab Laurens Stimme gehört.«

»Ja, sie war hier.«

»Gibt's Probleme?«, erkundigte er sich. »Mit Brad?«

»Wieso fragst du?«, gab Beth zurück.

»Weil du so kratzbürstig bist.«

»Haben wir eine perfekte Ehe?«, fragte sie und blickte zu ihm hoch. Beth war nur eins sechzig groß, während Chip sie mit seinen ein Meter zweiundneunzig deutlich überragte.

Er grinste. »Das bezweifle ich. Aber wir sind nahe dran. Denn dein Wunsch ist mir Befehl.«

»Ja, genau. Nach vier Stunden vor einem zehn Jahre alten Golfturnier.«

»Aber sieh doch nur, wie viel netter ich jetzt bin«, erwiderte er und drückte ihr einen Kuss auf die Stirn. »Wegen Lauren und Brad kannst du nichts machen.«

»Versprich mir, kein Wort darüber zu verlieren. Sie konzentriert sich gerade auf Cassies Abschluss. Aber dann …«

»Beth, sie wird niemals was unternehmen, das weißt du doch.«

Diesmal vielleicht schon, dachte Beth. Und obwohl sie sich dabei traurig und schuldig fühlte, hoffte sie doch inständig, ihre Schwester würde Brad tatsächlich verlassen.

Kapitel Drei

Beau trug auf beiden Schultern je einen vierzig Pfund schweren Sack mit Dünger, als er über die Trittsteine zum Gemüsegarten ging. Dort sah er, dass Tim einen schönen großen Komposthaufen aufschichtete. »Ich hatte mir schon gedacht, dass ich dich hier finde«, bemerkte Beau. »Und hab dir was mitgebracht.« Er ließ den einen Sack zu Boden fallen und senkte den anderen langsam ab. »Was machst du?«

»Nur ein bisschen Unkraut zupfen«, antwortete der Priester.

»An dir ist ein Komiker verloren gegangen.«

»Ich weiß. Du warst ein, zwei Wochen nicht hier«, sagte Tim. Dann trat er über die Beete hinweg, gab Beau die Hand und klopfte ihm auf die Schulter. »Wie läuft's?«

»Gut, aber ich hab ziemlich viel zu tun«, erwiderte Beau und klopfte ihm ebenfalls auf die Schulter. Tim und Beau kannten sich schon, seit sie ungefähr zehn waren. Es wäre eine Untertreibung gewesen zu sagen, dass sie seitdem verschiedene Wege eingeschlagen hatten.

»Aber insgesamt ist das Leben gut zu dir?«, hakte Tim nach.

»Im Großen und Ganzen.« Beau nickte. »Die Arbeit läuft super, ich habe schon fast zu viel zu tun. Zu Hause ist alles ruhig. Ich kann jeden Abend Sport gucken.«

»Die Scheidung nimmt wohl ihren Lauf, schätze ich«, sagte Tim.

Beau zuckte die Achseln. »Es verzögert sich ein bisschen. Pamela wollte noch zur Eheberatung. Ich hielt das für eine Verschwendung von Zeit und Geld. Aber Michael hat mich gefragt, wieso ich der Ehe nicht noch eine Chance geben will.« Er senkte den Blick und schüttelte den Kopf. »Ich weiß nicht, wieso Michael sich da einmischt: Er ist zwanzig, im zweiten Studienjahr, hat eine feste Beziehung ...«

»Er versucht, sich ein Leben aufzubauen, das er wirklich führen will. Nicht so eins, wie du und Pamela es geführt habt. Er will wissen, wie das funktioniert.« Tim hockte sich hin, stach mit einem Messer in den Düngersack und schnitt ihn auf, worauf der strenge Geruch entströmte.

»Du klingst fast, als wüsstest du alles über die Ehe, *Pater*«, bemerkte Beau.

»Ich hatte eine gute Ausbildung«, gab Tim zurück.

»Michael muss nur aufpassen, welche Frauen er in sein Leben lässt, darauf achten, dass es keine Warnsignale gibt. Vielleicht sollte er mal zur Beratung gehen. Nur so, für seine Zukunft.«

»Keine schlechte Idee.« Der Priester nickte. »Hast du ihm die Wahrheit erzählt, Beau? Dass du nur wegen ihnen geblieben bist?«

»Vielleicht angedeutet«, erwiderte Beau, rammte eine Schaufel in den Dünger, hob eine Ladung heraus und besprenkelte damit die Beete. »Ich hab der Beraterin gesagt, dass ich nur körperlich anwesend bin. Ich will es nicht mehr kitten, sondern beenden. Unser Ziel bei dieser Beratung sollte es sein, Pamela beim Loslassen zu helfen. Sie hat eine Stunde lang geweint, Entschuldigungen gebrabbelt und versucht zu erklären, wieso sie ihre Meinung geändert hat. Gebettelt hat sie auch. Ich hatte zwei Tage lang Kopfschmerzen. Es war die reinste Folter.«

»Dann geh nicht mehr hin«, sagte Tim und verlagerte das Gewicht auf die Fersen. »Im Ernst: Geh nicht mehr hin. Raus aus der Opferhaltung! Du kannst das doch nicht nur ihr zuliebe tun! Es war ihre Entscheidung, du hast ihr viele letzte Chancen gegeben. Sie braucht eine Therapie, aber keine Paartherapie.«

»Ach verdammt«, sagte Beau. »Und was ist mit dem Sakrament der Ehe und alldem?«

»Nichts ist von Dauer, mein Freund«, entgegnete Tim. »Ehrlich, ich bin im falschen Orden. Eigentlich sollte ich bei den Jesuiten sein. Ich lebe im einundzwanzigsten Jahrhundert, da kann ich unglücklichen Menschen, die in ungesunden, zum Teil bedrohlichen Beziehungen leben, nicht sagen, sie sollen durchhalten, bloß weil die Kirche es so will und wir die andere Wange hinhalten sollen und so weiter. Mit Pamela hätte ich es nicht mal ein Jahr ausgehalten.«

Beau grinste. »Wenn die Diözese das von dir erfährt, bist du geliefert.«

»Ach«, entgegnete Tim nur. Er stand auf und fing an, mit der Hacke den Dünger unterzugraben. »Was ist mit Drew?«

»Dem geht's gut. Macht in ein paar Wochen seinen Abschluss. Ich schmeiße eine Party für ihn – es kommen hauptsächlich seine Freunde und meine Familie. Kommst du auch?«

»Klar, solange niemand stirbt oder heiraten will.«

»Pamela versucht sich einzubringen und auch ihre Familie und die Väter einzuladen, die aber nur vielleicht kommen. Ich schätze, Drew kriegt von seinem Dad eine Karte mit Geld – irgendwas zwischen zwanzig und hundert Dollar, je nachdem, wie groß seine Schuldgefühle sind. Es ist so unangenehm: Meine Familie und sicher auch ihre Familie wissen doch Bescheid, trotzdem sollen wir so tun, als wär nichts, als würden wir uns zusammenraufen und nicht scheiden lassen. Als ich mit Drew über diese Heuchelei geredet habe, sagte er: ›Ist doch kein Ding. Soll sie doch machen. Dann haben wir es hinter uns, bis ich heirate, was erst in vielen Jahren geschehen wird, versprochen. Bis dahin werde ich sie wahrscheinlich nicht unglücklich machen.‹ Man muss diesen Jungen einfach lieben. Von ihm perlt alles ab.«

»Sieht zumindest so aus«, erwiderte Tim. »Behalte ihn im Auge. Stille Wasser …«

»Wir verbringen viel Zeit zusammen«, erklärte Beau. »Jetzt sind es nur noch Drew und ich. Ich glaube, Drew hat vergessen, dass Michael auch in einem Jahr seinen Abschluss macht …«

»Bis dahin wird alles schon besser sein. Was hast du der Beraterin gesagt?«

»Dass wir schon vier Trennungen hinter uns haben und Pamela während dieser Trennungen jedes Mal einen anderen hatte. Dass sie fast immer unglücklich ist und wir zu viel streiten, wenn wir zusammen sind. Sie provoziert mich, bis ich in die Luft gehe und manchmal sogar das Haus verlassen muss, in die Garage gehe und am Wagen rumschraube. Ich hab ihr gesagt, dass ich das nicht mehr will. Natürlich fragte sie, wenn wir die Beziehung kitten würden, sodass es nicht mehr so wäre, ob ich dann noch mal von vorne anfangen wollte. Aber ich sagte: Tut mir leid, aber ich will nicht mehr.« Beau hob eine weitere Schaufel mit Dünger aus dem Sack. »Ich möchte mein Leben so leben, dass meine Freunde und Verwandten nicht mehr ständig gezwungen sind, sich nach dem Stand der Dinge zu erkundigen.«

Tim hielt in seinem Tun inne. »Tut mir leid, Beau«, sagte er.

»Ach, ich hab doch nicht dich gemeint, Tim. Du gehst mir nicht auf die Nerven, dazu sehe ich dich viel zu selten. Das ist übrigens ein Problem: Ich würde dich gerne so oft sehen, dass du mir auf die Nerven gehen kannst.«

Tim grinste. »Eine Runde Basketball am Donnerstagabend.«

»Kann ich noch einen Ersatzspieler mitbringen?«

»Kein Problem. Ich hab Drew seit Monaten nicht mehr gesehen.«

»Ich bin ziemlich gut in Form«, bemerkte Beau. »Du kannst schon mal mit Beten anfangen.«

»Ich denk drüber nach, Beauregard«, sagte Tim.

Als Beau noch ein Kind gewesen war, und zwar ein recht mittelloses Kind, war Tims wohlhabende Familie in ihre Gegend gezogen. Tims Dad war Anwalt. Zwar ging Beau nie hungrig zur Schule, aber es kam oft vor, dass er mehr essen wollte, als da war, und daher staunte er über den reich gedeckten Tisch bei Tims Familie. Beau hatte zwei Schwestern und einen Bruder, Tim zwei Brüder und eine Schwester. Tim wohnte in einem Haus mit fünf Schlafzimmern, einem großen Grundstück und einer runden, mit Ziegelsteinen gepflasterten Auffahrt. Tims Mom spielte viel Tennis in ihrem Club und hatte eine Putzfrau. Doch trotz dieser Unterschiede wurden Tim und Beau Freunde und blieben es auch die gesamte Schulzeit hindurch.

Beaus Eltern staunten und waren stolz, dass er innerhalb von fünf Jahren ohne ihre Hilfe das College absolvierte. Tim hingegen ging aufs Notre Dame College. Zwar verriet er es niemandem, hatte aber schon immer vorgehabt, Priester zu werden. Er war ein spiritueller Mensch und wollte anderen helfen. Notre Dame setzte seinen Wunsch in die Wirklichkeit um.

Tims Eltern waren entsetzt. Tim, der so verdammt intelligent war, hätte in der Kanzlei seines Vaters einen ausgezeichneten Anwalt abgegeben, doch das interessierte ihn nicht. Er studierte Theologie und Psychologie. Und seine Mutter beklagte sich darüber, dass er niemals Vater werden würde. »Aber ja, das werde ich doch«, entgegnete er mit verschmitztem Lächeln.

Beau hingegen wurde Gartenarchitekt und verband damit

seine Liebe, etwas zu gestalten, mit der, etwas wachsen zu sehen. Und Tim kam nach vielen Jahren endlich zurück nach Kalifornien, und zwar in eine Gemeinde in der Nähe seines Heimatortes. Und seiner engsten Freunde.

Als er zurückkehrte, hatte sein bester Freund mit dem Scheitern seiner Ehe zu kämpfen. Zwar freute sich Beau, Tim in der Nähe zu haben, merkte aber, dass er als Priester in seiner neuen Gemeinde Schwierigkeiten hatte: Er wollte den Hungrigen, den Bedürftigen, den Ausgeschlossenen helfen, aber in Mill Valley musste er sich um die Probleme von Menschen kümmern, die viel Geld und alles hatten, was sie brauchten – und mehr: Gesundheitsvorsorge, Privatschulen und Luxus. Zwar waren die seelischen Probleme der Reichen auch nicht von der Hand zu weisen, aber Beau wusste, dass Tim sich danach sehnte, auf elementarere Weise zu helfen. Er spürte, dass er sich woanders nützlicher machen könnte.

Jetzt unterhielten sie sich eine Weile über den Gemüsegarten und die Obstbäume und lachten ein wenig über Tims Boss, den Bischof, der von ihm nur wollte, dass er die Leute in die Kirche zurückholte. »Er will, dass der Beichtstuhl täglich rund um die Uhr brummt. Es gibt zwar viele Mitglieder in der Kirche, aber die sind eher wie du«, erklärte Tim. »Nicht besonders daran interessiert, dass ein Priester sie leitet und als Mittler zu Jesus fungiert. Die meisten leben auch schon lange nicht mehr nach den Lehren der Kirche.«

»Das muss doch ein ziemlicher Schlag für dein Ego sein«, meinte Beau schmunzelnd.

»Ich langweile mich«, gestand Tim. »Es gibt nicht genug Herausforderungen.«

»Die Gemeinde ist doch reich. Da findest du sicher etwas, wofür du das Geld verwenden kannst.«

»Dies hier ist nicht mein Traumjob, Beau. Ehrlich gesagt zweifle ich manchmal an meiner Berufung. Oder besser: Ich frage mich manchmal, ob ich wirklich alles getan habe, was ich tun kann –«

Da schlenderte jemand durch den Garten. Als die Männer sich umwandten, sahen sie eine attraktive Frau, die nicht weit von ihnen stehen blieb.

»Ich werd nicht mehr!«, sagte Beau. »Lauren!« Und er lächelte vor lauter Freude, sie zu sehen.

Lauren hatte ihre Arbeit ein wenig früher verlassen. Es war ein herrlicher Frühlingstag, und sie wollte im Garten der Erlöserkirche vorbeischauen, um zu sehen, wie sich alles entwickelt hatte. Schließlich war es nicht Dienstag, sagte sie zu sich. Also war es keine Verabredung. Aber im Innern wusste sie doch, dass sie Beau sehen wollte. Nur um ihm zuzuhören, wie er über den Garten redete. Oder über seine Jungs. Sie fragte sich, wie sein Leben verlief. Vielleicht würde er auch ein bisschen was über seine Scheidung verraten. Wenn sie sich sicher und auch gut genug fühlte, konnte sie ihn fragen, wie sie es den Kindern beigebracht hatten. Cassies Abschluss war schon in einer Woche. Dann, nach der Feier, wenn sich alles ein bisschen beruhigt hatte, wollte sie die Bombe platzen lassen und ihren Töchtern von ihren Plänen erzählen.

Sie hatte eine Heidenangst davor.

Der Garten sah einfach wundervoll aus. In diesem Teil der Erde brachte der Frühling alles in einer leuchtenden Farbenpracht zum Sprießen. Lauren seufzte tief auf. Allein von diesem Anblick wurde sie schon ruhiger.

Dann hörte sie Männer lachen. Als sie um die Ecke bog, sah sie Beau und einen anderen Mann. Du lieber Gott, es waren beide große, breitschultrige und doch schlanke Kerle. Beau hatte dichte braune Haare und der andere Mann blonde. Beide hatten starke, von der Sonne gebräunte Arme; beide hielten Gartengeräte in der Hand: eine Schaufel und eine Hacke. Sie nahm diesen Anblick in sich auf. Wahrscheinlich war der andere Beaus Helfer oder jemand von den Hilfskräften in der Kirche.

»Lauren«, sagte Beau, und man hörte ihm an, wie er sich freute. Ihr Herz machte einen kleinen Hüpfer. Unwillkürlich lächelte sie.

»Ich habe gar nicht damit gerechnet, Sie hier zu treffen«, erklärte sie. »Ich wollte einfach nur den Garten sehen, weil ich schon seit Wochen nicht mehr hier war.«

»Lauren, das ist mein Freund, Pater Tim. Tim, das ist Lauren. Wir sind uns eines Nachmittags hier begegnet, als ich ein paar Pflanzen ausgetauscht habe und Lauren sich am Garten erfreut hat. Dann haben wir uns noch mal bei einer karitativen Veranstaltung getroffen.«

»Schön, Sie kennenzulernen«, sagte der Priester. Obwohl er für einen Priester viel zu gut aussah. Sofort dachte sie, dass bestimmt etliche Frauen seinen Rat suchten. Und das regelmäßig.

»Ich freue mich auch, Sie kennenzulernen. Es ist alles so wunderschön hier. Und es gibt bestimmt Dutzende, wenn nicht Hunderte von Menschen, die hier ihre Zeit verbringen.«

Er zuckte die Achseln. »Wenn tagsüber etwas in der Kirche stattfindet. Am Sonntag haben wir viele Besucher. Ein paar kommen auch nur, um den Garten zu sehen. Überraschend wenige aber, wenn man bedenkt, wie schön er ist.« Er blickte sich nachdenklich um und lehnte sich auf seine Hacke. »Wir brauchen einen Brunnen. Vielleicht schlage ich das mal dem Aufsichtsrat vor. Dann haben sie für anderthalb Jahre etwas, worüber sie diskutieren können.« Er lachte leise.

»Ich schätze, Sie arbeiten gerne persönlich mit.«

»An einem Tag wie heute, wenn ich keine Termine habe, ist das ein guter Vorwand. Sie wohnen hier wohl in der Nähe?«

»In Mill Valley. Da ich in Oakland arbeite, liegt es auf meinem Heimweg. Diesen Garten habe ich schon vor einiger Zeit entdeckt. Meine Großmutter war eine grandiose Gärtnerin. Aber sie lebt nicht mehr und ihr Garten wohl auch nicht, fürchte ich.«

»Wie ist es Ihnen ergangen?«, fragte Beau.

»Gut, und Ihnen?«

»Großartig. Einer meiner Söhne schließt bald die Highschool ab. Der Jüngere.«

Es gefiel ihr, dass er über seine Stiefsöhne so redete, als wären es seine eigenen Kinder. »Und meine Jüngere macht in zwei Wochen ihren Abschluss im College.«

»Dann haben Sie sie wohl bekommen, als Sie selbst noch ein Kind waren«, erwiderte Pater Tim.

»Fast.« Sie nickte. »Ich war noch ziemlich jung, als ich geheiratet und Kinder bekommen habe. Und jetzt sind sie schon erwachsen. Zwar ist das Nest bereits eine Weile leer, aber nach Cassies Abschluss werden sie wohl wirklich nur noch zu Besuch kommen.« Sie holte tief Luft. »Eine bittersüße Erkenntnis.«

»Ich finde sie nur bitter«, sagte Beau mit einem kurzen Lachen. »Drew macht noch keinerlei Anstalten auszuziehen. Er wird auf die Uni in Berkeley gehen, die so nah ist, dass er pendeln kann.«

»Er wird schon bald seine Meinung ändern«, warf Tim ein. »Wenn er erst mal das Campusleben mitbekommt, wird er ganz schnell ausziehen wollen.«

Beau dachte kurz darüber nach. »Die Idee finde ich aber auch nicht so angenehm. Dann tausche ich nur ein Problem gegen ein anderes aus.«

»Aber du wolltest doch deine Ruhe haben, schon vergessen?«, erklärte Tim.

»Vielleicht möchten Sie mir zeigen, was Sie hier gemacht haben?«, erkundigte Lauren sich.

Daraufhin führten sie sie ein bisschen herum und zeigten ihr die Salate und Kohlköpfe, das Wurzelgemüse, die Tomaten und Kartoffeln. Es wuchsen bereits die Melonen- und Kürbisranken, und die Obstbäume blühten. Auch sah man schon die Ranken von Gurken, Bohnen und Zucchini. Beau hatte ein ganzes Kürbisbeet angelegt, und Tim zeigte ihr die alten Apfelbäume, die die Kirche umgaben.

»Sehr beeindruckend.« Sie nickte anerkennend. »Welch ein Überfluss. Sie leisten da ein gutes Werk.«

»Ich aber nur in Teilzeit«, gab Tim zurück.

»Ich genauso. Das Gemüse habe ich nicht angebaut«, bemerkte Beau. »Ich habe versucht, den Garten so zu gestalten, dass sie mehr Platz haben.«

»Sie haben hier eine richtige Grünkohlfarm«, sagte sie.

»Wissen Sie, was ich über Grünkohl gehört habe? Wenn man ihn klein hackt und mit Kokosmilch vermischt, kann man ihn leichter vom Schneidebrett in den Müll schieben.«

Sie lachte, sagte dann aber: »Ich habe ein paar gute Rezepte für Grünkohl. Grünkohl und Quinoa.«

»Mmh. Klingt lecker«, erwiderte Beau und verzog das Gesicht.

Während Tim und Beau den Dünger verteilten, unterhielten sich die drei noch eine Weile über Gemüse und Blumen. Lauren hätte gerne mitgearbeitet, doch das ging nicht, da sie Rock und Pumps trug. Daher bückte sie sich nur und zupfte hier und da Unkraut.

Dann warf sie einen Blick auf ihre Uhr. »Ich fahr wohl jetzt besser mal nach Hause. Eigentlich wollte ich noch einkaufen, werde aber immer abgelenkt ...«

»Ich bring Sie noch zum Wagen«, sagte Beau.

»Es war schön, Sie kennenzulernen, Pater«, verabschiedete sie sich.

»Ich hoffe, Sie nicht zum letzten Mal hier gesehen zu haben, Lauren.«

Beau streifte sich die Erde von den Schuhen, bevor er sich mit ihr auf den Weg machte. Zuerst schob er die Hände in die Hosentaschen, aber schon nach ein paar Schritten legte er ihr die rechte Hand auf den Rücken. Das fühlte sich irgendwie beschützend an, so als wollte er bereit sein, falls sie stolpern sollte oder einem herannahenden Fahrzeug in den Weg käme. Brad packte sie immer etwas zu fest am Ellbogen. Er begleitete sie nicht, sondern führte sie.

»Ich bin froh, dass ich heute zufälligerweise hier war, obwohl mir klar ist, dass Sie wahrscheinlich nicht damit gerechnet haben«, bemerkte er.

»Habe ich tatsächlich nicht, aber ich bin auch froh. Ich weiß, es ist albern, aber allein das Wissen, dass Sie etwas Ähnliches durchgemacht haben ... Ehrlich gesagt, wollte ich noch ein bisschen abwarten, bis ich mich sicher und gut genug fühle, um Sie zu fragen ...«

Er blieb stehen und blickte ihr in die Augen. Seine hatten ein rauchiges Dunkelblau und dichte Wimpern. Sie lächelte, weil sie falsche Wimpern trug, um nicht so viel Mascara auftragen zu müssen, aber dieser Mann, der so gern in der Erde wühlte, hatte die dichtesten Wimpern der Welt.

»Ich hoffe, dass Sie sich bei mir immer sicher und gut fühlen. Was also machen Sie Ähnliches durch? Sie können mich alles fragen. Für Sie bin ich gern wie ein offenes Buch.«

Sie holte tief Luft. »Wie haben Sie Ihren Jungs beigebracht, dass Sie sich scheiden lassen?«

Tröstend legte er seine Hand auf ihren Oberarm. »Vermutlich war es bei uns doch etwas anders. Pamela hat ihnen erklärt, sie würde ausziehen. Weil sie eine Pause bräuchte. Sie sagte, es könnte sein, dass es zur Scheidung käme, sie hoffe jedoch, eine vorübergehende Trennung würde schon reichen. Daher musste ich ihnen erklären, dass ich zu einem weiteren Versuch nicht bereit bin. Aber ich versicherte ihnen auch, ich würde nicht verschwinden, weil sie meine Söhne seien und ich sie liebte.«

»Und das reichte ihnen?«

»Damals dachte ich das. Wir werden sehen.«

»Ich muss es meinen Töchtern sagen«, erklärte Lauren. »Sie lieben ihren Vater. Zwar schleichen sie nur auf Zehenspitzen um ihn herum, aber ich weiß, er ist ihnen wichtig.«

»Gut so.« Er nickte. »Das ist wirklich gut. Er ist bestimmt ein großartiger Vater.«

»Nein … ich weiß nicht«, erwiderte sie und schüttelte den Kopf. »Aber das ist jetzt zu kompliziert zu erklären. Ich wollte nur wissen, wie ich es ihnen beibringen soll.«

»Sie wissen es wahrscheinlich schon, Lauren. Sie teilen doch ihr Leben. Wenn Sie sich sicher sind, was Sie fühlen und was Sie wollen, müssen Sie klar und aufrichtig sein. Aber erwarten Sie keine Unterstützung von ihnen. Andererseits: Was weiß ich schon? Ich bin kein Experte. Unsere Versuche bei der Eheberatung waren ziemlich jämmerlich.«

»Unsere auch.« Sie nickte. »Brad betritt das Beratungszimmer immer schon mit dem Vorsatz, die Beraterin für sich zu gewinnen! Es ist fast immer eine Frau. Und die denkt innerhalb von zehn Minuten, der arme Mann müsste sich mit einer nörgelnden, halb hysterischen Goldgräberin herumquälen, die nur versucht, ihn um sein hart verdientes Geld zu bringen.«

»Goldgräberin?«, hakte Beau nach.

»Brad ist älter als ich«, erklärte sie. »Und war schon Chirurg, als wir heirateten. Er ist sehr erfolgreich und stammt aus einer reichen Familie. Im Gegensatz zu mir, wie ich bereits erwähnt habe.«

»Aber Sie sind Chemikerin. Eine arbeitende Akademikerin«, widersprach er. »Also liegen Sie nicht den ganzen Tag auf dem Sofa, sehen sich Seifenopern an und lassen sich die Nägel machen.«

Sie versteckte ihre Hände hinter dem Rücken. Er lächelte und zog sie wieder hervor. Es waren weiche Hände mit manikürten Fingernägeln, aber nicht, weil sie sich gern verwöhnte, sondern weil sie auf sich achtete. »Meistens mache ich sie mir selbst. Hin und wieder gehe ich auch zur Maniküre, aber eigentlich kann ich nicht so lange still sitzen.«

»Es ist doch kein Verbrechen, wenn man sich so etwas leisten kann. Pamela lässt sich alle sechs Wochen vollkommen auf Vordermann bringen. Vielleicht haben wir doch mehr gemeinsam, als ich dachte«, fügte er hinzu. »Ist Ihr Mann ein bisschen dominant?«

Sie nickte.

Er lachte leise. »Wenn Sie Pamela kennen würden ...«

»Auch dominant?«

»Sie bestimmt die Regeln«, erklärte er. »Und alle paar Jahre wird sie unruhig. Hat er Sie schon mal verlassen?«

»Nein, noch nie«, sagte sie. »Jedenfalls nicht körperlich. Er ist ein sehr schwieriger Mann, der ständig unter Hochspannung steht. Er weiß alles und gerät schnell in Rage.«

Beaus Gesicht wurde unter seiner gebräunten Haut etwas dunkler. »Schlägt er Sie etwa?«

Sie schüttelte den Kopf, schämte sich aber zu sehr, um ihm zu erzählen, was er tat. Denn das war sehr subtil. Er verletzte sie so unauffällig, dass man es von außen kaum mitbekam. Er musste immer die Kontrolle haben – und zwar ohne Ausnahme. Wenn ihm jemand in die Quere kam oder ihm widersprach, kämpfte er so lange, bis sein Gegner erschöpft war und kapitulierte oder nachgab. Er machte sie immer klein, erinnerte sie gerne daran, dass sie vor ihrer Ehe ein Nichts gewesen war. »Ich sollte jetzt wirklich gehen«, sagte sie leicht nervös. Sie hatte keine Angst davor, dabei ertappt zu werden, wie sie im hellen Tageslicht vor einer Kirche mit einem Gärtner sprach. Sondern davor, zu viel von sich preiszugeben. Wenn andere wüssten, wie viel sie sich gefallen ließ: Wie sollten sie sie noch respektieren? Sie hatte ja selbst keinen Respekt mehr vor sich.

»Moment noch«, erwiderte er. »Lauren, wen haben Sie zum Reden?«

»Meine Familie. Meine Schwester. Freunde. Nicht besonders viele, die mir wirklich nahestehen, aber zwei Freunde gibt es schon, denen ich vertraue«, antwortete sie. »Ruby zum Beispiel. Sie war früher meine Vorgesetzte, ist aber fünfzehn Jahre älter als ich und nun im Ruhestand. Wir haben uns sehr lange sehr nahegestanden. Nur ...« Rubys Mann war schwer krank geworden.

»Ich weiß, dass die Eheberatung nicht funktioniert. Meine jedenfalls hat es nicht gebracht. Vielleicht ist Pamela wie Ihr Mann: Sobald wir zwei zusammen sind, will sie immer gewinnen. Sie würde alles tun, um zu gewinnen. Aber vielleicht sollten Sie sich mal überlegen, allein zu einer Beratung zu gehen. Nur für sich selbst. Zu jemandem, der Ihnen durch die schwierige Zeit hilft.«

Das hatte sie schon mal getan, heimlich, zu einer Beraterin, von der sie niemandem erzählt hatte. Vielleicht sollte sie das noch mal tun. »Gehen Sie denn allein zur Beratung?«, fragte sie.

»Nein«, erwiderte er. »Die Idee stand im Raum, und möglicherweise mache ich das auch noch, aber im Augenblick kriege ich alles hin. Es ist nicht angenehm, aber es klappt.«

»Ich werde es im Hinterkopf behalten«, sagte sie.

»Hören Sie …« Er hielt inne und wandte den Blick ab. »Ich würde Sie gerne wiedersehen. Ist das möglich?«

»Eher nicht. Eine solche Komplikation wäre momentan …«

»Ich meine nichts Verbotenes … aber wenn Sie jemanden zum Reden brauchen … Ich jedenfalls hätte nichts dagegen, mich mal auszusprechen.«

»Ich kann mich im Augenblick nicht von einem anderen Mann abhängig machen, nicht mal zum Reden.«

»Das will ich auch nicht«, sagte er und zog seine Karte hervor. »Das ist meine Handynummer. Wenn Sie mal einen Kaffee trinken wollen. Oder wenn Sie auf einer Parkbank sitzen und sich Sorgen machen …«

»Danke«, sagte sie. »Aber wahrscheinlich rufe ich nicht an.«

»Das verstehe ich«, erwiderte er. »Es ist nur ein Angebot.«

»Aber Sie haben doch viel zu tun und kennen mich praktisch gar nicht.«

»So fühlt es sich aber nicht an«, entgegnete er. »Hier sind wir, zwei Menschen mit erwachsenen Kindern, die eine Scheidung durchmachen und … Sie wissen schon. Es ist einfach so passiert. Keiner von uns hat eine Anzeige aufgegeben oder sich bei einer Datingseite angemeldet.«

»Ich weiß Ihr Angebot zu schätzen«, sagte sie lächelnd.

»Wir werden uns schon irgendwann wieder begegnen«, erklärte er. »Bis dahin: Halten Sie durch!«

Pater Tim stand auf seine Hacke gestützt da und wartete in der Haltung eines alten Farmers auf Beau, nur dass Tim alles andere als ein alter Farmer war. Außerdem grinste er verschmitzt, als er Beau die Leviten las. »Deine Freundin Lauren ist aber sehr attraktiv.«

»Hallo? So was von einem Priester?«, erwiderte Beau und hob im Spaß seine Schaufel.

»Ich bin zwar Priester, aber noch nicht tot.« Tim lachte. »Ist dir aufgefallen, dass ihre Augen violett sind?«

»Das sind bestimmt Kontaktlinsen«, wehrte Beau ab. »So eine Augenfarbe hat doch niemand.«

»Doch, wenn du das Kind einer Hohepriesterin und eines Gottes bist.«

»Verteil den Dünger auf den Beeten, Pater.«

Beau war alles an ihr aufgefallen. Er mochte den Klang ihrer Stimme, ihr Lachen und ihre dichten, weichen braunen Haare, die ihr bis zur Schulter reichten. Sie hatten die Farbe von Mahagoni. Ihre Keckheit, die sie gezeigt hatte, als sie sich beim Wohltätigkeitsevent begegnet waren, gefiel ihm. Ihm war aufgefallen, dass sie ihr Selbstvertrauen verlor, sobald es um ihren Mann und ihre Ehe ging. Sie war so schlank und athletisch wie ein Vollblutpferd. Außerdem war sie hochgewachsen und hatte ziemlich große Füße, aber wenn man groß war, brauchte man einen sicheren Stand, weil sonst jeder Windhauch einen umpusten konnte. Bei der Vorstellung lächelte er in sich hinein.

»Triffst du dich mit ihr?«

»Nein. Sie lässt sich scheiden. Oder will sich zumindest bald scheiden lassen. Nein, ich hatte keine Verabredung mit ihr. Wie sie schon sagte, sind wir uns ein paarmal zufällig begegnet.«

»Woher weißt du das mit der Scheidung?«

Beau lehnte sich auf seine Schaufel. »Ich habe ihr erzählt, dass ich getrennt lebe. Bei unserem nächsten Treffen hat sie gesagt, sie würde bald auch allein leben. Da sind wir also, Fremde, beide mit erwachsenen Kindern, die sich scheiden lassen.«

»Was ist bei ihr der Grund?«, erkundigte sich Tim.

»Keine Ahnung. So eng sind wir nicht befreundet.«

»Aber du wärst es gern«, bemerkte Tim, hielt dann jedoch klugerweise den Mund und verteilte weiter Dünger auf den Beeten.

Das stimmte. Er wäre gern mit ihr befreundet. »Danach habe ich nun wirklich nicht gesucht«, erklärte Beau. »Pamela heilt einen ein für alle Mal von Frauen. Sie sieht zwar nicht aus wie der Typ, der einen vom Dach eines Hochhauses treibt. Aber sie ist –«

»Pamela braucht Hilfe, Beau. Sie wird sie sich niemals suchen, aber sie ist so launisch und selbstsüchtig, dass eine Beziehung mit ihr einfach nicht funktionieren kann. Eine Therapie und Medikamente könnten ihr helfen, aber darauf wird sie sich wahrscheinlich nicht einlassen.«

»Ich weiß nicht, ob das überhaupt je vorgeschlagen wurde«, sagte Beau. »Die Stimmungsschwankungen haben mir fast den Rest gegeben. Und ihr Versuch, sich mit Dingen glücklich zu machen: unglaublich teuren Schuhen oder Taschen. Oder mit einem besseren Mann. Sie behauptet zwar, sie hätte sich vor jedem neuen Mann erst getrennt, aber das bezweifle ich ... Wenn sie dann merkt, dass das Gras auf der anderen Seite auch nicht grüner ist, kommt sie zurück.«

Natürlich hörte Tim das alles nicht zum ersten Mal. Als er vor vier Jahren zurückgekommen war, steckte sein Freund Beau in einer schlimmen Ehe mit einer selbstsüchtigen, manipulativen Frau.

»Aber ich werde Pamela ewig dankbar sein, dass sie mir eine Chance mit ihren Söhnen gegeben hat«, fügte Beau hinzu. »Es sind gute Jungs. Wenn wir drei was zusammen unternehmen, zum Zelten, Angeln oder Wandern gehen, dann amüsieren wir uns prächtig. Einer, der zu viel nachdenkt, und einer, der alles laufen lässt.«

»Bring dich nicht in eine komplizierte Lage mit einer schönen Frau, die versucht, ihren Mann zu verlassen«, bemerkte Tim.

»Du meinst, ich soll mich nicht versündigen?«, fragte Beau.

»Das ist wahrscheinlich ein bisschen zu viel verlangt«, sagte Tim lachend. »Aber Lauren hat so etwas Angespanntes ...«

»Was erwartest du denn? Sie macht sich Sorgen um die Zukunft. Heute hat sie mich gefragt, wie ich es den Jungs beigebracht habe. Sie muss es ihren Töchtern erzählen.«

»Ich weiß, du willst ihr helfen«, erwiderte Tim. »Ich möchte dich nur daran erinnern, dass Pamela auch Unterstützung brauchte, als du sie kennengelernt hast. Sie hatte gerade eine schlimme Beziehung hinter sich, und du hast ihr geholfen, ihr Leben wieder auf die Reihe zu kriegen.«

»Hey, ich kenne diese Frau doch gar nicht, klar? Aber sie kommt mir ganz anders vor als Pamela. Dünger auf die Pflanzen, Pater!«

»Schon gut. Musst nicht gleich zornig werden.«

»Werde ich auch nicht«, sagte Beau und hob eine Schaufel voll Dünger aus dem aufgeschlitzten Sack.

Aber er war doch wütend. Weil Tim absolut recht hatte. Als er die schöne, sexy Pamela kennenlernte, sah er nicht eine selbstsüchtige, ungeduldige und schwer zufriedenzustellende Frau mit kurzer Aufmerksamkeitsspanne. Oh nein, er sah eine hinreißende, verletzliche junge Mutter von zwei unbändigen kleinen Jungs; eine junge Frau, die unendlich dankbar für einen guten, beständigen Mann in ihrem Leben war, einen Mann, der sogar zu Elternsprechtagen ging. Erst vor ein paar Jahren lernte er dann die andere Pamela kennen. Zwar hatte es hier und da Hinweise gegeben, aber die waren so unauffällig, dass er sich selbst eingeredet hatte, jeder hätte mal einen schlechten Tag.

Auf den ersten Blick wirkte Lauren wie eine anständige Frau mit ausgeprägten moralischen Grundsätzen. Sie konnte ihn nicht mal treffen, um jemanden zum Reden zu haben, wenn dadurch Ablenkungen oder Komplikationen drohten. Sie wollte sicher sein, ihre Töchter auf bestmögliche Art auf das vorzubereiten, was auch immer kommen mochte. Sie redete nicht schlecht über ihren Ehemann, obwohl man an ihrem Blick und den wenigen Worten darüber erkannte, dass sie in einer schlimmen Lage steckte. Als er sie gefragt hatte, ob ihr Mann sie schlug, hatte sie sich den Arm gerieben und geantwortet: »Nein.« Sie war schön, sanft und sensibel.

Dennoch war es gut möglich, dass sie sich in zwei Jahren an die Kehle gingen. Dass sie ihm vorhielt, er wäre stumpfsinnig, langweilig und unaufmerksam. Dass er nicht tanzen wollte, seine Freunde zu öde waren, dass er keine Partys mochte. Möglicherweise erklärte sie, ihr Leben wäre durch ihn nicht mehr erfüllend, ihre Bedürfnisse würden nicht gestillt ...

... ihr Sexleben bräuchte mal wieder einen Aufschwung.

»Bei Pamela gab es Warnsignale«, sagte Tim. »Von denen du mir selbst erzählt hast, du hast gesagt, sie waren offensichtlich, aber du hättest dir eingeredet, du würdest überreagieren, weil es die meiste Zeit ganz gut zwischen euch lief. Und natürlich ist niemand perfekt. Du gibst zu, dass du auch Fehler begangen hast. Ehrlich gesagt bist du ein bisschen zu eifrig, deine eigenen Fehler –«

Beau hielt inne und starrte seinen Freund an. »Hör auf, meine Gedanken zu lesen.«

»Tut mir leid«, sagte Tim. »Habe ich gar nicht gemerkt.«

»Du machst das ständig, und es geht mir gewaltig gegen den Strich.«

»Noch mal: Es tut mir leid. Also, Donnerstagabend Basketball?«

»Ja, klar.«

»Pater?«, ertönte eine weibliche Stimme vom Weg her. »Verzeihung, dass ich Sie störe. Ich wollte nur ...«

»Angela! Wie schön, Sie zu sehen! Was führt Sie denn hierher?«

»Wahrscheinlich bin ich vergeblich hier, weil es noch so früh im Jahr ist. Aber ich habe nichts Frisches mehr anzubieten, und meine Kunden könnten etwas Grünzeug gebrauchen. Also bin ich in der Hoffnung hier, dass Sie ein bisschen Salat für mich haben.«

»Beau, darf ich dir meine Freundin Angela vorstellen?«, sagte Tim. »Sie leitet eine Essenstafel in Oakland. Dort landet eine Menge von unserem Obst und Gemüse.«

»Freut mich sehr«, erwiderte Beau und bemerkte, wie Tims Augen aufleuchteten. Außerdem fiel ihm auf, wie schön die Latina mit dem dicken geflochtenen Zopf auf dem Rücken war. Seiner Schätzung nach war sie um die dreißig, und ihre Augen strahlten, während sie Tim immer wieder ansah. Sie trug eine enge Jeans mit Rissen an den Knien und hatte sich einen Kapuzenpulli um die Taille geschlungen. Sie war entzückend. Und Tims Stimmung änderte sich schlagartig.

»Wir haben noch nichts, aber ich kenne den Geschäftsführer des großen Safeway. Ist eines meiner Gemeindemitglieder. Schauen wir mal, ob er etwas abzugeben hat. Ich wette, wir bekommen was, ganz gleich, wie sein Warenbestand aussieht. Fahren wir mit Ihrem Wagen, dann können Sie mich nachher wieder hier absetzen.«

»Ich wusste, Sie würden uns nach Kräften helfen«, sagte sie und lächelte betörend.

»Dann mal los«, erwiderte Tim, fasste sie am Ellbogen und führte sie aus dem Garten. Während sie miteinander sprachen, neigte er sich zu ihr, und sie lachten.

Beau würdigte er keines Blickes mehr.

»Interessant«, sagte Beau und verteilte weiter Dünger auf den Beeten.

Kapitel Vier

Das Anwesen der Delaneys befand sich in einem vornehmen Privatviertel in Mill Valley. Besucher mussten sich erst beim Pförtner am Tor anmelden. Das Haus war wesentlich größer, als Lauren wollte oder es brauchte, zumal ihre Töchter mittlerweile ausgezogen waren, doch Brad hatte es sechs Jahre zuvor entdeckt und ohne sie zu fragen gekauft. Es war ein achthundert Quadratmeter großes Prestigeobjekt. Sie war fassungslos gewesen, und ohnmächtig. Was hätte sie sagen sollen? *Wir brauchen all das nicht, weil ich schon bald nicht mehr mit dir verheiratet sein werde?* Ihr war nur die Wahl geblieben, den Kaufvertrag entweder mit zu unterschreiben und damit ebenfalls Eigentümerin dieses Riesenanwesens zu werden. Oder sich zu weigern, aber dann hätte er es allein gekauft.

»Räum deine Sachen weg«, befahl er, bevor die Gäste kamen. »Die Leute sollen doch nicht denken, wir hätten getrennte Schlafzimmer.«

»Haben wir aber doch«, murmelte sie.

»Du schläfst manchmal wegen deiner Hitzewallungen im Gästezimmer«, erwiderte er und lieferte ihr damit eine Ausrede.

»Niemand wird hier in den Schlafzimmern spionieren«, entgegnete sie. »Außerdem habe ich keine Hitzewallungen.«

Er berührte ihre Wange und lachte. »Noch nicht, Lauren. Aber du bist nicht mehr die Jüngste.«

Da sie sich tatsächlich ein bisschen alt und angeschlagen fühlte, weil ihre jüngere Tochter den Collegeabschluss hatte und schon bald Jura studieren würde, schlug sie zurück: »Was meinst du denn, was sie von uns denken, wenn sie es erfahren würden?«

»Genau das, was ich auch denke«, sagte er leichthin. »Dass du etwas neben der Spur bist und deine Fantasie manchmal ins Kraut schießen lässt.«

Sie biss die Zähne zusammen, schwieg und dachte an die schlichte viktorianische Villa in Alameda, wo es so friedlich und schön war. Die Mädchen waren losgefahren, um in letzter Minute noch ein paar Sachen für die Party zu kaufen, und würden jeden Moment zurückkommen. In einer Stunde sollten die Gäste erscheinen. Unten machten sich die Caterer zu schaffen; ihr Lieferwagen parkte in der Garage, sodass sie leicht zu den Räumlichkeiten der Party, der Küche, der Vorratskammer, dem Esszimmer und der Terrasse gelangen konnten. Es wurden etwa hundert Gäste erwartet. Also konnte sie jetzt natürlich keinen Streit mit ihm anfangen. Eigentlich konnte sie nie einen Streit mit ihm anfangen. Es war furchtbar, mit Brad im Argen zu liegen.

Im Grunde hätte sie nach der unsäglichen Sache mit den Chlamydien endgültig einen Schlussstrich ziehen müssen. Aber er hatte alles geleugnet, hatte bestritten, dass sie von ihm kamen, und dabei hatte er so entschieden und überzeugend gewirkt, dass sie sich tatsächlich fragte, wie sie denn sonst daran geraten sein konnte. Sie hatte keine Affäre gehabt, nicht ein einziges Mal. Sie überlegte, ob es an einem verschmutzten Tampon oder an neuer Unterwäsche gelegen haben konnte, die jemand benutzt umgetauscht hatte. Eigentlich wusste sie es besser, aber ihr Zweifel blieb, so lächerlich er auch für eine studierte Chemikerin war. Schließlich hatte ihre Gynäkologin ruhig und entschieden gesagt:

»Sie können es nur von jemandem haben, mit dem Sie Sex hatten. Nicht mal von einer Bluttransfusion. Ganz einfach.«

Natürlich hatte sie sie von Brad. Schließlich hatte er sie auch früher schon betrogen. Also war er natürlich schuld. Von da an schlief sie nicht mehr mit ihrem Mann. Als sie drei Jahre später die Taschen seiner Hose leerte, um sie zur Wäsche zu geben, fand sie es: ein Kondom. Natürlich. Weil er nicht noch mal Chlamydien bekommen wollte.

Sie hatte das Kondom auf sein Kopfkissen gelegt. Daraufhin bezeichnete er sie als Idiotin: Er hätte das Kondom aus dem Materialraum der Krankenschwestern, sie würden manchmal für Katheter benutzt, und er hätte gedacht, er bräuchte es für einen Patienten, was nicht der Fall war. Wieso sollte er ein Kondom in seinen Taschen lassen, wenn er was zu verbergen hätte? Aber sie wusste, dass er log, und blieb in ihrem Gästezimmer. Den Mädchen erzählte sie, sie würde gerne noch bis spät nachts lesen, ihr Vater bräuchte aber seinen Schlaf, um morgens für die Operationen frisch zu sein. Beide interessierte das nicht, da sie schon aufs College gingen und nur zu Besuch nach Hause kamen. Im Gegenteil, es gefiel den Mädchen. Denn wenn sie über Nacht blieben, gesellten sie sich oft zu ihr und machten es sich auf ihrem Bett gemütlich, um mit ihr zu plaudern und zu lachen. Dann war sie doppelt froh, nicht mehr bei ihm zu schlafen.

Sie dachte, dass sie es vielleicht unbeschadet durchstehen und seinen Zorn hinnehmen könnten, aber es konnte sehr unangenehm werden. Sie hatte doch nur gewollt, dass ihre Töchter eine schöne Collegezeit hatten.

Zugegeben, sie waren verwöhnt, und daran war sie nicht ganz unschuldig. Sie hoffte nur, dass es ihnen nicht schaden würde. Vor allem wollte sie, dass sie zu anständigen Menschen wurden.

Womit würde er sie also jetzt bedrohen? Mit welcher Erpressung würde er sie halten wollen? Was zum Teufel wollte er überhaupt von ihr?

Sie schüttelte den Kopf und zwang sich, wieder an ihre jüngere Tochter zu denken, für die diese riesige Party geplant war. Cassidy hatte ihre Sache gut gemacht und würde in Harvard studieren. Tränen traten Lauren in die Augen. Nicht vor Stolz, sondern vor Trauer, dass Cassies Großmutter, ihre Mutter Honey, nicht da sein würde. Sie fehlte ihr so! Als sie sich das letzte Mal sahen, hatten sie zusammengegessen, nur Honey, Lauren und Beth. Lauren und Beth erzählten von ihren Ehen. Die von Beth war so himmlisch verrückt und chaotisch wie immer, Laurens hingegen wurde mit jedem Jahr schlimmer. Als sie sich zum Abschied umarmten, hatte Honey Laurens Wange berührt und gesagt: »Du musst ihm nicht dein ganzes Leben opfern, Schatz. Deinen Töchtern übrigens auch nicht. Vielleicht bist du jetzt so weit gegangen, wie es möglich war. Und das ist in Ordnung.« Drei Tage später starb Honey, und Lauren vermisste sie nicht nur jeden Tag, sondern betete auch, dass Honey nicht jeglichen Respekt vor ihr verloren hatte, weil sie eine schlechte Ehe ertrug und zwei Mädchen umsorgte, die schon verwöhnt genug waren.

Jetzt aber würde Cassie Jura studieren. Lauren freute sich für sie, auch wenn Boston so weit weg war. Sie würde ihre Tochter begleiten, um mit ihr eine Wohnung zu suchen. Cassie würde vor Semesterbeginn dorthin ziehen, hoffentlich einen Nebenjob finden, sich den Campus und die Umgebung anschauen, sich eingewöhnen und versuchen, nicht vor lauter Einsamkeit zu sterben. Schließlich ließ sie ihre Familie, ihre Freunde und ihren Freund zurück, mit dem sie schon über ein Jahr zusammen war.

Brads Mutter, die mittlerweile fünfundachtzigjährige Adele, erschien in ihrer Limousine, die sie mit Chauffeur für den gesamten Tag gemietet hatte. Sie wirkte ... reich. Reich, verkniffen und missgelaunt. Beth, Chip und die Jungs trafen ein, und Beth konnte sie nur mit Mühe davon abhalten, wie die Heuschrecken über die Hors d'œuvres herzufallen. Als Ruby erschien, stürzte Lauren sich in ihre Arme. »Wie geht es dir, Kleine?«, erkundigte sich Ruby.

»Gut«, antwortete sie. »Und wie geht es Ted?«

»Wie immer«, erwiderte Ruby. »Lang kann ich nicht bleiben. Aber du und Cassie versteht das sicher.«

»Aber ja. Sag mir nur, wenn ich euch irgendwie helfen kann.«

»Danke, aber wir kommen schon zurecht.«

Rubys Mann hatte einen Schlaganfall gehabt, erholte sich recht gut und war gerade von der Reha nach Hause gekommen. Aber es war nicht zu leugnen, dass es ein lebensgefährlicher Schlag gewesen war und er mit fünfundsiebzig nur langsam Fortschritte machte. Da wollte Ruby ihn nicht zu lange allein lassen.

Lauren konnte Ruby nicht mit ihren Problemen oder Plänen belasten.

Es war Rubys dritte Ehe. Die erste hielt neun Jahre und brachte zwei Söhne hervor. Die zweite war kurz und schmerzlich. *Ich hatte nichts aus meiner schrecklichen ersten Ehe gelernt*, hatte Ruby gesagt. Ein paar Jahre später heiratete sie Ted, mit dem sie eine herzliche und unkomplizierte Beziehung führte. Es war Ruby gewesen, die zu ihr gesagt hatte: *Gib dein Bestes, damit deine Ehe funktioniert. Sonst wirst du es später bereuen. Aber hör mir zu: Harre nicht zu lang aus, sonst bist du auf einmal eine alte Frau ohne andere Möglichkeiten, gefangen in einer Ehe mit einem verknöcherten Greis, der seine Gemeinheiten zur Perfektion gebracht hat. Eines Tages wird einer von euch krank werden, und damit abhängig vom anderen. Eine Ehe ist schon mit Liebe schwer genug.*

Lauren hoffte nur, sie hatte nicht zu lang ausgeharrt.

»Ich komme Ted demnächst mal besuchen«, sage Lauren.

»Das wird ihm bestimmt gefallen«, erwiderte Ruby. »Hier

sieht alles wie immer ganz wundervoll aus. Du weißt wirklich, wie man eine Party schmeißt.«

»Ich hatte ja auch genügend Gelegenheiten zum Üben, oder?«

»Allerdings.« Ruby nickte.

Die Delaneys waren für ihre wunderbaren Partys bekannt: köstliches Essen und angenehme Gäste, wenn man sich damit abfand, dass es vor allem Mediziner waren. Es herrschte immer eine ganz besondere Atmosphäre. Jetzt drifteten im Pool künstliche Wasserlilien mit brennenden Kerzen, dazu gab es klassische Musik, und Kellner in Livree boten Champagner und Häppchen an. Die Schiebetüren des Wohnzimmers waren zur Terrasse hin geöffnet, sodass die Gäste hinein- und hinausströmen konnten. Im Esszimmer war ein Büfett aufgebaut worden, wo sogar ein Bediensteter persönlich den Rostbraten tranchierte. Auf der Terrasse hatte der Caterer eine Reihe runder Tische mit Stühlen aufgebaut.

Im Laufe der Jahre hatten Brad und Lauren zu vielen Gelegenheiten eingeladen: zu Brunches, Diners, Cocktailpartys, Poolpartys, Ruhestandsfeiern und ein-, zweimal sogar zu Hochzeiten.

Ein Anflug von Wehmut überkam Lauren. Sie hatte unter schwierigen Umständen gute Arbeit geleistet. Nur ein einziges Mal hatte sie ihre Arbeitskollegen zu einer Party ausschließlich für sie eingeladen, und Brad hatte sie mit seinem Charme bezaubert. Nachdem alle weg waren, hatte er sich nur über sie beschwert. Einen ganzen Tag lang. Nicht ein Einziger hatte ihm zugesagt.

Es war meist Brad, der die Partys vorschlug. »Ich finde, wir sollten dieses Jahr eine Weihnachtsparty geben. Dazu laden wir meine Kollegen ein, ein paar Freunde und die Familie. Sagen wir sechzig Gäste. Schaffst du das?«

Sie hatte sich nie geweigert. Sie hatte einen Pianisten für den Flügel im Foyer angeheuert, sich mit dem Catering-Service zusammengesetzt, mit Brads Sekretärin eine hübsche Einladung entworfen und eine Gästeliste zusammengestellt, die er begutachten sollte. Er fügte noch ein paar Namen hinzu und sagte: »Nur Erwachsene, klar?«, als er die Namen seiner Neffen auf der Liste sah.

»Aber es ist Weihnachten!«

»Zu Weihnachten können sie kommen, aber auf einer schicken Cocktailparty haben sie nichts zu suchen. Die verkleckern doch nur Punsch auf den Teppich.«

Jetzt sah Lauren Sylvie Emerson auf sich zukommen. Andy folgte ihr dichtauf. Brad lud immer die Emersons ein.

»Sylvie! Wie nett von Ihnen zu kommen!«

»Wie könnte ich mir denn die Gelegenheit entgehen lassen, eine unserer zukünftigen Anwältinnen zu beglückwünschen«, erwiderte sie und zog eine Karte aus ihrer großen Tasche. »Und nur kurz: Mir ist klar, dass Sie im Augenblick sehr beschäftigt sind, aber wenn sich alles ein bisschen beruhigt hat, erwarte ich Ihren Anruf wegen unseres Treffens zum Mittagessen.«

»Sehr gerne«, erwiderte Lauren. »Ich helfe Cassie, sich an der Ostküste einzuleben, und dann freue ich mich auf unser Treffen.«

»Perfekt. Aber nun bringen Sie mich mal zur Absolventin«, bat Sylvie. »Wir bleiben nicht lang, weil wir noch woanders hinmüssen.«

»Natürlich. Und ich würde Ihnen gerne meine Schwester und ihren Mann vorstellen. Er arbeitet bei der Polizei von Oakland, und die Tochter eines seiner verstorbenen Kollegen hat eines von Ihren Stipendien bekommen.«

»Oh ja, bitte! Komisch, dass Brad diese Verbindung nie erwähnt hat«, sagte sie.

Lauren hingegen fragte sich, ob Brad überhaupt davon wusste.

Kaum bemerkte ihr Mann Sylvie und Andy, stürzte er schon

herbei und übernahm Laurens Platz als Gastgeber. Sie ließ sie ziehen, da Sylvie sicherlich darauf bestehen würde, Beth und Chip kennenzulernen und Cassie zu gratulieren. Sie wusste, sie würde Sylvie noch einmal danken können, bevor sie gingen.

Lauren war eine ausgezeichnete Gastgeberin geworden. Und sie würde diese Rolle mit Begeisterung abgeben. Sie freute sich schon auf Aktivitäten, über die Brad sich nur lustig gemacht hätte. Vielleicht würde sie einem Buchclub beitreten, der sich einmal im Monat traf, manchmal sogar in ihrem bescheidenen Haus. Oder sie würde für eine jüngere Mitarbeiterin eine Babyparty schmeißen, irgendwo, wo es weniger einschüchternd war als auf dem Anwesen der Delaneys. Sie wollte nur Ruhe und Frieden; sie wollte ein Enkelkind, auf das sie manchmal aufpasste. Würden ihre Töchter ihre Anwesenheit im Kreißsaal zulassen?

Aber das war ja noch Jahre hin. Doch als dann die Party sich dem Ende näherte, als alle Trinksprüche auf Cassie ausgebracht waren, als Brad und ein paar seiner Bekannten sich Brandy und Zigarren genehmigt hatten, bat Cassie sie darum, mit ihr allein reden zu können. Dabei hielt sie ihren Freund Jeremy an der Hand. *Oh nein!*, dachte Lauren. *Was wird das denn?*

»Mom, ich habe wunderbare Neuigkeiten«, begann Cassie zu sprechen. »Jeremy hat beschlossen, nach Boston zu ziehen.«

»Was?«, erwiderte sie höchst eloquent.

Cassie lachte. »Er will seinen Master an der Universität von Boston machen.«

»Wie? Aber hast du nicht schon in Berkeley damit angefangen?«

»Ja, das stimmt«, antwortete Jeremy. »Ich kann erst nach dem ersten Semester dort einsteigen, aber das ist in Ordnung. Ich werde arbeiten und meine Recherche intensivieren. Wir werden uns einrichten, bevor wir beide unser Studium beginnen.«

»Ein... richten ...?«, wiederholte sie.

Cassie lachte. »Wir werden zusammenwohnen. Ich kann dir gar nicht sagen, wie glücklich ich darüber bin.« Sie umfasste Jeremys Hand. »Ich wusste ehrlich nicht, wie ich die Fernbeziehung hätte aushalten sollen. Jeder an einer anderen Küste?«

»Bist du ...? Nein, ihr heiratet ja nicht.«

»Noch nicht, nein«, bestätigte Cassie. »Wir haben schon mal darüber gesprochen, sind uns aber einig, dass zuerst mein Studium und sein Master an der Reihe sind. Aber wenigstens werden wir zusammen sein.«

Lauren schlug sich die Hand vor den Mund, weil ihr ein Schluchzer entschlüpfte. Sie mochte Jeremy von Herzen gern. Er war ein wundervoller, sensibler junger Mann. Er beschäftigte sich mit Autismus und war bei Weitem der anständigste und verlässlichste Junge, den eines der Mädchen je nach Hause gebracht hatte. Cassie war seit über einem Jahr mit ihm zusammen, und Lauren wusste, dass es zwischen ihnen ernst war.

»Mom ...«, sagte Cassie.

Aber Jeremy zog sie in seine Arme. »Wir kommen schon klar«, versicherte er. »Wir überstürzen nichts. Wie sich herausgestellt hat, ist Boston in bestimmten Bereichen auch besser für meine Forschung. Und du fändest es doch auch idiotisch, wenn ich Cassie einfach so ziehen lassen würde.«

»Allerdings.« Sie nickte. »Trotzdem, oh Gott, schon wieder so eine große Veränderung!«

Cassie lachte. »Aber du freust dich doch für uns, oder?«

»Heißt das, du brauchst meine Hilfe in Boston nicht?«

»Oh Mama, nein, ich möchte das wirklich unbedingt mit dir machen. Du bist in solchen Dingen unschlagbar.«

Sie wischte sich die Tränen von den Wangen. »Das stimmt«, sagte sie. »Ich bin die Beste.« Sie benahm sich albern. Sie wusste doch, dass sie miteinander intim waren. Schließlich waren sie keine Kinder mehr. Sie selbst hatte mit dreiundzwanzig geheiratet. Leicht nervös lachte sie auf.

Cassie bat Jeremy, ihnen ein Glas Wein zu holen. Als er außer Hörweite war, fragte Cassie: »Wirst du es Dad erzählen?«

Lauren runzelte die Stirn. »Solltest du das nicht machen?«

Cassie schüttelte den Kopf. »Nein. Meine Entscheidungen missfallen ihm immer. Wenn Lacey verkünden würde, dass sie mit Charles Manson zusammenzieht, würde Daddy sie zu ihrem guten Geschmack beglückwünschen, aber ich kann es ihm nie recht machen. Und Jeremy mag er gar nicht.«

»Oh doch, ich bin sicher, er mag ihn. Sie haben nur nicht besonders viel gemeinsam«, widersprach Lauren. Und dann fragte sie sich, wieso sie für ihn log. Brad mochte Jeremy nicht, weil er ein sensibler Intellektueller war, der niemals reich werden würde. Jeremy war sanft und freundlich. Mit solchen Menschen konnte Brad nichts anfangen.

»Bitte, übernimmst du das?«, bettelte Cassie.

Lauren lächelte ihre jüngere Tochter an. Sie fand Cassies Entscheidungen immer großartig. Sie bewunderte, dass sie sich für einen anständigen jungen Mann entschieden hatte, der sie glücklich machte, der sie glücklich machen *wollte*. »Begleitet uns Jeremy für die Wohnungssuche nach Boston?«

»Nein. Das überlässt er ganz mir. Und er besteht darauf, die Hälfte der Miete zu übernehmen. Er sucht sich einen Job.«

Wieder musste Lauren lächeln. »Zieht er denn gleichzeitig mit dir um?«

»Nein, ein paar Wochen später«, erklärte Cassie. »Er muss noch einiges erledigen und seine Wohnung ausräumen.«

»Dann warten wir vielleicht noch ein wenig, bis wir Dad von deinen Plänen erzählen.«

»Ich weiß, das wird nicht ganz leicht«, erwiderte Cassie. »Deshalb habe ich ja auch dich gebeten ...«

»Wie kommst du darauf, dass ich irgendwelchen Einfluss auf ihn hätte?«, fragte Lauren. »Er stellt sich bei mir doch ständig quer.«

»Aber irgendwie setzt du dich doch immer durch.«

»Nein, irgendwie überlebe ich es immer«, entgegnete sie. »Ich habe einfach einen Weg gefunden, mich mit ihm zu arrangieren.«

Wie wahr das war! Sie arrangierte sich mit ihrem Mann. Er liebte sie nicht, sie liebte ihn nicht, und das ging schon seit Jahren so. Sie hatte keine Ahnung, was Brad von dieser Beziehung überhaupt wollte: nur eine gute Hausfrau und Gastgeberin? Denn sie waren keine Liebenden, keine Vertrauten, keine Freunde.

»Weißt du, Cassidy, ganz gleich, was dein Vater meint, es ist ausschließlich deine Sache, mit wem du zusammenlebst und wen du heiratest«, erklärte Lauren.

»Aber er kann alles ziemlich schwierig machen, wenn seine Meinung nicht mit meiner übereinstimmt«, entgegnete Cassie.

»Ich weiß«, sagte Lauren und strich ihrer Tochter zärtlich über die hellbraunen Haare. »Ich bin zwar nicht begeistert, dass du so weit fortziehst, aber ich freue mich auf unsere gemeinsame Zeit in Boston.«

»Ich mich auch«, meinte Cassie.

Und ich hoffe, deine Entscheidungen sind weiser als meine, hätte sie am liebsten hinzugefügt.

Aber war bei Brad und ihr jeder Tag eine Katastrophe gewesen? Natürlich nicht. Sie hatten auch gute Zeiten miteinander erlebt, ohne Liebende, Vertraute oder Freunde zu sein. Im Jahr zuvor waren sie nach Italien gereist und hatten ein paar nette Pärchen kennengelernt, mit denen sie immer noch in Kontakt waren. Sie flogen jeden Winter nach St. Tropez, manchmal mit den Mädchen, und trafen dort Bekannte vom Vorjahr, mit denen sie befreundet waren wie ganz normale Paare. Der Alltag war auszuhalten, da sie sich nicht so oft begegneten, außer, wenn die Töchter da waren. Brad war sehr gesellig, und wenn er etwas plante, machte sie mit und war kooperativ.

Nur ein-, zweimal pro Woche kam es zu Zwischenfällen, die ihr sehr zusetzten. Dann erinnerte er sie daran, dass sie aus dem Nichts kam. Er unterstellte ihr, sich was vorzumachen oder Geschichten zu erfinden, in denen sie das Opfer seiner Grausamkeit war. Er brüllte sie an und demütigte sie.

Er kniff sie.

Wahrscheinlich war dieses Kneifen das Demütigendste überhaupt. Allein deswegen wollte sie ihn schon verlassen. Wenn er sie kniff, schnellte wie aus dem Nichts seine Hand vor, zu ihrem Unterarm oder dem zarten Fleisch ihres hinteren Oberarms, und dann kniff er mit seinen langen, starken Fingern zu und zwirbelte ihre Haut. Manchmal bekam sie davon blaue Flecken.

Das Schlimmste war, dass sie das Gefühl hatte, sie müsste Beweise sammeln. Männer konnten wohl einfach gehen, wenn sie keine Liebe mehr empfanden, aber Frauen? Frauen mussten misshandelt, attackiert, eingesperrt oder auf andere Art zum Opfer gemacht werden, bevor sie das Recht hatten zu gehen.

Resigniert wandte Lauren sich wieder zu Cassie. »Nur Geduld, ja? Wenn der Zeitpunkt günstig ist, sage ich es ihm, aber es besteht ja kein Grund zur Eile. Ich kann dir versprechen, dass er zum Umzug nicht in Boston sein wird.«

Beau traf Pamela im Wartezimmer der Beratungspraxis. Sie stand auf und wollte ihn umarmen. Er wich ihr aus, bevor sie ihn fest in ihre Arme schließen konnte.

»Tja, Botschaft verstanden«, bemerkte sie.

Er lächelte sie nur an. Sie war wunderschön und sah in ihrem Kostüm sehr elegant aus. Nur Pamela konnte in Arbeitskleidung sexy wirken. Sie überschritt keine Grenzen, reizte sie aber aus: konservatives Jackett, tief ausgeschnittene Seidenbluse, schmaler Rock mit Schlitz, High Heels. Die Farbe, helles Korallenrot, stand ihr und passte zum Frühling. Sie betonte ihre blonden Haare und die blauen Augen. Zwar färbte sie sich die Haare und trug Kontaktlinsen. Aber das hatte Beau nie gestört. Frauen wollten nun mal hübsch sein. Das verstand er. Es störte ihn nicht mal, dass Pamela auch für andere Männer sexy und attraktiv sein wollte. Wenn ein Mann selbstbewusst war, konnte er deswegen sogar Stolz empfinden.

Aber manchmal übertrieb Pam es.

Sie ähnelte kaum noch der jungen Mutter in Jeans, die sich mit zwei wilden kleinen Buben durchschlug, in einer Einzimmerwohnung lebte, ein gerade noch fahrtüchtiges Auto hatte und von den Alimenten und Essensmarken lebte. Manchmal vermisste er diese Frau. Irgendwie hielt es die Verbindung aufrecht.

»Wir haben doch schon darüber geredet, Pam«, sagte er. »Ich werde meine Gefühle gerne gegenüber dem Therapeuten erklären. Er scheint mir ein netter Kerl zu sein.«

Sie erstarrte und atmete schniefend ein. »Ich hoffe, er kann uns wieder zusammenbringen. Du nicht?«

Beau schwieg, lächelte melancholisch und steckte die Hände in die Hosentaschen. Dann warf er einen Blick auf seine Uhr.

»Musst du noch irgendwohin?«, fragte sie bissig.

»Momentan nicht, aber heute Nachmittag habe ich noch Termine«, antwortete Beau.

»Warum bist du so distanziert?«, fragte sie. »Wir hatten so ein gelungenes Wochenende: Drews Party, die ganze Familie wieder zusammen … Ich hatte wirklich das Gefühl, wir hätten tolle Fortschritte gemacht.«

»Ja, das Wochenende war nett, nicht wahr? Drew hat es sehr genossen. Aber er freut sich auch, dass es vorbei ist und er sein Leben weiterleben kann. Er ist bereit für das nächste Kapitel.«

»Ich spüre doch, wie du dich mir entziehst …«

Typisch Pamela. Wie oft brauchte sie eigentlich eine Auszeit, bevor es endgültig vorbei war? Sie zog zur Untermiete in eine Wohnung in der Innenstadt, flog für zehn Tage nach Maui, machte einige Geschäftsreisen und pflasterte ihren Facebook-Account mit Fotos, auf denen sie offensichtlich viel Spaß hatte, aber jetzt war sie fertig und wollte eine reibungslose Rückkehr zu ihrer Basis. Ein Mann tauchte immer wieder auf den Fotos auf, auch auf denen von Maui. Offenbar war er nicht mehr im Spiel.

»Vielleicht hast du recht«, sagte er. Glücklicherweise öffnete sich da die Tür.

»Kommt rein, Leute«, sagte George. »Ich hoffe, ihr hattet eine gute Woche.«

»Eine sehr gute«, sagte Beau.

»Gibt es noch irgendwas, das ich wissen muss, bevor wir anfangen?«, erkundigte sich George.

»Ja«, sagte Beau. »Ich fürchte, ich werde nicht mehr zu dieser Beratung kommen.«

»Er hat jemanden kennengelernt«, behauptete Pamela.

»Habe ich nicht«, entgegnete Beau. »Obwohl ich nichts dagegen hätte. Ich habe hier nur anstandshalber mitgemacht, aber eigentlich habe ich keine Lust mehr. Dies ist unsere vierte Trennung und unsere siebte Eheberatung. Allein schon den Zahlen nach zu urteilen, sind wir doch eigentlich durch. Das soll keine Kritik an dir sein, George. Du bist sicher einer der Besten.«

Pam schlug die Hände vors Gesicht und begann zu weinen.

»Pam, ich finde, du solltest hier weitermachen«, fuhr Beau fort. »Ehrlich. Ich glaube, du willst diese Ehe, diese Phase deines Lebens beenden und eine neue Richtung einschlagen. Wenn wir jetzt wieder zusammenkämen, wäre es ein paar Monate schön, dann mittelprächtig und dann für eine lange Zeit schwierig, bis du beschließt, dass es zu schwer ist, und die nächste Auszeit verlangst. Das ist dein Muster, und da mache ich nicht mehr mit.«

Jetzt heulte sie laut auf.

»Ach, Herrgott«, sagte Beau.

»Wie kommst du ausgerechnet jetzt dazu, wenn ich fragen darf?«, schaltete George sich ein.

»Du darfst«, erwiderte Beau. »Ein guter Freund von mir ist ebenfalls Berater. Ich habe ihm erzählt, ich würde zur Paartherapie gehen, obwohl ich meine Ehe beenden wollte. Er schlug vor, ich sollte meine Gefühle doch aufrichtiger äußern. Also, ich meine es nicht böse, aber eigentlich will Pamela gar nicht verheiratet sein. Zumindest nicht mit mir. Normalerweise geht es eigentlich um einen anderen Mann …«

»Geht es nicht!«, zischte sie.

»Doch, normalerweise schon«, beharrte Beau. »Und das macht mir nicht mal was aus. Lass es uns einfach beenden.«

»Dann musst du aus meinem Haus ausziehen!«, sagte sie mit Nachdruck.

»Leute, solche Angelegenheiten werden hier nicht besprochen, aber wenn ihr die Ehe auflösen wollt, kann ich euch beim emotionalen Part helfen«, schaltete George sich ein.

»Dann hilf Pam beim emotionalen Part«, sagte Beau und stand auf. »Ich würde sagen, Pam ist sich überhaupt nicht sicher, ob wir verheiratet bleiben sollen – sonst hätte sie sich nicht so oft trennen wollen. Aber ich mach jetzt Schluss.«

»Der Berater, mit dem er geredet hat, ist *Priester*!«, rief sie aus.

Beau zuckte nur die Achseln. »Er hat nicht aus der Bibel zitiert. Er ist nur ein Freund, berät aber viele Paare und Einzelpersonen. Also, George, ich sollte nicht weiter deine und Pams Zeit verschwenden. Eine fünfte Trennung wird es nicht geben. Die Jungs sind jetzt erwachsen. Allerdings brauchen sie noch ihre Eltern, die werden sie immer brauchen –«

»Nur, dass du nicht ihr Vater bist!«, unterbrach Pam ihn.

»Nicht ihr biologischer Vater«, ergänzte er. »Aber ich habe sie ein Dutzend Jahre unterstützt, und wir stehen uns sehr nahe. Ich werde ihre Bezugsperson sein, solange sie das möchten.«

»Ich fasse es nicht, dass du uns so schnell aufgibst!«

»Beau«, sagte George, »warum setzt du dich nicht wieder, damit wir darüber reden können.«

Beau dachte kurz nach. Er nahm sogar wieder Platz; er war schon immer so entgegenkommend gewesen. Für ihn hatte es bislang funktioniert, kooperativ und hilfsbereit zu sein. Er glaubte fest daran, dass er deshalb so erfolgreich war. Dann aber fiel ihm ein, dass harmoniebedürftige Menschen auch tickende Zeitbomben sein konnten, und er erhob sich wieder. »Tut mir leid, George, aber das hier ist für mich das Ende der Fahnenstange. Danke, dass du versucht hast, uns zu helfen. Vielleicht kannst du Pamela überreden, in eine Einzelberatung zu gehen. Sie ist wütend und unglücklich.«

»Wie *kannst* du es wagen, so was über mich zu sagen!«

»Ich werde den Jungs erklären, dass ich es einfach nicht mehr versuchen will.«

Damit drehte er sich um und verließ die kleine Praxis. Es überraschte ihn, wie schrecklich er sich fühlte. Eigentlich hatte er gedacht, er würde sich frei fühlen, aber das Gegenteil war der Fall. Er empfand Enttäuschung, Herzschmerz und nackte Angst. Und Schuld, weil er den Auftritt sorgfältig geplant und Pamela damit kalt erwischt hatte. Obwohl sie eigentlich nicht hätte überrascht sein dürfen. Anscheinend hatte sie erwartet, das würde ewig so weitergehen.

Er hatte zwei Termine. Zuerst mit der Anwältin und dann mit dem Schlüsseldienst. Sonja Lawrence war eine Frau Mitte sechzig mit langer Berufserfahrung. Vor zwei Monaten hatte er sie das erste Mal aufgesucht und nach einem kurzen Gespräch eine Liste bekommen, mit allem, was er tun und entscheiden musste. Sie zog die Liste aus ihrer obersten Schublade – sehr sachlich. Es war wie die Liste, die man vom Zahnarzt bekam, wenn einem ein Zahn gezogen worden war. Er wollte Ms Lawrence von den Trennungen, den anderen Männern erzählen, die Pamela gerne als harmlose Affären bezeichnete, von den Paartherapien, der schlechten häuslichen Atmosphäre –

»Mr Magellan, das ist im Grunde irrelevant. In diesem Staat geht es nicht um die Schuldfrage. Hier muss keiner einen Fehler gemacht haben. Die Anwälte müssen nur die Aufteilung des Vermögens verhandeln.«

»Sie wird die Hälfte meines Unternehmens bekommen, nicht wahr?«

»Zumindest wird sie das wohl anstreben«, sagte Ms Lawrence.

Er stieß ein verzweifeltes Lachen aus.

»Ich weiß, das ist nicht lustig«, bemerkte sie.

»Nein, Sie missverstehen mich. Es ist nur ... Ich halte viel von Ihnen, wirklich. Ich möchte keine andere Anwältin. Ich war nicht auf der Suche nach dem härtesten Hund in der Bay Area. Aber Sie erinnern mich an meine Großmutter ... Natürlich, als ich noch jünger war. Aber werden Sie in der Lage sein, einen fairen Deal auszuhandeln?«

Sie lächelte duldsam. »Lassen Sie sich nicht vom Aussehen täuschen, Mr Magellan. Meistens werde ich stark unterschätzt.«

Kapitel Fünf

Lauren und Cassie flogen nach Boston, mieteten sich einen Wagen und fuhren direkt zu einem Immobilienmakler, der sich auf Wohnungen in der Nähe von Harvard spezialisiert hatte. Obwohl sie aus Kalifornien kamen, wo die Lebenshaltungskosten hoch waren, dämpfte der Preisschock fast ihre Hochstimmung. Abend für Abend saßen sie in ihrem Hotelzimmer, sahen die Angebote durch und diskutierten, was Cassie brauchte. Cassie hatte ein Maßband mitgebracht und hielt die Größe der Räume in einem kleinen Notizbuch fest. Die meisten ihrer Sachen waren schon in einem Container hergebracht worden und sollten angeliefert werden, sobald sie eine passende Wohnung gefunden hatten.

Da es noch früh im Sommer war, hatten sie eine viel größere Auswahl. Gerade erst waren die Absolventen weggezogen, die neuen Studenten kamen noch nicht, und das Angebot war groß, obwohl es für einige Wohnungen eine Warteliste gab. Aber die Mieten waren einfach absurd hoch.

»Ich weiß nicht, wie wir diese Kosten stemmen sollen«, sagte Cassie und stellte ein paar Berechnungen an.

»Harvard«, antwortete Lauren nur. »Es werden wohl Schulden gemacht werden müssen, aber die wirst du schneller abzahlen, als du glaubst, und ich werde dir so gut wie möglich helfen. Du musst einfach nur eine verteufelt gute Anwältin werden.«

»Genau deswegen mache ich mir ja Sorgen«, wandte Cassie ein. »Eigentlich ist es nicht mein Ziel, so viel Geld wie möglich zu verdienen. Lieber möchte ich so viel richtig machen, wie ich kann.«

Lauren musste lächeln, weil Cassie ein so gutes Herz hatte. Es war schon seltsam: Mit ihrem hellen Haar, den blauen Augen und der untersetzten Statur ähnelte sie viel mehr Brad. Lacey hingegen hatte das Temperament von ihrem Vater geerbt, glich Lauren aber bis aufs Haar – sie hatte auch die ganz besonderen Augen ihrer Mutter.

In einem Anflug von Sentimentalität sagte Lauren: »Ich bin so stolz auf dich. Du hast keine Ahnung, wie sehr ich dich vermissen werde.«

Am Ende des dritten Tages ihrer Wohnungssuche wurde ihnen eine kleine Zweizimmerwohnung im dritten Stock gezeigt. Ohne Fahrstuhl natürlich. Sie war winzig und verwohnt; das ganze Gebäude war alt, allerdings ein paarmal saniert worden. Die Böden hatten verschrammte Holzdielen, das Bad war eher ein großer Schrank. »Hier kann man definitiv nur allein hinein«, bemerkte Lauren. Aber man musste sich das Bad nicht mit anderen Hausbewohnern teilen, so wie bei vielen anderen Studentenwohnungen. Die Küche war kaum größer als eine Küchenzeile, aber der Herd und der Kühlschrank waren gerade mal zehn Jahre alt. Lauren erinnerte sich noch, dass die Küchenmöbel in ihrer Collegezeit entweder avocadogrün oder fleischfarben gewesen waren. Diese hier waren weiß. Es gab Platz genug für einen kleinen Tisch und zwei Stühle. Und das Schlafzimmer bot gerade ausreichend Raum für ein Pärchen.

Das Wohnzimmer hingegen war überraschend geräumig. Es war hell und luftig, mit hoher Decke und einem großen Fenster mit Blick auf den Park auf der gegenüberliegenden Straßenseite und die Stadt in der Ferne, die zwischen den Bäumen zu sehen war. Es gab reichlich Platz für ein Sofa, zwei Sessel, einen Sofatisch, ein Bücherregal und vielleicht sogar einen kleinen Schreibtisch, wenn man alles geschickt anordnete.

»Oh Mama, ich liebe die Wohnung«, sagte Cassie, die vor dem Wohnzimmerfenster stand.

»Ich hoffe, du bist dir wegen Jeremy sicher«, bemerkte Lauren. »Denn wenn ihr euch auf die Nerven geht, habt ihr hier keinerlei Rückzugsmöglichkeit.«

»In der Nähe ist eine Bushaltestelle, also kann man immer mal wieder in die Stadt fahren und Abstand gewinnen«, erwiderte Cassie, »und in der Straße gibt es Läden und Restaurants. Ich kann mir vorstellen, dass wir sowieso viel Zeit an der Uni verbringen, in der Bibliothek, in Lerngruppen, wenn wir Glück haben, auf unserer Arbeitsstelle. Aber jetzt mal ganz ehrlich, ist sie nicht super?«

Lauren versuchte sich zu erinnern, wie es gewesen war, als die rosarote Brille das letzte Kabuff in ein Liebesnest verwandelt hatte. Dann fiel ihr ein, dass sie das noch nie erlebt hatte. »Tja, Ikea, wir kommen«, sagte sie leichthin. »Und natürlich Home Store und so weiter.«

Sie machten sich direkt an die Arbeit, weil Lauren unbedingt wollte, dass ihre Tochter sich vor ihrer Abfahrt häuslich eingerichtet hatte. Eigentlich hatte sie eine Urlaubswoche und die beiden angrenzenden Wochenenden für ihren Aufenthalt hier geplant, aber am Ende rief sie in ihrer Firma an und verlängerte um zwei Tage. Elf Tage, um eine Wohnung zu finden, zu möblieren, alles anliefern zu lassen und aufzubauen – und das war nicht mal genug Zeit für die Bonitätsprüfung durch den Vermieter. Lauren staunte ziemlich, wie sorgfältig Cassie den Umzug geplant hatte, bis hin zu Plastikkisten, in denen sie ihre Pullover und

Stiefel unter dem Bett unterbringen konnte. Sie hatte sogar welche für Jeremy besorgt, obwohl sie meinte, er hätte nicht so viel, was in einen Schrank müsste. Sie besorgten ein paar Teller, vier Wassergläser, vier Weingläser, vier Schälchen, Besteck und drei Töpfe. Lauren kaufte einige Extrasachen: Platzdeckchen, Servierschüsseln, Kerzen und Küchentücher. »Keine Spülmaschine«, bemerkte sie.

»Ich bin Collegeabsolventin«, erwiderte Cassie. »Da werde ich doch wohl spülen können.«

Sie erstanden ganz brauchbare Möbel. Sie waren nicht billig, aber gewiss nicht das, was Cassie gewohnt war. Im Möbelhaus gab es auch Teppiche, und sie kauften einen unpraktischen, flauschigen für das Wohnzimmer. »Der wird diesen Winter gute Dienste leisten«, sagte Lauren. Sie kauften einen Schreibtisch, ein Bücherregal und zwei Klappstühle aus Holz, die man zu den zwei Stühlen an den Küchentisch stellen konnte. Der Tisch war ausziehbar, sodass man dort zu viert essen konnte, wenn man wollte.

Die letzten zwei Abende vor ihrer Abfahrt verbrachte Lauren mit Cassie in ihrer neuen/alten Wohnung. Dort tranken sie eine Flasche Wein, aßen ein Curry mit Huhn und Reis und danach Eiscreme. Lauren schaute sich um. »Es ist nichts Großartiges, aber recht hübsch.«

»Sollen dies nicht die mageren Jahre sein, auf die man später lachend und gerührt zurückblickt?«, wandte Cassie ein.

»Für mich gab es so was nicht«, sagte Lauren. »Dein Vater war bereits Chirurg und kam aus einer reichen Familie, zumindest wurde mir das immer so dargestellt. Wir haben nie in einer Wohnung gelebt. Er hat sofort ein Haus gekauft. Es war ein wirklich schönes Haus, aber er hat es nicht vorher mit mir besprochen, sondern kaufte es einfach. Schon allein das hätte ein Warnsignal sein sollen …«

»Du hast ihn immer damit entschuldigt, dass er kein einfacher Mensch ist«, bemerkte Cassie. »Während der gesamten Collegezeit hatte ich Angst, weil es immer heißt, Mädchen wollten am liebsten ihre Väter heiraten. Ich liebe ihn zwar, weil er mein Vater ist, aber auf gar keinen Fall will ich mein Leben mit jemandem teilen, der so anstrengend ist.«

Lauren holte tief Luft. »Ich möchte dir einen Rat geben, und dann möchte ich dir etwas mitteilen. Bislang habe ich deinem Dad noch nicht verraten, dass du mit Jeremy zusammenleben willst. Ich finde, du solltest selbst entscheiden, mit wem du die Wohnung teilst. Du brauchst von niemandem eine Erlaubnis.«

»Ich hatte recht, oder? Er hasst Jeremy.«

»Hassen? Das will ich nicht hoffen. Jeremy ist für deinen Vater einfach nicht hart und ehrgeizig genug. Stattdessen ist er sanft, freundlich und klug. Es gibt absolut keinen Grund, wieso jemand mit diesen Eigenschaften nicht auch großen Erfolg haben könnte.«

»Ach, du kennst ja nur die Seite, die er dir zeigt«, sagte Cassie. »Zugegeben, er ist sehr freundlich und angenehm, aber er besitzt Anstand, und wenn er etwas ungerecht findet, geht er auf die Barrikaden. Er ist nicht schüchtern, und Daddy macht ihm keine Angst. In seinem Anstand steckt mehr Stärke als in der aufgeblasenen Arroganz eines Mannes, der sich für den Größten hält. Oh! Damit meinte ich nicht Daddy. Oder vielleicht doch, aber nicht absichtlich.«

»Ist schon gut, Schatz. Das wissen wir doch alle. Offenbar ist er ein begabter Chirurg, obwohl einige Krankenschwestern schon bemerkt haben, er hätte den Charakter von Attila, dem Hunnenkönig. Das waren diejenigen, die nicht für ihn schwärmen. Hör mal, es fällt mir sehr schwer, aber ich möchte nicht abreisen, ohne es dir zu sagen. Ich möchte deinen Vater um die Scheidung bitten.

Nein, das stimmt nicht. Ich werde nach Hause fahren und ihm erklären, dass ich mich scheiden lasse. Und sofort ausziehe. Ich habe bereits ein kleines Haus für mich angemietet.«

Cassie klappte der Mund auf. Schweigen breitete sich im Zimmer aus, weil sie vor lauter Staunen kein Wort hervorbrachte. Und dann kamen ihr die Tränen.

»Oh, Schatz, hör mir zu, ich habe gründlich darüber nachgedacht und es mir auch nicht leicht gemacht ...«

»Nach all den Jahren?«, fragte Cassie und umfasste die Hände ihrer Mutter. »Ich hatte schon bezweifelt, dass du das jemals zustande brächtest.«

»Was soll das heißen?«

»Mama, hältst du mich denn für vollkommen blöd? Als wüsste ich nicht, wie er ist! Das weiß ich seit Disneyland!«

»Disney... Was?«

»Hast du das schon vergessen? Oder ist es nur mit den vielen anderen Attacken verschmolzen? Erinnerst du dich nicht mehr an euren Streit über das Mittagessen? An das, was er da getan hat?«

Lauren runzelte die Stirn und fahndete in ihrem Gedächtnis.

»Er wollte Sushi. Du sagtest, wir Mädchen würden kein Sushi essen. Ich war damals sieben und wollte einen Hamburger oder einen Hot Dog. Du sagtest, du würdest mit uns zu McDonald's gehen. Er meinte, wir könnten ja Reis essen, aber wir wollten keinen Reis. Er beharrte unerbittlich auf seiner Meinung, und wir fingen an zu quengeln, weil wir Hunger hatten, und da griff er dich persönlich an und meinte, wir wären ungezogene Gören, und du hättest uns verwöhnt. Du hörtest dir das nicht lange an, sondern drehtest dich um, weil du weggehen wolltest, und da –«

»Oh Gott«, sagte Lauren und bedeckte mit der Hand ihre Augen. Er hatte sie zum Stolpern gebracht. Sie war gefallen, mit dem Gesicht auf den Boden, sodass ihre Nase zu bluten angefangen hatte. Und er war zu ihr gestürzt, hatte gesagt: *Schatz, Schatz, alles in Ordnung?* Aber ein Mann, der in der Nähe gestanden hatte, war ebenfalls herbeigestürzt und hatte gerufen: *Was haben Sie da gemacht, Mann! Sie haben sie ja umgestoßen!* Und Brad hatte gesagt: *Machen Sie sich nicht lächerlich, das ist meine Frau!* Aber der Mann hatte darauf beharrt, dass er gesehen hatte, wie Brad den Fuß ausgestreckt und ihr damit den Knöchel weggerissen hatte ...

»Er hat mich zu Fall gebracht«, sagte Lauren.

»Und so was passierte oft«, fügte Cassie hinzu.

»Nein, das kam nur ganz selten vor«, widersprach Lauren.

Cassie biss sich auf die Lippen und schwieg eine ganze Weile. »Einmal genügt schon«, sagte sie schließlich leise. »Du musst das tun, Mama. Bitte.«

»Danke, dass du gekommen bist, Mike«, sagte Beau. Drew war natürlich schon da, weil er im Haus wohnte. »Ich habe für euch beide neue Schlüssel, weil ich die Türschlösser ausgewechselt habe. Es ist jetzt offiziell, wir lassen uns scheiden. Ich werde alles tun, um zu verhindern, dass sich daraus der Dritte Weltkrieg entwickelt.«

»*Wie bitte?*«, rief Michael aus. »Ich dachte, ihr macht eine Paartherapie.«

»Ja, wir sind ein paarmal hingegangen. Aber es hat nicht funktioniert. Tut mir leid.«

»Hast du es denn überhaupt *versucht?*«, hakte Michael nach. »Dich wirklich bemüht?«

Es gab so vieles, was Beau gerne erklärt hätte. Er wünschte, sie könnten verstehen, wie demoralisierend es war, wenn die eigene Frau, die Lebenspartnerin, sich nicht verpflichten und keine Verantwortung übernehmen wollte. Dass man sich als Versager fühlte, wenn man einfach nicht den Ansprüchen des anderen genügte. Dabei war sie früher mal glücklich gewesen ... »Ich habe es schon mehrmals versucht. Aber jetzt habe ich gesagt, es ist wohl Zeit, es enden zu lassen. Ich will nicht mehr weitermachen.«

»Das war's also? Und du hast einfach die Schlösser ausgewechselt? Was soll sie denn jetzt machen?«

»Sie ist doch nicht obdachlos – schließlich hat sie eine ziemlich protzige Wohnung in der Innenstadt. Ihre Hälfte des Schranks ist längst leer. Der nächste Schritt wird wohl darin bestehen, dass sich unsere Anwälte über die Aufteilung der Vermögenswerte verständigen. In Kalifornien ist die Schuldfrage unwichtig. Das heißt –«

»Ich weiß, was das heißt«, unterbrach ihn Michael. »Aber du hast sie aus unserem Haus ausgesperrt. Dabei ist es auch ihr Zuhause!«

»Hey, Mike, ganz ruhig«, schaltete Drew sich ein. »Das Ganze ist doch nicht Beaus Schuld, das weißt du genau.«

»Sie ist nicht ausgesperrt«, erklärte Beau. »Sondern sie kann jederzeit herkommen, solange jemand hier ist. Sie kann auch alles haben, was sie will, aber das muss für die Anwälte dokumentiert werden, damit am Ende alles gerecht aufgeteilt ist. Wenn ein Paar sich so oft trennt wie wir, dann funktioniert diese Ehe vermutlich nicht. Kommt schon, Jungs, das habt ihr doch auch gemerkt! Wahrscheinlich waren es schon zwei Trennungen zu viel. Ich habe mein Bestes gegeben.«

»Du scheinst aber nicht besonders unglücklich zu sein«, bemerkte Michael.

»Hey, was soll das denn?«, warf Drew ein. »Schließlich hat Beau alles gemacht, was sie wollte!«

»Sie ist unsere Mutter!«, rief Michael aus. »Sie ist am Boden zerstört!«

»Ach, Mist, sie hat dich also angerufen«, sagte Beau.

»Gestern Abend.« Michael nickte. »Sie hat geweint.«

»Hört mal, lasst euch da nicht mit reinziehen«, bat Beau. »Es war ihre Entscheidung, mich zu verlassen, ihre Entscheidung, auszuziehen. Das hier war eine Ehe und keine Drehtür!« Er holte tief Luft. »Sie ist nur am Boden zerstört, weil sie nicht ihren Willen kriegt. Erst schreibt sie uns ab, dann will sie zurückkommen, dann haut sie wieder ab, und dann –«

»Du weißt doch, dass sie nie glücklich ist«, sagte Drew zu Michael. »Komm schon. Für dich ist das doch auch keine Überraschung.«

»Für eure Mom auch nicht«, bemerkte Beau. »Obwohl sie vielleicht gedacht hat, das könnte ewig weiter so hin und her gehen. Aber ich will so mein Leben nicht verbringen. Es tut mir leid, wenn es schmerzlich ist, es tut mir auch leid, wenn ihr sauer seid, aber ich bin fertig damit. Ich glaube, durch eine Scheidung bekommt auch eure Mom die Chance auf einen Neuanfang, ohne immer wieder zurückzublicken. Ich finde, es ist Zeit, dass wir alle so etwas wie Frieden finden. Mehr will ich nicht. Frieden.«

»Deshalb sperrst du sie auch aus ihrem eigenen Haus aus«, entgegnete Michael aufgebracht.

»Sie ist nicht ausgesperrt, sie kann nur nicht mehr hier wohnen. Ich habe das Haus gekauft. Ich habe hier gewohnt, bevor ich euch und eure Mom kennengelernt habe. Und *sie* hat mich verlassen. Darum habe ich sie nicht gebeten. Im Gegenteil, ich bat sie, zu bleiben und an unserer Ehe zu arbeiten. Aber sie brauchte Freiraum und Ruhe. Das hat sie jetzt. Und wir werden uns gütlich einigen. Wir werden alles tun, worauf sich die Anwälte im Sinne einer gerechten Lösung verständigen. Ich will niemanden bestrafen. Nur mit meinem Leben weitermachen. Und was das betrifft, wünsche ich mir, dass auch ihr mit eurem Leben weitermachen könnt.« Er sah sie flehend an. »Habt ihr nicht schon genug durchgemacht?«

»Du liebst sie also nicht mehr?«, fragte Mike.

Beau zog einen Stuhl heraus und setzte sich an den Esszimmertisch. »Michael, in gewisser Weise werde ich eure Mutter immer lieben. Vor allem, weil sie eure Mutter ist – sie hat mir *euch* geschenkt. Euch aufwachsen zu sehen, war bislang das Beste, was mir im Leben passiert ist. Pam liegt mir am Herzen. Aber was zwischen uns schiefläuft, kann ich einfach nicht mehr in Ordnung bringen.«

»Also machst du dich einfach aus dem Staub?«, warf Michael bitter ein.

Beau war fassungslos, und Drew schnaubte verächtlich, als könnte er einfach nicht glauben, was sein Bruder gesagt hatte. »Wieso sollte ich weggehen? Im schlimmsten Fall muss ich ausziehen und eurer Mom das Haus überlassen. Aber dann suche ich mir was anderes. Und dort wird immer ein Platz für euch beide sein. Und für eure Familien, wenn ihr mal welche habt.«

Michael kamen die Tränen. »Na klar«, sagte er und wischte sich mit dem Ärmel die Nase ab wie ein Siebenjähriger.

»Mike, ich weiß, ich bin nicht dein biologischer Vater, aber ich habe dich immer als meinen Sohn betrachtet. Das musst du doch wissen.«

»Warum bringst du es dann nicht wieder in Ordnung?«, gab Michael zurück.

»Jetzt stell dich doch nicht blöd!«, schoss Drew dazwischen. »Du weißt ganz genau, dass es nicht Beaus Schuld ist. Mom kann eine ziemliche Plage sein.«

Aber Beau wusste, dass dies nicht Michaels eigentliches Problem war. »Ich werde nicht weggehen, Mike. Du wirst mich nur los, wenn du mich nicht mehr in deinem Leben haben willst, und ich hoffe bei Gott, dass das nie geschieht. Du bist erwachsen: Du suchst dir deine Freunde und deine Familie selbst aus. Ich möchte gerne zu deiner Familie gehören. Aber das liegt ganz bei dir. Nicht bei deiner Freundin, deinen Großeltern, deinen Lehrern oder den Cops – nur bei dir allein. Und sollte deine Mutter dich zufällig unter Druck setzen, damit du die Beziehung zu mir aufgibst, kannst du auch Nein sagen. Ich möchte für dich da sein, wie schon immer. Wenn du es erlaubst.«

»Aber sie wünscht sich doch so sehr, dass wir alle wieder zusammen sind«, jammerte Michael und klang dabei wie ein kleiner Junge.

»Dann sag's ihr, Michael. Sag ihr, du kannst in Bezug auf ihre Ehe rein gar nichts machen. Und bitte sie, dich da nicht mit reinzuziehen. Weil es einfach nicht fair ist.«

»Aber sag nichts zu ihr, ja?«, erwiderte Michael.

»Ich werde mich nicht zwischen dich und deine Mutter stellen«, versprach Beau. »Aber bitte lass nicht zu, dass sie sich zwischen dich und mich stellt. Du musst dich nicht einmischen, nur um zu beweisen, dass du sie liebst.«

»Ich ertrag's einfach nicht, wenn sie leidet«, erklärte Michael.

Pam hatte das jahrelang gemacht: ihre Kinder in die Rolle der Erwachsenen und Beschützer gedrängt. Drew konnte diesem Druck besser widerstehen. Vielleicht war er aber auch einfach nur unbekümmerter. Der gute alte leichtlebige Drew. Anscheinend wusste er etwa seit seinem siebten Lebensjahr, dass er nichts bei seiner Mutter oder seinem Vater bewirken konnte. Wenn Pam in Rage geriet, zog er sich einfach zurück, bis der Sturm vorüber war.

»Ich weiß. Es ist schwer, jemanden leiden zu sehen. Aber vergiss nicht, dass es ihre Entscheidung war. Jetzt muss sie erwachsen werden und die Konsequenzen tragen. Ich werde für sie sorgen, wie ich es schon immer getan habe – außerdem hat sie einen großartigen Job und ist alles andere als mittellos. Michael, eine Scheidung ist schlimm, aber nicht das Ende. Mindestens die

Hälfte deiner Freunde hat das auch überlebt. Ich will nur, dass ihr eines Tages nicht auch eine solche Ehe führt. Lernt daraus.«

Michael ließ immer noch den Kopf hängen. Er hatte Beau keine Schuldgefühle einjagen wollen, das wusste Beau. Der arme Junge konnte einfach nicht anders. Sein Vater hatte ihn praktisch im Stich gelassen. Und seine Mutter war viel zu oft labil.

»Hey, eigentlich wollte ich mit euch essen gehen, aber falls die Gefahr besteht, dass wir hier emotional werden, lasst uns doch einfach Pizza oder was anderes bestellen. Ich möchte, dass wir ungestört darüber reden können, falls ihr noch Fragen habt oder so. Ich werde irgendwo anrufen und –«

»Nee, ich passe«, sagte Michael.

»Drew?«, fragte Beau.

»Ich schließ mich Mike an«, antwortete der, wirkte jedoch nicht besonders glücklich dabei. »Es wird aber nicht spät werden.«

»Fahrt vorsichtig«, sagte Beau. »Dann gehe ich wohl auch noch was trinken. Nur ein, zwei Stündchen. Den restlichen Abend werde ich hier sein. Komm her, Michael«, fügte er hinzu und breitete die Arme aus. »Ich hab dich lieb, Mann. Wir sind immer noch eine Familie. Die Wogen werden sich schon wieder glätten.«

»Ja«, sagte Michael und zog die Nase hoch. »Klar.«

Als die beiden gegangen waren, rief Beau Tim an. »Hast du kaltes Bier da?«

»Ein, zwei Flaschen schon«, antwortete Tim.

»Gut. Denn es geht mir mies. In zwanzig Minuten bin ich bei dir.«

Lauren hatte mit ihrem Handy ein paar Fotos von Cassies neuer Wohnung gemacht und erzählte, wie schön sie war. »Ein schönes Loch«, bemerkte Brad. Daraufhin verschwendete sie nicht noch mehr von seiner Zeit, sondern wusch die Kleider von ihrer Reise, faltete sie und räumte sie ein. Sie hatte sich auf diesen Moment vorbereitet, all ihre Sachen in Schubladen geräumt, sodass sie sie mühelos in Koffer und Reisetaschen kippen konnte. Sie hatte eine Liste aller notwendigen Haushaltsutensilien aufgestellt und sogar schon zwei Kartons damit in Beths Garage geschafft. Ihr Anwalt hatte sie gewarnt, dass sie vielleicht eine Weile nicht mehr in ihr Haus kommen würde.

Die Zeit war gekommen. Endlich.

Zwar hatte sie es noch nicht Lacey erzählt, aber nach Cassies Reaktion war sie zuversichtlich: Offenbar hatten ihre Töchter einige der unschönen Szenen zwischen Brad und ihr mitbekommen. Sie würde Lacey so bald wie möglich anrufen.

Auf Rat ihres Anwalts würde Brad nicht nur die Scheidungspapiere bekommen, sondern auch ein Rechtsdokument, das ihn warnte, ihre Konten zu leeren oder Kreditkonten auf ihren Namen zu belasten, da es sonst zu Strafzahlungen käme. Sie hatte sich bereits mit den Banken ihrer Kreditkarten in Verbindung gesetzt – die er regelmäßig bezahlte – und ihre Karten gekündigt. Sie hatte neue Kreditkartenkonten eröffnet und für ihr persönliches Bankkonto eine EC-Karte bekommen. Von ihren gemeinsamen Konten nahm sie kein Geld. In den letzten Jahren hatte sie etwas Geld zurückgelegt, von dem er nichts wusste, und damit die Kaution für die Mietwohnung gezahlt. Mit dem Rest würde sie die ersten Wochen ihrer Trennung überstehen. Außerdem war da noch der Erlös vom Verkauf des Hauses ihrer Mutter, der in einem Treuhandfonds lag, an den Brad nicht herankam. Beth hütete ihn gewissenhaft. Und Lauren hatte die Absicht, ihn Beth vollständig zu überlassen, sobald sie nach der Scheidung ihre Abfindung bekam.

Mit dem Erlös aus dem Hausverkauf, ihren Ersparnissen und ihrem Einkommen würde sie zurechtkommen, auch wenn Brad eine Möglichkeit fand, ihr den Geldhahn zuzudrehen.

Sie brachte ihre Sachen zu Beth und fuhr zur Arbeit. Dann erzählte sie es als Erstes ihrer Chefin. Bea sagte: »Oh Lauren, das ist aber ein Schock! Das tut mir sehr leid für Sie.« Natürlich glaubten alle auf ihrer Arbeitsstelle, sie hätte ein beneidenswertes Leben – das sollten sie auch glauben. Vor allem, weil sie auf der Arbeit zwar das Gefühl hatte, gemocht zu werden, aber keine engen Freunde dort hatte. Sie wurde selten zu Unternehmungen nach der Arbeit eingeladen, wahrscheinlich weil die anderen dachten, sie hätten mit ihr nichts gemeinsam. Schließlich hatte sie auch niemals durchblicken lassen, wie kalt und herzlos das Leben in dem großen Haus war. Sie hatte sich nie über Brad beklagt.

Dann setzte sie einige ihrer Mitarbeiter ins Bild und warnte sie, es könnte vielleicht zu Terminproblemen kommen, wenn sie kurzfristig zum Anwalt oder Gericht müsste. Auch sie bekundeten ihr Mitgefühl, aber ihr Tonfall verriet, dass sie eigentlich kein Mitleid mit ihr hatten.

Brad schickte ihr drei SMS.

Hol meine Sachen von der Reinigung.

Mach einen Termin bei der Autowaschanlage, während ich im Krankenhaus bin. Dienstag geht am besten.

Was gibt's zum Abendessen?

Sie antwortete:

Okay.

Okay.

Vielleicht bestellen wir was.

Dann fuhr sie nach Hause und wartete auf ihn. In Arbeitskleidung saß sie an der Küchentheke und versuchte, ihr innerliches Zittern zu unterdrücken. Obwohl er nicht später als sonst kam, hatte sie das Gefühl, stundenlang gewartet zu haben. Sie hatte nicht wie üblich ein Glas Wein getrunken, aber wenn sie das hier hinter sich hätte, würde sie sich ein großes genehmigen. Ein sehr großes.

Als er mit der Aktentasche in der Hand durch die Garagentür ins Haus kam, wirkte er überrascht, sie dort sitzen zu sehen. Weder lächelte er, noch begrüßte er sie. Er ignorierte sie einfach. »Deine Sachen von der Reinigung sind im Schrank, und am Dienstag um zwölf Uhr mittags hast du einen Termin für die Autowäsche. Triff dich mit ihnen am Wagen. Ich hab ihnen gesagt, du würdest auf deinem Parkplatz stehen. Und ich gehe.«

»Wohin?«, erkundigte er sich, ohne von seiner Post aufzublicken.

»Ich reiche die Scheidung ein, Brad. Morgen im Büro werden dir die Papiere übergeben – du kannst es deinen Mitarbeitern entweder sagen oder nur erwähnen, dass du ein paar juristische Dokumente erwartest. Wenn du nicht da bist, gibt es ja immer noch das Krankenhaus. Aber ich dachte, du würdest es den Leuten lieber selber sagen.«

Er legte die Post weg. »Was ist der Grund?«

»Vierundzwanzig Jahre seelische Grausamkeit«, antwortete sie. »Ich habe meine Kreditkarten gekündigt und lasse mir meine Post nachsenden.«

»Gehst du etwa nur mit den Kleidern, die du am Leib trägst?«, fragte er und lächelte spöttisch.

»Ich habe ein paar Sachen zusammengepackt, alles andere nehme ich erst mit, wenn alles geregelt ist.«

»Und wo zum Teufel willst du hin?«

»Ich lasse mein Handy eingeschaltet, falls du mit mir reden musst. Solltest du mich allerdings belästigen, blockiere ich deine Anrufe.«

»Du bist ja so dämlich«, sagte er. »Das wirst du bereuen.«

»Ich glaube, es wird schwierig, aber bereuen werde ich es wohl nicht.«

Immer noch lächelte er. »Oh doch, du wirst es bereuen, dafür sorge ich.«

»Wieso eigentlich? Ganz ehrlich: Unsere Ehe ist doch seit Jahren beendet. Was bin ich denn außer einer Haushälterin und einer Vorzeigeehefrau für deine gesellschaftlichen Verpflichtungen?«

»Eine sehr gut bezahlte Haushälterin«, erwiderte er. »Eine Vorzeigefrau allerdings schon längst nicht mehr. Du warst ein Nichts, Lauren. Willst du das wieder werden? Ein Nichts?«

»Ich war Teil einer liebevollen Familie und kann mittlerweile für mich selbst sorgen.«

»Wenn du durch diese Tür da gehst, kriegst du keinen Cent mehr von mir. Ich lass dich leiden, wart's nur ab.«

»Ich bin sicher, du wirst es versuchen«, entgegnete sie. »Mit den Scheidungspapieren bekommst du auch die Kontaktadresse von meinem Anwalt.«

»Ich werde auch keinen Cent mehr für deine Töchter zahlen, weder für die Ausbildung noch für den Unterhalt«, setzte er eins drauf.

»Das wäre wirklich traurig, Brad. Schließlich sind sie auch deine Töchter. Willst du wirklich, dass sie dich hassen, weil du dich einfach von ihnen abwendest und alle Unterstützung einstellst?«

»Ich habe mich klar und deutlich ausgedrückt: Solltest du dich von mir scheiden lassen, werde ich keinen von euch weiter unterstützen. Also bist du dafür verantwortlich, nicht ich. Du weißt, der Preis für das hier ist hoch. Ich habe dich gewarnt.«

»Was soll denn das?«, fragte sie flehend. »Wir teilen seit Jahren nicht mehr das Bett. Wir sind nicht mal Freunde! Was zum Teufel bedeutet dir das Ganze denn noch? Du liebst mich nicht, da mache ich mir keine Illusionen. Du hast mir mehr als deutlich gezeigt, dass ich dir nichts bedeute. In gewisser Hinsicht hasst du mich doch sogar!«

»Wenn du das durchziehst, hasse ich dich wirklich. *Du* machst hier nicht die Regeln!«

»Dann erzähl doch einfach, *du* hättest es beendet«, gab sie zurück. »Dein Geheimnis ist bei mir sicher. Sag den Leuten, ich wäre eine hoffnungslose Trinkerin oder Ladendiebin oder Drogensüchtige, und du hättest mich rausgeschmissen. Was soll's? Um unserer Töchter willen, lass es uns doch einvernehmlich beenden! Eines Tages werden wir uns bei einer Taufe über ein Baby hinweg ansehen und –«

»Das bezweifle ich stark, Lauren«, unterbrach er sie eisig. Dann blätterte er wieder seine Post durch. Als wäre sie Luft.

Da ging sie.

Sie wäre nie auf die Idee gekommen, dass er auf ihren Weggang vorbereitet gewesen sein könnte. Cassie hätte es ihm doch niemals erzählt. Aber vielleicht hatte sie etwas gegenüber Lacey durchsickern lassen? Oder Brad rechnete schon seit Jahren damit. Das wäre nicht überraschend gewesen. Sie war so nachgiebig wie möglich gewesen, aber immer wenn er sie in die Enge trieb, wehrte sie sich nach Kräften. Er hatte ihr viele Gemeinheiten an den Kopf geworfen, aber sie hatte nicht dazu geschwiegen.

Sie musste an ihren Sex denken. Es war ihr immer schwergefallen, einen Orgasmus zu bekommen, und das nahm er ihr übel, als würde sie sich absichtlich zurückhalten. Mehr als einmal hatte er gesagt: »Du solltest dir ein bisschen mehr Mühe geben, Lauren.« Und mehr als einmal hatte sie gekontert: »Gibst du dir denn genug Mühe?« Aber dann wurde er nur zornig, und wenn er nicht bekam, was er wollte, schmollte er entweder oder wurde gemein und versuchte, sie auf irgendeine Weise zu bestrafen.

Sie musste sofort mit Lacey reden. Eigentlich hatte sie nicht vorgehabt, sie noch an diesem Abend zu sehen, aber jetzt musste es sein. Wahrscheinlich würde Brad seine Töchter anrufen. Wenn es drauf ankam, konnte er sehr gut Allianzen bilden. Statt also am nächsten Abend eine Verabredung mit ihrer älteren Tochter auszumachen, rief sie sie an und fragte, ob sie jetzt ein bisschen Zeit hätte. Zum Reden.

»Ja, wir müssen allerdings reden«, antwortete Lacey. »Wie ich höre, bist du verrückt geworden.«

Lauren holte tief Luft. »Ganz und gar nicht, Schatz. Also, hast du jetzt Zeit? Ich kann zu dir kommen. Oder wir treffen uns irgendwo.«

»Im Moment ist niemand hier«, erwiderte Lacey. »Also komm sofort, damit wir dieses Missverständnis klären können.«

Kapitel Sechs

Den gesamten Weg zu Laceys Apartment war Lauren flau im Magen. Ein Gefühl, das ihr vertraut war. Wegen Brad hatte sie einen Großteil der letzten vierundzwanzig Jahre mit einem Knoten im Magen zugebracht. Eigentlich überraschte es sie, dass sie noch kein Magengeschwür hatte, obwohl sie ständig ihre Gefühle herunterschluckte.

Lacey wohnte mit einer Mitbewohnerin in einem hübschen Apartment in Menlo Park bei Stanford. Es war absurd teuer und sehr exklusiv, was Lacey immer äußerst wichtig gewesen war. Aber es war auch wie Cassies Wohnung solide, behaglich und in einer sicheren Gegend. Sie fragte sich, wie Lacey wohl zurechtkommen würde, wenn sie auf sich allein gestellt war. Eigentlich hatte sie nie richtig gearbeitet. Zwar hatte sie Jobs gehabt, die bei ihrem sonstigen Leben nicht besonders störten, aber sie hatte nie wirklich kämpfen müssen.

Als Lauren eintraf, hatte Lacey bereits Kerzen angezündet, obwohl die Sommersonne noch nicht untergegangen war. Sie saß an ihrem kleinen Küchentisch und trank ein Glas Wein.

»Hi, Schatz«, sagte Lauren und küsste ihre Tochter auf die Wange.

»Midlife-Crisis?«, gab Lacey nur bissig zurück.

Lauren ließ sich ihr gegenüber am Tisch nieder. »Nein, Lacey.

Dies hier ist etwas, was getan werden muss, und so leid es mir tut, es ist längst überfällig.«

»Ich habe Wein im Kühlschrank. Bedien dich, wenn du möchtest. Und dann klären wir das.«

»Nein, danke. Und ich glaube, da gibt es nicht viel zu klären. Ich bin ausgezogen und habe ein kleines Haus in Alameda gemietet.«

Lacey wirkte vollkommen geschockt. »Du bist nicht zu Tante Beth gegangen?«

Lauren zögerte. Wie viel sollte sie ihren Töchtern erzählen? Das war die große Frage. Zwar hatte sie nicht die Absicht, Brad alle Verantwortung zuzuschieben, aber sie wollte sie auch nicht komplett selbst übernehmen. Also beschloss sie, Lacey nur das zu erzählen, was sie bereits wusste. Oder gewusst hätte, wenn sie darauf geachtet hätte. »Das möchte ich nicht mehr. Ich bin in der Lage, für mich selbst zu sorgen. Und manchmal machen zu viele Meinungen alles nur noch schlimmer.«

»Hast du das etwa geplant?«

Lauren seufzte. »Weißt du noch, als ich mit dir und Cassie zu Tante Beth gezogen bin? Damals warst du noch sehr jung. Es war eine Hals-über-Kopf-Entscheidung. Ich hatte nichts geplant oder durchdacht, aber es war etwas geschehen, das mich zu diesem Entschluss trieb. Seelische Grausamkeit, emotionale Gewalt. Dein Vater war wie besessen, und ich ertrug es nicht –«

»Aber wir wissen doch alle, dass er manchmal so ist«, wandte Lacey ein. »Er steht unter solchem Druck, bei ihm geht's immer um Leben und Tod …«

»Es gibt keine Entschuldigung für Grausamkeit, Lacey. Aber als ich dachte, ich könnte mich endlich von ihm lösen, bedrohte und erpresste er mich. Ich versuchte mich zu wehren, aber es zeigte sich recht schnell, dass ich ihm nicht gewachsen war, daher zogen wir wieder zu ihm. Du hast mich angefleht, zurückzugehen. Bei Tante Beth war es eng, überfüllt und chaotisch.«

»Was heißt das, er hat dich bedroht?«, fragte Lacey verächtlich. »Kannst du seine kleinen Wutanfälle nicht ertragen? Bist du noch ein kleines Mädchen?«

Oh, wie sehr wünschte sich Lauren, sie könnte ihrer Tochter die Blutergüsse auf ihren Oberarmen zeigen, die von seinem Kneifen kamen! Sie verblassten zwar immer, aber momentan waren noch ein paar blaue Flecken zu sehen. Brad schob es stets auf sie oder ihr Verhalten, wenn er die Beherrschung verlor oder sie schlecht behandelte. »Ich habe immer die Hauptlast auf mich genommen, um euch Mädchen zu schonen. Und ich hoffte immer, mit der Zeit würde er ruhiger werden. Aber er drohte, alles in seiner Macht Stehende zu tun, um euch mir wegzunehmen. Später wollte er sich weigern, das Studiengeld für euch zu bezahlen. Er sagte, zwar könnte man ihn zwingen, Unterhalt zu zahlen, bis ihr achtzehn wärt, aber danach nicht mehr. Ich erkundigte mich bei einem Anwalt, und der meinte, es würde eine Unterhaltsregelung geben, und höchstwahrscheinlich würde das Studiengeld dazu gehören. Zumindest die Hälfte davon. Aber dein Vater kämpft nicht mit fairen Mitteln, Lacey. Ihm geht es nur ums Gewinnen. Also kamen wir wieder zusammen, und ich ertrug seine kleinen Wutanfälle, wie du sie nennst. Ich wollte nicht, dass er euch bestraft.«

»Und jetzt?«

»Jetzt bin ich durch«, sagte sie. »Ich habe alles getan, was ich konnte.«

Lacey stiegen Tränen in die Augen. »Was hast du denn erwartet? Schließlich hast du euer gemeinsames Schlafzimmer verlassen! Also tu nicht so, als wärst du nicht schuld.«

»Er hat mich betrogen!«, platzte es aus ihr heraus.

»Nein«, widersprach Lacey. »Das kann nicht sein.«

Lauren rieb sich über den Nasenrücken. Das war eines der vielen Dinge, mit denen sie ihre Töchter nicht hatte belasten wollen. Dennoch war sie sich sicher gewesen, dass sie es gewusst hatten. Schließlich hatten Brad und sie so oft darüber gestritten. »Doch, das hat er«, sagte sie mit Nachdruck. »Mehr als einmal, aber er leugnet das.«

»Du machst nur wieder Theater«, sagte Lacey. »Das hast du schon immer gemacht.«

Als Lauren hörte, wie ihre Tochter nur Brads Worte wiederholte, verlor sie die Beherrschung. »Er hat mir Chlamydien verpasst! Die kann man nur auf eine Weise bekommen, und einen anderen Partner als deinen Vater hatte ich nicht!«

Da wusste Lacey eindeutig nicht mehr, was sie sagen sollte. »Aber es tut ihm doch leid, oder?«, fragte sie hilflos.

»Nein! Er will es nicht mal zugeben! Komm schon, du weißt doch, wie stur er sein kann. Und dass er immer im Recht sein muss, ganz gleich, was ist. Du hast doch bei uns gelebt und weißt, wie oft er mich klein gemacht hat, gedemütigt, angeschrien. Er behauptet, ich würde ihn so lange provozieren, bis er ausrastet. Muss ich dir wirklich versichern, dass das nicht wahr ist? Und selbst wenn, ist das noch lange keine Entschuldigung. Lacey, ich bin fast fünfzig. Ich halte es einfach nicht mehr aus! Ich weiß, du bist unglücklich deswegen, aber –«

»Du musst dich mehr bemühen«, stieß Lacey hervor.

»Tut mir leid, aber das stimmt nicht. Ich habe ihm alles gegeben, was ich zu geben hatte.«

»Aber was ist mit unseren Plänen?«, fragte Lacey. »Was ist mit meiner Hochzeit?«

Einen Augenblick lang war Lauren wie vor den Kopf geschlagen. »Wird es bei Sean und dir ernst?«

»Nein, eigentlich nicht, aber eines Tages werde ich heiraten. Wie soll meine Hochzeit denn werden, wenn du und Daddy euch hasst? Wenn es keine gemeinsamen Unternehmungen mit der ganzen Familie mehr gibt? Was ist, wenn ich mein erstes Kind kriege? Muss ich das dann zwischen dir und Daddy aufteilen? Und entscheiden, wer es zuerst nehmen darf?«

»Das ist doch ein Witz, oder?«, fragte Lauren.

»Nein, das ist natürlich kein Witz!«, rief Lacey, und Tränen strömten ihr übers Gesicht. »Du kannst mir das einfach nicht antun! Wir sind eine Familie! In guten wie in schlechten Zeiten, oder etwa nicht?«

Lauren neigte sich zu ihrer Tochter und blickte ihr in die Augen. »Du willst tatsächlich, dass ich bei einem Mann bleibe, mit dem ich zutiefst unglücklich bin, nur damit du deine perfekte Hochzeit bekommst?«

»Schließlich hast *du* ihn doch geheiratet, nicht ich!« Sie drehte sich um, schnappte sich ein Taschentuch und fing an zu schluchzen. »Du kannst nicht einfach alles umwerfen, bloß weil du nicht deinen Willen bekommst.«

»Meinen Willen bekomme?«, fragte Lauren. »Oh, Lacey, wie kannst du nur so herzlos sein?«

»Ich? Ich bin doch nicht diejenige, die den Mann verlässt, den sie zu lieben und zu ehren versprochen hat!«

»Lacey, er hat dieses Versprechen auch abgegeben, sich aber nie daran gehalten. Zuerst dachte ich, ich könnte unsere Ehe irgendwie in Ordnung bringen. Dann dachte ich, ich könnte damit leben, bis ihr ein bisschen älter wäret. Und dann dachte ich, ich könnte es aushalten, bis ihr die Schule geschafft hättet. Und das College. Willst du wirklich, dass ich den Rest meines Lebens opfere, damit du deine Märchenhochzeit mit einem Mann haben kannst, den du noch nicht mal kennengelernt hast?«

»Es ist mehr, und das weißt du auch.«

»Tatsächlich? Ach ja, wer zuerst das Baby nehmen darf …«

»Wenn du Daddy verlässt und unsere Familie zerstörst, werde ich dir das nie verzeihen!«

Jetzt spürte Lauren, wie auch ihr die Tränen kamen. »Das wäre wirklich sehr, sehr schade.« Sie stand auf, ging um den kleinen Tisch herum und gab ihrer Tochter einen Kuss auf den Schopf. »Ich weiß, es ist schwer für dich, und du brauchst Zeit, es zu verdauen. Aber dieses Mal wehre ich mich und tue das, was gut für mich ist. Ich hab dich lieb«, sagte sie und verließ dann die Wohnung.

Lauren überlegte, ob sie bei Beth übernachten sollte. Die meisten ihrer Sachen lagerten noch im Gästezimmer ihrer Schwester, aber in den nächsten zwei Tagen sollten alle von ihr bestellten Möbel geliefert werden, und dann konnte sie ganz einziehen. Momentan befand sich nur eine Couch in ihrem neuen Zuhause, aber die würde für eine Nacht wohl reichen. Sie wünschte sich Gesellschaft, wollte aber nicht, dass Beth und Chip sie in ihrem aufgewühlten Zustand sahen. Wenn sie ihre Schwester sähe, würde sie ihr vom Gespräch mit Lacey erzählen. Und dann würde Beth ihre Tochter als verwöhntes Gör bezeichnen und für ihr Verhalten verurteilen.

Sie hatte gewusst, dass es schlimm werden würde. Sie hatte Angst davor gehabt. Sie hatte schon befürchtet, dass Lacey sie weder verstehen noch unterstützen würde. Nur hatte sie nicht mit solch grausamen Worten gerechnet – dem Echo von Brads Stimme.

Aber Lacey würde sich mit der Zeit doch sicher beruhigen …

Sie ging zu einem kleinen Lebensmittelgeschäft in Alameda, ihrem neuen Viertel. Zwar hatte sie eigentlich keinen Hunger, dennoch legte sie ein bisschen Käse, eine Schachtel Kräcker und ein paar Früchte in ihren Korb. Dann ging sie zum Weinregal und suchte sich eine schöne Flasche aus. Ein Teil von ihr wünschte sich, die ganze Flasche zu leeren, aber sie wusste, dass sie das nicht tun würde. Der vernünftigere Teil von ihr wusste, dass sie dann nur weinen müsste, und das war wohl keine gute Idee. Sie warf einen Korkenzieher und ein einzelnes Messer in ihren Korb.

»Was machen Sie denn hier?«

Sie fuhr herum und ließ fast ihren Korb fallen, aber Beau fing ihn ziemlich geschickt auf, obwohl er selbst einen in der Hand hielt. »Habe ich Sie erschreckt?«, fragte er.

»Ich war nur überrascht, Ihre Stimme zu hören«, antwortete sie. »Sie habe ich hier am wenigsten erwartet.«

»Und ich habe Sie nicht in einem Kirchgarten oder bei einem Wohltätigkeitsevent erwartet«, gab er lächelnd zurück. »Ich wohne hier in der Gegend. Wenn ich nur ein paar Lebensmittel brauche, kaufe ich hier ein. Wenn ich mehr brauche, gehe ich in einen größeren, billigeren und volleren Supermarkt. Aber hier ist alles frisch und gut.«

»Sie wohnen in der Gegend?«, fragte sie nach.

»Nur ein paar Blocks entfernt«, erwiderte er. »Liegt der Laden auf Ihrem Heimweg?«

»In gewisser Weise ja. Ich habe hier in der Nähe ein Haus gemietet. Es liegt in diesem Viertel.«

»Im Ernst?«, fragte er geschockt.

Sie nickte. »Heute verbringe ich meine erste Nacht dort. Momentan ist es leer bis auf eine Couch. Und gleich wird es dort auch noch Käse, Obst und Wein geben. Dringend benötigten Wein.«

»Oje.«

»Ja, so war der Tag: sehr herausfordernd und schmerzlich.«

Er berührte ihren Oberarm und drückte ihn tröstend. »Haben Sie Lust auf einen Kaffee? Hier gibt es viele nette Lokale.«

»Ich … äh … ich muss wirklich aus diesen Schuhen raus. Es war heute sehr anstrengend.«

»Das verstehe ich gut. Ich selbst hatte neulich eine Auseinandersetzung mit einem meiner Söhne. Er war wütend über die bevorstehende Scheidung. Als wäre die nicht schon seit Jahren absehbar gewesen.«

»Im Ernst?«

»Seine Mutter wollte, dass er Druck auf mich ausübt, damit wir es noch mal versuchen. Es war grässlich.«

»Ich glaube, das ist so auch in meiner Familie passiert. Eine meiner Töchter scheint mich vollkommen zu verstehen, während die andere mich für ein Ungeheuer hält. Ich muss mich unglaublich zusammennehmen, um nicht zu explodieren und ihr all die furchtbaren Gründe aufzuzählen, warum mir keine andere Möglichkeit mehr bleibt.«

»Sie wollen ihn nicht vor den Kindern schlechtmachen«, meinte Beau wissend. »Aber am Ende werden Sie es tun, wissen Sie? Das passiert nun mal. Halten Sie durch!«

»Mir ist nicht danach, in ein Café oder eine Bar zu gehen, aber wenn Sie Lust auf ein Glas Wein hätten und …« Sie blickte in ihren Korb, »dazu etwas Käse und Weintrauben?«

»Ich möchte Ihr Leben nicht noch komplizierter machen, als es momentan schon ist. Aber ein Glas Wein? Sehr gerne. Sonst kann ich nur noch mit einem Priester über all das reden.« Er grinste. »Wir sollten das machen. Kriegsgeschichten austauschen.«

»Das klingt schrecklich.«

»Es wird bestimmt gut werden. Sie werden sehen, dass Sie nicht die Einzige in dieser Lage sind, und müssen mir auch nichts erzählen, worüber Sie nicht reden wollen. Lauren, ich fände es nett, wenn es einfach nur rein freundschaftlich wäre. Ich habe gehört, das soll es geben. Allerdings nur sehr selten, wenn Sie mich fragen. Ich dachte, ich könnte einfach stark sein, wie ein großer Junge, und es durchstehen, doch es setzt mir so sehr zu wie den meisten Menschen. Aber wissen Sie, was gut ist?«

»Nein?«

»Dass es irgendwann aufhört. In meinem Fall wird Pamela jemanden finden, der sie von mir ablenkt. Das macht sie immer so.«

Sie dachte kurz über die Vorstellung nach, ihn mit zu sich nach Hause zu nehmen. Wie gerne hätte sie jetzt mit ihrer Mutter geredet, aber die war in solchen Angelegenheiten ziemlich verbittert gewesen, da sie selbst verlassen worden war. Ihr Ehemann hatte sie schon früh mit zwei kleinen Kindern alleingelassen. Und Brad hatte sie nie täuschen können. Von Anfang an hatte sie gewusst, dass er ein mieser Kerl war. Wenigstens blieb Lauren noch Beth, die mitfühlend und unterstützend sein konnte, aber Beth führte eine Bilderbuchehe. Sie war mit einem bodenständigen und freundlichen Cop verheiratet. Zwar fehlte das Geld an allen Ecken und Enden, aber ihre Ehe war ein sicherer Hafen. Also blieb Lauren zum Reden eigentlich nur Ruby. Doch deren Mann erholte sich gerade von einem Schlaganfall.

»Ich muss nur noch ein paar Plastikbecher und Teller kaufen«, sagte sie.

»Großartig. Dann folge ich Ihnen.« Er hob seinen Einkaufskorb, in dem sich nur Milch, Brot und Eier befanden. »Darf ich mir Ihren Kühlschrank ausleihen?«

»Selbstverständlich.«

Zum ersten Mal, seit sie sich zur Scheidung entschlossen hatte, fühlte sie sich nicht vollkommen allein. Es würde guttun, einen Freund zu haben, der wusste, wie es war, eine Ehe zu beenden.

Beau folgte Lauren in ein Viertel, das er kannte, zu einem Haus, das mindestens genauso schön war wie seines. Allerdings war seines sehr renovierungsbedürftig gewesen, als er es gekauft hatte. Das war, noch bevor er Pam kennenlernte.

Lauren schloss die Tür auf und ging direkt durch in die Küche, wo sie das Licht einschaltete. Sie stellte den Wein, den Käse und jeweils zwei Becher und Teller auf die Küchentheke. »Ich habe nicht mal einen Couchtisch«, erklärte sie. »Nur eine einsame Couch.«

»Ich bin ein Mann«, erwiderte er. »Ich kann mein Getränk auf dem Boden abstellen und meinen Teller auf den Knien. Und ich werde nicht kleckern.«

»Würden Sie mir einen Gefallen tun?«

»Klar doch.«

»Würden Sie den Wein öffnen, während ich ein paar Taschen aus dem Wagen hole?«

Er streckte die Hand nach ihrem Wagenschlüssel aus. »Ich öffne den Wein und bringe die Taschen rein. Wo sind sie?«

»Im Kofferraum. Und danke, ich fühle mich, als hätte ich einen Marathon hinter mir.«

»Das Gefühl kenne ich.«

Er öffnete den Wein und trug rasch das Gepäck herein. Sie setzte sich aufs Sofa – es war ein schickes geschwungenes Sofa in hellem Beige, das er sich für ein Haus mit zwei Halbwüchsigen nicht ausgesucht hätte. »Kommen noch mehr Möbel?«, erkundigte er sich höflich.

»Ja«, sagte sie und lachte. »Das volle Programm, und der Großteil davon in den nächsten zwei, drei Tagen. Tische, Stühle,

Fernseher, Möbel fürs Schlaf- und Gästezimmer. Ich habe mir Urlaub genommen. Eigentlich, um die Möbel annehmen zu können, aber jetzt bin ich froh, dass ich mich auch ein bisschen seelisch erholen kann. Ich fühle mich vollkommen ausgelaugt.«

»Wie hat Ihr Mann es aufgenommen?«, fragte Beau.

»Als hätte er schon seit Jahren damit gerechnet. Allerdings glaubte er wohl, ich hätte nicht den Mut, es wirklich durchzuziehen. Und dann warnte er mich: Ich würde es bereuen. Er sagte weder, dass er mich liebt, noch, dass er ohne mich nicht leben kann. Allerdings hätte das sowieso nichts bewirkt. Er meinte, ich würde ihn demütigen.«

Beau zuckte zusammen. Nachdem er sich gefasst hatte, sagte er: »Hören Sie, es tut mir leid, wenn ich neugierig klinge, aber ist er vielleicht gewalttätig geworden?«

»Körperlich?«, fragte sie zurück. »Dann hätte er doch seine kostbaren Hände gefährdet.«

»Und wäre er der Typ dafür, Ihnen sonst wie zu schaden? Zum Beispiel, indem er Ihren Wagen demoliert? Ihr Haus in Brand steckt oder so etwas in der Art?«

Alarmiert richtete sie sich auf. »Er war so gut darin, mich zu malträtieren, ohne einen Finger zu heben, dass ich an so was noch nie gedacht habe. Wahrscheinlich versucht er eher, mir alles Geld zu sperren oder die Mädchen gegen mich aufzubringen. Er hat immer wieder behauptet, dass ich ohne ihn nicht zurechtkäme, dabei glaube ich mittlerweile, dass eher das Gegenteil der Fall ist. Den ganzen Tag bekomme ich SMS von ihm mit Aufgaben, die ich für ihn erledigen, und Dingen, die ich für ihn kaufen oder regeln soll. Es heißt doch, dass die meisten Ärzte es nicht ohne eine gute Krankenschwester und eine gute Ehefrau schaffen würden. Brad besitzt ein ausgeprägtes Anspruchsdenken. Zwar kann ich es nicht beweisen, aber ich glaube, so wurde er schon geboren. Er war der einzige Sohn reicher Eltern.«

Beau schüttelte nur den Kopf.

»Er ist gemein und hinterhältig. Das darf ich nicht vergessen.«

»Ich komme morgen mal hierher und bringe ein paar gute Schlösser für Sie an«, sagte er. »Außerdem installiere ich eine dieser Türklingeln mit Kamera, auf die Sie auch mit Ihrem Handy Zugriff haben.«

»Aber das ist doch nicht nötig ...«

»Schaden kann es nicht«, erwiderte er.

»Sie hatten also auch eine schlimme Woche?«, fragte sie, um die Aufmerksamkeit einen Moment von sich abzulenken.

»Was zu erwarten war. Trotzdem war es unangenehm. Ich hatte nicht damit gerechnet, dass mich Michael, der mittlerweile einundzwanzig ist, praktisch unter Tränen anfleht, seine Mom wieder nach Hause kommen zu lassen. Es gefiel mir gar nicht, wie ein Ungeheuer dazustehen. Ich habe die Schlösser am Haus auswechseln lassen. Aber ich habe den Jungs erklärt, ihre Mutter könnte jederzeit kommen, wenn jemand im Haus wäre. Sobald die Phase vorbei ist, in der sie verletzt ist und um eine neue Chance bettelt, wird sie wütend werden. Und wenn sie wütend ist, kann sie auch boshaft sein.«

»Was befürchten Sie?«, fragte Lauren.

»Das weiß ich nicht genau. Sie könnte jede Menge Zeug aus dem Haus entfernen, das sie gar nicht braucht. Sie wohnt in einer möblierten Wohnung in der Innenstadt und musste nur ihre Kleider mitnehmen. Sie hat fast ihren gesamten Kleiderschrank ausgeräumt und nur sehr wenig dagelassen. Ich schätze, sie wollte eigentlich nicht mehr zurückkommen. Vermutlich steckte ein anderer Mann dahinter. Aber anscheinend war das nicht von Dauer. So jedenfalls ist unser Muster. Sie behauptet, sie verlasse mich, weil wir eine Auszeit brauchen, aber ich glaube, in Wahrheit langweilt sie sich nur. Nach ein paar Monaten bereut sie es und will wieder nach Hause kommen. Und das jedes Mal ziemlich unvermittelt. Mir fehlen nur die Fakten.«

»Hatten Sie mit alldem gerechnet?«

»Ja. Als sie das letzte Mal ging, sagte ich ihr, ich würde sie nach ihrem Eheurlaub nicht mehr zu Hause willkommen heißen. Ich erklärte, wenn sie ginge, wäre dies das letzte Mal. Offenbar dachte sie, sie könnte mich umstimmen. Wir versuchten es mit einer Eheberatung, doch nur, weil Michael das unbedingt wollte. Aber es war auch nicht unsere erste Eheberatung.«

Lauren lachte. »Wir hatten mindestens sechs verschiedene Eheberater.«

»Dann hat es wohl bei Ihnen auch nicht funktioniert.«

»Das könnte es gar nicht«, erklärte Lauren. »Brad hält sich für klüger als der Eheberater. Es gelingt ihm immer wieder, die Sitzungen zu kontrollieren. Er klärt den Therapeuten auf und diagnostiziert bei mir einen chronischen Hang zum Lügen und Geschichtenerfinden. Er meint, ich würde ihm Affären unterstellen, Äußerungen von ihm überzeichnet darstellen und ständig ohne Anlass einen Streit vom Zaun brechen.«

»Und nichts davon entspricht der Wahrheit?«, fragte er.

»Meine Schwester meint, damit wollte er nur bewirken, dass ich Zweifel an meinen Wahrnehmungen habe. Ständig sagt er so was wie ›Das bildest du dir nur ein‹ oder ›Schon wieder eine deiner krassen Übertreibungen‹ oder ›Du fantasierst schon wieder, Lauren‹. Meine Lieblingsäußerung von ihm lautet: ›Meine Frau leidet an Depressionen und Angststörungen, leugnet es aber und will sich nicht helfen lassen.‹ Er hat mich schon als bipolar und manisch-depressiv bezeichnet, als bösartig und als Borderline-Persönlichkeit.«

»Haben Sie sich nur eingebildet, dass er andere Frauen hat?«

»Nein«, sagte sie. »Ich glaube, es waren One-Night-Stands. Und die habe ich mir nicht nur eingebildet. Fast hatte er mich schon überzeugt, dass ich paranoid bin. Aber dann bekam ich den Beweis.«

»Das reicht wohl«, bemerkte Beau. »Haben Sie sich je gefragt, wie Sie in diese Lage gekommen sind?«

»Ich schätze, ich weiß es ziemlich genau, und das wirft kein gutes Licht auf mich«, erwiderte sie. »Und Sie?«

Er nickte. »Ich weiß es auch ganz genau. Ich liebte Pam und ihre Kinder.«

»Tja. Ich war jung und voller Hoffnung. Und Lacey kam auch sehr schnell. Die Kinder waren noch klein, als ich erkannte, dass es hoffnungslos war. Ich hätte nicht gedacht, dass man mir noch mehr das Herz brechen könnte. Aber heute verkündete meine Tochter, sie würde mir nie verzeihen, wenn ich mich von ihrem Vater scheiden ließe. Dabei weiß sie doch, wie schwer das Leben mit ihm ist. Erst in diesem Augenblick brach mir wirklich das Herz.«

»Und Ihre andere Tochter?«

Der Gedanke an sie war fast ebenso schmerzlich. »Sie unterstützt mich … aber bloß, weil sie sich besser, als mir lieb ist, daran erinnert, wie gemein und aggressiv er mir gegenüber war. Die Vorstellung, dass sie mit diesem Wissen aufgewachsen ist, bringt mich fast um.«

Er neigte sich zu ihr. »Es gibt ein paar Dinge, die Sie begreifen müssen, Lauren. Obwohl Sie Ihr Bestes gegeben haben und niemand mehr von Ihnen erwarten könnte, werden Sie sich schuldig fühlen. Sie werden verurteilt werden. Sie werden sich Sorgen über das machen, was er Ihnen antun kann. Vielleicht sucht er den Kampf. Ihre Töchter könnten Ihnen ihre Unterstützung versagen, obwohl sie Sie lieben – für sie ist es nicht gerade günstig, dass Sie jetzt gehen. Ich fürchte, sie würden zulassen, dass Sie den Rest Ihres Lebens unglücklich sind, nur, damit sie selbst keine Unannehmlichkeiten haben. Sie werden das tun müssen, was Sie für das Beste halten, und zwar unabhängig davon, was andere – und auch Ihre Kinder – davon halten. Und dies könnte eine lange Zeit so gehen, je nachdem, wie hartnäckig Ihr Mann ist. Sind Sie sicher, dass Sie dazu bereit sind?«

»Wir haben schon seit Jahren getrennte Schlafzimmer. So werde ich nicht den Rest meines Lebens verbringen! Und sollte ich zusammenbrechen, werde ich wieder aufstehen. Es tut mir nur leid, dass ich das nicht schon vor Jahren getan habe. Ich dachte, es wäre gut für die Mädchen, wenn ich bliebe, aber da habe ich mich geirrt. Offensichtlich habe ich niemandem einen Gefallen getan. Nicht mal Brad.«

Als er sie eine ganze Weile nur ansah, war sein Blick voller Mitgefühl. »Dann schnallen Sie sich mal an.«

Bevor Lauren mit Beau im Schlepptau zu ihrem neuen Haus gefahren war, hatte sie zwei Anrufe getätigt. Sie hatte Beth angerufen und gesagt: »Ich komme nicht zu dir, sondern fahre zu mir nach Hause. Ich habe mir eine Flasche Wein und Käse und Kräcker gekauft und brauche jetzt ein bisschen Zeit zum Nachdenken. Kann ich dich morgen anrufen?«

»War es sehr schlimm?«, fragte Beth.

»Ja, irgendwie schon. Aber ich werde es überleben.«

»Du kannst dich immer an mich wenden«, sagte ihre Schwester.

Danach rief Lauren Cassie an. »Ich bin gegangen und in mein neues Haus gezogen. Es war schrecklich, jetzt brauche ich ein bisschen Zeit, das zu verarbeiten. Ist es in Ordnung, wenn ich mich später bei dir melde?«

»Ja, aber Lacey hat mich bereits angerufen. Oh, Mama, es tut mir wirklich leid, dass sie so egoistisch war!«

»Tja, sie war geschockt, nehme ich an. Ich will jetzt mal in meine bequemen Sachen schlüpfen, mich entspannen und meine Gefühle in den Griff kriegen. Danach rufe ich dich an.«

»Ich werde wach sein. Und wenn nicht, melde dich trotzdem.«

»Soll ich dich lieber erst morgen anrufen? Ich habe frei.«

»Ruf heute noch an, um gute Nacht zu sagen. Ich bin bis Mitternacht auf. Dann können wir morgen ausführlich reden.«

»Danke für dein Verständnis, Cassie. Es tut mir leid, dir das alles zuzumuten.«

»Er hat uns das zugemutet. Es war schlimmer, mitzuerleben, wie er dich die ganze Zeit behandelt hat. Ich weiß, du hast vor allem an uns gedacht. Wären Lacey und ich nicht gewesen, hättest du ihn schon vor Jahren verlassen.«

Sie betete nur, dass Cassie und Lacey sich über dem Ganzen nicht entzweien würden, doch im Augenblick kam ihr das angesichts ihrer unterschiedlichen Reaktionen nicht ganz unwahrscheinlich vor.

Dann hatte Lauren ihre Haustür aufgeschlossen und ihre spärlichen Lebensmittel in die Küche gebracht. Als Beau, der Blumenmann, ihr folgte, schien sich ihr eine ganz neue Welt zu eröffnen. Zuerst tranken sie ein Glas Wein und erzählten sich gegenseitig Geschichten aus ihrer schlechten Ehe, aber nach einer Stunde kamen sie, fast als hätten sie sich schweigend darauf geeinigt, auf andere Themen zu sprechen. Er erzählte ihr von seinem Haus in Alameda, einer viktorianischen Villa, die er fast ohne Hilfe renoviert und umgestaltet hatte. Er hatte einen Beruf, bei dem die Kleidung unwichtig war, sodass er den gesamten Sommer in Shorts arbeiten konnte. Er verfügte über ein Büro und einen Partner, drei Mitarbeiter und verschiedene Landschaftsarchitekten, mit denen er seit Jahren zusammenarbeitete.

»Ich habe das Unternehmen aus dem Nichts aufgebaut und zuerst nur mit einem ganz kleinen Team gearbeitet. Nach dem College arbeitete ich nur ein, zwei Jahre für jemand anderen, dann wagte ich es ganz allein.«

»Ich möchte nicht neugierig sein, aber ist Ihr Unternehmen erfolgreich?«, fragte sie.

»Ja, das ist es«, erwiderte er. »Aber für mich ist wichtiger, dass mir die Arbeit immer noch gefällt. Beide Jungs haben bereits für meine Landschaftsgärtner gearbeitet, Drew tut das immer noch. Das Geld hilft ihm durchs College, außerdem wird er dabei stark. Es ist schwere Arbeit. Aber erzählen Sie mir doch ein bisschen von Ihrem Job.«

»Der ist nicht besonders interessant«, erwiderte sie. »Produktentwicklung eben. Wir sind die Leute, die dem Marketing dabei helfen, neue Produkte auf den Markt zu bringen, und außerdem untersuchen, wie man diese Produkte nutzen kann. Dazu arbeiten wir mit Ernährungsberatern und Köchen zusammen, die wir zwar alle als Chef oder Küchenmeister bezeichnen, die aber meistens nur normale Köche sind. Tatsächlich sind ein paar unserer besten Köche Männer und Frauen, die nicht hauptberuflich kochen, sich aber in der Küche großartig machen. Sie können aus etwas so Einfachem wie gefriergetrockneten oder tiefgekühlten Hühnchenstreifen ein Chicken Alfredo zaubern, das günstig und nahrhaft ist und das man schnell und einfach zubereiten kann.«

»Und das voller Konservierungsstoffe ist«, bemerkte er.

»Essen Sie denn nie Tiefkühlkost? Fertigpizza zum Beispiel?«

»Doch, natürlich«, erwiderte er. »Ich will Ihnen nur ein bisschen das Leben schwer machen.«

»Weil ich es heute noch viel zu leicht hatte?«, konterte sie und zog eine Augenbraue hoch.

»Wie schaffen Sie es nur, dass Ihre Augen eine solche Farbe haben?«

»Ach, die ist echt – ob Sie es glauben oder nicht. Kommt sehr selten vor. Elizabeth Taylor hatte auch veilchenblaue Augen. Mir wurde gesagt, dass es sich dabei um eine Mutation handelt. Aber man kriegt das auch mit Kontaktlinsen hin, daher sieht man es in letzter Zeit öfter.«

Darauf sagte er nichts, sondern blickte ihr nur in die Augen. Dann trank er einen Schluck von seinem Wein und schien sich zu sammeln. Er schluckte und sagte: »Die Männer müssen Ihnen doch in Scharen zu Füßen liegen.«

Sie wich seinem durchdringenden Blick aus. »Nicht, dass ich wüsste«, erwiderte sie. Seit Brad hatte es keinen anderen gegeben. Brad hatte gesagt: *Ich möchte für den Rest meines Lebens nur in diese Augen schauen.* Sie war darauf reingefallen, aber es stellte sich als Lüge heraus.

»Tja, vielleicht werden Sie es bemerken, wenn Sie die Turbulenzen der Scheidung hinter sich haben. Sie sind eine schöne Frau, Lauren. Ich glaube, Ihr Leben wird nach dem Sturm eine angenehme Wendung nehmen.«

»Und Ihres?«, fragte sie.

»Mein Leben war ziemlich ruhig und einfach, bis Pamela befand, dass sie unsere Ehe retten wollte. Dann wurde es wieder stürmisch. Aber das wird vorbeigehen. Wenn sie alles bekommen hat, was sie ergattern konnte.«

»Oh Gott, ich kann nicht mal an all das denken«, bemerkte Lauren.

»Ich hoffe, Sie haben einen guten Anwalt«, sagte er.

»Eine gute *Anwältin*. Anders ging's nicht. Mir war immer klar, dass mein Mann sich schrecklich aufführen würde. Er war ja sogar so nett, mich vorzuwarnen. Und Sie? Haben Sie einen guten Anwalt?«

Er nickte. »Es ist auch eine Anwältin, mit großartigem Ruf und hoher Erfolgsquote, aber sie sieht aus wie meine Großmutter. Sie meint, das sei ihre Geheimwaffe.«

Unwillkürlich musste Lauren lachen. »Und meine Anwältin genießt einen Ruf wie ein Barrakuda, aber mir gegenüber war sie immer sehr nett. Wichtig ist doch, wenn der Zeitpunkt gekommen ist, skrupellos zu sein. Das kann ich einfach nicht. So ein Mensch bin ich nicht. War ich noch nie.«

»Ich auch nicht. Ach je«, sagte er. »Wir sind geliefert, oder?«

»Hört sich so an.«

Er warf einen Blick auf seine Uhr. »Ich muss jetzt mal los. Brauchen Sie noch etwas, bevor ich fahre?«

»Nein, ich glaube, ich komme klar. Aber es freut mich, dass Sie mich besucht haben. Vielleicht braucht jeder einen Scheidungskumpel.«

»Das ist sehr nett von Ihnen, Lauren«, sagte er und stand auf. »Sie haben ja meine Handynummer. Wenn irgendwas passiert, wenn Sie ein Problem haben oder sich Sorgen machen ...«

»Ich komm schon klar. Ehrlich. Aber jetzt muss ich ein bisschen herumtelefonieren.«

An der Haustür blieb er stehen. Zögerte. Dann umarmte er sie kurz. »Tapfer bleiben.«

»Sie aber auch.«

Zuerst rief Lauren Cassie an, erklärte, dass es ihr gut ginge und sie am nächsten Tag ausführlicher telefonieren würden. Beth hatte es kaum erwarten können zu erfahren, was passiert war. »Er weiß bestimmt, dass es mir ernst ist, weil er sich bedeckt hält«, erklärte

Lauren ihrer Schwester. »Er hält sich gern für schlauer als alle anderen und meint, er könnte gut Hinterhalte legen. Und das stimmt, denn auch nach all den Jahren kann ich nicht im Voraus sagen, was Brad tun wird.«

Danach holte sie eine Decke aus einem der Umzugskartons, zog ihren Schlafanzug an und machte es sich mit ihrem letztem Glas Wein und ihrem Laptop auf dem Sofa bequem. Sie checkte ihre E-Mails und sah sich Lokalnachrichten an. Bevor sie sichs versah, fielen ihr schon die Augen zu. Sie schob sich eines der Sofakissen unter den Kopf, rollte sich auf ihrer neuen Couch zusammen und schlief ein.

Sie schlief wie ein Baby. Als sie aufwachte, zwitscherten die Vögel, und die Sonne sandte ihre Strahlen durch die Wohnzimmerfenster.

Wie ist das nur möglich?, fragte sie sich. Wie konnte sie nach einem derart stressigen Tag so gut schlafen? Eigentlich hatte sie gedacht, sie würde die ganze Nacht wach liegen und sich über ihre Töchter Sorgen machen, sich vor Brads Zorn fürchten, irgendwelche komischen Geräusche hören ... Aber sie war seltsam ruhig. Zwar konnte sie sich nicht an ihre Träume erinnern, aber sie hatte das Gefühl, es wäre jemand Vertrautes darin vorgekommen – Beau vielleicht, der sie mit seinem beruhigenden Lächeln anstrahlte. Es war wie ein überraschendes Geschenk, dass sie ihn kennengelernt hatte: einen Freund, der wusste, was sie durchmachte. Und gerade, als sie so jemanden am meisten brauchte! Ein Scheidungskumpel war gar kein so schlechter Begriff dafür. Wenn sie ihn besser kennenlernte, würde sie vielleicht auch in der Lage sein, ihn so zu beruhigen, wie er sie beruhigt hatte.

Als sie ihr Handy checkte, sah sie, dass sie keine Anrufe verpasst hatte. Es war alles ganz friedlich. Sie duschte, zog sich Jeans und Sneakers an und startete mit einem Besuch beim nächsten

Starbucks in den Tag. Sie gönnte sich ein Sandwich zum Frühstück und rief Cassie noch aus dem Café an. Erst hörte sie sich die Sorgen ihrer Tochter an, dann aber sagte sie entschieden: »Lass dir weder von deinem Vater noch von irgendjemand anderem einreden, dass dies dein Problem wäre – hier geht es nicht um dich. Sondern um unsere Ehe, die am Ende ist, und dafür sind nur dein Vater und ich verantwortlich. Und lass dich nicht von Lacey in die Sache mit reinziehen. Ich weiß, es wird schwierig und schmerzlich für euch Mädchen werden, aber ich werde mein Bestes geben, um euch zu schützen, und dann machen wir einfach mit unserem Leben weiter.« Sie holte tief Luft. »Ich bedaure all die Unannehmlichkeiten.«

Hah! Was soll diese förmliche Phrase!, dachte sie.

Danach rief sie Lacey an, die noch genauso aufgebracht war wie am Abend zuvor. »Bist du endlich zur Vernunft gekommen?«, fragte sie.

»Ich fürchte, du musst dich an die Vorstellung gewöhnen, dass ich nicht mehr mit deinem Vater verheiratet sein werde. Es wird zwar eine Weile dauern, bis wir alles geklärt haben, aber dabei muss es doch nicht um dich gehen, Lacey. Hier geht's im Grunde nur um deinen Vater und mich.«

»Ach, wirklich? Und wer wird sich um ihn kümmern, wenn er alt ist?«

Darauf gab es viele Erwiderungen, darunter die naheliegendste: *Man kann einen Menschen nicht jahrelang wie einen nichtswürdigen Sklaven behandeln und dann erwarten, dass er bis ins hohe Alter treu für einen sorgt!* Stattdessen konterte sie: »Und wer wird sich um mich kümmern, wenn ich alt bin, Lacey? Du? Denn wir beide wissen, dass es nicht dein Vater sein wird.«

Sie hörte, wie ihre Tochter scharf Luft holte. Aber sie erwiderte nichts.

»Egal«, sagte Lauren schließlich. »Ich werde mich um ein entsprechendes Altersheim kümmern, schon lange, bevor ich es wirklich brauche. Ich habe deinem Vater vierundzwanzig Jahre meines Lebens geschenkt und dir fast genauso viele. Da keiner von euch besonders daran interessiert ist, dass ich glücklich und umsorgt bin, kümmere ich mich jetzt selbst darum. Ruf mich an, wenn du fertig bist mit deinen Schuldzuweisungen.«

»Wie kannst du nur? Wie kannst du nur so unsere Familie zerstören?«

»Ich?«, gab Lauren zurück. »Hör doch auf, dir was vorzumachen, Lacey! Dein Vater hat sich mir gegenüber schrecklich benommen – milde ausgedrückt. Er war grausam und gemein. Und mir reicht es jetzt. Es. Ist. Aus.« Damit beendete sie das Gespräch.

Zwar hatte sie eine Million Dinge zu tun, aber sie warf den Pappbecher weg und marschierte mit großen Schritten die Hauptstraße hinunter. Sie musste unbedingt den Knoten in ihrem Magen auflösen. Sie war frisch und munter aufgewacht, aber Lacey konnte wirklich jedermanns Geduld strapazieren.

Natürlich kannte sie das Viertel schon, aber an diesem Morgen sah sie es mit anderen Augen. Der Lebensmittelhändler brachte gerade seine Stände mit Obst und Gemüse nach draußen und wünschte ihr einen guten Morgen. Im Café auf der anderen Straßenseite bildete sich eine Schlange aus Frühstücksgästen. Der Buchladen öffnete gerade, genau wie der Immobilienmakler und die Bank. Diese Bank war jetzt ihre neue Bank, und einer der Angestellten, der gerade hineinging, winkte ihr zu.

Lauren lief etwa eine Meile, dann ging sie zurück zu Starbucks, um ihren Wagen zu holen. Als sie zu Hause ankam, fühlte sie sich schon besser. Laceys Verhalten war noch etwas, das sie einfach akzeptieren musste. Obwohl Lacey nur zu gut wusste, wie schwer es war, mit Brad auszukommen und ihn zufriedenzustellen, konnte sie ihn um den kleinen Finger wickeln. Cassie hatte recht, er zog Lacey vor. Ihr kaufte er ganz spontan Geschenke, Cassie aber nicht. Und das waren keine kleinen Mitbringsel, sondern eine Tasche für vierhundert Dollar, oder Designer-Schuhe, die sie in einem Schaufenster sahen. Dann sagte er: »Ach, was soll's, oder?« Brad gab Lacey alles, was sie wollte. Es war durchaus möglich, dass ihre Familie in Zukunft nur noch aus Brad und Lacey bestehen würde. Ohne sie. Ohne Cassie.

Das tat weh. Andererseits war dies eine Realität, derer sie sich schon seit Langem bewusst war.

Auf der anderen Seite würde Cassie sie wahrscheinlich niemals opfern, um die Beziehung zu ihrem Vater aufrechtzuerhalten. Sie hatte bereits deutlich erklärt, dass sie ihre Mutter nicht fallen lassen würde. Cassie hatte, seit sie etwa sieben Jahre alt war, die Augen vor der Realität nicht verschlossen.

Also war dies Laurens Fehler. Sie hätte nicht so lang bei Brad bleiben sollen. Als er sie das erste Mal so fest in den Oberarm kniff, dass sie blaue Flecken davon bekam, hätte sie ihn verlassen sollen. Aber in dem naiven Versuch, ihre Ehe zu retten und seine Gemeinheiten vor ihren Töchtern zu verbergen, war sie gescheitert und würde am Ende vielleicht eine von ihnen verlieren. Sie hatte sogar zugelassen, dass eine von ihnen eine verwöhnte Egozentrikerin wurde, während die andere genau mitbekam, was in der Familie vorging. Lauren befürchtete, dass sie vollkommen versagt hatte, und hoffte nur, dass es nicht zu spät für ein heilendes Ende war.

Sie fuhr zu Beth, um all die Sachen abzuholen, die sie in ihrem Haus gelagert hatte. Trotz ihrer drückenden Sorgen spürte sie, wie eine Last von ihr abfiel. Sie wagte endlich einen Neuanfang. Zwar wollte Beth, dass sie sich auf einen Kaffee zu ihr setzte und frühstückte, aber Lauren hatte bereits gegessen und konnte nicht still sitzen – dazu war zu viel zu tun. Also lehnte sie lächelnd ab.

»Mensch, du musst dich doch richtig stark fühlen«, sagte Beth. »Hat er nicht versucht, seine Autorität geltend zu machen?«

»Ich hab gar nicht zugehört«, erwiderte sie. »Er wird mich leiden lassen, so sehr er kann. Aber das ist ja nichts Neues. Ich habe ihm die Stirn geboten. Er ist stocksauer. Das kommt wohl kaum überraschend, oder?« Dann lachte sie tatsächlich. »Komm vorbei, wenn du Zeit hast. Du kennst ja den Weg.«

Noch bevor sie ihr neues Haus erreichte, klingelte ihr Handy. Die Schlafzimmermöbel sollten innerhalb der nächsten Stunde eintreffen. Ein weiterer Anruf kündigte die Ankunft der beiden großen Teppiche für Wohn- und Schlafzimmer an. Die Esszimmermöbel und die Küchenhocker waren auf dem Weg. Und mit einem Mal hatte sie sehr viel zu tun. Sie sichtete ihre neuen Einkäufe und wühlte durch Kissen und Küchentücher. Die Schlafzimmermöbel wurden noch vor den Teppichen geliefert – darum würde sie sich später kümmern. Vielleicht konnte Chip ihr beim Möbelrücken helfen.

Ein Elektriker kam, um ein paar der Steckdosen zu prüfen, die nicht funktionierten. Der Vermieter schaute vorbei, um sich zu erkundigen, ob ihr der neue Anstrich in ein paar Zimmern gefiel. Und so ging es immer weiter.

Von Brad kamen ein paar zornige SMS.

Ich habe die Papiere im Büro bekommen, vor allen anderen!

Wer holt meine Unterlagen vom Tippservice ab?

Und ihre Lieblingsnachricht:

Lass uns zusammen essen gehen und darüber reden!

Sie beantwortete jede SMS ganz ruhig und sachlich. *Habe ich dir doch gesagt. Ich weiß nicht* und *Nein.* In dieser Reihenfolge.

Am späten Nachmittag, als sie bis über beide Ohren in Umzugskartons, neu gelieferten Möbeln und anderen Dingen steckte und ihr langsam die Kräfte schwanden, spazierte Beau einfach durch die Haustür, die offen gelassen worden war. Er hatte einen Werkzeugkasten bei sich.

»Hey«, sagte er und schaute sich um. »Sieht so aus, als hätten Sie viel zu tun.«

Noch nie hatte sie sich so über einen Besuch gefreut. Beau war gekommen, um die Sicherheitsschlösser und die Kameras zu installieren. Am liebsten wäre sie ihm um den Hals gefallen.

Kapitel Sieben

Beau half Lauren, die Schlafzimmermöbel so zu verrücken, dass der Teppich ausgelegt werden konnte. Er tauschte ihre Schlösser aus, vergewisserte sich, dass ihre Fenster ebenfalls verriegelt werden konnten, und installierte die Türklingelkamera. Die dazugehörige App konnte ihr auf ihrem Handy zeigen, wer vor der Tür stand. Er half ihr sogar beim Beziehen der Betten, und während all dieser Arbeiten unterhielten sie sich. Das war genau das, was sie brauchte. Beth und Chip unterstützten sie zwar ebenfalls nach Kräften, behandelten sie aber wie ein rohes Ei, weil sie eindeutig befürchteten, sie würde klein beigeben und zu Brad zurückkehren. Beaus Art des Mitgefühls war besser – er war ehrlich zu ihr. *Sie werden verurteilt werden, und Sie werden sich schuldig fühlen.* Bumm!

Den Rest der Woche und das gesamte Wochenende verbrachte sie damit, sich häuslich einzurichten. Allzu schwer war es nicht, weil sie nicht so viele Sachen hatte. Sie kaufte noch Kleinigkeiten wie Körbe, Kerzen, Bilder, Beistelltischchen – alles, um ihrem Haus eine heimelige, persönliche Atmosphäre zu verleihen. Beau kam mehrere Male vorbei. Am Ende der Woche sagte er: »Ich würde Sie ja anrufen oder Ihnen eine SMS schicken, aber ich habe Ihre Nummer nicht.« Da entschied sie, dass es wahrscheinlich sicher war, sie ihm zu überlassen. Schließlich zögerte sie auch nie, ihm die Tür aufzumachen.

Sie erfuhr, dass er seine Familie unterstützte und alle monatlichen Rechnungen zahlte; Pamela hingegen bezahlte ihre Kreditkartenrechnungen und übernahm nur hin und wieder Kosten für die Familie oder kam für die Kleider oder die Sportausrüstung ihrer Söhne auf. Da sie aber gemeinsam die Steuererklärung ausfüllten, wusste er ziemlich gut, wie hoch ihr Gehaltsscheck war und dass sie außerdem noch ein eigenes Sparkonto hatte.

»Finde ich nicht fair«, bemerkte Lauren.

»Ich wurde innerhalb weniger Jahre erfolgreich«, erklärte er. »So konnte sie sich leisten, Auszeiten von der Ehe zu nehmen, sich eine hübsche Wohnung zu mieten und zu reisen. Ich hingegen eröffnete ein geschäftliches Kapitalkonto für Rücklagen und fing an, für Collegegebühren zu sparen. Ich will nichts vor ihr verbergen, bin aber sehr daran interessiert, dass es gerecht zugeht, denn sie wird die Hälfte des Hauses und die Hälfte des Unternehmens verlangen.«

»Ihres Unternehmens?«, fragte Lauren entgeistert.

»Eine Scheidung ist kein Spaziergang durch den Garten, Lauren. Und ich habe auch Fehler gemacht. Zum Beispiel hätte ich nach ihrem letzten Weggang sofort die Scheidung einreichen sollen. Noch bevor sie wieder zurückkehren wollte. Wenn ich mich nicht irre, hätte sie sofort eingewilligt. Sie war beschäftigt und wollte mich los sein.«

»Und ich hätte mich von Brad scheiden lassen sollen, als die Mädchen noch klein waren.«

»Haben Sie aber nicht«, sagte er.

»Er drohte, sie mir wegzunehmen. Er sagte: ›Du wirst nichts dagegen machen können. Denn ich habe Geld und du nicht. Ich kann dich auf jedem Schritt dieses Weges bekämpfen, bis du verhungerst und ich die Mädchen kriege.‹« Sie zuckte die Achseln. »Ich glaubte ihm. Ich war noch jung und mit einem Mann verheiratet, der alles bekam, was er wollte. Außerdem war da noch eine Kleinigkeit ...«

Fragend runzelte er die Stirn.

»Ich wollte nicht, dass die Mädchen so aufwachsen müssen, wie Beth und ich aufgewachsen sind.« Vor lauter Verlegenheit wurde sie rot. »Dabei waren wir nicht unglücklich. Ich weiß nicht, was ich mir dabei gedacht habe. Unsere Mutter und unsere Großeltern liebten uns und gaben für uns ihr Bestes. Aber es war schwer. Unsere Mutter bekamen wir kaum zu Gesicht, da sie immer mindestens zwei Jobs hatte. Und wir hatten nie genug Geld, um in Vereine oder Clubs zu gehen. Ich dachte, Brad würde uns zwar keine Liebe und Freundlichkeit geben, aber alles andere.« Sie seufzte. »Ich war so dumm, einen Pakt mit dem Teufel zu schließen.«

Solche Dinge erzählten sie sich. Lauren fragte sich, welche persönlichen Geheimnisse Beau für sich behielt, denn was sie betraf, so kratzte sie nur an der Oberfläche.

Lauren bemerkte, dass eine Scheidung ein emotionales Minenfeld war. Mehrmals am Tag rief Brad sie an oder schickte ihr Nachrichten, wobei er sie abwechselnd schikanierte, anflehte, diesen Wahnsinn zu stoppen, oder sie mit Aufträgen überschüttete. Sie reagierte nicht mehr auf seine Nachrichten, speicherte sie aber auf ihrem Handy.

In der folgenden Woche ging sie wieder zur Arbeit und erzählte ihrer Vorgesetzten und den meisten ihrer Kollegen, dass sie umgezogen war und jetzt in der Nähe der Firma wohnte. Die freundlichen Reaktionen überraschten sie. Mit echtem Interesse hatte sie nicht gerechnet. Bea, die Abteilungsleiterin und ihre direkte Vorgesetzte, fragte, ob sie einen guten Anwalt hätte, und versicherte: »Wenn ich Ihnen irgendwie helfen kann, sagen Sie es nur.«

Lauren hielt es für eine gute Idee, Sylvie Emerson anzurufen. Sie vereinbarten, an einem Sonntag gemeinsam zu brunchen, nur sie beide, und zwar in Sylvies wunderschönem Haus in Nob Hill. »Andy wird beim Golf sein und uns deshalb nicht stören.«

Lauren hoffte nur, dass er nicht mit Brad Golf spielte.

Sie brachte eine prächtige rote Geranie in einem hübschen Topf mit und ließ sich mit Sylvie an einem Tisch auf der Terrasse nieder, die von Pflanzen, Sträuchern und Blumen umgeben war. Da es ein Stadthaus war, war der Garten nicht groß, aber wunderschön gestaltet, mit vielen Gartenmöbeln und einer gemauerten Feuerstelle. Lauren nahm an, dass sie hier oft Gäste empfingen.

Nach einer Tasse Kaffee und einem kleinen Obstbecher erklärte Lauren ihr die Situation. »Ich muss Ihnen etwas sagen«, begann sie. »Es ist jetzt offiziell: Brad und ich lassen uns scheiden.«

Sylvie holte erschrocken Luft. »Oh mein Gott«, erwiderte sie. »Und wie geht es Ihnen?«

»Ach, gut«, sagte Lauren. »Denn *ich* habe die Scheidung eingereicht, Sylvie. Ich will Ihnen gegenüber ehrlich sein: Dies war schon länger absehbar. Aber da Andy und Brad gute Freunde sind, hätte ich vollstes Verständnis, wenn Sie sich nicht wohl dabei fühlen würden, weiterhin mit mir zu verkehren. Ich möchte Sie nicht in Schwierigkeiten bringen. Es ist alles ziemlich unangenehm.«

»Keinen Umgang mehr mit Ihnen, bloß wegen einer unangenehmen Scheidung? Aber nicht doch! Ich kenne Brad jetzt seit fünfzehn Jahren und betrachte ihn eher als Andys Geschäftspartner und nicht als engen Freund. Brad würde Berge versetzen, um Familienangehörigen oder Freunden von uns einen schnellen Arzttermin oder eine Überweisung zu verschaffen, und das wissen wir sehr zu schätzen. Und natürlich sind wir auch dankbar für alles, was er für die Stiftung tut. Aber wir sind keine Freunde, Lauren. Brad erweist Andy immer wieder einen Gefallen, und Andy nimmt Brad dafür mit in seinen Club oder auf eine Bootsfahrt mit Freunden. Es ist eine rein geschäftliche Beziehung. Nicht wie unsere, die ganz und gar nicht geschäftlich ist, sondern persönlich. Wenn Sie irgendetwas brauchen sollten, ganz gleich, was es ist, hoffe ich, dass Sie sich sofort an mich wenden! Und ich wäre nicht dort, wo ich jetzt bin, wenn ich vor unangenehmen Situationen zurückscheuen würde.«

»Sie sind unglaublich«, sagte Lauren.

»Sie und ich werden uns jetzt bitte häufiger treffen«, erwiderte Sylvie. Dann lächelte sie. »Ich kann mir vorstellen, dass Brad sich wahnsinnig ärgern wird.«

»Brad mag Andy sehr gern. Und Sie auch«, erwiderte Lauren leicht nervös.

Sylvie hob den Deckel einer silbernen Servierplatte an. Darunter befand sich ein herrliches Käseomelette mit ein paar Streifen Bacon und Toastecken an den Seiten. Sie griff nach Laurens Teller und fing an, ihr aufzutun. »Meine Liebe, ich kenne viele Männer wie Brad. Er ist ziemlich leicht zu durchschauen ...«

»Ach ja?«, fragte Lauren.

»Ich glaube, Brad verkehrt gerne mit Menschen, die er für wichtig hält. Er sabbert praktisch, wenn ihm jemand vorgestellt wird, der bedeutend sein könnte. Aber vielleicht ist das auch nur ein Vorurteil von mir. Vielleicht ist er gerne mit Menschen wie Andy zusammen, weil Andy so viel für die Gesellschaft tut. Dennoch ist nicht zu leugnen, dass Brad kein einfacher Mensch ist.«

»Wie kommen Sie darauf?«, fragte Lauren ehrlich interessiert.

Sylvie gab ihr ihren Teller und fing an, sich selbst aufzutun. »Ich will ganz ehrlich zu Ihnen sein, wenn Sie ein Geheimnis für sich behalten können.«

»Oh, glauben Sie mir: Ich rede nicht mehr mit Brad. Und ich

würde nie etwas erzählen, was Ihr Vertrauen missbrauchen würde.«

»Na gut. Es ist ganz einfach. Als ich ihn vor fünfzehn Jahren kennenlernte, wusste ich sofort, wie er ist. Er behandelt niemanden freundlich, den er für unbedeutender hält als sich selbst. Er ist ungeduldig gegenüber Restaurantpersonal, Hausmeistern, Barkeepern und Arbeitern. Andy hat am Hafen gearbeitet, um sein Studium zu finanzieren. Sein erstes Unternehmen hat er mit staatlichen Zuschüssen gegründet. Ich glaube nicht, dass Brad ihn damals auch nur eines Blickes gewürdigt hätte. Sie etwa?«

»Brads Familie war reich«, erklärte Lauren. »Er wuchs sehr privilegiert auf ...«

»Von uns war keiner reich. Ich arbeitete erst als Kellnerin und dann als Lehrerin. Es war ein Kampf. Unsere Kinder mussten sich neben der Highschool Jobs besorgen. Zwar sind wir mittlerweile ziemlich vermögend, aber das ist eigentlich noch neu für uns. Was Andys Interesse für diejenigen erklärt, die weniger begünstigt sind.«

Mittlerweile?, dachte Lauren. Soweit sie sich erinnerte, waren die Emersons schon immer sehr einflussreich in San Francisco gewesen. Andererseits waren sie jetzt bereits über siebzig. Sie hatten einen Sohn, der fast so alt war wie Lauren.

»Eines sollten Sie nie vergessen, meine Liebe: Die Menschen werden danach beurteilt, wie sie den wichtigsten Menschen und den unwichtigsten Menschen im Raum behandeln. Das zeigt einem alles, was man über sie wissen muss.«

Während sie aßen, erzählte Sylvie von den frühen Jahren ihrer Ehe, als die Kinder noch klein waren und die Zeiten hart und manchmal sogar angsteinflößend. Wenn eines der Kinder krank wurde, machten sie sich Sorgen über die Arztkosten und über die Schwierigkeiten, das Kind zu beaufsichtigen, denn sie arbeiteten beide. Es war sogar ein Kampf, als Familie gemeinsam Zeit zu verbringen. Aber schließlich, als die Kinder bereits Anfang, Mitte zwanzig waren, lief Andys Firma so gut, dass sie erfolgreich an die Börse gingen und ihre kühnsten Träume übertroffen wurden. Danach verkaufte Andy seine Anteile und gründete ein neues Unternehmen, das ebenfalls Erfolg hatte. Allerdings vergaßen weder Sylvie und Andy noch ihre Kinder jemals, wie schwer sie es einmal gehabt hatten.

Lauren erzählte ebenfalls ein wenig über ihre Kindheit und Jugend und verriet, wie groß ihr Staunen gewesen war, als ein junger erfolgreicher Chirurg sie heiraten wollte. Allerdings waren die Anfänge ihrer Ehe mit zwei kleinen Kindern nicht einfach gewesen; Brad war immer beschäftigt gewesen, immer auf Abruf und kaum zu Hause. Vom ersten Tag an hatte er sich als schwieriger Mensch erwiesen, aber sie hatte auch nicht erwartet, dass das Leben mit einem Arzt leicht werden würde.

Ihr Brunch dauerte über zwei Stunden. Schließlich erklärte Lauren, sie wolle Sylvies Zeit nicht länger in Anspruch nehmen.

»Aber ich möchte sofort ein neues Treffen mit Ihnen ausmachen. Zum Brunch oder Mittagessen«, sagte Sylvie. »Haben Sie einen Terminkalender?«

»Natürlich«, erwiderte Lauren und holte ihr Handy hervor.

»In zwei Wochen? Oder drei? Wie passt es Ihnen sonntags? Mir würde es gut passen. Wenn die Familie kommt, dann erst nachmittags.«

»Das würde mir sehr gefallen, aber, Sylvie … wieso sind Sie sich so sicher, dass Sie mir glauben und vertrauen können?«

»Ich kenne Brad schon seit langer Zeit«, antwortete sie. »Und Sie auch. Ich glaube, mit meiner Einschätzung von Ihnen liege ich richtig. Und wenn Ihre Freunde jetzt alle das Weite suchen sollten, haben Sie noch mich. Also, in zwei Wochen?«

»Perfekt«, sagte Lauren lächelnd.

In der dritten Woche nach ihrer Trennung wollte sie ein paar Regalborde an der Wand anbringen lassen, und da sie annahm, dass Beau demnächst wieder vorbeikommen würde, lehnte sie sie an die Wand. Er simste ihr am Donnerstagnachmittag und fragte, ob sie Lust auf ein Glas Wein hätte. Entweder bei ihr oder in einem nahegelegenen Lokal. Sie antwortete, wenn er ihr ein paar Regale anbrächte, würde sie ihn mit einem Gläschen Wein belohnen.

Im März hatte sie ihn kennengelernt. Und doch hatte sie noch niemandem, nicht mal ihrer Schwester Beth, erzählt, dass sie einen neuen Freund gefunden hatte, einen *männlichen* Freund. Sich selbst gegenüber konnte sie zugeben, dass sie sich Sorgen darüber machte, wie das wohl aussehen mochte: So, als nutzte sie ihre beendete Ehe, um sich einen neuen, besseren Mann zu suchen. Es war durchaus möglich, dass die Leute das dachten, vor allem, wenn sie Beau kennenlernten.

Jetzt war es fast August, und bislang war ihre Trennung nicht allzu traumatisch gewesen. Offenbar hatte sie sich auf alles vorbereitet, was Brad im Schilde führen mochte. Seit der Trennung ließ er sich viel Zeit mit den Unterhaltszahlungen. Als er sich standhaft weigerte, Cassie beim Jurastudium zu unterstützen, hatte diese tapfer gesagt: »Keine Sorge, Mama. Ich beantrage ein Studentendarlehen, während das alles geregelt wird. Die meisten Jurastudenten stecken ohnehin bis zum Hals in Schulden.« Lacey war immer noch wütend auf sie, und auch wenn das Lauren betrübte, gelang es ihr doch ziemlich gut, sie nicht zu bedrängen.

Sie weinte sich nicht in den Schlaf, sondern erschauerte manchmal nachts bei der Vorstellung, wie ihr Leben wohl aussähe, wenn sie noch länger bei Brad geblieben wäre.

Nachdem Beau die Regalborde montiert hatte, beschlossen

sie, in einem nahegelegenen Lokal einen Burger zu essen und was zu trinken – was für sie beide ein großartiges Abendessen war. Sie unterhielten sich über ihre Arbeit, ihre Kinder und ihre Scheidung. Beau erzählte, dass Michael sich langsam erholte. Pamela verbrachte neuerdings ein bisschen mehr Zeit mit ihren Söhnen. »Aber ich bin so zynisch geworden, dass ich das alles ihrem Bestreben zuschreibe, die Scheidung abzuwenden, weil ihr sonst nichts Besseres einfällt. Ich wünschte, es wäre nicht so. Wie gern würde ich glauben, dass es aus echter Mutterliebe geschieht …«

»Und Lacey meinte, sie würde vielleicht wieder zu Hause einziehen – sie denkt darüber nach. Wahrscheinlich um ihren armen Vater zu trösten, weil die böse Hexe ihn verlassen hat, ihn aber jetzt ausbluten lassen will. Sie sind hier nicht der Einzige, der zynisch ist.«

Offenbar kam ihre Scheidung über kurz oder lang immer wieder zur Sprache, aber sie hatten auch andere Themen. Sie sprachen über ihre Kindheit, die Highschool- und Collegezeit. Sie waren zwar beide ohne jeden Luxus aufgewachsen, hatten aber Freunde und eine schöne Zeit gehabt.

»Nur, dass ich ohne Vater aufgewachsen bin. Aber da meine Großeltern noch lebten, hatte ich trotzdem eine richtige Familie«, sagte Lauren.

»Ich weiß nicht, was ich ohne meinen Dad gemacht hätte«, erwiderte Beau. »Wir waren vier Kinder, zwei Jungs und zwei Mädchen. Und wir hatten zusammen nur zweieinhalb Zimmer. Mein Dad arbeitete die ganze Zeit, nahm jeden Job an, den er kriegen konnte. Wenn mein Bruder und ich nicht in der Schule waren, begleiteten wir ihn. Meine Mutter ging putzen, und meine Schwestern halfen ihr ebenfalls, so gut sie konnten, aber wissen Sie was? Meine Eltern waren immer guter Laune, wirklich immer. Sie wussten seit jeher zu schätzen, was sie hatten. Sie waren dankbar für ihre Gesundheit, ihre Familie und die Kraft zu arbeiten. Und Gott, wie sie gearbeitet haben!«

»Das erklärt, warum Sie so sind, wie Sie sind«, sagte sie.

»Wie meinen Sie das?«

»Wie Sie es geschafft haben, Ihre Söhne von allen Konflikten fernzuhalten, wie Sie Ihr Haus und Ihre Familie zusammengehalten haben, nachdem Ihre Frau Sie verlassen hat. Und nicht nur einmal, sondern viele Male.«

»Was ist mit Ihnen? Woraus beziehen Sie Ihre Kraft? Was treibt Sie an?«

»Tja, ganz sicher meine Töchter. Ich bin überzeugt, dass ich in die Fußstapfen meiner Mutter trete, wenn auch etwas ungeschickt.«

»Wie kommen Sie darauf?«

»Meine Mom wurde von ihrem Mann verlassen. Sie hörte nie wieder was von ihm, wusste nicht mal, ob er noch lebte. Aber sie ließ sich nicht unterkriegen. Es war für sie ein ständiger Kampf, Leib und Seele beisammenzuhalten. Doch obwohl es für sie als alleinerziehende Mutter schwer war, hätte sie sich niemals Brads Gemeinheiten gefallen lassen, was sie auch lautstark verkündete. Meine Mutter war hübsch und selbstsicher, stark und klug. Vor zwei Jahren kam sie bei einem Verkehrsunfall ums Leben – da war sie einundsiebzig und noch putzmunter. Im Vergleich zu meiner Mutter und meiner Schwester bin ich ein Feigling. Ich bin nicht stolz darauf, dass ich mich viele Jahre habe schikanieren lassen.«

»Hören Sie, wir geben alle unser Bestes«, wandte Beau ein. »Ich bin stark und bilde mir gerne ein, ich wäre auch klug. Dennoch wurde ich von Pam schikaniert. Ich habe nicht zurückgeschlagen, und das nur mit der Ausrede, dass man sich nicht mit Mädchen schlägt.«

Sie unterhielten sich über ihre Lieblingsfächer am College und über ihre Zukunftspläne. »Ich werde aufatmen«, erklärte Lauren. »Zum Frühstück und manchmal auch abends ausgehen. Wieder einem Buchclub beitreten. Vor Jahren war ich mal in einem, der mir sehr gefiel. Ich mochte die Frauen in dem Buchclub, aber es war zu schwer, die Treffen in meinen vollen Terminkalender zu quetschen, also musste ich ihn aufgeben.«

Beau erzählte ihr von seiner Freundschaft mit Tim, die bis in die Grundschulzeit zurückreichte, und von den Schwierigkeiten, in die sie manchmal geraten waren, wenn sie sich in Abenteuer stürzten. Sie gingen auf eine katholische Schule, aber Beau hatte natürlich ein Stipendium. Als sie einmal einen Frosch in Schwester Theresas Pult versteckten, mussten sie erkennen, dass diese wie ein Profi mit Fröschen umgehen konnte. »Seid froh, dass ihr diesen kleinen Kerl nicht in Bio sezieren müsst«, hatte sie gesagt. Als Tim einmal beim Ladendiebstahl erwischt wurde, zwang man ihn, sich beim Ladenbesitzer zu entschuldigen. Außerdem schwänzte er in der Highschool oft den Unterricht.

»Für einen Priester sieht er viel zu gut aus«, bemerkte Lauren.

»Wenn Sie gesehen hätten, wie er in der Highschool mit den Mädchen umging, wären Sie schockiert, dass er überhaupt zum Priesteramt zugelassen wurde. Niemand wusste von seinem Geheimnis, dass er eigentlich die ganze Zeit schon Priester werden wollte. Allerdings hielt ihn das nicht davon ab, herauszufinden, worauf er dann verzichten würde.«

»Ach wirklich?«, fragte sie grinsend.

»Oh ja. Er fand es noch vor mir heraus«, bestätigte Beau.

Als Beau sie nach Hause brachte, genossen sie lachend den Sommerabend. Es war noch hell, als sie sich verabschiedeten, sie ins Haus ging und er davonfuhr.

Seufzend lehnte sie sich an die Haustür. »Ich hoffe, so sieht mein neues Leben aus«, sagte sie laut zu sich selbst. In diesem

Augenblick traf sie die Entscheidung, niemandem ein Wort über Beau zu verraten, bis das ganze Scheidungschaos hinter ihr lag – hinter ihnen beiden. Sie hoffte nur, es würde nicht zu lange dauern. Dann stieß sie sich von der Tür ab, ging in die Küche, legte ihre Tasche auf die Küchentheke und holte sich kaltes Wasser aus dem Kühlschrank.

Ihr Handy signalisierte, dass sich jemand ihrer Haustür näherte. War er zurückgekommen? So schnell?

Sie wollte schon zur Tür gehen, hielt dann aber inne und holte das Handy aus ihrer Tasche. Es hatte zwei Signale: eins für Bewegungen und ein anderes, wenn die Türklingel ging. Jetzt klingelte es. Sie hatte die Tür noch nicht abgeschlossen. Schließlich ging die Sonne gerade erst unter, und es war noch nicht dunkel. Das muss Beau sein, dachte sie. Vielleicht hatte er was vergessen. Sie blickte auf ihr Handy.

Da sah sie: Es war Brad. Er hatte sie gefunden. Ungeduldig zappelte er vor der Tür. Sie legte ihr Handy weg und näherte sich vorsichtig dem Eingang. »Was willst du, Brad?«, fragte sie.

Er hämmerte gegen die Tür. »Mach verdammt noch mal auf, Lauren!«

»Es ist kein guter Zeitpunkt«, rief sie zurück.

Als sie nach dem Schlüssel griff, stieß er die Tür auf und stürmte herein. »So ist das also«, knurrte er finster. »Es geht nicht um unsere Ehe, sondern um einen anderen Mann!«

»Wovon redest du?«, fragte sie.

»Ich hab dich gesehen«, beharrte er. »Mit einem anderen.«

Der arme Brad. Er war so egozentrisch, dass er nicht mal Beau erkannte, den er doch schon kennengelernt hatte. Stirnrunzelnd wich sie zurück. »Er ist nur ein Nachbar, Brad. Er hat ein paar Regale für mich montiert, und dafür habe ich ihm ein Bier und einen Burger drüben im Pub ausgegeben.«

»Für Nachbarn war es viel zu intim!«, entgegnete er und kam mit großen Schritten auf sie zu.

»Du bist ja verrückt. Es war gar nicht intim. Es war –«

Blitzschnell streckte er die Hand aus und kniff sie in den Oberarm.

»Au! Lass das!«, rief sie aus. Doch er kniff ihr in den anderen Arm. »Hör auf!«, brüllte sie und versuchte, seine Hände abzuwehren.

Er packte ihre Handgelenke. »Lüg mich nicht an! Das wäre das Dümmste, was du jetzt tun könntest.«

»Verschwinde«, erwiderte sie. »Raus, oder ich rufe die Polizei!«

Er lachte sie aus. »Und mit welcher Hand willst du das machen, Lauren? Wie? Du weißt doch, dass dir niemand glauben wird. Denn du bist eine Lügnerin und so verrückt, dass du manchmal gar nicht weißt, was du tust.«

»Du tust mir weh! Lass mich los!«

Er hielt ihre Handgelenke gepackt und schüttelte sie durch. »Das wird dir noch leidtun«, knurrte er. »Dafür sorge ich.« Er ließ eines ihrer Handgelenke los und verpasste ihr eine Ohrfeige, erst auf die eine Wange, dann auf die andere. Und zu ihrem Schock ballte er die Faust und versetzte ihr einen Haken auf Wange und Auge.

Sie kippte nach hinten und schlug im Fall mit dem Kopf gegen die Küchentheke. Als sie auf dem Boden lag, sagte er: »Du bist nur eine dumme Nutte.«

Dann trat er ihr ins Gesicht. Sie riss gerade noch rechtzeitig ihre Hände hoch, doch sie spürte den Tritt bis an ihre Zähne. Dann verlor sie das Bewusstsein.

Sie dachte, sie wäre nur einen Moment ohnmächtig geworden. Als sie ein Auge öffnete, sah sie, dass die Haustür offen stand. Sie blickte auf ihre Hände, mit denen sie ihr Gesicht hatte schützen wollen: Sie waren voller Blut. Sie konnte Vogelgezwitscher hören, wenn es kein Klingeln in ihren Ohren war. Sie konnte die untergehende Sonne sehen. Es gelang ihr, sich aufzurichten. Ihr tat alles weh. Ihr Kopf fühlte sich tonnenschwer an, und sie hatte den Geschmack von Blut im Mund.

Sie nahm ihr Handy und ein Handtuch von der Küchentheke und bewegte sich mühsam zur Couch. Der neuen Couch. Die durfte keine Blutflecke abbekommen, aber sie musste sich setzen.

Das hatte Brad noch nie gemacht. Er hatte sie gekniffen, gedemütigt, geschubst, zu Fall gebracht und verbal malträtiert, aber noch nie hatte er sie geschlagen oder getreten. Andererseits hatte Cassie ihr deutlich gemacht, dass sie das Ausmaß seiner körperlichen Misshandlungen immer geleugnet hatte. *Wie viel ist zu viel?*

Sie wählte die 911.

»Notruf«, meldete sich eine Frau.

»Hilfe«, sagte sie und spuckte Blut. »Ich bin angegriffen worden.« Sie musste ihre Adresse dreimal nennen, so sehr nuschelte sie.

»Brauchen Sie einen Krankenwagen?«

»Ich weiß nicht. Ich brauche die Polizei und vielleicht ärztliche Hilfe …«

»Ist der Angreifer noch im Haus?«

»Ich glaube nicht«, sagte sie. »Kann sein, dass ich ohnmächtig geworden bin. Er hat mich ins Gesicht getreten. Auf den Mund. Ich spüre es an meinen Zähnen …«

»Hilfe ist unterwegs, Ma'am. Sprechen Sie weiter mit mir, bis sie da sind …«

»Glauben Sie, er wollte mich umbringen? Er wollte mich umbringen, glaube ich …«

»Bleiben Sie bei mir …«

»Ich glaube, ich werde ohnmächtig …«

»Bleiben Sie am Apparat. Sie werden jeden Moment die Sirenen hören. Sagen Sie mir, wenn Sie die Sirenen hören …«

Die Polizei und der Rettungsdienst trafen fast gleichzeitig ein. Sie versuchte sich vorzustellen, wie all das Blaulicht in ihrer stillen kleinen Straße wirkte. Während die Sanitäter ihre Verletzungen prüften, sie verarzteten und mit einem Kühlpack versahen, fragte einer der beiden Polizeibeamten, ob sie ihren Angreifer erkannt hätte.

»Es war mein Mann«, murmelte sie undeutlich. »Dr. Brad Delaney. Wir leben getrennt. Er wohnt in Mill Valley. Er war wütend.«

»Kann man so sagen«, sagte der Sanitäter leise. »Wir legen jetzt einen Zugang, nur für den Fall, dass Sie Betäubungsmittel brauchen. Und wir fahren Sie ins Krankenhaus.«

»Ist das denn wirklich notwendig?«, fragte sie. »Mir geht's langsam besser …«

»Bei einer Kopfverletzung sollte man kein Risiko eingehen. Außerdem müssen wir prüfen, ob alle Knochen im Gesicht unversehrt sind.«

»Meine Zähne fühlen sich irgendwie wacklig an. Habe ich sie noch alle? Sind sie noch ganz?«

»Es sieht so aus, aber Sie müssen in die Notaufnahme.«

»Ma'am«, schaltete sich der Polizist wieder ein. »Kann jemand außer Ihnen und Ihrem Mann den Angriff bezeugen?«

Sie hielt ihm ihr Handy hin. Er sah, was sie ihm zeigen wollte: die Türklingelkamera und die Sprechanlage. Obwohl die Haustür offen gestanden hatte, hörte man laut und deutlich, wie Brad sie anbrüllte und bedrohte und wie Lauren ihn anflehte aufzuhören, weil er ihr wehtäte. Man hörte eindeutig, wie er sie schlug und trat. Die Aufnahmen würden sieben Tage gespeichert, aber sie konnte sie jetzt für länger sichern.

Typisch Brad. In ihrem Haus in Mill Valley hatten sie eine Alarmanlage mit geschlossenem Stromkreis, aber offenbar hatte er nicht daran gedacht, dass Lauren in dieser alten viktorianischen Villa ebenfalls Sicherheitsvorkehrungen getroffen haben könnte. Er dachte wohl, es würde nie jemand davon erfahren ...

»Dann müssen wir dieses Handy haben«, erklärte der Beamte.

»Nein, das geht nicht«, entgegnete sie. »Sie können alles von diesem Handy runterladen, wenn Sie wollen, aber ich muss es behalten. Nur so kann ich jemanden erreichen, der mir jetzt helfen kann, hier im Haus ist noch kein Festnetzanschluss. Ich kann Ihnen sofort Bild- und Tonmaterial mailen, wenn Sie wollen.«

»Das wäre hilfreich, wenn ich ihn festnehmen soll.«

»Was werden Sie mit ihm machen?«, fragte sie.

»Er kommt ins Gefängnis, Ma'am. Er hat eine von zwei Straftaten begangen, für die man mindestens zwölf Stunden in Haft bleibt: Das sind Fahren unter Alkoholeinfluss und häusliche Gewalt. Bei Ersterem kann der Delinquent ausnüchtern und ist außerdem keine Gefahr mehr im Straßenverkehr, beim Zweiten kann sich das Opfer in Sicherheit bringen.«

»Also wird er die ganze Nacht im Gefängnis sitzen?«

»Das kann ich Ihnen versichern.« Der junge Officer nickte.

»Selbst wenn er ein sehr reicher Chirurg mit einem Haufen Anwälte ist?«, hakte sie nach.

»Selbst dann«, bestätigte der Polizist.

»Hier«, sagte sie. »Mailen Sie sich das Material.«

»Sie flehen mich also nicht an, ihn in Ruhe zu lassen?«, fragte der Officer.

»Nein«, erwiderte sie. »Werfen Sie ihn ins Gefängnis.«

»Was ist hier los?«, rief Beau von der Haustür aus. »Was zum Teufel! Wo ist Lauren? Lauren!«

Sie saß schon auf der Bahre und drückte sich das Eispäckchen aufs Gesicht. Beau zwängte sich zwischen den Sanitätern durch, woraufhin die beiden Polizeibeamten ihn instinktiv an den Armen packten und ihn zurückhielten.

»Lassen Sie mich los!«, rief er. »Ich muss sie sehen! Was ist mit ihr passiert?«

Lauren ließ das Eispäckchen sinken.

»Ach du meine Güte«, sagte er schwach und sah sie betroffen an.

»Lassen Sie ihn los«, nuschelte sie. »Er ist ein Freund und Nachbar.«

Er stürzte zu ihr. »Was ist passiert? Wer hat dir das angetan?«, fragte er leise.

»Das kannst du dir doch denken«, murmelte sie undeutlich.

Beau folgte dem Rettungswagen zum Krankenhaus und tigerte unruhig im Wartezimmer hin und her, während Lauren von den Ärzten und Schwestern versorgt wurde.

Drei Stunden blieb sie in der Notaufnahme, immer mit dem Kühlpäckchen an ihrem Gesicht. Sie wurde in der Mundhöhle genäht, wo ihre Zähne ihre Lippen aufgerissen hatten, und fühlte sich vom Hals aufwärts an geschwollen. Ihr CT war unauffällig: keine Brüche im Schädel oder an den Gesichtsknochen. Gegen Mitternacht kam einer der Beamten, der bei ihr zu Hause gewesen war, zur Notaufnahme. Er redete leise mit dem Arzt, bevor er zu ihr ans Bett trat. Lauren saß aufrecht auf der Decke, bereit, auf der Stelle zu flüchten, sobald der Papier- und Versicherungskram erledigt war.

»Also, mir wurde gesagt, dass alles wieder in Ordnung kommt«, sagte der Officer. »Sie werden sich erholen und vielleicht auch besser aussehen.«

»Ich *sehe* besser aus«, protestierte sie, aber es klang wie *I hehe beher aah*.

»Ihr Mann wurde aufgesucht, verhaftet und ins Gefängnis gebracht, aber gibt es jemanden, bei dem Sie übernachten können oder der bei Ihnen bleibt?«

»Ich will nach Hause«, nuschelte sie. »Er kommt doch nicht zurück. Mir geht's schlecht.«

»Dieser Mann, der noch im Wartezimmer ist«, setzte der Beamte an. »Können Sie dem vertrauen?«

»Er ist ein Nachbar. Ich kenne ihn seit ein paar Monaten, und er ist bislang immer freundlich und hilfreich gewesen. Er ist also noch da?«

»Wartet auf Sie, schätze ich. Bringt Sie hoffentlich nach Hause.«

»Das ist nett. Aber ich kann auch ein Taxi nehmen, wenn er nach Hause will.«

»Ich halte es nicht für ratsam, dass Sie jetzt allein bleiben. Ihr Mann ist schon ein echter Prachtkerl. Wollte uns überzeugen, dass Sie sich das selbst angetan haben. Nur kühlte er sich seine Hand mit Eis, als er uns das erzählte.«

Ein Lachen entfuhr ihr. »Seine kostbaren Hände! Für Millionen versichert ...«

»Außerdem sind da noch die Aufnahmen. Also versuchte er uns einzureden, das wäre Ihr fester Freund gewesen ...«

»Ich habe gar keinen festen Freund«, widersprach sie. »Der Mann da draußen ist *ein* Freund.« Sie stöhnte auf und fügte hinzu: »Ich habe ihn in der Kirche kennengelernt.«

»Die Stimme Ihres Mannes ist auf den Aufnahmen deutlich erkennbar«, sagte der Officer. »Gibt es jemanden, der bei Ihnen bleiben kann? Sie sollten jemanden aus Ihrer Familie anrufen. Das hier ist ein schweres Trauma. Wenn Sie erst zu Hause sind, könnten Sie merken, dass Sie nicht allein sein wollen. Außerdem meint der Doktor, Sie könnten in diesem Zustand nicht fahren. Zumindest die nächsten vierundzwanzig Stunden nicht. Als Vorsichtsmaßnahme.«

»Ganz genau«, sagte der Arzt, der gerade den Vorhang zurückgezogen hatte und ans Bett trat. Er hielt ein Klemmbrett in der Hand. »Ich würde Sie über Nacht aufnehmen, aber unbedingt notwendig ist das nicht, und Krankenhäuser sind nicht gerade gemütlich, vor allem, weil es hier so laut ist.«

»Ich will in mein eigenes Bett.«

»Dann rufen Sie jemanden an«, erwiderte der Polizist. »Jemanden, der Sie sicher nach Hause bringt und Ihnen ins Bett hilft. Da gibt es doch bestimmt jemanden …«

»Der Nachbar will sie nach Hause bringen und bei ihr bleiben, bis sie stabil ist. Außerdem wohnt er nur ein paar Blocks entfernt, sodass sie ihn anrufen kann, wenn sie Hilfe braucht. Sind Sie damit einverstanden, Mrs Delaney?«, fragte der Arzt.

Sie nickte. »Ich möchte meine Angehörigen so spät nicht mehr anrufen. Ich habe zwar noch nicht gesehen, was Sie bei mir gemacht haben, aber es muss schlimm aussehen.«

Daraufhin zog der Arzt eine Schublade auf und reichte ihr einen runden Handspiegel. Sie sah sich darin an. Ihre Lippe war auf einer Seite überdimensional angeschwollen, genau wie die Haut rund um ihr Auge, die sich mittlerweile blau und schwarz färbte. Ihre Bluse war mit Blut und Speichel bespritzt.

Fast wäre sie in Ohnmacht gefallen, aber der Arzt und der Polizeibeamte konnten sie noch festhalten, bevor sie zurück aufs Bett sackte. Sie halfen ihr, sich wieder aufrecht hinzusetzen.

»Oh mein Gott«, sagte sie stöhnend. »Meine Schwester wäre zu Tode erschrocken. Und ihr Mann ist ebenfalls Polizist. Er könnte die Beherrschung verlieren.«

»Er ist Polizist? Auf welcher Wache?«

»In Oakland. Sein Name ist Chip Shaughnessy.«

»Den kenne ich. Guter Mann. Wollen Sie ihn anrufen?«

»Wollen Sie testen, wie gut er sich beherrschen kann?«, konterte sie.

Der Arzt reichte ihr einen sauberen Waschlappen, da sie beim Sprechen blutigen Speichel verspritzte. Lauren wollte nicht, dass Beth oder Chip sie so sahen. Beth war ohnehin schon wütend auf Brad. Lauren nahm es ihr nicht übel, dass sie ihn hasste, im Gegenteil, sie billigte das. Aber wenn sie jetzt ruhig, klug und besonnen handeln wollte, konnte sie keine Tiraden brauchen. Ihre Anwältin hatte ihr eingeprägt, nur auf ihren Rat zu hören und nicht auf den von Freunden und Verwandten. Und wieso sollte sie Chip, ihren freundlichen und gelassenen Schwager, in Rage versetzen? Vielleicht war das der Tropfen, der das Fass zum Überlaufen brachte, sodass er auf Brad losging und ihn nach Strich und Faden verprügelte. Ehrlich gesagt war die Vorstellung verlockend, aber was, wenn Chip im Gefängnis landete?

»Beau kann mich nach Hause fahren«, erklärte sie. »Er ist vertrauenswürdig und sehr freundlich. Wo ist mein Handy?«, fragte sie.

»In Ihrer Tasche«, antwortete der Officer und gab ihr die Tasche, die sie mit ins Krankenhaus genommen hatte.

Sie scrollte durch ihre Textnachrichten und fand die letzte von Beau.

Bist du noch da?

Ich bin hier. Wie geht es dir?

Ich kann jetzt nach Hause. Fährst du mich?

Jederzeit. Ich fahre mit dem Wagen vor und hole dich ab.

»Er bringt mich nach Hause«, teilte sie dem Polizisten mit. »Er holt seinen Wagen. Würden Sie ihn zu mir führen?«

Als Beau in die überfüllte Notaufnahme zurückkam und sie sah, verengte er die Augen zu Schlitzen und biss die Zähne zusammen. »Wo genau tut es weh?«, fragte er.

»Überall, wo man was sehen kann«, antwortete sie. »Ich habe fast den Eindruck, er wollte, dass man es sieht.«

»Wir müssen dich an einen sicheren Ort bringen«, sagte Beau.

»Nach Hause. Bitte. Lass mich bitte mit verschlossener Tür und einem Eispäckchen allein. Er kommt nicht zurück. Zumindest nicht heute Nacht.«

»Wie kannst du da so sicher sein?«, protestierte er.

»Ich habe die Polizei gerufen«, erklärte sie. »Heute Nacht bleibt er im Gefängnis. Morgen rede ich mit meiner Anwältin. Ich glaube, über eine einvernehmliche Scheidung sind wir hinaus. Meinst du nicht auch?«

»Ich bringe dich nach Hause«, sagte Beau. »Vielleicht kannst du eine Schlaftablette nehmen? Vorsichtshalber werde ich auf der Couch schlafen.«

»Ich habe vielleicht eine Gehirnerschütterung, da nehme ich keine Schlaftablette«, erwiderte sie. »Aber ich möchte in mein eigenes Bett. Ich habe keine Angst. Nicht im Moment.« Sie tupfte sich ihre Lippen ab. »Ich hätte die Tür gleich abschließen sollen, aber es war noch hell, und ich sah ihn über den Monitor. Ich sagte ihm, es wäre kein guter Zeitpunkt. Wenn die Tür abgeschlossen gewesen wäre …«

Der Arzt reichte Beau die Hand. »Ich bin Dr. Kraemer. Und Sie sind vermutlich der Nachbar, der sie nach Hause bringt?«

»Ja, Sir«, erwiderte Beau, obwohl der Arzt jünger aussah als er. »Ich bleibe heute Nacht bei ihr. Muss ich auf irgendwas achten?«

»Ja. Alarmzeichen sind Orientierungslosigkeit, Übelkeit und Erbrechen. Und wenn sie das Bewusstsein verliert. Ihr CT war unauffällig, aber Vorsicht ist geboten. Wenn sie schläft, wecken Sie sie nicht, aber wenn sie das Bewusstsein verliert und nicht mehr aufwacht, dann rufen Sie den Notarzt.« Er blickte zu Lauren. »Wie geht es Ihrem Kopf?«

»Ich fühle mich, als hätte mich ein Esel getreten.«

Der junge Arzt lächelte matt. »War ja auch so. Ich gebe Ihnen ein paar Infobroschüren mit: vom Frauenhaus, einer Anlaufstelle für häusliche Gewalt. Und hier noch die Telefonnummer der betreffenden Dienststelle bei der Polizei. Bitte suchen Sie so bald wie möglich Ihren Arzt auf ...«

Sie lachte bitter. »Mein Mann ist Arzt. Chirurg.«

»Wenn Sie keinen Hausarzt haben, kommen Sie einfach hierher in die Notaufnahme zurück, und in einer Woche können bei Ihnen die Fäden gezogen werden. Hier ist meine Karte. Ich weiß, wie es läuft, wenn man einen Arzt in der Familie hat: Entweder er behandelt einen selbst, oder einer seiner Freunde macht es. Aber das geht nicht, Lauren. Er ist offensichtlich gefährlich.«

»Er ist hier im Umkreis sehr bekannt«, erwiderte sie.

»Ich weiß. Mein Fall war er noch nie. Passen Sie ab jetzt gut auf sich auf. Und rufen Sie an, wenn Sie uns brauchen.«

»Gehen wir«, sagte Beau, nahm ihre Tasche und fasste sie an der Hand. »Ich stehe im Parkverbot. In zehn Minuten sind wir zu Hause.«

»Ich bin dir wirklich sehr dankbar«, nuschelte sie, das Handtuch immer noch an den Mundwinkel gedrückt. »Wie hast du überhaupt von dem Ganzen erfahren?«

»Ich war im Laden Milch und Brot kaufen. Als ich wieder herauskam, sah ich einen Krankenwagen und die Polizei vor deinem Haus. Hat mich mit einem Schlag zehn Jahre älter gemacht.«

»Mich auch«, sagte sie und stützte sich auf seinen Arm, während sie durch den Wartebereich zum Ausgang gingen.

»Komm, ich helfe dir in den Wagen. Gib mir das Handtuch und das Eispäckchen.«

»Nein, das ist doch eklig ...«

»Her damit«, befahl er. »Halt dich am Griff fest, wir machen es ganz langsam.«

Vorsichtig fuhr er sie nach Hause. Er hatte sich bewusst entschieden, sich in die Sache mit hineinziehen zu lassen, als er ihr zum Krankenhaus folgte. Er wusste, dass es dadurch nicht einfacher, sondern komplizierter werden würde, sich mit ihr anzufreunden. Denn beide würden sich fragen, ob es nicht nur um reine Anziehung ging, sondern um ihre Verletzlichkeit und seine Hilfsbereitschaft. Ihm war es gleich, aber genau darin lag die Gefahr. Denn so hatte er sich in Pamela verliebt – als sie bedürftig war. Sie war eine alleinerziehende Mutter gewesen, die ein niedriges Einkommen, begrenzte Möglichkeiten und zwei niedliche kleine Racker gehabt hatte. Sie brauchte einen Mann, brauchte ihn. Das war nicht echt, sondern irgendwie künstlich gewesen, und er wusste es. Und obwohl er genau so eine Geschichte schon einmal erlebt hatte, wollte er, dass Lauren ihn irgendwie als Held betrachtete.

Allerdings war diese Angelegenheit hier Neuland für ihn. Pamela war nie körperlich misshandelt worden. Sie war erst von einem und dann von einem zweiten Mann betrogen und verlassen worden, aber keiner von beiden hatte ihr je ins Gesicht geboxt.

»Da wären wir«, sagte er. »Alles in Ordnung?«

»Hm. Ja.«

»Ich komm rum und helf dir raus – bleib sitzen. Hast du einen Schlüssel mitgenommen?«, fragte er.

»Ja, in der Tasche«, erklärte sie. Sie holte ihn heraus und schloss selbst auf. »Jetzt komme ich aber allein klar. Du kannst nach Hause fahren und schlafen gehen.«

»Ich bring dich erst mal rein. Hast du zufällig einen Beutel Tiefkühlerbsen da?«

»Ja, habe ich tatsächlich.«

»Wie wär's dann, wenn du dir was Sauberes anziehst, Schlafanzug, Jogginghose oder so? Brauchst du Hilfe?«

»Das schaffe ich schon allein. Ich bin noch nicht bereit, mich dir in Unterwäsche zu stellen.«

»Ich würde auch nicht annehmen, dass du flirten willst«, bemerkte er.

»Schon klar«, erwiderte sie, ging langsam zum Schlafzimmer und schloss die Tür hinter sich.

Er rief Drew an. »Tut mir leid, dass ich dich wecke.«

»Ist alles in Ordnung?«

»Ja und nein. Eine Freundin von mir hatte einen Unfall und musste von der Notaufnahme nach Hause gebracht werden. Sie hat einige Blutergüsse und musste genäht werden. Ich wollte nur Bescheid sagen, dass ich hierbleibe, um dafür zu sorgen, dass es ihr gut geht. Sie lebt allein. Da sonst niemand nach ihr schauen kann, übernachte ich auf ihrer Couch.«

»Aber geht's dir denn gut?«, hakte Drew nach.

»Ja, aber ich will sie nicht allein lassen, weil der Arzt in der Notaufnahme meinte, wenn es bestimmte Symptome bei ihr gäbe, müsste sie zurück ins Krankenhaus. Du kommst doch allein klar, oder?«

»Ist doch nicht das erste Mal, Dad. Morgen früh muss ich arbeiten. Ruf mich an und sag Bescheid, ob alles gut gelaufen ist.«

»Okay. Aber jetzt schlaf. Ich hab das Handy an, wenn du was brauchst. Ich bin auch ganz in der Nähe.« Nach dem Anruf holte er die Tiefkühlerbsen aus dem Gefrierfach und ein Küchentuch aus einer Schublade.

Ein paar Minuten später ging die Schlafzimmertür auf, und Lauren erschien in einem braven Schlafanzug mit langen Ärmeln und langer Hose. Auf den ersten Blick sah es aus, als hätte er ein Muster aus Eiswaffeln. Doch dann erkannte er, dass es Blumen waren.

»Na, dann los«, sagte er, drehte sie um und führte sie zurück ins Schlafzimmer. »Du machst es dir jetzt bequem, und ich massier dir ein bisschen die Schultern. Dadurch kannst du dich garantiert entspannen ...«

»Das ist doch nicht nötig«, wehrte sie ab.

»Ich weiß. Aber ich bin jetzt hier und werde auch nicht fahren. Wenn du eindeutig eingeschlafen bist und schnarchst, mache ich ein Nickerchen auf der Couch. Versuch's doch einfach mal. Du wirst es nicht bereuen.«

Er half ihr, eine bequeme Lage im Bett einzunehmen: den Kopf wegen der Schwellungen auf Kissen gestützt, die Tiefkühlerbsen auf Lippe und Wange. Dann fing er an, ihr sanft die Schultern und den Nacken zu massieren. »Ein paar Tage wirst du nicht zur Arbeit gehen können. Kochvideos drehen ist erstmal tabu. Die gute Nachricht ist aber, dass die Schwellungen in ein paar Tagen verschwinden werden und dass man die blauen Flecken überschminken kann. Oder du sagst einfach, du hättest einen Autounfall gehabt ... oder wärst gestolpert und hingefallen ... Oder du bist einfach ehrlich. Ich weiß, dass so was gar nicht so selten vorkommt. Ich bin ja nicht naiv. Aber jeder, der seine Frau schlägt, selbst wenn er mit ihr im Streit liegt, ist eine Bestie. Eine gefährliche Bestie.«

»Er hat viele Menschen getäuscht«, flüsterte sie.

»Den Arzt in der Notaufnahme nicht«, erwiderte Beau. »Könnte der seinen Ruf ruinieren?«

»Nein. Ärztliche Schweigepflicht.«

»Zu schade«, erklärte Beau. »Trotzdem ist er erledigt. Wenn er dachte, es gäbe noch Hoffnung, seine schlechte Ehe zu retten, hat er sich geirrt.«

»Ich glaube, das ist ihm jetzt auch klar. Wahrscheinlich hat er erkannt, dass es wirklich vorbei ist, und da wollte er mir noch mal ein Andenken daran verpassen, wie brutal er sein kann.«

»Waren denn die ganzen vierundzwanzig Jahre so, Lauren?«

Sie seufzte. »Wie in vielen schlechten Ehen, vielleicht auch in deiner, gab es Zeiten, wo es nicht so schlimm war. Aber wenn du mit jemandem zusammenlebst, der unbedingt immer alles kontrollieren will, dann sind die guten Zeiten nur kurze Atempausen.«

»Das wird sich ändern«, sagte er. Er massierte ihre Schultern, ihren Nacken. Sanft. »Für den Moment lass einfach los und warte ab, ob du schlafen kannst. Wenn du überhaupt denken musst, dann denk einfach daran, dass sich jetzt alles ändert und du von nun an nur noch mit Menschen zusammen sein wirst, die dich gut behandeln. Denn du bist ein guter Mensch und hast es verdient. Du bist ein guter Mensch mit einer schönen Seele, und niemand wird dich so behandeln, als wärst du das nicht. Damit meine ich nicht nur den Mann, den du endlich für immer verlässt, sondern alle Menschen. Du stehst jetzt nicht mehr ohne Möglichkeiten da.«

»Jetzt ändert sich alles«, wiederholte sie.

»Zum Besseren«, bekräftigte er.

Sie schnaubte kurz. »Ich glaube, so einfach wird das nicht.«

»Mag sein, aber am Ende wird alles besser werden. Es kann

nicht sein, dass dich so ein Mensch bedrängt. Morgen überlegen wir uns was ...«

Sie seufzte leise und entspannte sich unter seinen Händen. Seine Hände, die in der Erde wühlten, Entwürfe von schönen Gärten zeichneten, ein altes Haus renovierten und zwei Jungs aufzogen – diese Hände strichen ihr jetzt sanft über Schultern und Nacken. Sie döste ein, schrak dann aber wieder auf.

»Schsch«, beruhigte er sie. »Alles in Ordnung.«

»Du musst nicht bleiben«, sagte sie. »Ich schließe die Tür ab. Dann kann mir nichts passieren.«

Er schob sich hinter sie, sodass sie sich bei ihm anlehnen konnte, und legte seine Hand leicht auf ihre Taille. »Ich lasse dich nicht allein, Lauren. Ich bin hier, wenn du jemanden brauchst, wenn du Angst hast oder Kopfschmerzen, oder wenn du ein neues Kühlpäckchen brauchst.«

»Ich sollte das nicht erlauben ...«

»Es ist okay, wenn du das eigentlich doch willst«, flüsterte er. »Und ich will es. Keine Angst. Wir überschreiten keine Grenzen.«

»Mit meinen Schwellungen werde ich vermutlich schnarchen.«

»Wird wunderbar zu meinem Schnarchen passen.«

»Manche würden das hier sicher als Affäre betrachten ...«

Er lachte kurz auf. »Und was würden sie zu deinem Gesicht sagen? Dass ein Sexspielchen ein bisschen zu weit gegangen ist? Entspann dich einfach. Du kannst dich sicher fühlen. Wenn das hier eine Affäre ist, hättest du mehr davon haben sollen.«

»Ja«, sagte sie. »Das hätte ich. Habe ich aber nie.«

Kapitel Acht

Beau hatte seine Sekretärin Cheryl angewiesen, seine Vormittagstermine zu verschieben. Es war ohnehin nur einer, und dabei ging es um die Änderung eines Gartenplans. Er entschuldigte sich mit einer Privatangelegenheit: nicht schlimm, aber dringlich. Da er normalerweise kein Geheimniskrämer war, stellte Cheryl keine Fragen, als er nichts weiter dazu sagte.

Er hörte, wie Lauren ihre Vorgesetzte anrief und behauptete, sie sei unglücklich gefallen, hätte ein blaues Auge und eine aufgeplatzte Lippe, sodass es ein paar Tage brauchen würde, bis die Schwellungen zurückgegangen wären. Sie fügte hinzu, zwar hätte das Krankenhaus, in dem sie genäht worden sei, sie entlassen, doch hätte sie immer noch Schmerzen. Danach machte er ihr ein Frühstück, das sie ohne zu kauen zu sich nehmen konnte. Und dann tauschte er die Tiefkühlerbsen gegen Tiefkühlmais aus.

Zwar fühlte sie sich schon ein bisschen besser, sah aber schlimmer aus. Ihre Lippe war erschreckend geschwollen, und ihre Blutergüsse an Wange und Auge waren dunkler geworden, was für blaue Flecken typisch war. So übel es schon am Anfang war, so wirkte es ein paar Tage lang immer erschreckender. Beau bestand darauf, ein Foto davon zu machen.

»Das hat die Polizei doch schon getan«, erwiderte sie.

»Trotzdem, mach selbst auch noch eins«, beharrte er. »Vielleicht brauchst du es. Maile es an deine Anwältin. Du solltest außerdem überlegen, ein Kontaktverbot zu beantragen.«

»Und dann? Soll ich ihm das Dokument vor die Nase halten, wenn er mich wieder angreift?«

»Nein, da habe ich eine bessere Idee«, sagte er. »Bin gleich wieder da.« Er ging zu seinem Wagen und kam mit einem Baseballschläger zurück. »Sei froh, dass ich den Wagen nicht allzu oft aufräume. Der liegt schon seit letztem Frühjahr da drin. Wenn dein Mann auftaucht und irgendwie durch die verriegelte Tür kommt, ruf zuerst die Polizei, und dann schlag mit dem hier zu.«

»Ich hoffe, die Polizei ist in Bestform«, erwiderte sie. »Denn ich krieg diesen Schläger ja kaum hoch.«

»Tja, wenn all dies bekannt wird, kannst du dich schon mal von ihm verabschieden, denn dann werde ich nicht der Einzige sein, der ihn am liebsten umbringen würde. Dabei widerstreben mir Rachegedanken normalerweise. Ich bin kein kriegerischer Mensch. Aber jetzt hole ich ein paar Lebensmittel für dich: Suppe, Eier, Joghurt, Eiscreme und so weiter. Ich hab in deinem Kühlschrank nachgesehen: Du brauchst was Weiches.«

»Du tust wirklich viel zu viel für mich ...«

»Ich bin froh, dass ich in der Nähe war«, widersprach er. »Aber jetzt musst du sofort deine Familie informieren. Beide Töchter. Zeig ihnen, was mit dir passiert ist, als du deinem Ehemann getrotzt hast. Falls du irgendwas erklären musst. Was eigentlich nicht sein dürfte, denn dies ist keine normale Reaktion. Und du solltest dich vor ihm in Acht nehmen. Wenn er dir schaden will ...«

»Ich weiß, ich weiß. Hör mal ... ich kann die Lebensmittel doch bestellen. Der Laden liefert auch.«

»Wenn du mich loswerden willst, musst du es nur sagen. Aber möchtest du dem Lieferjungen heute wirklich dein Gesicht zeigen?«

Sie senkte den Blick.

Er hob ihr Kinn mit seinem Zeigefinger. »Es war nicht deine Schuld, Lauren. Aber du brauchst ein Kühlpäckchen und Ruhe. Keine lästigen Fragen und panischen Reaktionen.«

»Du hast natürlich recht«, gab sie zu.

»Vielleicht willst du ein paar der Stellen anrufen, von denen der Arzt dir die Kontaktdaten gegeben hat. Ich befürchte, du willst das Ganze herunterspielen. Möglicherweise bist du nicht darauf vorbereitet, wie brutal er werden kann, weil du ständig Konflikte vermeiden wolltest.«

»Ich werde zwar jemanden anrufen, aber ich bin nicht unvorbereitet. Könnte sein, dass auch du um Leib und Leben fürchten musst. Denn er ist ausgerastet, weil er gesehen hat, wie wir beide gestern gemeinsam nach Hause gegangen sind.«

»Das hast du gar nicht erwähnt«, sagte er.

»Wollte ich auch eigentlich nicht, aber sonst gerät alles aus den Fugen. Wenn wir nicht ehrlich zueinander sind, setzen wir das Ganze vielleicht wieder von Neuem in Gang.«

»Dann erzähl's mir«, forderte er sie auf. »Erzähl mir, wie bislang dein Leben verlaufen ist.«

Sie unterhielten sich eine Weile, dann brachte er sie mit einer Tüte gefrorener Bohnen zurück ins Bett.

Bevor er zum Lebensmittelladen fuhr, begab er sich nach Mill Valley zur Erlöserkirche. Ohne vorher angerufen zu haben. Denn ein Teil von ihm hoffte, Tim hätte zu tun, sodass er nur kurz in seinem Büro vorbeischauen und vielleicht ein paar Anrufe erwidern konnte.

Tim war im Altarraum. Es waren Sommerferien, und er traf sich mit seinen Messdienern, um sich mit ihnen über ihre Pflichten zu unterhalten. Sie kamen Beau schrecklich jung vor. Er ließ sich auf einer Bank in der Nähe nieder und wartete darauf, dass Tim ihn bemerkte.

Tim hob die Hand und entschuldigte sich kurz bei den Kindern. Dann näherte er sich Beau. »Das ist ja eine Überraschung«, bemerkte er.

»Ich sehe, du bist beschäftigt«, erwiderte Beau.

»Nein, ich bin fertig.«

»Ich muss mal mit jemandem reden«, erklärte Beau.

Tim hob eine Augenbraue. »Im Büro oder im Pfarrhaus?«

»Wie viele Leute sind im Pfarrhaus?«, erkundigte sich Beau.

»Nur Mrs Johnson, die Putzfrau. Sie ist fast taub. Pater Damien ist heute nicht da.«

»Hast du keine Angst, ins Gefängnis zu kommen, weil du die alten Damen für dich schuften lässt? Ist doch Ausnutzung von Senioren.«

Tim lächelte nur nachsichtig. »Ich kann uns einen Kaffee machen.«

»Gibt's nichts Stärkeres?«, erkundigte sich Beau.

»Doch, aber ist es nicht ein bisschen früh dafür?«

Beau stand auf. »Ich möchte mich aufs Beichtgeheimnis berufen, aber ohne in diese verdammte Schuhschachtel zu müssen.«

»Komm«, sagte Tim nur und ging durch die Hintertür zur Küche des Pfarrhauses. Dort kochte er eine Kanne frischen Kaffee, während Beau am Tisch Platz nahm. »Wann hast du mich je um Stillschweigen bitten müssen?«

»Ich weiß nicht, wie du das schaffst«, erwiderte Beau. »Dir müssen doch die Ohren glühen, von all dem Zeug, das du zu hören kriegst.«

»Spuck's aus, bevor Mrs Johnson den Kaffee riecht.«

»Erinnerst du dich noch an Lauren? Aus dem Garten? Gestern habe ich bei ihr die Nacht verbracht.«

Darauf schwieg Tim eine ganze Weile. »Was willst du jetzt von mir hören? Dass du gesündigt hast und zehn Ave Maria aufsagen musst?«

»Wir hatten keinen Sex. Wir haben zusammen zu Abend gegessen, und zehn Minuten nachdem ich gegangen war, standen ein Streifenwagen und ein Krankenwagen vor ihrem Haus. Ich war nur kurz Brot kaufen, aber in diesen wenigen Minuten wurde sie angegriffen. Verprügelt.«

»Du lieber Gott!«, sagte Tim.

»Ihr Gesicht«, setzte Beau an und stockte. Seine Augen füllten sich mit Tränen. »Es ist unbeschreiblich. Einfach furchtbar. Ihr Mann hat ihr das angetan.« Ungeduldig wischte er sich die Tränen ab, wusste nicht, ob sie seiner Trauer oder seinem Zorn geschuldet waren.

»Hör mal, Beau, du musst es mir nicht erzählen, aber hast du etwas mit einer verheirateten Frau? Einer verheirateten Frau mit einem gewalttätigen Ehemann?«

»Nein, so kann man das nicht sagen«, erklärte Beau, zog die Nase hoch und wischte sich noch mal die Tränen aus den Augen. »Als wir uns kennengelernt haben, erzählten wir uns fast sofort, dass wir in Scheidung leben und von unseren Ehepartnern getrennt sind. Sie wohnt jetzt in ihrem eigenen Haus, das sie gemietet hat. Und das steht zufällig nicht weit von meinem Haus entfernt. Das kam völlig überraschend.«

»Auf Alameda Island?«, fragte Tim nach.

Beau nickte. »Ich bin ihr zufällig im Laden begegnet. Wir tranken eine Flasche Wein zusammen. Ich schaute ein paarmal bei ihr vorbei. Es gab immer ein paar Kleinigkeiten, bei denen sie Hilfe brauchte: Schlösser austauschen, Regale montieren, so was in der Art. Es war nichts Ernstes. Wir gingen nicht miteinander aus, wir schickten uns keine Nachrichten und telefonierten auch nicht miteinander. Das heißt, ich fragte sie hin und wieder per SMS, ob sie mit mir im Park was essen oder trinken wollte. Sie lebt seit etwa einem Monat von ihrem Mann getrennt. Und ich bin seit über sechs Monaten von Pam getrennt. Da wir beide die Scheidung eingereicht haben, dachte ich, wir könnten mal miteinander ausgehen. Irgendwann.«

Tim nahm Beau gegenüber Platz. Er schob Beau eine Schachtel Taschentücher zu und faltete die Hände. »Beau, vielleicht solltest du das erst mal ein bisschen nach hinten schieben. Bis der Staub sich gelegt hat ...«

»Und sie schutzlos einem Mann überlassen, der ihr ins Gesicht tritt? Ins Gesicht tritt, Tim! Ihre geschwollene Lippe ist so dick wie mein Daumen und musste genäht werden!«

»Das könnte sehr kompliziert werden. Sie ist eine misshandelte Ehefrau ...«

»Das will sie nicht zugeben, weil er sie zum ersten Mal wirklich geschlagen und getreten hat, aber wir haben darüber geredet, wie er sie behandelt hat. Er hat sie klein gemacht, sie als Lügnerin und Versagerin beschimpft, außerdem hat er die üble Angewohnheit, sie so heftig in die Oberarme zu kneifen, dass sie tausend kleine Blutergüsse hat. Aber das hier ...« Wieder zog er die Nase hoch. »Das zeigt doch, wozu er wirklich fähig ist.«

»Und er hätte keinerlei Bedenken, auch dir gegenüber brutal zu werden. Das kannst du mir glauben.«

Beau verzog finster das Gesicht. »Das soll er nur wagen«, knurrte er.

»Du solltest dich von ihr fernhalten. Ihr ein paar gute Anlaufstellen besorgen und dich verabschieden«, sagte Tim. »Hilf ihr, sich zu schützen, und geh.«

»Zu spät«, widersprach Beau. »Das geht jetzt nicht mehr. Das mache ich nicht mehr. Ich weiß, was du sagen willst, aber Scheiße! Wenn dieser Bastard je …«

Tim pfiff. Lang und laut und durchdringend. »Das kommt mir auf unheimliche Weise vertraut vor …«

»Pamela wurde nie misshandelt«, wandte Beau ein.

»Nicht körperlich, was mich allerdings erstaunt«, erwiderte Tim. »Denn sie ist die gestörteste und unangenehmste Person, die ich kenne, und ich kenne so einige. Sogar ich hatte mehr als einmal gute Lust, sie zu schlagen.«

»Dafür kommst du in die Hölle«, prophezeite Beau. »Zwischen Pamela und Lauren gibt es viele Unterschiede. Sehr viele!«

»Ach, du bist doch gar nicht objektiv. Wegen deines Helfersyndroms! Das hattest du schon immer! Als wir noch klein waren, hast du den Schultrotteln gezeigt, wie sie ihre Socken tragen müssen, um nicht gemobbt zu werden. Du hast dich für sie eingesetzt und dafür einiges eingesteckt. Du bist mit dem hässlichsten Mädchen der Schule zum Abschlussball gegangen!«

»Sie war nicht hässlich«, widersprach er. »Und ihre gehässigen Freundinnen haben dafür gesorgt, dass sie direkt vor dem Ball sitzen gelassen wurde, was blieb mir da also anderes übrig? Außerdem war sie echt nett. Und klug. Deshalb haben die Miststücke sie wahrscheinlich so gehasst.« Er putzte sich die Nase. »Lauren ist auch richtig klug.«

»Das wird kein gutes Ende nehmen«, erwiderte Tim nur.

»Ich glaube, im Augenblick brauchen wir uns beide«, erklärte Beau.

»Herrgott!«, platzte es aus Tim heraus. »Hör mal, du kannst es ihr doch einfach sagen. Du kannst ehrlich sein. Ihr sagen, dass du sie wirklich gernhast, aber dass so was normalerweise nach hinten losgeht. Also hilfst du ihr einfach, sich Schutz zu besorgen, oder eine Therapie oder ein Sicherheitssystem und so weiter. Und dann hältst du dich von ihr fern, bis eure Scheidungen über die Bühne sind. Danach kannst du dir ja überlegen, ob du mehr Zeit mit ihr verbringen willst.«

»Ja, das wäre wohl das Vernünftigste«, räumte Beau ein.

»Halleluja!«

»Nur mach ich das nicht«, erklärte Beau. »Ich will derjenige sein, der sie beschützt. Ich will mit ihr zusammen sein. Sie besser kennenlernen.«

»Oh Gott«, stöhnte Tim. »Ich ertrinke gleich in Testosteron! Könntest du dich ein bisschen zurückhalten? Ich bin Priester. Ich versuche, die männlichen Hormone unter Kontrolle zu halten. Bist du denn wirklich ein so hoffnungsloser Fall?«

»Ich hoffe nicht«, gab er zurück. »Jedenfalls bin ich nicht so erbärmlich, wie du denkst.«

»Und wenn ich dir sagte, es wäre besser für *sie*, wenn du dich zurückziehen würdest?«

»Sie wollte meine Hilfe. Sie hatte auch andere, die sie hätte anrufen können, ihr Schwager ist sogar Polizist. Aber sie war froh, dass ich da war.« Er zuckte die Achseln. »Sie mag ihren Schwager und will nicht, dass er für sie einen Mord begeht.«

»Ja, als ich sie kennenlernte, wusste ich sofort, dass sie eine sehr nette und großherzige Frau ist ...«

»Ich habe ihr einen Baseballschläger dagelassen, nur für alle Fälle ...«

Tim konnte offenbar nicht anders. Er schnaubte, dann brach er in Gelächter aus. »In all diesen Jahren hast du dich kein bisschen verändert!«, rief er kopfschüttelnd aus. »Ich werde viel für dich beten müssen, das weißt du, oder? Meine armen Knie! Wie wäre es, wenn ich ihr einen Besuch abstatten würde? Mit Soutane und Bibel? Sollte allerdings irgendwas drohen, bin ich gewappnet. Ich könnte sie beschützen, bis sich alles geregelt hat –«

»Vielleicht, wenn es ihr besser geht«, unterbrach ihn Beau. »Lass ihr ein bisschen Zeit, und dann kannst du ihr auf jeden Fall deine Seelsorge angedeihen lassen.«

Tim schüttelte nur den Kopf. »Ich weiß gar nicht, welche Gebete ich alle für dich sprechen soll.«

»Ist mir klar.« Beau stand auf. »Ich bin echt froh, dass wir darüber geredet haben.«

»Ich habe Kaffee gemacht«, protestierte Tim.

»Danke, aber jetzt muss ich Lauren was zum Essen einkaufen, und noch einen Beutel Tiefkühlerbsen, den sie sich gegen die Schwellungen drücken kann. Und ich muss mit Drew reden ...«

Lauren hatte sich nicht mit ihren Töchtern getroffen, aber sie hatte sie angerufen und um Rückruf gebeten. Nachdem sie ihre Anwältin kontaktiert und ihr die Tonaufnahme des Handys geschickt hatte, musste sie ein Selfie machen, denn Erica Slade zwang sie dazu. »Sonst komme ich und mache das Foto selbst«, drohte sie. Sie war noch am Telefon und hörte sich die Aufnahme an, als sie das Selfie bekam. Lauren hörte, wie sie aufkeuchte. »Bleiben Sie im Haus«, befahl sie. »Bei verschlossenen Türen! Ich besorge mir das Protokoll der Verhaftung und suche einen Untersuchungsrichter. Bis Mittag haben Sie das Kontaktverbot. Ich packe diesen Mistkerl bei den Eiern!«

»Sie sind ziemlich Furcht einflößend«, bemerkte Lauren.

»Das ist jetzt auch notwendig, da Sie zu Brei geschlagen wurden. Bleiben Sie, wo Sie sind. Ich melde mich wieder.«

Lauren tätigte einen weiteren Anruf und hoffte nur, dass es kein Fehler war, noch jemanden in diese Angelegenheit hineinzuziehen. Sie wählte die Nummer der Erlöserkirche und bat darum, mit Pater Tim zu sprechen. Er war ziemlich erstaunt über ihren Anruf, und es lag auch ein gewisses Zögern in seiner Stimme, dennoch bot er ihr seine Hilfe an. »Ja, wenn Sie Zeit hätten, könnten Sie mir tatsächlich helfen. Ich muss mit Ihnen über Beau sprechen.«

»Selbstverständlich«, erwiderte er. »Ich werde mir die Zeit nehmen.«

Um zehn Uhr morgens klopfte Lacey bei ihr an. Ihre wunderhübsche Lacey trug eine weiße Sommerjeans, die an verschiedenen Stellen modisch eingerissen war, und ein eng anliegendes T-Shirt, das ihre Taille frei ließ. Lacey: groß, schlank, sonnengebräunt.

»Ich fasse es einfach nicht«, platzte es noch vor der Begrüßung aus ihr heraus. »Du hast ihn in den *Knast* werfen lassen?«

Nun, das erklärte zumindest, wieso sie hier war. Brad hatte seine Lieblingstochter angerufen.

»Ich habe einen Notarzt gerufen, und die Polizei kam mit. Es war die Polizei, die ihn in den Knast geworfen hat. Aber danke für deine Anteilnahme.«

»Er hat gesagt, dein Freund hätte dir das angetan!«

Lauren gab einen Laut von sich, der fast wie ein ersticktes Lachen klang. »Bitte, Lachen tut zu weh!« Sie holte ihr Handy heraus und spielte die Aufnahme ab. Dabei drehte sie die Lautstärke so hoch, dass Lacey genau hören konnte, wie ihr Vater ihre Mutter anschrie, dann ohrfeigte, dann trat und sie als Nutte beschimpfte. Lauren krümmte sich innerlich, als sie sich betteln und wimmern hörte.

Der Schock zeichnete sich auf Laceys Gesicht ab. Sie riss den Mund auf, und ihre Augen füllten sich mit Tränen. »Das ist ein Fake«, sagte sie. »Das kann nicht echt sein. Er würde mich nicht anlügen.«

»Er hat schon immer gelogen. Er würde alles Mögliche behaupten.«

»Sag mir die Wahrheit, Mama – ist das ein Fake von dir?«

»Ach, Herrgott noch mal! Natürlich nicht! Die Polizei war schon fünf Minuten nach meinem Anruf da. Dies ist eine Überwachungskamera mit geschlossenem Stromkreis. Ich hab sie dem Officer und dem Sanitäter gezeigt. Der Polizeibeamte hat sich die Aufnahme selbst zugeschickt und daraufhin deinen Vater wegen häuslicher Gewalt verhaftet.«

»Du hättest ihnen sagen sollen, dass er eigentlich nicht so ist.«

»Aber er ist eigentlich so! Und sie haben ihn nicht ins Gefängnis gebracht, weil ich sie darum gebeten habe, sondern weil es gesetzlich vorgeschrieben ist.«

»Ich hab doch mit euch zusammengelebt. Da hat er dich nie geschlagen!«

»Ganz ehrlich, Lacey! Glaubst du wirklich, ich will mich von ihm scheiden lassen, weil er mich angebetet und mit Liebe und Respekt behandelt hat?«

»Hast du einen Freund?«

»Herrgott, natürlich nicht!« Ihre Lippe war wieder aufgerissen und blutete. Als sie sich das Kinn abwischte, dachte sie, es wäre Spucke, aber die Flüssigkeit war blutrot. Also ging sie in die Küche, um ein Handtuch zu holen. Als sie es gegen ihr Kinn drückte, strömten ihr Tränen über die Wangen. »Der Mann ist ein Nachbar von mir, den ich vor Monaten im Garten der Erlöserkirche kennengelernt habe und dann zufällig bei einer Wohltätigkeitsveranstaltung wieder traf. Dein Vater hat ihn dort übrigens auch gesehen. Neulich bin ich ihm beim Einkaufen begegnet, und wir haben festgestellt, dass wir im selben Viertel wohnen. Er hat mir ein paar Regale angebracht, und ich hab ihm dafür Bier und Burger ausgegeben. Er ist nur ein Freund. Ein freundlicher, anständiger, hilfsbereiter Nachbar. Allerdings bin ich sicher, dass diese

Freundschaft beendet ist, weil ich einen gewalttätigen Ehemann und dieses zerschundene Gesicht habe.«

Sie holte sich einen Eiswürfel aus dem Kühlschrank und drückte ihn an ihre Lippe. »Er könnte keiner Fliege was zuleide tun.«

Lacey setzte sich aufs Sofa und weinte leise. »Ich weiß nicht, wieso ihr nicht wie immer einfach weitermachen könnt.«

Erneut strömten Lauren Tränen über die Wangen. Sie schüttelte nur den Kopf. Wie sehr hatte sie sich nach einem Ehemann gesehnt, der sie sanft im Arm halten und trösten würde, vor allem, nachdem ihre Babys geboren worden waren! Wie sehr hatte sie sich nach Liebe und Güte verzehrt, nach einem Wort der Anerkennung für all das, was sie tat, um ihn glücklich zu machen. Nach Dankbarkeit. Sie hatte gelernt, ihre Einsamkeit in diesem Haus zu verdrängen. Sie war immer mit ihren beiden Kindern allein gewesen, denn ihr Mann war entweder nicht da oder wütend und bedrohlich.

»Du kannst ja darüber nachdenken. Vielleicht kommst du irgendwann auf die Antwort«, sagte sie.

»Ich weiß, dass du manchmal ungeduldig warst, aber –«

»Ungeduldig? Oh, Lacey … Wenn er nicht seinen Willen bekam, wurde er unerträglich. Ich war Tag und Nacht damit beschäftigt, mich vor seinen Gemeinheiten zu schützen.«

»Er war nicht gemein!«

»Er hat mich als Lügnerin beschimpft! Ständig behauptet, ich wäre arm und ungebildet gewesen, schwach und dumm! Er hat mir wehgetan! Er konnte ein wahres Ungeheuer sein!«

»Aber er war auch gut zu dir«, widersprach Lacey.

»Weil ich in einem großen Haus wohnen durfte? Schöne Kleider hatte? Teure Reisen unternahm?« Lauren ging zum Sofa und nahm neben ihrer Tochter Platz. »Lacey, ich liebe dich. Ich habe dich immer sehr geliebt und alles getan, um dir ein schönes Leben zu ermöglichen. Aber es gibt da Dinge, die du genau weißt, ob du es nun zugeben willst oder nicht. Du weißt, dass es ständig Streit gab und Wutausbrüche von deinem Vater, bei denen wir alle am liebsten das Weite gesucht hätten. Du weißt, dass er nicht nur nett, sondern auch gemein sein konnte. Er war fordernd, verbittert und wütend. Er ist zweimal von Angestellten verklagt worden! Du weißt, dass wir seit Jahren getrennte Schlafzimmer hatten. Und jetzt weißt du, dass er mich ins Gesicht getreten hat. *Getreten!* Wenn du da tatsächlich glaubst, ich würde kuschen und ihm noch eine Chance geben, hast du den Verstand verloren. Und solltest du ihn jetzt noch entschuldigen wollen, dann ist das dein Problem.«

»Wenn er so schrecklich ist, wieso hast du dich dann nicht schon vor Jahren von ihm scheiden lassen?«

»Dafür gibt es viele Gründe, aber hauptsächlich, weil ich meine Töchter schützen und dafür sorgen wollte, dass ihr in Sicherheit aufwachsen könnt und eine gute Ausbildung bekommt. Dein Vater ist ein gehässiger Mensch. Aber du bist jetzt erwachsen und kannst dir dein eigenes Urteil bilden. Du kannst dir unser Leben als Familie anschauen und selbst entscheiden. Wenn du dafür *mir* die Schuld geben willst«, sie zeigte auf ihr Gesicht, »dann wirst du damit leben müssen. Ich wäre sehr traurig darüber, aber von nun an werde ich mich nicht mehr rechtfertigen. Dass man sich als Frau überhaupt für so was rechtfertigen muss ...« Sie schüttelte den Kopf. »Das hat sich für mich erledigt.«

»Ich frage mich nur, ob du dir wirklich Mühe gegeben hast«, wandte Lacey ein.

»Ganz gleich, was dein Vater behauptet, so was tut man niemandem an, den man liebt«, entgegnete Lauren.

»Ich weiß nicht, was ich machen soll«, jammerte Lacey. »Ich weiß nicht, was ich denken soll.«

»Vielleicht kommst du noch drauf«, sagte Lauren. »Eigentlich hatte ich gedacht, du wüsstest nach unseren endlosen Gesprächen und Diskussionen, was richtig ist und was falsch. Aber nimm dir nur die Zeit, die du brauchst, Lacey.«

Als es an der Tür klingelte, fiel Lauren auf, dass Lacey immer noch ihr Handy umklammert hielt. Lauren nahm es ihr ab und drückte auf das Icon, das ihr zeigen würde, wer draußen wartete. »Ach du lieber Gott«, sagte sie und ging zur Tür. »Pater Tim! Äh ... Kommen Sie doch rein!«

»Ich hatte gerade ein bisschen Zeit und war in der Nähe«, sagte er statt einer Begrüßung. Er hielt ein Päckchen in der Hand. »Könnte Eiscreme eine heilende Wirkung haben?«

Lacey erhob sich. »Ist das dein Freund?«, fragte sie frostig.

»Wohl kaum. Ich bin katholischer Priester. Wir dürfen keine Freundinnen haben«, erwiderte Tim. Dann lächelte er. »Wenn Sie zu tun haben ...«

»Nein, nein. Lacey wollte gerade gehen. Lacey, darf ich dir Pater Tim von der Erlöserkirche vorstellen? Ich habe ihn angerufen. Er ist nicht nur Priester, sondern auch psychologischer Berater.«

»Aber du gehst doch gar nicht in diese Kirche«, wandte Lacey ein.

»Doch, manchmal schau ich vorbei«, erwiderte Lauren. »Ich habe den Pater gebeten, mich anzurufen, wenn er Zeit für ein Gespräch hat.«

»Bei mir sind ein paar Termine ausgefallen. Sie wollten zwar in die Kirche kommen, aber ich dachte mir, es wäre wohl besser, wenn Sie erstmal nicht das Haus verlassen. Aber ich kann auch ein andermal wiederkommen. Ich bin ein bisschen impulsiv und hätte mich vorher telefonisch ankündigen sollen.«

»Ich lasse Sie jetzt allein«, verkündete Lacey. »Mom, wir reden später.«

»Ja, bitte«, sagte Lauren. Sie streckte die Arme aus, worauf Lacey sie behutsam umarmte. Lauren tätschelte ihrer Tochter den glänzend braunen Haarschopf. »Ich hab dich lieb.«

Als Lacey gegangen war, wandte sich Lauren von der Tür ab und blickte zu dem Priester, der ins Wohnzimmer gegangen war.

»Tut mir sehr leid«, sagte Tim. »Das war unangenehm.«

»Ein bisschen, aber ich war sehr erleichtert, als Sie sagten, Sie könnten zu mir kommen. Ich wollte nicht mit dem Gesicht eines Preisboxers in der Kirche auftauchen. Eines Preisboxers, der verloren hat«, fügte sie hinzu. »Darf ich Ihnen das abnehmen?«, fragte sie und streckte die Hand nach dem Päckchen aus.

»Ja, sicher. Stellen Sie es in den Kühlschrank. Dann können Sie es später entweder essen oder gegen Ihre Lippe drücken.« Sie brachte das Eis in die Küche, und als sie zurückkam, bat sie ihn, Platz zu nehmen. »Nach Ihnen«, sagte Pater Tim.

Als sie sich in eine Ecke des Sofas setzte, wählte er den Sessel ihr gegenüber. »Sie sind ja nicht mal zusammengezuckt«, bemerkte Lauren.

»Ich hatte auch eine gute Ausbildung«, sagte er. »Ich bin diplomierter Therapeut. Aber hören Sie, wenn Ihnen heute nicht nach Reden ist, kann ich auch wieder gehen. Dann kümmere ich mich um etwas anderes und komme zurück, wenn es Ihnen besser passt.«

»Nein, bleiben Sie bitte«, sagte sie. »Ich weiß nicht, ob es eine echte Sitzung wird. Ich bin immer noch ein bisschen durcheinander. Und meine Tochter … trägt einiges dazu bei.«

»Wir lernen uns nur ein wenig kennen«, beruhigte er sie. »Sie könnten mir zum Beispiel erst mal erzählen, wieso Sie mich angerufen haben.«

»Ich wurde katholisch getauft, aber wir waren keine frommen Kirchgänger. Und als die Mutter meines Mannes wollte, dass wir in der Lutheranerkirche getraut werden, hatte ich nichts dagegen. Vielleicht liegt das daran, wie ich aufgewachsen bin ... Ich kann mich nicht erinnern, dass meine Mutter besonderen Wert auf ... Ach, verdammt, ich weiß nicht. Sie wirkten so nett. Beau ist auch nett, und Sie sind befreundet.«

»Gar keine so üble Empfehlung«, bemerkte er lächelnd. »Wie fühlen Sie sich?«

»Versprechen Sie, nicht böse auf mich zu sein?«

»Das kriege ich hin«, versprach er.

»Ich fühle mich bestätigt«, erklärte sie. »Mein Mann kann sehr grausam sein, aber ich hatte immer das Gefühl, niemand würde mir glauben. Komischerweise meinte der Arzt in der Notaufnahme, er hätte ihn noch nie gemocht, und das war einfach wunderbar. Und eine Bekannte, von der ich immer dachte, sie fände ihn toll ... nun, wie sich herausstellt, misstraut sie ihm schon seit Jahren. Ich habe vierundzwanzig Jahre lang gedacht, alle würden ihn lieben. Alle, bis auf meine Mutter und meine Schwester.«

»Die haben ihn nicht geliebt?«, hakte Tim nach.

»Man kann nicht die Menschen täuschen, mit denen man in den Urlaub fährt. Sie haben gesehen und gehört, wie er sich verhalten hat. Er war immer so arrogant, hat bissige Bemerkungen und Beleidigungen von sich gegeben. Aber so etwas wie gestern hat er noch nie gemacht.«

»War das denn schlimmer als die seelische und geistige Misshandlung?«, erkundigte er sich.

»Nein, ganz und gar nicht, aber es ist überzeugender.« Sie senkte den Blick. »Er hat mir vorgeworfen, eine Affäre zu haben. Dabei hatte ich nie eine Affäre.«

»Sind Sie mit Ihrem Mann zu einer Eheberatung gegangen?«

»Mehrere Male sogar – aber es hat nichts gebracht. Doch ich bin auch allein zu einer Therapeutin gegangen, heimlich. Er behauptete, wenn ich unbedingt über unsere Ehe reden müsste, hätte er das Recht, dabei zu sein. Hören Sie, ich habe eine Frage: Werden Sie Beau von unserem Gespräch erzählen? Ich weiß, Sie sind ein enger Freund von ihm, und tatsächlich ist das auch einer der Gründe, warum ich ausgerechnet mit Ihnen reden wollte –«

Er schüttelte den Kopf. »Beau wird nichts davon erfahren, außer, Sie erzählen es ihm selbst.«

»Aber ich bin doch gar kein Gemeindemitglied«, wandte sie ein.

»Lauren, ich mache nur meine Arbeit, und es bleibt alles vertraulich.«

»Und wenn er zufällig vorbeikommt und Sie hier sieht?«

»Dann habe ich mich nach Ihnen erkundigt und mir die Freiheit genommen, Ihnen Eiscreme mitzubringen. Beau ist sehr klug, aber er wird nicht an meinen Worten zweifeln. Wieso hat meine Freundschaft mit Beau Sie veranlasst, sich an mich zu wenden?«

»Ich habe eine wichtige Frage, die wohl nur Sie beantworten können. Ich glaube, dass Sie mir die Wahrheit sagen werden. Ist es richtig von mir, Beau zu vertrauen?«

Tim wirkte einen Moment lang sehr überrascht. Er ließ sich Zeit mit der Antwort. »Ich halte Beau für einen der anständigsten Menschen, die ich kenne, und vertraue ihm voll und ganz. Allerdings bin ich ein wenig voreingenommen. Wir sind schon seit einer Ewigkeit gute Freunde.«

»Das dachte ich mir.«

»Das heißt aber nicht, dass ich Ihnen empfehlen würde, sich mit ihm einzulassen«, sagte er. »Meiner Meinung nach haben Sie jetzt ganz andere Sorgen.«

Sie stand auf, ging zu ihrer Handtasche und holte die Broschüren heraus. »Die wurden mir gegeben«, sagte sie und reichte sie ihm. »Von dem besten Notarzt, den ich je kennengelernt habe. Er war freundlich, sanft und mitfühlend. Ich habe Infomaterial für Selbsthilfegruppen, Frauenhäuser, Opferberatung, Wohngeld und die Abteilung der Polizei, die für häusliche Gewalt zuständig ist und eine Kontaktsperre erwirken kann. Allerdings kümmert sich darum schon meine Anwältin. Ich hab sogar die Karte des Doktors, ich soll in die Notaufnahme kommen, wenn die Fäden gezogen werden müssen, damit ich nicht zu einem Arzt muss, der Brad kennt. Aber ... Aber ich kenne keinen von diesen Leuten. Sie leisten sicher großartige Arbeit, aber ich kenne sie nicht und habe keinerlei Empfehlungen. Sie hingegen habe ich kennengelernt. Und Sie kennen Beau, seit Sie zehn Jahre alt waren. Zwar kenne ich Beau nicht so lange, aber ich halte ihn für einen guten Menschen. Daran besteht keinerlei Zweifel. Er könnte nicht fünfunddreißig Jahre mit Ihnen befreundet sein, wenn er kein guter Mensch wäre.«

»Manchmal ist er schon eine ziemliche Nervensäge«, gab Tim zurück.

Ganz kurz war Lauren schockiert, aber dann lächelte sie schief. »Dürfen Priester so was sagen?«

»Ich werde dafür zehn Ave Maria aufsagen. Ehrlich gesagt ist das ein Trick. Wenn ich ein bisschen flapsig daherrede, können Sie sich entspannen und haben weniger Angst, für das, was Sie sagen, verurteilt zu werden. Außerdem sollten Sie keinem Mann trauen, bloß weil er ein Kollar trägt.«

»Das weiß ich, und das tue ich auch nicht. Ich vertraue Beau. Sollte er mich täuschen, kann er das besser als mein Mann.«

»Ich persönlich halte Beau für einen durch und durch anständigen Menschen. Wahrscheinlich sollte *er* der Priester sein und *ich* der Gärtner …«

»Er ist doch viel mehr als ein Gärtner.«

»Trotzdem … Ich habe eine Frage an Sie. Haben Sie sich gut mit der Therapeutin verstanden, zu der Sie heimlich gegangen sind?«

»Ja, sehr gut. Warum?«

»Dann sollten Sie sie wieder aufsuchen. Ich bin gerne bereit, mit Ihnen zu reden, ich würde mich geehrt fühlen, Ihr Freund zu sein, und ich würde mich freuen, Ihr Priester zu sein, aber ich habe einen Interessenskonflikt. Wir beide haben Beau gemeinsam, und jetzt hat er uns beide gemeinsam. Ich wünsche mir für Sie den objektivsten Berater, den Sie finden können.«

Wieder bemühte sie ihr furchtbar schiefes Lächeln. »Ich hatte auch vor, sie aufzusuchen. Aber ich wollte Ihre Bestätigung wegen Beau, weil ich Angst habe, dass meine Instinkte eingerostet oder schlichtweg nicht mehr vorhanden sind. Denn es ist sehr riskant für mich, mitten in diesem Chaos Gefühle für ihn zu entwickeln. Trotzdem kann ich nicht anders.«

Tim setzte sich zu ihr aufs Sofa und berührte ihre Hand. »Beau würde Ihnen niemals mit Absicht wehtun«, sagte er. »Und ich vermute, Sie würden ihm auch nicht absichtlich wehtun. Dennoch: Seien Sie vorsichtig. Ich glaube, Sie bewegen sich beide auf dünnem Eis.«

Beau drückte gerade die Burger platt, als Drew von der Arbeit nach Hause kam. Da es Sommer war, fingen die Landschaftsgärtner bei Sonnenaufgang an und hörten am frühen Nachmittag auf. Beau wusste, dass Drew hungrig wie ein Wolf sein würde, obwohl es fürs Abendessen noch zu früh war.

»Hey«, sagte Drew. »Arbeitest du heute von zu Hause aus?«

»Nur diesen Nachmittag. Ein paar Stündchen. Ich habe Besorgungen gemacht, dann im Büro meine Termine geprüft und mir die Nachrichten angehört.«

Drew warf einen Blick auf den Salat und die Hamburger. »Kommt noch jemand zum Essen?«

»Nein, wir sind allein.« Beau verzog das Gesicht. »Willst du nicht duschen, bevor du ans Essen gehst?«

»Klar. Stimmt was nicht?«

»Nein, es ist alles in Ordnung, aber ich will mit dir reden. Beim Essen. Wenn du nicht mehr nach Rasen, Dünger und Ähnlichem stinkst.«

»Dann warte kurz«, erwiderte Drew mit einem breiten Grinsen. Er rannte die Treppe zu seinem Zimmer hoch und danach ins Bad. Beau warf den Grill an, und zehn Minuten später war Drew schon wieder zurück: feucht, aber sauber. Er war so ein gut aussehender Kerl! Und immer fröhlich! Beau hoffte nur, er würde ihn nicht enttäuschen.

»Also, was ist los?«, fragte Drew.

»Ich wollte dir von meiner Freundin erzählen, die verletzt wurde. Sie heißt Lauren, und ich habe sie vor ein paar Monaten kennengelernt. In einem Garten«, erklärte er.

»Wo sonst!« Drew lachte.

»Wir sind nicht zusammen oder so. Erinnerst du dich noch an die Wohltätigkeitsveranstaltung, bei der es um die Stipendien ging? Da habe ich sie auch getroffen. In den letzten Monaten sind wir uns drei-, viermal zufällig begegnet, dann sind wir uns im Lebensmittelladen über den Weg gelaufen, wo ich erfahren habe, dass sie hier in der Nähe wohnt. Sie hatte Wein, Käse und Obst gekauft und lud mich auf ein Glas Wein ein. Ihr Haus ist nur ein paar Blocks von unserem entfernt. Sie ist eine nette Frau.«

»Und willst du jetzt mit ihr ausgehen?«, fragte Drew.

»Nein. Das heißt, bis jetzt wollte ich nicht. Wir haben uns wirklich nur zufällig getroffen. Aber als ich gestern bei ihrem Haus vorbeifuhr, sah ich davor einen Streifen- und einen Krankenwagen.«

»Ach ja.« Drew nickte. »Ein Unfall?«

»Ehrlich gesagt, nein. Sie wurde überfallen und verprügelt. Von ihrem Ehemann.«

Drew pfiff leise. »Sie ist verheiratet?«

»Genauso verheiratet wie ich«, erwiderte Beau. »Sie lebt getrennt und hat die Scheidung eingereicht. Ich wusste nicht, dass ihr Mann zu so etwas fähig ist. Herrgott, er ist Arzt! Und offenbar hat sie nie mit einem solchen Angriff gerechnet. Ich bin dem Krankenwagen in die Notaufnahme gefolgt und habe sie nachher nach Hause gebracht. Und ich blieb bei ihr, nur für den Fall, dass sie was braucht. Später, nach dem Essen, werde ich ihr eine SMS schicken und sie fragen, wie es ihr geht. Und für den Fall, dass sie Angst hat, werde ich ihr anbieten, wieder auf ihrer Couch zu schlafen. Schließlich könnte ihr Mann zurückkommen.«

»Ach ja? Du könntest sie doch hierherholen.«

»Daran habe ich auch schon gedacht, aber ich bin sicher, das würde sie ablehnen. Es wäre ihr vielleicht peinlich. Sie hat ein blaues Auge, und ihre Lippe ist angeschwollen.«

Drew wirkte geschockt und angewidert. »Wer macht denn so was?«

»Darüber sollten wir vielleicht reden.«

»Willst du mir sagen, dass ich keine Frauen schlagen darf?«, fragte Drew sarkastisch.

»Nein, ich glaube, das hatten wir schon geklärt«, erwiderte Beau. »Eigentlich wollte ich Folgendes sagen: Es wird sich wahrscheinlich einiges für mich ändern. Für mich gibt es kein Zurück, Drew. Ich werde nicht wieder mit eurer Mutter zusammenkommen. Sobald wir die Scheidung hinter uns haben, werde ich ein alleinerziehender Vater mit zwei erwachsenen Söhnen sein. Du kannst immer auf mich zählen, auch wenn du mich nicht mehr so brauchst wie früher, als du noch jünger warst. Aber es wird Veränderungen geben. Zum Beispiel, was unser Haus betrifft. Möglicherweise werde ich es durch die Scheidung verlieren, aber keine Angst, dann suche ich uns ein neues. Wo ich auch wohnen werde: Es wird immer Platz für dich und deinen Bruder sein.«

»Ach, da mach ich mir keine Sorgen.«

»Es gibt auch immer noch andere Möglichkeiten. Wenn du dich nicht entscheiden willst, ob du bei mir oder deiner Mutter wohnst, kannst du auch näher zum Campus ziehen, dann helfe ich dir bei den Kosten. Ich weiß, du hast nicht viel Geld. Vielleicht nimmt dir diese Möglichkeit ein bisschen Druck, denn ich weiß, du willst deine Mutter nicht gegen dich aufbringen. Wir finden für alles eine Lösung, Drew. Nur dass eines ganz klar ist: Wir lassen uns scheiden.«

Drew zuckte die Achseln.

»Was soll diese Geste bedeuten?«, fragte Beau.

»Hatte ich mir schon gedacht«, erklärte Drew. »Höre ich auch nicht zum ersten Mal.«

»Drew, ich will mich verändern. Diesmal ist es ernst. Meine Ehe mit deiner Mom ist beendet. Wir lieben uns nicht mehr.«

»Aber sie sagt, sie liebt dich noch. Nur, damit du es weißt.«

»Ich weiß, dass sie das sagt, genau wie früher schon. Aber ich glaube ihr nicht. Wenn eine Frau wiederholt ihren Mann verlässt, liebt sie ihn nicht. Ich will's aber auch nicht noch mal versuchen. Also: Versprechen wir uns, dass wir im Gespräch bleiben? Wenn du irgendwelche Probleme oder Sorgen wegen der Situation hast, rede mit mir. Ganz gleich, was zwischen mir und deiner Mom läuft, für uns – für dich und mich – hat sich nichts verändert. Wir gehen nicht getrennte Wege. Zumindest hoffe ich das.«

»Dann werden wir also leben wie die Junggesellen?«

»Sieht so aus.« Beau nickte.

»Und du wirst wieder ausgehen?«

Er seufzte. »Vor ein paar Monaten hätte ich noch gesagt: Auf gar keinen Fall! Nach einer gescheiterten Ehe kam mir eine neue Beziehung ziemlich riskant vor.«

»Aber dann hast du sie kennengelernt ...«

»Ich mag sie«, erklärte Beau. »Aber das will noch nichts heißen. Sie hat selbst ziemlich große Probleme. Ich hab dir die Wahrheit gesagt: Wir haben uns nur ein paarmal getroffen und unterhalten. Ich weiß nicht mal, ob wir gute Freunde werden. Aber durch diese nette neue Bekanntschaft ist mir klar geworden, dass ich nicht für den Rest meines Lebens ein einsamer alter Junggeselle bleiben muss. Im Augenblick kann ich nur sagen, dass ich für alles offen bin. Aber ich hab's nicht eilig.«

»Bittest du mich nicht, Mom nichts davon zu erzählen?«

»Habe ich dich je gebeten, irgendwas vor deiner Mom geheim zu halten?«

»Ich hätte es ihr eh nicht gesagt«, erklärte Drew mit seinem ansteckenden Grinsen. »Wollte nur wissen, was du dazu sagst. Und ich werde auch keine wilden Partys veranstalten, wenn du wieder auf die Pirsch gehst.«

Darauf schüttelte Beau nur den Kopf. »Vielen Dank.«

Als das Handy einen neuen Besucher vor der Tür ankündigte, holte Lauren erschrocken Luft, und ihr Herz fing an zu hämmern. Es war noch nicht fünf, Beau hatte bereits ein paar Lebensmittel für sie gebracht, Pater Tim war da gewesen ... Würde sie jetzt für immer einen riesigen Schreck bekommen, wenn jemand vor der

Tür stand? Sie hatte Brads Launen und Gemeinheiten immer gefürchtet, aber solche Angst war ihr neu. Sie hatte Panik davor, erneut verprügelt zu werden. *Einmal* hatte ihr das Gefühl der Bestätigung verschafft, aber ein zweites Mal würde sie vielleicht nicht verkraften.

Sie blickte auf das Display ihres Handys.

Cassie!

Sie stürzte zur Tür und riss sie auf. Cassie starrte sie erst erschrocken und dann entsetzt an, und ihre Augen füllten sich mit Tränen. »Oh Mama!«

Kapitel Neun

»Mein Gott, was machst du denn hier?«, fragte Lauren ihre Tochter und zog sie liebevoll in ihre Arme. Cassie weinte sich an ihrer Schulter aus. »Komm rein, Schatz, sonst bieten wir dieser friedlichen Straße eine schöne Szene.« Unwillkürlich lachte sie auf. »Ich bin sicher, nach dieser Woche erwarten meine Nachbarn nichts anderes von mir.«

Cassie löste sich aus der Umarmung ihrer Mutter und griff nach der Tasche, die hinter ihr stand. »Oh Mama, das hat Daddy dir angetan?«

»Ich wünschte, es wäre nicht so.« Lauren seufzte.

»Wie schlimm bist du verletzt?«, fragte Cassie und strich mit zittrigen Fingern über Laurens empfindliche Wange.

»Eine leichte Gehirnerschütterung ist nicht ausgeschlossen«, erklärte Lauren. »Aber kein Hirnschaden. Meine Zähne wackeln. Ich bin sehr aufgebracht. Aber was machst du denn hier? Ich habe dir heute Morgen eine Nachricht hinterlassen, aber nichts von dir gehört.«

»Deine Nachricht habe ich nicht bekommen, weil ich im Flieger saß. Aber ich hatte es von Lacey gehört. Nur gut, dass ich ihr kein bisschen traue. Sie behauptete, du und Dad hättet eine körperliche Auseinandersetzung gehabt, und du hättest ein blaues

Auge, aber es bestünden Zweifel daran, dass es wirklich Dad war. Sie meinte, du hättest einen Freund.«

»Nein, ich habe keinen Freund«, erwiderte Lauren kopfschüttelnd. »Es ist ein Nachbar, mit dem ich mich seit meinem Umzug hierher angefreundet habe. Er hat mir bei ein paar Sachen im Haus geholfen. Euer Vater hat falsche Schlüsse gezogen, als er uns zusammen auf der Straße sah. Am hellichten Tage, wir haben uns auch nicht berührt. Aber das war seine Reaktion.«

»Was ist bloß los mit ihm?«, fragte Cassie und fing wieder an zu weinen. »Und was ist mit *Lacey* los?«

»Wieso bist du überhaupt gekommen, wenn Lacey dir nicht erzählt hat, wie schlimm es ist?«, erkundigte sich Lauren.

»Lacey meinte, Dad wäre deswegen ins Gefängnis gekommen.«

Lauren nickte. »Ja. Weil ich die Polizei gerufen habe ...«

»Ich bin ja so froh, dass du das gemacht hast«, sagte Cassie und nahm Laurens Hand. »Lacey hat mich ganz früh heute Morgen angerufen. Ich wollte mit dir reden, befürchtete aber, du müsstest dich ausruhen, und wollte nicht stören. Mir war klar, du würdest alles runterspielen und behaupten, dass es dir gut geht ... Aber Jeremy drängte mich, zu dir zu fliegen. Die Vorlesungen fangen erst in einer Woche an. Also hab ich den ersten Flug genommen, in dem noch ein Platz frei war. Gegen sechs Uhr eurer Zeit. Ich hätte auch angerufen, hatte aber Stress beim Umsteigen.«

»Aber woher hattest du das Geld? Ich hab dir doch noch gar nichts geschickt!«

Cassie lächelte leicht nervös. »Ich habe doch eine Kreditkarte. Vermutlich werden Miss Visa und ich noch gute Freundinnen werden. Aber jetzt erzähl mir alles, Mama.«

»Oh Cassie ... ich will dich nicht in die Scheidung mit reinziehen. Eigentlich hatte ich gehofft, dass dein Vater und ich trotz allem irgendwann mal Großeltern in friedlicher Koexistenz werden könnten.«

Daraufhin griff Cassidy in ihre kleine Tasche, holte ein Schminketui heraus und klappte es auf. Sie hielt den Spiegel vor Laurens Gesicht. »Es ist wohl zu spät, mich vor der hässlichen Seite dieser Angelegenheit zu schützen. Wir haben jede Menge Zeit. Ich bin erwachsen und will die Wahrheit wissen.«

Lauren kochte ihnen Tee, und während das Wasser heiß wurde, antwortete sie auf Beaus SMS mit dem Angebot, wieder bei ihr zu übernachten, mit der Erklärung, Cassie sei überraschend zu Besuch gekommen, daher hätte sie heute und die nächsten Tage Gesellschaft. Dann setzten Cassie und sie sich zu einem langen Gespräch zusammen.

Selbstverständlich hatte Beau recht: Die Mädchen hatten mit ihnen in einem Haus gelebt und die Spannungen mitbekommen – die manchmal fast unerträglich waren. Nach Cassies Einschätzung hatte Brad ungefähr einmal pro Halbjahr einen schrecklichen Wutausbruch, aber die restliche Zeit war er ein schwieriger, unnachgiebiger Mensch, der jeden Streit gewinnen und immer seinen Willen bekommen wollte. Er war kontrollsüchtig, doch als seine Töchter ihn immer öfter darauf hinwiesen, erwiderte er nur, was sie denn erwarten würden, schließlich müsste er täglich und manchmal sogar stündlich über Leben und Tod entscheiden.

»Daher ist es wohl zu spät, auf eine einvernehmliche Trennung und ein friedliches Miteinander bei zukünftigen Familientreffen zu hoffen«, schloss Cassie. »In diesem Leben wird er sich nicht mehr ändern. Er wird niemals Reue zeigen und niemals Kompromisse schließen. Gib ihn einfach auf, Mama. So wie ich.«

»Oh Cassie, ich wollte nicht dafür sorgen, dass du deinen Vater hasst.«

»Hast du auch nicht. Du hast ständig versucht, seine Gemeinheit zu verschleiern. Aber ich versichere dir, das ist nicht mehr notwendig. Ich glaube, ich habe ihn schon lange vor dir durchschaut.«

»Aber Lacey nicht?«, fragte Lauren.

»Lacey liebt den Wohlstand, ihre Klamotten und ihren Wagen«, erklärte Cassie. »Dafür verdrängt sie jede Menge. Aber was sagt denn Tante Beth dazu? Ich habe mitgekriegt, wie sie ihn manchmal angesehen hat, als würde sie ihm am liebsten eine Ohrfeige verpassen!«

Lauren zögerte. »Ich habe es ihr und Chip noch nicht erzählt. Weil ich Angst habe, sie könnten ausrasten.«

»Ach Mama, du musst es ihnen sofort erzählen!«

Daraufhin rief Lauren widerstrebend ihre Schwester an und bat sie, nach der Arbeit bei ihr vorbeizuschauen. »Aber ich sollte dich vorwarnen, dass es einen schlimmen Streit mit Brad gab und er mich geschlagen hat. Mir geht es wieder gut. Ich bin sofort in die Notaufnahme gefahren und bin, abgesehen von ein paar Blutergüssen und einer geschwollenen Lippe, wieder auf dem Damm.« Beth wollte alles sofort stehen und liegen lassen, um zu ihr zu kommen, aber Lauren hielt sie davon ab. »Cassie ist hier, sie hat mich überraschend besucht, was wirklich zur rechten Zeit kommt. Aber ich würde mich sehr freuen, wenn du nach der Arbeit vorbeischauen könntest. Bis dahin möchte ich noch ein bisschen Zeit mit Cassidy verbringen.«

Doch Lauren und Cassie blieb nicht mal eine Stunde, um noch einen Tee zu trinken und ein bisschen zu reden, da klopfte es schon an der Tür. Der Bewegungsmelder sorgte dafür, dass Laurens Handy klingelte. Sie sah auf dem Display nach, wer sie besuchte. Es war Lacey, diesmal mit einem Strauß Blumen in der Hand. »Deine Schwester«, erklärte Lauren. »Sollen wir sie hereinlassen?«

Lacey fehlten die Worte, als sie sah, dass Cassie in Kalifornien war. »Wieso hast du mich nicht mal angerufen?«, fragte sie.

Cassie straffte sich und richtete sich auf, obwohl sie ein paar Zentimeter kleiner war als ihre Schwester. »Offen gestanden weiß ich gar nicht, ob ich momentan mit dir reden will. Du bist dir ja nicht mal sicher, ob Mama die Wahrheit sagt, dabei hast du die Aufnahme gehört und ihre Verletzungen gesehen.«

»Die Aufnahme habe ich nicht so genau gehört. Außerdem will ich keine Partei ergreifen«, gab Lacey zurück.

»Es gibt nur eine Seite, für die du dich entscheiden kannst«, widersprach Cassie. »Du kannst das hier nicht einfach leugnen. Und ignorieren auch nicht.«

»Ich weiß, dennoch wünschte ich wirklich, es wäre nicht passiert ...«

»Ich will dich mal was fragen, Lacey: Wenn irgendein Mann *dein* Gesicht so zugerichtet hätte, glaubst du, Mama würde ihn irgendwie entschuldigen?«

»Sei doch nicht so hart!«, rief Lacey aus. »Ich will doch nur begreifen, was schiefgelaufen ist!«

»Du hast gewusst, wie schlimm die Lage bei ihnen ist. Wir haben darüber geredet! Wir haben uns Sorgen gemacht! Unsere Eltern haben sich oft gestritten, und Mama hat immer verloren!«

Lauren beobachtete still die Auseinandersetzung. *Dies ist der Moment, in dem sie sich entzweien*, dachte sie.

»Nicht immer!«, schoss Lacey zurück. »Und eigentlich war es auch nicht schlimmer als bei anderen Eltern!«

»Bei wem zum Beispiel?«, hakte Cassie nach.

»Bei den Eltern von fast all meinen Freunden und wahrscheinlich auch deinen Freunden! Mindestens die Hälfte der Eltern unserer Freunde ist schon geschieden, und der Rest streitet sich ständig.«

Cassie schwieg einen Moment. »Wow«, sagte sie sehr leise. »Lacey, ganz ernsthaft: Du brauchst neue Freunde.«

Mein Gott, sie ist genau wie ich!, dachte Lauren plötzlich. All die Jahre hatte sie Lacey ihre Nachgiebigkeit gegenüber Brad verübelt. Hatte sie nur nicht zugeben wollen, dass Lacey ihre Oberflächlichkeit geerbt hatte? Es widerstrebte Lauren, sich als eigennützig zu betrachten, aber es bestand keinerlei Zweifel, dass sie vor Jahren genauso gewesen war wie Lacey. Vielleicht nicht so offensichtlich, aber doch unleugbar.

Sie dachte zurück an ihre Verlobungszeit: Er war so herrisch gewesen, so schwer zufriedenzustellen. Und immer hatte er versucht, mit Geld alles perfekt zu machen. Wenn er Lauren oder Beth oder ihre Mutter vor den Kopf gestoßen hatte, war er immer schnell mit Geschenken und Ausreden bei der Hand gewesen. Tja, sie war in Armut aufgewachsen! Sie missdeutete seine Bemühungen als Versuch, seine Gedankenlosigkeit wiedergutzumachen. Ihr gefiel der Status, den sein Beruf als Chirurg mit sich brachte. Er war zwar schwierig, aber reich und bot ihr eine Form von Sicherheit, die sie zuvor nie gekannt hatte. Auch ihre Mutter und ihre Schwester ließen sich davon blenden. Brad repräsentierte Sicherheit. Sie wollten Brad genauso, wie sie ihn wollte.

Eine Zeit lang.

Dann erkannten Beth und Honey, wie er wirklich war. Sie hörten, wie er ihr Gemeinheiten und Beleidigungen an den Kopf warf. Sahen, dass er launisch und reizbar war. Wiesen sie darauf hin, dass er alles mit Geld gutmachen wollte, oder mit Dingen, die man für Geld kaufen konnte. Und sein Ego war so groß wie Montana. *Man spricht in ganz San Francisco von mir. Manche behaupten sogar, ich sei der beste junge Chirurg der Bay Area.*

Sie warnten sie: »Lauren, hier kannst du nicht auf Glück, sondern nur auf Ärger hoffen. Denk noch mal drüber nach. Zieht wenigstens erst mal nur zusammen.«

»Ich liebe ihn«, entgegnete sie. Aber das war gelogen. Sie wollte ein Teil seiner Welt sein. Sie hatte das Haus gesehen, das er gekauft hatte, und mit ihm zusammen die Möbel ausgesucht. Sie wollte nicht bei einer alten Dame zur Untermiete wohnen oder sich mit vier anderen Mitbewohnerinnen eine Wohnung teilen. Sie wollte nicht nur herumkrebsen, bis sie genug gespart hatte, um sich was Anständiges zu leisten. Honey war noch nicht mal das gelungen, obwohl sie ihr ganzes Leben lang nur geknapst hatten. Zwar hatte Lauren nach dem College versucht, einen guten Job zu finden, einen, bei dem sie Karriere machen konnte, aber wenn sie mit Brad zusammen war, musste sie nicht mal arbeiten! Sie wusste, er hatte Ecken und Kanten, aber sie glaubte, wenn sie ihn nur genug liebte, würde er milder werden und ihre Ehe gut laufen. Schließlich hätte er dann keinen Grund mehr, so gereizt zu sein!

Sie wünschte sich ein leichtes Leben. Also hatte sie die Warnung ihrer Mutter ignoriert: *Wenn du wegen des Geldes heiratest, wirst du dir jeden Cent verdienen müssen!*

Und genau das machte Lacey gerade auch: Sie verteidigte einen Mann, der Frauen schlug. Sie trat für ihn ein, weil sie dachte, dieser Mann garantierte ihr mit seinem Scheckbuch eine perfekte Zukunft. Sie leugnete seinen schwierigen Charakter, weil sie Pläne hatte! Pläne für ein Traumleben als Tochter eines recht bekannten Chirurgen. Und das durften ihre Eltern ihr nicht mit ihrer ewigen Streiterei kaputtmachen.

Lauren erkannte, dass sie sich sehr ähnlich verhalten hatte, als sie noch jünger war. Und es war ihr gelungen, genau das zu tun, was Lacey gerade tat: sich klein machen, sich um des lieben Friedens willen still verhalten, unter dem Radar fliegen.

»Ach, das muss jetzt aufhören!«, sagte sie und zog damit die Aufmerksamkeit ihrer Töchter auf sich.

»Wir streiten doch nicht«, erwiderte Cassie. »Wir werden nicht streiten, versprochen. Aber ich akzeptiere einfach ihre Einstellung nicht, dass Dad nur ein bisschen schwierig ist. Dass er nur *schwierig* ist, haben wir längst begriffen, und zwar, seit ich zwei war.«

»Ich meinte nicht euch beide«, erklärte Lauren. »Ich meinte mich. Ich muss jetzt aufhören. Ich werde nichts mehr vorspielen. Ich werde mich nie wieder kontrollieren oder manipulieren lassen. Ich werde ihn nicht mehr in Schutz nehmen. Und von euch beiden werde ich mich auch nicht mehr kontrollieren und manipulieren lassen ...«

»Ihn in Schutz nehmen?«, rief Lacey aus. »Du hast die Polizei gerufen und ihn ins Gefängnis werfen lassen!«

»Nein, das stimmt nicht«, erklärte Lauren ruhig. »Ich habe um Hilfe gerufen, und die Polizei hat ihn verhaftet. Ich wurde nicht mal aufgefordert, Anzeige zu erstatten oder gegen ihn auszusagen. Man warnte mich nur, die Anklage gegen ihn würde wahrscheinlich wegen Geringfügigkeit fallen gelassen, und weil er Ersttäter war, aber nicht ich war es, die das Ganze verursacht hat. Das war er ganz allein. Es hat Konsequenzen, wenn man Menschen angreift und verletzt. Ich bin aus völlig falschen Gründen bei ihm geblieben, und jetzt seht mich an, was aus mir geworden ist!«

»Sie hat es für uns getan, du Idiotin!«, bemerkte Cassie.

»Entweder ihr fechtet es jetzt aus oder vertragt euch, mir ist es gleich. In etwa einer Stunde kommt Beth, und ich gehe jetzt unter die Dusche.«

»Was ist mit den Blumen?«, fragte Lacey. »Sie sind von Dad.«

Lauren sah aus, als hätte sie der Schlag getroffen. *Lacey hatte nach ihrem Dad gesehen.*

»Die kannst du haben«, sagte Lauren. »Oder in den Müll schmeißen.«

Damit ging sie und schloss die Schlafzimmertür hinter sich.

Lauren stand ziemlich lange unter der Dusche und dachte nach. Die heiße Luft des Föhns und die elektrische Zahnbürste taten weh, wenn sie an bestimmte Stellen kamen, aber sie schaffte es. Ihre Lippe war unförmig, und sie hatte blaue Flecken, dennoch schminkte sie sich ein bisschen. Nicht für Beth. Sondern für sich selbst.

Sie hörte nicht, ob die Mädchen sich stritten. Vielleicht unterhielten sie sich nur. Vielleicht war Lacey aber auch gegangen, und Cassidy war allein. Ja, sie waren genauso, wie Lauren und Beth gewesen waren. In ihrer Kindheit und Jugend hatten sie sich gestritten wie die Kesselflicker.

Doch nach Laurens Hochzeit hatten die beiden Schwestern einen Waffenstillstand geschlossen und gelernt, das Thema ihrer furchtbar unglücklichen Entscheidung, einen Egomanen zu heiraten, großräumig zu meiden. Mittlerweile war Beth Laurens wichtigste Unterstützerin. Wenn Lacey etwas reifer würde, konnten Cassie und sie sich vielleicht wieder näherkommen. Die Zeit würde es zeigen.

Lauren fand zwar nicht, dass sie eine schlimme Kindheit gehabt hatte, doch waren ihr die damaligen Schwierigkeiten durchaus bewusst. Ihre Mutter musste immer arbeiten. Rund um die Uhr. Lauren und Beth waren oft bei ihren Großeltern, manchmal auch bei Freunden und Nachbarn, und später, als sie alt genug waren, allein. Sie hatten Essen und Kleider, doch für mehr war kein Geld da, und sie lernten schon sehr früh, im Haushalt mitzuhelfen. Ihre Großeltern wohnten nur ein paar Häuser entfernt, sodass sie sich immer an jemanden wenden konnten, doch Honey war ständig auf dem Sprung zu ihrem ersten Job, ihrem zweiten oder später zur Abendschule. Kein Wunder, dass ihre Mutter nur selten unbeschwert war.

Im Gegensatz zu ihrer Mutter konnte Lauren also mit ihren Kindern spielen, mit ihnen Hausaufgaben machen oder ihnen vorlesen. Lauren und Beth mussten während ihrer Jugend Nebenjobs annehmen, um neue Kleider oder Unternehmungen mit Freunden zu finanzieren und nicht gehänselt zu werden. Ein Wagen stand ihnen nicht zur Verfügung. Hin und wieder konnten sie ihrem Großvater sein Auto abschwatzen. Im College wurde es besonders hart, obwohl sie beide Teilstipendien bekamen: Sie mussten dafür arbeiten und natürlich noch zu Hause wohnen.

Als Lauren mit dem College fertig war, hatte Honey Verona ebenfalls ihren Abschluss gemacht, allerdings nach jahrelangem Besuch der Abendschule. Honey hatte unzählige Jobs gehabt und immer gekündigt, wenn sie eine Arbeit fand, die besser bezahlt war als die vorherige. Sie arbeitete in einer Bücherei und in einem Pflegeheim, an einer Tankstelle und in einem Lebensmittelladen, als Sekretärin an einem Militärstützpunkt und sogar beim Fuhrpark der Polizei, wo sie die Streifenwagen wusch und saugte. Als Lauren zweiundzwanzig wurde, hatte Honey einen Abschluss als Lehrerin und gab Erstsemestern Unterricht in Englisch. Außerdem arbeitete sie in der Kosmetikabteilung eines Kaufhauses: an zwei Abenden die Woche und an den Wochenenden.

Dieser Job war wie geschaffen für sie. Bis zu ihrem Tod sah sie unglaublich jung und gesund aus. Als sie zwei Jahre vor dem Autounfall ihre Stelle als Lehrerin aufgab, arbeitete sie weiter in der Kosmetikabteilung. Sie bekam vom Kaufhaus Rabatt, schminkte sich gekonnt wie eine Kosmetikerin, kleidete sich in lässig-elegantem Stil und brachte sogar ihren Enkelinnen bei, wie man sich schminkte, ohne billig oder ungeübt zu wirken. Beth interessierte das nie besonders, aber Lauren hatte diese Lektionen immer gut genutzt, genau wie Lacey.

Lauren wusste noch, dass sie in ihrer Kindheit und Jugend oft davon geträumt hatte, ein Leben in Reichtum zu führen, ganz anders als ihre Mutter. Ihr Leben würde leichter sein, und hin und wieder würde es auch Luxus geben. Und Reisen. Und schöne Kleider, eine Putzfrau und einen tollen Wagen.

Jetzt lachte sie leise. »Und habe ich nicht all das bekommen? Aber inwiefern war das besser?«

In Jeans und einer bequemen Chambray-Bluse öffnete sie die Schlafzimmertür. Cassidy saß allein auf der Couch und schrieb etwas auf ihrem Handy.

»Ich fand es schon seltsam still«, bemerkte Lauren. »Ist meine andere Tochter mit ihren Blumen weg?«

Cassie legte das Handy beiseite. »Ja, aber nicht still und leise. Ich hab Lacey zum Weinen gebracht.«

»Ach Cassie, warum denn?«

»Weil sie selbstsüchtig und verwöhnt ist und nur an sich denkt.«

Lauren seufzte. »Das ist für eine junge Frau ziemlich normal. Sie wird noch reifer werden. Hoffentlich.«

»Ist mir egal, ob sie reifer wird oder nicht«, gab Cassie zurück. »Ich habe schon vor langer Zeit für mich erkannt, dass ich einfach zu unversöhnlich bin und alle anderen in meiner Familie mehr Nachsicht mit Daddy haben als ich. Aber jetzt begreife ich, dass wir all das zugelassen haben, dass er sich austoben durfte, bis er zu weit ging. Ich bin fertig mit ihm.«

Mit schlechtem Gewissen bemerkte Lauren, dass die Äußerungen ihrer Tochter ihr guttaten. Dabei hatte sie doch nicht gewollt, dass seine Töchter sich von ihm abwendeten, obwohl er es verdient hatte. »Du hast also nicht das Gefühl, du könntest ihm verzeihen?«

»Oh, vielleicht werde ich ihm irgendwann mal verzeihen, aber nur, wenn er mich darum bittet. Doch das heißt nicht, dass ich noch Zeit mit ihm verbringen werde. Findest du nicht auch, dass er jetzt eine Grenze überschritten hat? Er ist ein egoistischer und gefährlicher Mistkerl. Wage es ja nicht, in seine Nähe zu kommen. Ich hab ohnehin schon genug Angst, dich hier allein zu lassen.«

»Aber ich komme jetzt schon klar. Ich habe ihn auffliegen lassen. Und ich habe Freunde und Angehörige, die in der Nähe wohnen.«

»Ich habe Angst, du knickst ein und gehst zu ihm zurück!«

»Nein, Cassie, wirklich nicht. Meine Anwältin besorgt gerade eine einstweilige Verfügung, die ihm den Kontakt zu mir verbietet. Sie meinte, die käme noch heute.«

»Da bin ich aber erleichtert. Ich hätte gute Lust, dich nach Boston zu entführen, wo ich auf dich aufpassen und sicherstellen könnte, dass Daddy dich nicht irgendwie überzeugt, du könntest ohne ihn nicht leben.«

Lauren bemühte sich zu lächeln, war aber sicher, dass ihr das kläglich misslang. »Und ich hab mir Sorgen gemacht, du wärst zu schüchtern, um Anwältin zu werden.«

»Ich bin nicht schüchtern. Ich bin still. Und stille Wasser sind tief«, erklärte Cassie.

»Ja, das habe ich auch schon gehört«, erwiderte Lauren und dachte an Beau. »Und wie läuft es in Boston, jetzt, da Jeremy eingezogen ist?«

»Weißt du eigentlich, was ich besonders an Jeremy liebe?«, fragte Cassie ernst. »Er ist das Gegenteil von Daddy. Er ist ein anständiger Mensch, der mich immer voller Respekt behandelt. Er würde nie seine Hand gegen einen anderen erheben, es sei denn aus Notwehr. Er streitet nicht mal mit mir. Er ist aufrichtig, klug, zärtlich und stark. Ich will Kinder mit ihm haben, Mama. Und er wird der beste Vater der Welt werden.«

Fast hätte Lauren sich auf ihre geplatzte Unterlippe gebissen, als sie Cassies Beschreibung im Stillen beendete: *Meine Kinder werden nie miterleben müssen, wie ihr Vater ihre Mutter anbrüllt und demütigt. Wie er sie zu Fall bringt und es dann leugnet.* »Es tut mir ja so leid, Cassie«, sagte sie leise. »Ich weiß, es gab Zeiten …«

»Stopp«, unterbrach Cassie sie und berührte sie am Arm. »Lacey hatte recht. Sag ihr das bloß nicht, aber sie hat recht: Viele unserer Freunde sind Scheidungskinder, und die familiären Verhältnisse von einigen sind wirklich schlimm. Ich hab mich irgendwie durchgewurstelt und mir verlässliche Freunde gesucht, zu denen auch Jeremy gehört. Ich weiß, du hast mehr ertragen, als du hättest ertragen sollen. Aber ich habe ganz ehrlich geglaubt, das würde für immer so weitergehen.« Tränen traten ihr in die Augen. »Ich wünschte, er hätte sich gebessert. Wie sehr habe ich mir das gewünscht!«

Aber Lauren fragte sich im Stillen: *Hätte ich ihn geliebt, wenn er sich gebessert hätte? Vielleicht wäre ich bei ihm geblieben, aber hätte ich ihn je wieder lieben können?* Denn Respektlosigkeit tötet alle Liebe. Allerdings nicht immer, das war das Traurige. Es gab Frauen, die noch unter Schmerzen, blutüberströmt und in Angst um das Leben ihrer Kinder behaupteten: *Ich liebe ihn.* So wie Lauren das viele, viele Jahre zuvor getan hatte.

Kurz vor sechs traf Beth ein. Sie warf nur einen Blick auf Lauren und rief: »Oh, du lieber Gott.« Dann zog sie ihre Schwester in die Arme. »Honey würde ihn umbringen, wenn sie noch leben würde.«

»Es sieht schlimmer aus, als es ist«, erwiderte Lauren.

»Das bezweifle ich«, antwortete Beth. Dann umarmte sie Cassie. »Du bist zu deiner Mutter gekommen. Du bist eine gute Tochter.«

Darauf sah sie sich Laurens Gesicht genauer an. »Das war's«, verkündete sie. »*Ich* werde ihn umbringen, obwohl meine Söhne mutterlos aufwachsen müssen, wenn ich im Gefängnis verrotte.« Seufzend sagte sie: »Ich hab Wein mitgebracht. Allerdings sicher nicht genug.«

»Zufällig habe ich auch Wein da«, erwiderte Lauren. »Aber du musst doch noch fahren.«

»Nicht unbedingt«, erklärte Beth. »Ich könnte Chip anrufen. Oder mit dem Taxi nach Hause fahren.« Sie lächelte. »Nimmst du irgendwelche Schmerzmittel?«, fragte sie Lauren.

»Nein, es geht schon. Wenn du es genau wissen willst, bin ich nur ziemlich müde. Es war ein langer Tag. Mit vielen unerwarteten Besuchern. Zuerst Lacey. Dann ein Priester, den ich kenne. Dann der Mann, der mich von der Notaufnahme nach Hause gefahren hat. Er brachte mir eine Tüte mit Lebensmitteln, die man nicht kauen muss. Dann Cassie. Dann noch mal Lacey, mit Blumen von ihrem Vater. Wie du dir denken kannst, war das emotional ziemlich anstrengend ...«

Beth und Cassie starrten sie sprachlos an. Eine ganze Minute, die sich quälend lang hinzog, sagten sie nichts. Lauren konnte ihre Gedanken förmlich hören. *Priester? Mann? Blumen?*

Beth räusperte sich. »Hast du schon eine offene Flasche Wein?«

• • •

Es wurde der beste Abend aller Zeiten. Das war eigentlich unsinnig, und doch ergab es wie nichts sonst Sinn. Denn Lauren hatte nur selten so einen Abend mit ihrer Schwester und ihrer Tochter erlebt und noch nie so offen und ehrlich über ihren Mann geredet. Sie musste die ganze Zeit denken: *Dies ist nicht Brads Haus.* Also konnte sie alles sagen, was sie wollte. Sobald Schock und Entsetzen verflogen waren, konnten sich alle entspannen. Sie alle spürten: *Endlich ist dieser Albtraum vorbei.*

Es war einfach perfekt, dass sie ihre Schwester und ihre Tochter gemeinsam in *ihrem* Haus hatte, ohne daran denken zu müssen, dass sie nach Hause musste oder dass ihr Mann nach Hause kommen und ihr Beisammensein beenden würde. Sie tranken Wein und unterhielten sich in aller Offenheit darüber, was geschehen war. Dann bestellte Cassie etwas beim Chinesen: Eierflöckchensuppe und milde Lo Mein-Nudelpfanne für Lauren, und für die ohne Naht in den Lippen scharfe Krabben, Schweinefleisch mit Knoblauch und Frühlingsrollen.

Beau legte die Füße auf den Sofatisch und lehnte sich zurück. Nach ihren Hamburgern war Drew mit ein paar Freunden zur Driving Range gefahren, um sich im Golf zu üben und irgendwann Beau und Tim auf dem Green zu schlagen. Zwar musste er um vier Uhr morgens zur Arbeit, aber er war achtzehn: Viel Schlaf brauchte er nicht. Es würde noch ziemlich lang hell sein. Beau erinnerte sich vage an den Elan seiner Jugend. Er zappte sich durch die Programme und suchte nach irgendwas, wo ein Ball im Spiel war. Ganz gleich, was.

Da hörte er, wie jemand den Schlüssel in die Haustür steckte. War Drew schon zurück? Er war doch erst seit zwei Stunden unterwegs. Beau setzte sich auf. Aber die Haustür öffnete sich nicht. Als er dann hörte, wie es klopfte, spürte er, wie ihm leicht flau wurde.

»Lass mich rein!«, rief Pamela von der anderen Seite der Tür.

Er holte tief Luft und seufzte. Schwerfällig stand er vom Sofa auf. Langsam öffnete er die Tür. »Du hättest besser vorher anrufen sollen«, sagte er. »Brauchst du was?«

Pamela hatte einen grimmigen Zug um den Mund, aber sie war sehr, sehr schön. Natürlich war ihre Schönheit künstlich. Sie trug ihre honigfarbenen Haare mit den Strähnchen lang. Als Erstes hatte sie sich vor Jahren das Kinn machen lassen. Dann den Busen. Dann Fettunterspritzungen. Bauchstraffung. Botox. Ihre Lippen waren etwas fülliger – durch Collageninjektionen, wie er gelernt hatte. Ihre Nägel trug sie in klassischer Länge, und ihre Wimpern waren unglaublich dicht. Sie war sonnengebräunt und durchtrainiert. Pamela arbeitete sehr hart an ihrem Gesicht und ihrem Körper.

Beau glaubte, dass sie das tat, weil ihre Seele so verloren war. Er hatte sie viel hübscher gefunden, bevor sie etliches hinzufügen und wegnehmen ließ.

»Ich brauche mein Haus«, erwiderte sie.

»Nun, leider ist es aber nicht dein Haus.«

»Früher meintest du immer, es wäre *unser* Haus, außerdem habe ich dreizehn Jahre darin gewohnt, also geh zur Seite, Darling.«

Er versperrte ihr den Weg. »Mir ist klar, dass es zum gemeinsamen Vermögen gehören wird, obwohl es mir schon sechs Jahre gehörte, bevor wir uns kennenlernten, und es immer noch auf meinen Namen läuft. Und so sehr ich es bedaure, so können wir doch nicht mehr zusammenwohnen, denn wir leben in Scheidung. Es würde einfach nicht funktionieren. Und mein Anwalt hat mir geraten, dir nicht das Haus zu überlassen.«

Sie wirkte geschockt. »Du hast das Haus nie auch auf mich überschreiben lassen?«

»Zunächst einmal, weil sich nichts geändert hätte: Wir haben keine Gütertrennung. Es wird hälftig geteilt, weil wir keinen Ehevertrag haben. Aber ich habe dieses Haus in die Ehe eingebracht, und du hast mich verlassen«, erklärte Beau.

»Nun, ich komme zurück«, verkündete sie.

Als er sich leicht zur Seite neigte, sah er die Koffer hinter ihr. Zwei große und einen kleinen. »Tut mir leid, Pam. Nein. Du hast mich verlassen. Du hattest eine Wohnung in der Stadt. Und ich habe dir schon mehrfach gesagt, dass ich dieses Hin und Her nicht mehr mitmache.«

»Aber wo soll ich dann hin?«

»Zurück in deine Stadtwohnung.«

»Die habe ich gekündigt.«

»Bevor du dir Gedanken darüber gemacht hast, wo du unterkommst?«

»Ich muss mir keine Gedanken darüber machen, ob ich in meinem eigenen Haus unterkommen kann!«

»Es ist nicht dein Haus, Pamela. Ich wohne hier, und es wird dem gemeinsamen Vermögen zugerechnet.« Er blickte über ihre Schulter hinweg zu dem neu wirkenden BMW in der Auffahrt. »Genauso, wie dein Wagen auch dazugezählt werden wird. Und deine restlichen Vermögenswerte.«

»Mein Wagen auf gar keinen Fall!«, zischte sie. Sie versuchte, sich an ihm vorbeizudrängen, aber vergeblich. »Lass mich rein, verdammt noch mal! Du kannst ja in ein Hotel gehen. Oder zu deiner Mutter. Oder auch ins gottverdammte Pfarrhaus!«

»Mom«, sagte Drew hinter ihr. »Hör auf.«

Beau hatte ihn gar nicht kommen sehen. Da Pamela in der Einfahrt stand, hatte er vor dem Nebenhaus geparkt und sich dem Haus genähert, ohne dass sie es mitbekamen. »Drew!«, rief Pamela. »Schatz, sag Beau, dass dies auch mein Haus ist und ich wieder da bin.«

»Pam, zieh Drew da nicht mit rein«, bat Beau. »Das geht nur uns was an. Lass ihn in Ruhe.«

»Aber ich will nach Hause kommen und mit meinem Sohn zusammenleben«, widersprach sie.

»Wir können in ein Restaurant gehen, oder einen Kaffee trinken und ein Eis essen und dabei alles besprechen. Aber dann musst du wieder gehen«, entgegnete Drew. »Dies ist Beaus Haus, und er hat dich wirklich fair behandelt.«

»Ich will kein Eis«, fauchte sie. »Ich will dieses Haus! Wie kannst du dich nur auf seine Seite stellen? Was hast du mit ihm zu schaffen! Er ist nicht mal dein Vater! Ich musste ihn anflehen, mich mit zwei kleinen Kindern aufzunehmen, aber er war nie dein Vater. Er kann nicht einfach –«

Drew trat einen Schritt auf sie zu. »Er wollte Michael und mich adoptieren, aber unsere Väter haben ihre Zustimmung verweigert! Mein sogenannter Vater ist nicht mal zu meiner Abschlussfeier gekommen!« Er schüttelte den Kopf. »Mom, Beau hat recht. Du bist gegangen. Ich bat dich zu bleiben – weil ich das Gefühl hatte, dass es sonst das letzte Mal sein würde. Du kannst nicht einfach ständig deine Meinung ändern.«

»Drew, du musst doch nicht –« *Meine Schlachten schlagen*, wollte Beau sagen, aber er wurde unterbrochen.

»Jetzt nur kein falsches Mitleid mit dem armen Beau«, höhnte Pamela. »Du hast doch keine Ahnung, wie schwierig und kompliziert eine Ehe sein kann!«

Drew lachte freudlos. »Ach, nicht? Ich habe euch beobachtet, seit ich klein war, Mom, und den Eindruck bekommen, dass in deinem Leben *alles* schwierig und kompliziert ist. So leid es mir tut. Aber dies ist nicht mehr dein Zuhause, und ich werde nicht stillschweigend zusehen, wie du Beau abstrafst. Beau war ein guter Vater. Und du *willst* gar nicht mit mir zusammenleben. Sonst wärst du nicht gegangen.«

»Ernsthaft? Du ergreifst Partei für ihn? Gegen deine eigene Mutter? Für diesen … diesen … Stiefvater, dem seine eigene Frau egal ist?«

»Pam, nicht …«

»Ja, das tue ich«, sagte Drew mit Nachdruck. »Soll ich dir helfen, die Koffer wieder in deinen Wagen zu schaffen?«

»Wo soll ich denn hin, wenn ich nicht mehr nach Hause darf?«

Drew straffte sich und schob die Hände in die Hosentaschen. »Ich weiß genau, dass du nicht aufgeschmissen bist. Wahrscheinlich hast du sogar *einige* Anlaufstellen. Aber du musst aufhören, so gemein und unfair zu sein. Beau war immer gut zu uns, zu uns allen. Ich hab dich lieb, Mom, aber manchmal kann ich dich ehrlich nicht leiden.«

»Drew!«, rief sie aus. »Wie kannst du mir das einfach so ins Gesicht sagen!«

»Vielleicht lässt Michael dich ja auf seiner Couch schlafen«, erwiderte Drew nur.

»Du bist so undankbar, Drew«, sagte Pam und ging nun auf ihren Sohn los. »Nach allem, was ich für dich getan habe, stellst du dich auf die Seite des Mannes, der mich auf die Straße setzt? Er war ein lausiger Ehemann, ein nutzloser Stiefvater, ein treuloser –«

»Komm jetzt, Mom«, sagte Drew und fasste sie am Arm. »Ich helfe dir, die Koffer wieder in den Wagen zu bringen. Wenn du dich dann besser fühlst, kannst du mich im Auto noch ein bisschen anschreien. Aber hör mit dem Drama mitten auf der Straße auf.«

Beau beobachtete, wie Drew seine Mutter zu ihrem Wagen zog, wie sie ihn abschüttelte und mit dem Fuß aufstampfte. Aber länger sah er nicht zu, denn er wusste, was als Nächstes kommen würde. Sie würde ihm eine Ohrfeige geben und dann in Tränen ausbrechen. Zwar hatte er den überwältigenden Drang, Drew zu schützen, aber Drew war jetzt ein Mann. Er kannte seine Mutter, und wenn Beau diese Ehe beendete, konnte er auch nicht mehr der Puffer zwischen ihm und Pamela sein.

Einen Moment lang blieb er noch im Flur stehen und hörte zu. Zwar verstand er nicht, was sie sagten, aber Pam stritt mit Drew. Lautstark.

Beau ging zum Sofa zurück und hoffte nur, Drew würde sich das nicht allzu lange anhören müssen, aber es dauerte volle zehn Minuten, bis Drew erschien. Wie konnte jemand sein Kind in eine Scheidung mit hineinziehen? Selbst, wenn das Kind bereits achtzehn war: Es war unentschuldbar.

»Es tut mir wirklich leid, was passiert ist, Drew. Das war das Letzte, was ich wollte.«

»Ich weiß. Ist schon okay.«

»Aber ich glaube, das Schlimmste haben wir bald hinter uns. Ich bin wirklich stolz auf dich – wie du mit der Sache umgegangen bist. Du warst ruhig und respektvoll, dabei weiß ich doch, wie schwer das gewesen sein muss. Komm, wir könnten –«

»Nein, ich muss jetzt allein sein, wenn du nichts dagegen hast. Ich fühl mich nicht besonders.«

»Das verstehe ich.« Beau nickte und setzte sich wieder aufs Sofa.

Doch nach ein paar Minuten stand er wieder auf. Drew hatte sich wie Beau verhalten, genau so, wie er es ihm beigebracht hatte. Begegne dem Zorn deiner Mutter mit Ruhe, verlier nicht die Beherrschung, es ist ihre Stimmung, nicht deine, der Sturm wird sich legen.

Er klopfte an Drews Tür. Die Stimme, die ihn zum Eintreten

aufforderte, klang leise und verletzt. Drew saß im Schneidersitz auf dem Bett, und seine Augen waren gerötet.

Beau lächelte ihn an. »Du könntest mir nicht mal ähnlicher sein, wenn wir die gleiche DNA hätten«, sagte er. »Du hast die ganze üble Sache mit Anstand und Würde überstanden, aber danach verkriechst du dich und leidest. Genau wie ich immer. Aber mach das nicht, Drew. Lass uns drüber reden. So überwindet man es schneller.«

»Ich wüsste nicht, wie«, entgegnete Drew unglücklich.

»Deine Mom hat Probleme«, erklärte Beau. »Ich weiß nicht, welche genau, und wenn ich könnte, würde ich ihr helfen. Und du sicher auch. Aber du kannst ihr nicht helfen. Sie ist launisch und manchmal auch egoistisch. Wahrscheinlich wird sie ihr Leben lang kompliziert sein. Sie greift an, wenn sie eigentlich nichts anderes will als nachgeben und geliebt werden. Leider hilft es ihr auch nicht, wenn man das versteht. Sie muss sich selber helfen. Und das wird sie erst tun, wenn wir nicht mehr nachgeben und ihre Scherben aufsammeln.«

»Ich halte es nicht aus, wenn sie wütend ist«, sagte Drew. »Das Leben wäre so viel schöner, wenn sie einfach nur glücklich sein könnte. Aber das kann sie nicht. Zumindest nicht für längere Zeit.«

»Es liegt auch nicht daran, dass sie es nicht versucht«, ergänzte Beau. Er setzte sich aufs Bett. »Das Schwierigste, aber auch das Wichtigste ist, immer im Kopf zu behalten, dass wir nichts zu ihrem Schmerz oder ihrem Unglück beigetragen haben. Sie muss selbst ihre Probleme lösen, und wir müssen versuchen, uns nicht einzumischen.«

»Leichter gesagt als getan«, bemerkte Drew.

»Das kannst du laut sagen«, meinte Beau.

Kapitel Zehn

Cassies Besuch war für Lauren wie ein Geschenk. Sie hielt es für möglich, dass ihre Tochter zum letzten Mal so nach Hause kam, ganz allein. Denn Jeremy und sie waren nun ein Paar. Auch wenn sie mit dem Heiraten noch warten mochten, würden sie von nun an gemeinsam Urlaub nehmen und ihre Freunde und Familien besuchen.

Nach ein paar Tagen war Laurens Lippe etwas abgeschwollen, und sie konnte ihre Blutergüsse mit Schminke und Sonnenbrille fast ganz verbergen. Als sie mit Cassie über die Hauptstraße schlenderte, um erst zu Mittag zu essen und danach ein bisschen zu shoppen, bemerkte es jedoch die Kellnerin und sagte: »Ach herrje, meine Liebe.« Sie neigte sich zu ihr und sah sie mit leicht zusammengekniffenen Augen an.

Lauren lächelte nur und flüsterte: »Ein kleiner kosmetischer Eingriff.«

»Aber, ich bitte Sie, das haben Sie doch gar nicht nötig!«

»Sehr nett von Ihnen, danke«, erwiderte Lauren und schenkte ihr ein etwas schiefes Lächeln.

Als Lacey einmal mit ihnen essen ging, gelang es ihnen, weder über die Scheidung noch über ihre Differenzen zu reden. Und doch war ihr Beisammensein nicht herzlich und liebevoll, sondern im besten Fall höflich.

An den Nachmittagen erkundeten Lauren und Cassie das Einkaufsviertel von Alameda Island, sahen sich die verschiedenen Läden an, kauften ein paar Zutaten zum Abendessen ein, ließen sich auf dem Heimweg ein Eis schmecken und setzten sich danach mit einem Glas Wein auf die Terrasse und genossen die Abendsonne. Dazu nahmen sie die hölzernen Klappstühle aus der Essecke der Küche mit nach draußen.

»Du brauchst bessere Stühle«, befand Cassie. »Schaukelstühle vielleicht.«

»Ich werde das im Hinterkopf behalten«, versprach Lauren.

Sie grüßten Fremde, die vorbeigingen; an sonnigen Tagen war ganz Alameda draußen: joggte, schob Kinderwagen, fuhr mit dem Nachwuchs Rad oder ging spazieren. Vor den Läden und Restaurants waren die Parkplätze auf der Hauptstraße immer besetzt, aber Lauren konnte sich nicht vorstellen, die vier, fünf Blocks mit dem Wagen zu fahren, wenn sie was essen oder trinken gehen wollte. Es sei denn, es regnete heftig.

»Ich freue mich so über deinen Besuch«, sagte sie zu Cassie. »Obwohl er so unerwartet und auch kostspielig war, aber es ist einfach herrlich, dich bei mir zu haben. Nur tut mir das mit deiner Schwester leid.«

»Sie wird sich wahrscheinlich wieder einkriegen«, erwiderte Cassie. »Wenn sie merkt, dass sie mit ihrem Theater nur Dad beeindruckt, wird sie wohl noch mal über die ganze Sache nachdenken.«

»Sie hat auch einen weichen Kern«, entgegnete Lauren.

»Solange er ihren Zielen nicht im Weg steht«, erwiderte Cassie. »Ich wünschte, wir stünden uns nahe, aber ich lasse ihr das nicht mehr durchgehen. Diesmal ist sie zu weit gegangen.«

»Mich bedrückt die Vorstellung, dass sie den Unterschied zwischen Kabbelei und Misshandlung nicht erkennt«, erklärte Lauren. »Beth war nie mit meiner Heirat einverstanden, aber sie hat zu mir gehalten. Irgendwann wird deine Schwester dich auch brauchen. Und eines solltest du wissen: Früher war ich eher wie Lacey und nicht so wie du. Zwar ahnte ich schon, dass ich deinem Vater nicht würde beikommen können, aber ich verdrängte es. Er war so tüchtig, reich und mächtig. Er hat Beth sehr unterstützt. Meiner Mutter wollte er auch helfen, aber sie lehnte ab.« Bei der Erinnerung musste sie lachen. »Honey sagte: ›Wie überaus freundlich von dir, Brad. Aber nein, danke.‹ Als er daraufhin aufbrauste, erwiderte sie nur: ›Spende es doch einfach für einen wohltätigen Zweck.‹ Er war fuchsteufelswild. Aber du weißt ja, dass dein Vater auch großzügig und charmant sein kann, wenn er will.«

»Wie sehr ich es genossen habe, wenn er glücklich war.« Cassie nickte. »Bei den Weihnachtspartys, den Geburtstagen, den Grillfesten im Sommer. Zwar traute ich dem Frieden nicht, genoss es aber trotzdem. Nur baute sich während der Feiern so viel Druck bei ihm auf, dass er immer ausrastete, wenn die Gäste gegangen waren.«

»Wenn etwas nicht so lief, wie er gedacht hatte«, meinte Lauren.

»Eigentlich will ich dich nicht allein lassen«, sagte Cassie.

»Das wirst du aber müssen.« Lauren lachte. »Ich muss Montag wieder arbeiten, und du musst heimfliegen. Du kannst doch nicht die ganze Zeit auf mich aufpassen. Wir müssen jetzt beide mit unserem Leben weitermachen.«

»Früher kam mir die Ostküste nicht so weit weg vor ...«

»Es wird mir gut gehen. Und du musst dich um Jeremy und dein Studium kümmern. Versprich mir nur eines, Cassie: Wenn sich irgendwas mit Jeremy nicht richtig anfühlt, vergeude nicht dein Leben damit, es zu verändern. Setz die rosa Brille ab, Cassie«, erklärte sie. »Und *schau richtig hin.* Belüg dich nicht selbst. Und bitte: Hab keine Angst. Ich hatte viel zu viel Angst vor dem, was er uns antun könnte.«

»Das könnte mir nicht passieren«, erwiderte Cassie. »Aber ich überlege, ob ich erst in einem Jahr mit dem Studium beginne. Ich würde gerne zurückkommen, arbeiten, mich neu bewerben, nicht so weit entfernt wohnen. Mit Jeremy habe ich schon geredet. Er versteht es und hätte nichts dagegen, wieder an die Westküste zu ziehen, obwohl er Boston als Abenteuer betrachtet, aber –«

»Nein!«, sagte Lauren kategorisch. »Nein, nein, nein! Wir beide werden uns jetzt der Zukunft zuwenden. Ich werde arbeiten und geschieden werden und im Winter das Haus renovieren. Vielleicht kaufe ich es sogar, wenn ich die Scheidung hinter mir habe. Im nächsten Frühling werde ich einen Garten anlegen. Und du wirst dein erstes Jahr Jurastudium hinter dich bringen. Wir werden skypen. Wir werden beide diese großen Veränderungen bewältigen: ich mein erstes Jahr allein, du dein erstes Jahr mit Jeremy und Studium. Vielleicht werden wir irgendwann wieder näher beisammen wohnen, aber im Moment werden wir einfach unsere Pläne umsetzen.«

»Aber wer soll dir denn helfen, Mama? Wenn wieder was Schlimmes passiert? Wenn er dich noch mal attackiert? Wer wird dir dann helfen?«

»Ich habe genug Unterstützung«, erklärte Lauren. »Eine gute Anwältin, meine Schwester und meinen Schwager, ein paar Freunde … Der Angriff deines Vaters ist registriert worden, er hat eine Kontaktsperre. Durch den Verkauf von Honeys Haus besitze ich genug Geld, um über die Runden zu kommen. Ich hoffe, wenn das alles hier vorbei ist, kann ich dir bei deinen Ausgaben helfen. Du und ich werden klarkommen. Wir können auch –«

Ein vorbeifahrender Lieferwagen, der plötzlich langsamer

wurde, weckte Laurens Aufmerksamkeit. Der Fahrer setzte zurück und blieb vor dem Haus stehen. Er stieg aus und blickte grinsend über die Motorhaube. »Lauren! Wie geht's?«

Sie erhob sich von ihrem Stuhl. »Beau!«, rief sie und winkte. »Komm rüber, ich will dir meine Tochter vorstellen.«

Lächelnd machte er den Motor aus. Dann kam er zu ihnen auf die Veranda und ging mit ausgestreckter Hand auf Cassie zu. »Freut mich, Sie kennenzulernen«, sagte er. »Beau Magellan. Wir sind Nachbarn.«

»Cassie Delaney«, erwiderte ihre Tochter.

»Willst du ein Glas Wein mit uns trinken, Beau?«, fragte Lauren.

»Ah, tut mir leid, dazu habe ich keine Zeit. Im Wagen warten frische Lebensmittel und zu Hause ein junger Mann, dem ich versprochen habe zu kochen.« Er sah Cassie an. »Wohnen Sie hier, oder sind Sie nur zu Besuch, Cassie?«

»Nur zu Besuch. Ich lebe jetzt in Massachusetts, fürs Studium. Aber ich komme von hier.«

»Dann können wir es wohl nicht auf ein andermal verschieben«, sagte Beau. »Außer, Sie bleiben noch länger.«

»Nur noch ein paar Tage«, erwiderte sie. »Aber mir gefällt, dass man es hier langsam angehen lässt: zu Fuß in den Ort geht, auf der Veranda sitzt, alles locker nimmt. Wirklich, ein hübsches Viertel.«

»Aber hier gibt's auch viel Bewegung und Wandel. Etliche Leute wollen hier ihre Kinder aufziehen, müssen aber zum Arbeiten in die Innenstadt pendeln. Ich wohne hier schon eine Weile«, erklärte er. »Habe mir ein altes, renovierungsbedürftiges Haus in einer Straße gekauft, wo alles saniert wurde. Jetzt haben wir eine der schönsten Straßen im Ort.«

»Haben Sie Ihres selbst renoviert?«, erkundigte sich Cassie.

»Ja, mit Hilfe von Angehörigen und Freunden. Hat Jahre gedauert. Eigentlich bin ich Landschaftsgärtner.« Er grinste verschmitzt. »Der Garten ist prächtig.« Nach einem Blick auf die Uhr verkündete er: »Ich würde wirklich gerne bleiben, aber Sie kommen ja sicher noch mal zu Besuch, Cassie. Lauren, wenn du was brauchst, melde dich einfach – ich wohne ja nicht weit weg.« Er reichte Cassie die Hand. »War wirklich schön, Sie kennenzulernen.«

»Finde ich auch«, erwiderte sie.

Die beiden Frauen schwiegen, als Beau zu seinem Wagen lief, hineinsprang und mit einem kurzen Winken davonfuhr. Erst danach blickte Cassie ihre Mutter an und sagte: »Wow!«

»Was soll das heißen?«, fragte sie.

»Sehr attraktiv«, erklärte Cassie. »Wie gut kennt ihr euch?«

»Ich kenne ihn noch nicht so lang«, antwortete Lauren. »Eigentlich sind wir noch in der Kennenlernphase. Wir tauschen uns viel über unsere aktuelle Situation aus – er steckt auch mitten in einer Scheidung. Er war schon mehrere Monate getrennt, als wir uns kennenlernten. Wir trafen uns das erste Mal im Garten der Erlöserkirche. Da hielt ich ihn für den Hausmeister. Der Garten dort ist wunderschön. Und der Priester ist ein Jugendfreund von Beau.« Sie zögerte. »Und Beau ist der Nachbar, der mich zum Krankenhaus gefahren und mich an dem Abend nach Hause gebracht hat, als dein Vater ...«

»Ach, der ist das! Du merkst aber schon, dass er dich mag, oder?«, fragte Cassie.

»Ich hoffe das wenigstens«, sagte sie. »Ich mag ihn auch. Aber wenn du glaubst, ich würde mich jetzt in die nächste schwierige Beziehung stürzen, bist du schief gewickelt. Ich will Freiheit und Unabhängigkeit, Cassie. Keinen neuen Mann.«

»Gut«, sagte Cassie. »Aber er ist wirklich attraktiv. Noch dreißig Sekunden, und ich hätte mich in ihn verliebt.«

»Ts, ts, was würde Jeremy dazu sagen?«, fragte Lauren scherzend.

»Ich meine ja nur –«

»Es ist schön, noch einen anderen Mann außer deinen Onkel Chip zu kennen, der mir helfen kann, wenn ich Ärger habe oder einen Handwerker brauche, aber ich bin nicht auf der Suche. Absolut nicht. Trotzdem freue ich mich darauf, ihn besser kennenzulernen. Vom ersten Eindruck her wirkt er einfach perfekt.« Sie seufzte. »Das heißt wahrscheinlich, dass er ein Psychopath ist.«

»Die traurige Wahrheit ist doch wohl eher, dass mein eigener Dad ein Psychopath ist. Diesmal ist nicht der Gärtner der Täter, sondern der schwerreiche Arzt.«

»Ach Cassie, wie gerne hätte ich dir das erspart.«

»Es war höchste Zeit, die Wahrheit nicht mehr zu beschönigen, Mama. Das überlassen wir mal Lacey. Soll ich tatsächlich ignorieren, was er getan hat?«

»Nein«, sagte Lauren. »Ich will nur nicht, dass du leidest.«

»Denk noch mal drüber nach«, bemerkte Cassie. »Gute Miene zum bösen Spiel machen ist lügen. Und Lügen verursachen Leid.«

Früh am Montagmorgen verabschiedete sich Lauren von ihrer Tochter und fuhr zur Arbeit. Sie musste ihre Blutergüsse immer noch überschminken, aber zumindest waren die Schwellungen zurückgegangen. Ihre Mitarbeiter begrüßten sie mit Bemerkungen wie: »Willkommen zurück. Ich habe gehört, Sie sind unglücklich gestürzt. Ist alles wieder in Ordnung?« Und sie antwortete, es ginge ihr gut, aber ein paar Tage hätte sie ziemlich schlimm ausgesehen. Daraufhin fragten sie unweigerlich: »Was in aller Welt ist denn passiert?«

»Ach, ich bin beim Auspacken in der Küche gestürzt. Sie wissen schon, von der Leiter gefallen, dabei gegen die Küchentheke geprallt und auf die Lippe gebissen.«

Wenn sie die Blicke richtig deutete, fragten sich ein paar, ob das tatsächlich die ganze Geschichte war. Zwar stand ihre Entscheidung schon fest, aber wenn nicht, hätten diese Blicke sie überzeugt. Allerdings wollte sie es zuerst ihrer Vorgesetzten erzählen. Also fragte sie Bea, ob sie irgendwann ein paar Minuten für sie Zeit hätte.

Bea runzelte die Stirn und antwortete nur: »Ja. Jetzt sofort?«

Lauren spürte, wie sie sich innerlich anspannte. Zwar hatte Bea sie immer fair behandelt, aber wegen ihrer Reaktion fragte sie sich, ob sie irgendwas gegen sie hatte. Im Grunde war es unwichtig, schließlich arbeiteten sie erfolgreich zusammen, respektierten die Grenzen der anderen und wahrten in jeder Hinsicht die Form. Lauren hatte immer gedacht, die Distanz zwischen ihnen rühre daher, dass sie so wenig miteinander gemein hatten. Allein hätten sie wohl nie etwas zusammen gegessen oder getrunken, aber beide schlossen sich an, wenn die ganze Belegschaft zusammen ausging. Bea war alleinerziehende Mutter von vier mittlerweile erwachsenen Kindern und hatte bereits mehrere Enkel. Sie war die Leiterin der Produktentwicklung und hatte ein eigenes Haus, allerdings nicht in einem so vornehmen Viertel wie Alameda. Und nach der Arbeit wartete kein erfolgreicher Chirurg auf sie. Lauren wollte nicht spekulieren, hielt es aber für möglich, dass Bea sie ein klein wenig beneidete. Aber wenn Bea nur die Wahrheit gewusst hätte …

»Setzen Sie sich, Lauren«, forderte Bea sie auf. »Sie sehen aus wie nach einem Sportunfall.«

»Ich habe mich gefragt, ob wir vertraulich etwas besprechen könnten«, setzte Lauren zu sprechen an. »Denn eigentlich bin ich nicht gefallen. Aber ich möchte nicht, dass die Geschichte sich hier verbreitet.«

»Ich rede nicht über meine Mitarbeiter«, erwiderte Bea.

»Das hier war mein Mann«, erklärte Lauren. Ihr stiegen kurz die Tränen in die Augen, aber nicht vor Schmerz und Trauer, sondern aus Scham.

»Dr. Delaney?«, fragte Bea schockiert und erhob sich leicht von ihrem Schreibtischstuhl.

Lauren nickte.

»Wie lange geht das schon so?«, erkundigte sich ihre Vorgesetzte mit grimmiger Miene. Lauren hatte sogar den Eindruck, dass sie unter ihrer ebenholzschwarzen Haut rot wurde.

»So was ist vorher noch nie passiert, und das ist die Wahrheit. Zwar bilde ich mir ein, dass ich sonst schon viel früher die Scheidung eingereicht hätte, aber sicher bin ich mir nicht. Denn ich habe mich in vielerlei Hinsicht sehr lange selbst belogen. Ja, er hat mich immer schlecht behandelt. Und ich habe ihn auch ein paarmal verlassen. Aber ich will Ihnen die schmutzigen Einzelheiten ersparen ...«

»Machen Sie sich deswegen keine Gedanken«, entgegnete Bea. »Sie müssen auch nichts weiter sagen. Aber glauben Sie nicht, man hätte hier nichts davon mitbekommen.«

»Oh Gott, hat es Gerede gegeben?«

»Dass er Sie schlägt? Nein, das nicht. Aber dass er ein arroganter und gemeiner Mistkerl ist? Das habe ich hier ein-, zweimal gehört. Haben Sie Hilfe, um all das durchzustehen?«

»Hilfe?«

»Juristische Hilfe? Psychologische Hilfe? Emotionale Hilfe?«

»Oh, ja, natürlich. Ja. Aber hören Sie, nicht, dass ich mich schäme, aber –«

»Lauren, jede, die das durchgemacht hat, was Sie haben

durchmachen müssen, schämt sich«, unterbrach Bea sie. »Glauben Sie mir, das weiß ich nur zu gut. Mein Ehemann war auch gewalttätig. Wir haben uns vor dreißig Jahren scheiden lassen. Ich war sehr jung und musste für meine vier Kinder sorgen. Das war die schwerste Zeit meines Lebens. Und ich habe immer noch nicht wirklich daraus gelernt. Ganz häufig mache ich den Fehler, das Glück anderer Leute zu überschätzen, weil von außen alles perfekt aussieht. Dabei weiß man doch nie, wie es wirklich im Leben eines anderen zugeht. Keine Sorge, ich werde mit niemandem über Ihre Probleme sprechen. Ich respektiere Ihre Privatsphäre und verstehe Sie vollkommen. Wenn ich Ihnen irgendwie helfen kann ...«

Lauren war zutiefst gerührt. »Ach Bea, würden Sie vielleicht mal mit mir essen gehen wollen?«

Auf dem Weg zum Flughafen suchte Cassie noch die Praxis ihres Vaters auf. Sie ließ ihren Koffer beim Sicherheitsdienst am Eingang und ging die Treppe hinauf. Seine Empfangsdame erkannte sie sofort und begrüßte sie mit einem strahlenden Lächeln, bis sie Cassies entschlossene Miene sah.

»Würden Sie bitte meinem Vater ausrichten, dass ich ihn so schnell wie möglich sprechen will? Es ist dringend.«

»Natürlich«, versicherte die Empfangsdame. »Ist alles in Ordnung?«

»Mir geht's gut, aber er wird sicher mit mir reden wollen, bevor ich die Stadt verlasse.«

»Ja.« Sie nickte nervös. »Ja, natürlich. Ich richte es ihm aus.«

Kurz darauf kam eine Arzthelferin in den Wartebereich und rief sie auf. Cassie konnte sich zwar nicht an ihren Namen erinnern, aber sie war sehr nett und erkundigte sich, wie es ihr in Harvard gefiel. Das sah ihrem Vater ähnlich: mit ihren Leistungen prahlen, als hätte er irgendwas damit zu tun, aber ihr kein Studiengeld zahlen, nur um ihre Mutter zu bestrafen.

»Die Vorlesungen haben noch nicht angefangen«, sagte sie. »Ich musste wegen eines familiären Notfalls nach Hause kommen.«

»Oh nein!«, rief die Arzthelferin aus. »Der Doktor hat gar nichts davon gesagt. Geht es denn allen gut?«

»Sie wird sich wohl wieder erholen«, erwiderte Cassie und marschierte geradewegs ins Büro ihres Vaters.

Natürlich war es, wie die restliche Praxis, nur mit dem Besten vom Besten ausgestattet. Die Untersuchungsräume waren elegant und funktional und enthielten ausschließlich die neuesten Geräte. Brad Delaney saß an einem großen Mahagonischreibtisch, umgeben von Bücherregalen und ein paar Fernsehern, obwohl die meisten medizinischen Informationen mittlerweile via Computer zugänglich waren.

Er erhob sich. »Cassie?«, fragte er, als wäre er vollkommen verblüfft.

»Ach, hör doch auf«, entgegnete sie. »Du weißt genau, dass ich hier bin. Lacey berichtet dir doch jede Kleinigkeit. In der Sekunde, als ich von Moms Verletzungen erfuhr, habe ich mich auf den Weg gemacht. *Du* hingegen hast dich nicht mal gemeldet!«

Er setzte eine Miene auf wie ein trotziges Kleinkind. »Ich dachte, du wolltest mich nicht sehen.«

»Doch, ich wollte dich sehen«, erwiderte sie. »Ich reise heute wieder ab. Vorher wollte ich dir aber noch persönlich etwas sagen. Du weißt wohl, dass du in Schwierigkeiten steckst. Du hast ein Problem.«

»Allerdings«, sagte er. »Meine Frau verlässt mich nach vierundzwanzig Jahren Ehe wegen eines Jüngeren.«

»Davon weiß ich nichts«, entgegnete Cassie. »Sie hat wegen

deiner Gewalttätigkeit die Scheidung eingereicht. Du könntest dir Hilfe suchen, weißt du? Eure Ehe wird das zwar nicht retten, dazu ist es zu spät, aber es könnte dein Leben retten. Und wenn du Hilfe bekommen und dich verändert hast, könntest du am Leben deiner Enkel teilhaben. So, wie du jetzt bist, ist das ausgeschlossen. Du bist zu gefährlich für sie. Du bist ein gefährlicher Größenwahnsinniger, der anderen Menschen schadet.«

»Sie lügt«, konterte er. »Sie hat sich das selbst angetan und mich dafür verantwortlich gemacht! Sie will damit eine Riesenabfindung rausschinden!«, zischte er.

»Du weißt genau, dass es Beweise gibt. Ausgerechnet du, der große Lebensretter, hast so viel Schmerz verursacht. Bei den Menschen, die dich am meisten geliebt haben.«

»Hältst du es für klug, mich derart zu beschuldigen, wenn du darauf hoffst, dass ich dir dein Jurastudium finanziere?«

»Damit drohst du mir nicht zum ersten Mal. Das höre ich fast jeden Monat von dir. Lacey mag sich damit erpressen lassen, ich aber nicht. Außerdem wäre es schmutziges Geld für mich, weil ich jetzt weiß, wie brutal du sein kannst. Aber da ich annehme, dass du dir keine Hilfe suchen und dich nicht ändern willst, ist dies wohl unser Abschied.«

Wortlos, mit zu Schlitzen verengten Augen, sah er sie finster an. Wenn dieses Sprechzimmer so war wie alle anderen auf der Welt, dann lauschte ganz sicher jemand hinter der Tür und würde Gerüchte verbreiten. Cassie beschloss, das zu nutzen.

»Das Gesicht meiner Mutter ist so weit verheilt, dass sie wieder zur Arbeit gehen kann. Aber du solltest eines wissen: Wenn du jemals wieder die Hand gegen sie erhebst, wird dir das leidtun! Dafür sorg ich, ganz gleich, was es mich kostet. Lass sie in Ruhe!«

»Raus, Cassidy«, sagte er mit bemüht leiser Stimme.

Sie machte auf dem Absatz kehrt und ging, spürte aber den

Blick von einer seiner Angestellten. Nur wusste sie nicht, ob dieser Blick von Mitleid oder Verachtung zeugte. Vielleicht hatte Brad Delaney seiner Belegschaft bereits erzählt, er würde von seiner gierigen Ex-Frau verleumdet.

Cassie fuhr mit dem Taxi zum Flughafen. Sie hatte ihr ganzes Leben in der Bay Area verbracht und liebte die Gegend, trotz der Erdbebengefahr. Dies war ihr Teil der Welt, und es fühlte sich überhaupt nicht gut an, ihre Mutter in einer der schwierigsten, aufreibendsten Zeiten ihres Lebens allein zu lassen, doch sie würde zurückkommen. Sie hatte die schlimmsten Befürchtungen, aber ihre Mutter hatte recht: Sie mussten jetzt ihr Leben weiterleben. Es galt, wichtige Übergänge zu bewältigen. Bei ihnen beiden fing jetzt ein neuer Abschnitt an, und sie würden sich schon bald wiedersehen.

Sie beschwichtigte sich selbst, dass ihrer Mutter nichts passieren würde. Sie hatte einen Baseballschläger, und sie hatte Beth und Chip – Honey allerdings leider nicht mehr. Denn die hatte fast fünfzig Jahre lang auf einen guten Grund gewartet, diesen Mann zur Schnecke zu machen.

Andererseits war da noch jemand anderes. Beau.

Es erleichterte sie, dass ihre Mutter übervorsichtig war. Nach der Erfahrung mit ihrem Vater wäre Beau auf der Stelle erledigt, wenn er es wagte, sie auch nur ein bisschen zu unsanft anzufassen.

Lauren erfuhr von Cassie, dass sie ein Studentendarlehen bekommen hatte, das gerade ausreichte, um ihre Vorlesungen zu besuchen. Lacey war völlig mit ihrem Master als Englischlehrerin beschäftigt, und wenn Lauren sie traf, mieden sie das Thema Scheidung. Brad verhielt sich still.

Laurens Anwältin hingegen verhielt sich ganz und gar nicht

still. Zwar konnte sie sofort eine Kontaktsperre erwirken, hatte jedoch Schwierigkeiten, eine genaue Aufstellung des gemeinsamen Vermögens zu bekommen, da Brad sich immer allein um all ihre Finanzen und Investitionen gekümmert hatte. Zwar hatte sie Kopien von den Einkommensteuerbescheiden und wusste damit, was sie beide verdienten, aber der Rest ihrer Vermögenswerte wie zum Beispiel die Ausstattung seiner Privatpraxis und die Summe seiner Aktien konnte nicht schlüssig geklärt werden.

»Vermutlich müssen wir einen offiziellen Finanzsachverständigen beauftragen«, sagte Erica Slade. »Ihr Ex-Mann hat Ihnen einen Vergleich angeboten, was normalerweise heißt, dass jemand hofft, billig davonzukommen.«

»Einen Vergleich?«, fragte Lauren. »Ehrlich?«

»Vier Millionen. Das Haus und zwei Millionen. Ich empfehle Ihnen, den Vergleich nicht anzunehmen. Denn der beweist, dass Ihr Vermögen sich auf weit über acht Millionen beläuft.«

Lauren war wie vor den Kopf gestoßen. »Er hat mehr als acht Millionen Dollar?«, flüsterte sie. »Wirklich?«

»Lauren«, sagte Erica mahnend. »Dazu haben Sie wesentlich beigetragen. Mit Ihrem Einkommen und mit Blut, Schweiß und Tränen. Und das buchstäblich.«

Lauren dachte kurz nach. »Wahrscheinlich ist das Haus etwa sechs wert, aber es ist mit einer großen Hypothek belastet. Auch die Praxis muss einiges wert sein, aber ich habe sie nie als *unsere* Praxis betrachtet. Die Investitionen – weiß ich nicht. Er hat sich um alles Finanzielle gekümmert. Es ist einfach schrecklich. Ich komme mir erbärmlich lebensuntüchtig vor. Wieso weiß ich nicht, wie viel wir besitzen?«

»Weil Ihr Mann das verhindert hat«, entgegnete Erica. »Ganz eindeutig hat er sich nie sicher gefühlt. Möglicherweise hat er während Ihrer gesamten Ehe befürchtet, dass Sie die Scheidung einreichen. Erst wenn wir eine glaubwürdige Finanzaufstellung bekommen, denken wir über einen Vergleich nach. Bis dahin aber bringe ich seinen Anwalt dazu, für eine Unterhaltsregelung während Ihrer Trennung zu sorgen.«

»Soll ich irgendwas tun?«, fragte Lauren.

»Ja«, sagte Erica. »Bauen Sie sich ein neues Leben auf.«

Dazu war sie mehr als bereit. Sie machte einen Termin bei Jan Straight, der Therapeutin, zu der sie allein gegangen war. In ihrer ersten Sitzung erneuerten sie ihre Bekanntschaft, und dann erzählte ihr Lauren von allem, was in den letzten sechs Monaten passiert war. Auch von Brads Gewalttätigkeit.

»Ich habe gar nicht gemerkt, dass ich mich in einem Zustand der Verleugnung befand«, erklärte Lauren. »Doch je mehr ich mich der Wahrheit stelle, desto mehr kommt an die Oberfläche. Dinge, die ich nicht wahrhaben wollte und die ich deswegen ignoriert oder verdrängt habe ...«

»Geben Sie mir ein Beispiel?«, fragte Jan.

»Er wurde beispielsweise von einer Angestellten angezeigt, die behauptete, er hätte sie im OP getreten. Wann immer sie etwas machte, was er nicht wollte, oder seinen Anweisungen nicht Folge leisten konnte, trat er sie. Nicht heftig, aber dennoch ... Natürlich behauptete er, das wäre nie passiert, sie wäre verrückt. Schließlich schloss er mit ihr einen Vergleich, und sie kündigte. Einzelheiten erfuhr ich nie. Er meinte nur, als reicher Mann würde er Parasiten anlocken, daher wäre es nicht verwunderlich, wenn so was von Zeit zu Zeit passierte. Und ich schluckte das.

Ein paar Jahre später ging ich zum Zahnarzt. Es war ein neuer Zahnarzt, sehr jung, sehr attraktiv, mit einem äußerst charmanten Lächeln. Seine Assistentin war eine junge Frau, die schon für den Vorgänger gearbeitet hatte, der mittlerweile im Ruhestand war.

Sie war alleinerziehende Mutter und sehr sanft, freundlich und mit ausgeprägtem Sinn für Humor.

Während der Behandlung fuhr er sie zweimal harsch an. Und dann trat er sie unter meinem Behandlungsstuhl. Ich rief: ›Stopp! Haben Sie sie gerade getreten?‹ Er antwortete: ›Natürlich nicht! Beruhigen Sie sich bitte, Mrs Delaney.‹ Aber ich konnte mich nicht beruhigen, sondern war höchst alarmiert. Dann machte er es noch einmal. Und sie zuckte zusammen. In diesem Moment wusste ich, dass Brad das auch einer seiner Krankenschwestern angetan hatte. Ich riss mir den Schlauch aus dem Mund, schob sein Tablett weg, setzte mich auf und spuckte die Tamponade aus. Dann sagte ich zu Ashley, sie sollte ihn anzeigen, und wenn sie eine Zeugin bräuchte, sollte sie mich anrufen. Den gesamten Heimweg habe ich geheult.«

»Sind Sie sicher, dass das so passiert ist?«

»In einer Nische meines Hinterkopfs lagern Tausende von solchen Dingen«, erwiderte sie. »Manche habe ich so tief vergraben, dass ich mich nicht mal an sie erinnert habe. Zum Beispiel den Vorfall, als Brad mich in Disneyland zu Fall brachte – meine Tochter erinnerte sich noch daran, ich aber nicht. Oder ich weigerte mich nur, daran zu denken. Denn wenn ich daran dächte, würde ich was unternehmen müssen. Und dazu hatte ich einfach nicht den Mut.«

»Aber jetzt haben Sie den Mut?«, erkundigte sich Jan.

»Meine Töchter sind erwachsen«, antwortete Lauren. »Sie sind von zu Hause ausgezogen, obwohl sie noch ihre Zimmer haben. Aber ich kann nicht mehr dort wohnen. Vor allem jetzt nicht mehr.«

»Dann machen wir mal ein paar Termine«, sagte Jan. »Ich möchte Ihnen dabei helfen, das Ganze durchzustehen.«

Mit dem September kam auch Laurens Lieblingsjahreszeit, und als die Luft kühler und frischer wurde, entspannte sie sich zunehmend. Die Auslagen und Straßenstände bogen sich unter den köstlichsten Obst- und Gemüsesorten, die die Farmer des Umlands geerntet hatten. Mit den letzten Tomaten wurden auch Maiskolben und reife Äpfel zum Verkauf angeboten. Danach würden die verschiedenen Kürbissorten kommen. Artischocken brachte sie tütenweise mit nach Hause, da sie praktisch umsonst waren. Die Herbstfarben schenkten ihr ein Gefühl von Hoffnung und Erneuerung.

Laurens Neustart begann. Sie zwang sich, mehr auf ihre Kollegen zuzugehen, und fing damit bei Bea an. Kurz nach ihrem Gespräch machten sie gemeinsam Mittagspause und erzählten sich zunächst von ihren desaströsen Ehen, kamen aber schon bald auf ihre Kindheit zu sprechen, die ziemlich ähnlich verlaufen war, da sie beide nur von ihrer Mutter aufgezogen worden waren. Danach näherte sich Lauren den Grüppchen, die die Mittagspausen gemeinsam verbrachten, und fragte, ob sie sich anschließen könnte. Sie wurde herzlich eingeladen und merkte schnell, dass *sie* diejenige gewesen war, die Distanz gewahrt hatte.

»Ist doch ganz natürlich«, sagte Bea zu ihr. »Du wolltest bestimmt nicht öffentlich preisgeben, wie dein perfekt wirkendes Leben tatsächlich ist. Es ist Zeit, dir Unterstützung und professionelle Hilfe zu suchen, Lauren.«

»Habe ich schon«, erwiderte sie. »Ich habe mit einer Therapie angefangen.«

Sie brachte einen Teil des prächtigen Gemüses, das sie von Ständen am Straßenrand gekauft hatte, mit auf die Arbeit. Sie buk Cookies und verteilte sie an ihre Kollegen. Und sie ging regelmäßig zu Jan Straigth. Zum ersten Mal hatte sie das Gefühl, ihre

Hoffnungen und Träume, was ihr neues Leben betraf, könnten wirklich wahr werden.

Ihre Reserviertheit gegenüber anderen Menschen schwand. Als sie eines Abends mit anderen Frauen von der Arbeit etwas trinken ging, giggelten sie die ganze Zeit wie Teenager. Obwohl sie schon so lange mit ihnen zusammenarbeitete, kannte sie sie doch kaum. Carly zum Beispiel war Anfang fünfzig, alleinstehend und kümmerte sich um ihre verwitwete Mutter, die wegen gesundheitlicher Probleme zu ihr gezogen war. Merline war erst fünfunddreißig, mit einem Bauunternehmer verheiratet und Mutter von drei kleinen Kindern, die sie oft in den Wahnsinn trieben. Shauna war vierzig, geschieden und Mutter von zwei halbwüchsigen Mädchen. Anne war sechzig und hatte einen achtundsiebzigjährigen Mann, der in einem Pflegeheim für Demenzpatienten lebte. Ihre Kinder waren erwachsen und wohnten zu weit weg, um sie unterstützen zu können.

Lauren war angenehm überrascht, wie gut sie in die Gruppe passte. Denn sie alle hatten mit persönlichen Problemen zu kämpfen. Manche von ihnen schienen allein zu sein, während andere große Familien hatten, mit denen sie engen Kontakt hielten. Aber keiner von ihnen hatte so lange bei Merriweather gearbeitet und trotzdem Distanz gewahrt wie Lauren. Sie alle unterstützten einander und waren bereit, auch Lauren zu unterstützen.

»Tut mir leid wegen deiner Scheidung, Lauren«, sagte Carly. »Aber ich bin froh, dass du dich entschieden hast, zum Spielen rauszukommen.«

»Ich auch«, erwiderte sie aus vollem Herzen.

»Herzlichen Glückwunsch! Sie haben Ihr Leben wieder in die Hand genommen«, sagte Jan nach nur wenigen Sitzungen.

Die Veränderungen hatten mit einem neuen Haus angefangen, gefolgt von frischem Gemüse, das auf der Arbeit in ein leckeres Mittagessen verwandelt wurde. Außerdem traf sie sich immer wieder mit Lacey, ohne über die Umwälzungen in ihrer Familie reden zu müssen. Mit Cassie telefonierte sie fast täglich, und mit Beau ging sie hin und wieder auf ein Glas Wein in den nahegelegenen Pub. Mittlerweile konnten sie gemeinsam über ganz normale Dinge lachen: zum Beispiel, wenn er einen besonders pingeligen Kunden hatte oder eines ihrer Rezeptexperimente schiefging. An einem schönen Herbstabend kochte sie für ihn Gourmet-Artischocken, deren Blätter mit Schinken und Blauschimmelkäse gefüllt und anschließend mit Knoblauchbutter begossen wurden. Beau und sie aßen auf der Veranda, tranken Wein dazu und genossen den Sonnenuntergang.

»Hast du was von ihm gehört?«, erkundigte sich Beau.

»Nur über meine Anwältin. Und du? Irgendwelche Nachrichten von ihr?«

»Ständig. Aber es geht immer um dasselbe. Nichts Neues. Die Jungs kann sie nicht gegen mich aufbringen – die sind erwachsen und wissen genau, wie sprunghaft sie sein kann. Pech für sie. Also droht sie, mich gründlich auszunehmen, bis ich vollkommen pleite bin.«

Lauren holte erschrocken Luft. »Und was dann?«

Er lächelte. Mittlerweile wollte sie ohne dieses Lächeln gar nicht mehr leben. »Ist mir egal. Dann fang ich eben neu an. Mehr als die Hälfte kann sie nicht kriegen. Oder?«

»Warum fühle ich mich bloß so schuldig, weil ich die Hälfte verlange?«, fragte sie. »Weil ich nicht der Chirurg bin. Ich musste weder jahrelang studieren noch ein hartes Klinikpraktikum absolvieren. Nicht ich, sondern er hat die Praxis aufgebaut – zugegeben, mit dem Geld seines Vaters. Trotzdem gehört sie nicht mir.«

»Vielleicht brauchst du ja gar nicht die Hälfte«, erwiderte Beau zu ihrer Überraschung. »Vielleicht brauchst du nur eine faire und angemessene Abfindung. Aber bevor ihr euch auf eine Summe einigt, solltest du wissen, wie viel er wirklich besitzt. Und du solltest dir überlegen, ob du nicht die Kniffe zählen kannst, die Blutergüsse. Zwar weiß ich nicht so viel über eure Ehe, aber ... hätte er irgendwas davon ohne dich schaffen können?«

»Ja«, sagte sie leise. »Mit einer Putzfrau, einem Kindermädchen, einer Assistentin, einer Schreibkraft, einer Haushälterin ... und einem Sündenbock.«

Kapitel Elf

Ende September, als sich das Laub bunt färbte und überall Herbstkränze an den Haustüren erschienen, rief Beau sie eines Freitagnachmittags an. »Wie gut kannst du pokern?«

»Pokern?«, wiederholte sie.

»Ja, du weißt schon, das Kartenspiel. Poker.«

»Ich weiß nicht mal, ob ich mich überhaupt noch an die Regeln erinnere«, erklärte sie. »Kann sein, dass ich im College Karten gespielt habe, aber da war es meistens ›Hearts‹.«

»Großartig! Dann rufe ich für heute Abend eine Gruppe zusammen. Tim, meinen Sohn Drew und seine aktuelle Freundin Darla, dich und mich. Ich sorge fürs Essen, also Pokerhäppchen. Kommst du?«

»Oh ... ich weiß nicht ...«

»Ich sag allen, sie sollen Nachsicht mit dir haben«, versprach er. »Komm schon, das wird lustig.«

Er gab ihr seine Adresse, und sie entschied sich, mit dem Wagen zu fahren, war aber sehr nervös. Würde Pater Tim priesterlich die Stirn runzeln? Allerdings war ihr Tim gar nicht so klerikal vorgekommen, sondern eher modern, und sicher würde er doch auch kein Kollar tragen oder gar einen Talar ... Würde Beaus Sohn aus Loyalität gegenüber seiner Mutter etwas gegen sie haben? Und seine Freundin: Würde sie patzig und besitzergreifend sein? Warum eigentlich machte sie sich um so was immer Sorgen und Gedanken? Lauren wusste es nicht. Vielleicht, weil das im Laufe der letzten Jahre ihr Normalzustand geworden war.

»Hi«, begrüßte sie Beau, als er die Tür öffnete. »Komm rein. Die anderen sind alle schon da.«

Sie reichte ihm ihre Mitbringsel, obwohl sie eigentlich nichts hatte beisteuern sollen.

»Was ist das?«, fragte er und nahm zwei große abgedeckte Behälter von ihr entgegen.

»Gefüllte Pilze und Käsebällchen.« Sie hob eine Tüte. »Und Kräcker.«

»Sehr nett von dir«, sagte er, »aber du solltest dir doch nicht so viel Mühe machen ...«

»Ich wollte es gern«, erwiderte sie. »Es wird euch bestimmt schmecken.«

»Möchtest du ein Glas Wein?«

»Ich ... ich ... ja, bitte«, stotterte sie.

Er grinste sie an. »Ah«, sagte er leise. »Du bist nervös.«

Sie blickte sich um. Sein Haus war wunderschön. Nicht im Geringsten überladen, aber die Wände, die Holzverkleidungen, die Möbel, die Vorhänge an den Fenstern und die gesamte Einrichtung wirkten stilvoll und gepflegt. Natürlich gab es auch einen großen Flachbildfernseher, der an eine Wand montiert war, und eine halbkreisförmige Sitzgruppe davor. Alles wirkte in gewisser Weise so maskulin, dass sie sich fragte, welchen Einfluss seine Frau darauf gehabt hatte, und gerne die Küche gesehen hätte. Der Tisch im Esszimmer war eindeutig zum Pokertisch umfunktioniert worden, weil dort die Karten und die Chips lagen.

»Lauren!«, rief Pater Tim aus und begrüßte sie mit einer Umarmung. Er trug Jeans und Pulli. Einen smaragdgrünen Pulli, der zum Grün seiner Augen passte. »Es freut mich sehr, Sie hier zu sehen. Beau hat erwähnt, Ihr letztes Pokerspiel wäre schon ein Weilchen her, daher habe ich mir die Freiheit genommen, Ihnen einen kleinen Spickzettel zu machen.« Er holte einen Zettel aus seiner Tasche.

»Ach, Moment mal«, meldete sich ein junger Mann, der wohl Drew war. »Das prüfe ich mal besser …«

»Unterstellst du mir etwa, dass ich sie irreführen will? Ein Unschuldslamm wie Lauren?«

»Könnte ich mir vorstellen. Hi«, sagte der junge Mann und bot ihr die Hand. »Ich bin Drew, und das ist Darla. Ich find's echt toll, dass Sie kommen konnten. Mein Dad hat Sie seit Monaten hier und da beiläufig erwähnt, offensichtlich, damit ich nicht merke, dass Sie miteinander ausgehen …«

»Ehrlich gesagt gehen wir auch nicht wirklich miteinander aus. Wir haben uns nur ein paarmal im Pub getroffen. Damals, das war gar kein Date«, erklärte sie.

»Könnte man aber so sehen«, entgegnete Drew. »Aber jetzt zeigen Sie mir mal den Spickzettel.« Grinsend nahm er ihn ihr ab. »Hm. Sieht korrekt aus, aber nehmen Sie von ihm bloß keinen Rat an, klar? Er tut alles, um zu gewinnen. Er betrügt zwar nicht, trickst aber ständig herum.«

»Das kränkt mich aber jetzt«, warf Tim ein. »Erstens spielen wir *Poker*. Zweitens bin ich momentan nicht im Dienst. Außerdem spiele ich nach denselben Regeln wie ihr Verdammten.« Er wandte seine Aufmerksamkeit wieder Lauren zu. »Sie sehen ausgesprochen gut aus. Zwar habe ich Sie eine Weile nicht gesehen, aber Sie wirken glücklich und zufrieden.«

Sofort entspannte sie sich. Es ging doch nichts über einen gut aussehenden Priester und aufmerksamen Verehrer, um einen in Hochstimmung zu versetzen. »Es ist mir sehr gut ergangen, danke, Pater.«

Er beugte sich zu ihr und flüsterte: »Tim reicht, wenn Ihnen das nicht unangenehm ist.«

»Ja. Danke, Tim.«

»Gut. Sie sollen sich doch wohlfühlen, wenn ich Sie um Haus und Hof bringe.«

»Wird hier so erbittert gespielt?«, fragte sie.

»Ist doch *Poker*!«, ertönten drei männliche Stimmen gleichzeitig.

»Oh, Mann.« Sie seufzte. »Dann muss ich mich ja wirklich konzentrieren.«

Sie bekamen ihre Getränke und bedienten sich an dem, was Beau als Pokerhäppchen bezeichnet hatte: Nachos, eine Rohkostplatte mit Dips, Wraps mit Hühnersalat, Chips mit Salz und Essig. Laurens gefüllte Pilze und Käsebällchen passten sehr gut dazu. Sie setzten sich an den Tisch, aßen und unterhielten sich für etwa zwanzig Minuten, und dann erklärte Beau ihr das Spiel. »Wir spielen um Chips«, fing er an. »Die weißen sind ein Penny, die blauen ein Nickel, die roten fünfundzwanzig Cents, lila fünfzig, die schwarzen ein Dollar. Die erste Runde spielen wir für dich offen, und wenn du nicht mitsetzen willst ...«

»Wenn Sie ein Spielproblem haben oder so«, warf Drew ein.

»Nein, ich will wie alle anderen spielen«, sagte sie. »Obwohl ich nur hoffen kann, dass Sie nachsichtig sind. Bei Kartenspielen war ich nie gut.«

»Wir werden extrem nachsichtig sein«, stimmte Beau zu.

»Könnte ich dann nur einen Stapel Penny-Chips haben?«

»Okay, Lauren, um im Spiel zu bleiben, musst du mit uns setzen. Wenn du das willst, sagst du ›Ich gehe mit‹, wenn du sagst ›Ich will sehen‹, dann zwingst du die anderen, ihre Karten zu zeigen. Beim Ersten zahlst du das Gleiche wie der, der den ersten

Einsatz gesetzt hat, beim Zweiten musst du ihn überbieten. Jeder Spielzug kostet Chips. Und jeder kann dasselbe machen wie du.«

»Okay«, sagte sie unsicher. »Was soll ich also nehmen? Zwanzig Dollar?«

»Ja, das ist gut«, meinte Beau. »Und du musst nur so lange mitspielen, wie du willst. Wenn du das Spiel verlassen und nur noch essen, trinken und zusehen willst, ist das auch okay. Und wenn du Hilfe brauchst, frag einfach mich.«

»Auf gar keinen Fall, Kumpel«, sagte Drew. »Sie fragt mich.«

Lauren wühlte in ihrer Handtasche. »Ich fasse es nicht, dass er Angst vor einem Mädchen hat, das mindestens fünfundzwanzig Jahre kein Poker gespielt hat.«

»Nimm dir alle Zeit, die du brauchst«, bemerkte Beau nur.

Er zählte ihre Chips ab, während die anderen ebenfalls Geld in den Topf gaben. Dann teilte Beau die Karten aus und fragte, ob sie beginnen wollte.

»Ja«, antwortete sie. »Wie viel? Ein paar Penny?«

Allgemeines Aufstöhnen.

»Tja, dann …«

»Guck dir an, was du auf der Hand hast, du kannst bis zu drei Karten austauschen. Ich fange an. Ich setze fünfzig und nehme zwei Karten.«

Sie machten nacheinander ihre Einsätze, erst einmal, dann zweimal. Lauren blieb dabei. In der dritten Runde, als nur noch Tim, Drew und Lauren im Spiel waren, hob sie höflich die Hand und sagte: »Ich habe eine Frage.«

»Dazu musst du nicht die Hand heben«, erwiderte Beau. »Was willst du wissen?«

»Was war noch mal ein Full House?«, fragte sie und zeigte ihre Karten.

Erneutes Aufstöhnen. Alle schoben ihre Karten zusammen.

Und so ging es weiter. Doch es dauerte nicht lange, da durfte sie keine Fragen mehr stellen, sondern sollte sich nur noch an ihrem Spickzettel orientieren und ihrem Instinkt folgen. Nach einer Weile schob Darla Drew ihre Chips zu und zog sich aufs Sofa zurück, um dort, mit einem Teller Snacks auf ihrem flachen Bauch, etwas zu lesen. So blieb Lauren als einzige Frau am Tisch und spielte jede Runde ultrahöflich, fragte ständig um Erlaubnis, sagte ›bitte‹ und ›danke‹ und lachte leise, wenn die Männer stöhnten, während sie die Chips zu sich schaufelte. Nach zwei Stunden war sie die große Gewinnerin des Abends. Tim schmiss die Karten hin, Drew stöhnte über seine Verluste, und Beau war trotz allem amüsiert ...

»Das war's, ich bin raus«, verkündete Tim. »Ich hab die Kollekte geplündert.«

»Ich bin auch raus«, sagte Beau.

»Ich muss Darla nach Hause bringen«, entschuldigte sich Drew.

»Ach ... Keine Revanche, um die Verluste zurückzugewinnen?«, fragte Lauren.

»Nein!«, ertönte es unisono.

»Du liebe Güte«, murmelte sie und stapelte ihre Chips. Dann grinste sie und sagte: »Es war schön, mit euch zu spielen.«

»Wehe, Sie haben geschummelt«, bemerkte Tim.

»Wie denn?«, konterte sie und grinste verschmitzt. »Indem ich verheimlicht habe, dass ich beim Pokern ein Naturtalent bin?«

»Ja, ja, ja ...«

»Soll ich Kaffee machen, bevor du die vier Blocks nach Hause fährst?«, fragte Beau. »Ich hab auch noch Kuchen. Keinen selbst gebackenen, aber immerhin Kuchen.«

»Mit *Konservierungsmitteln?*«, stichelte Lauren lächelnd.

Letzten Endes setzten sich nur Beau, Lauren und Tim zu Kaffee und Kuchen an den Tisch. Tim kam nur langsam über seine Pechsträhne hinweg, obwohl Beau sich sehr zusammenreißen musste, um ihn nicht ständig damit aufzuziehen. Er schien es noch mehr zu genießen als Lauren.

Schon bald war es Zeit für sie, sich zu verabschieden. Beau brachte sie zum Wagen, während Tim ziemlich auffällig im Haus blieb. »Bis zu den Feiertagen ist es nicht mehr so lang hin«, bemerkte Beau. »Hast du schon Pläne?«

»Nein, darüber habe ich noch nicht nachgedacht«, schwindelte sie. »Wahrscheinlich gehe ich zu meiner Schwester. Wir haben immer abwechselnd bei ihr oder bei Adele, Brads Mutter, gefeiert. Da gab's natürlich Essen vom Caterer. Dieses Jahr wäre Adele dran gewesen. Beth könnte geplant haben, dass sie bei ihrer Schwiegermutter feiern, aber sie sind sicher alle gerne bereit, mich mitfeiern zu lassen. Die Mädchen ... haben sich noch nicht geäußert ...«

»Schöne Aussichten«, meinte er lächelnd. »Ich hab die Sache in die Hand genommen und koche. Meine ganze Familie ist eingeladen: meine zwei Schwestern, mein Bruder und ihre Familien. Keine Ahnung, wer kommt. Es gibt ja auch bei allen die Schwiegereltern. Und es ist die Frage, ob die Jungs kommen.«

»Wie denn das? Hast du ihnen gesagt, sie müssten selbst entscheiden?«

»Ganz genau«, sagte er mit hochgezogenen Augenbrauen. »Meine einzige Vorgabe war, dass ich nicht für ihre Mutter koche. Für die, die keine Scheidung wollten, wird das erste Weihnachten schwer. Für Michael zum Beispiel. Drew findet die Scheidung auch nicht toll, aber er versteht es. Ich kann mir vorstellen, dass er auch nicht mit seiner Mutter verheiratet sein wollte.«

»Wieso glaubst du das?«

»Er hat ihr ziemlich deutliche Grenzen gesetzt. Aber Michael?

Der wünscht sich bestimmt, ich hätte nachgegeben und sie wieder bei mir aufgenommen. Doch was ich eigentlich sagen wollte, ist, dass ich zu Thanksgiving wahrscheinlich ein paar Leute einlade. Falls dein Terminkalender es zulässt, würde ich mich freuen, wenn du Lust hättest, auch zu kommen. Und natürlich deine Töchter, wenn sie wollen.«

»Das ist sehr nett von dir«, sagte sie.

»Du kannst ja mal drüber nachdenken«, erwiderte er. »Vielleicht willst du dieses Jahr ja mal was anderes machen, die alten Bahnen verlassen.« Er legte ihr die Hand auf die Schulter und drückte sie sanft. »Es hat mich sehr gefreut, dass du heute mit uns Poker gespielt hast. Obwohl es für uns vernichtend war.«

»Ihr Männer seid nicht gerade gute Verlierer.«

Er lachte leise. »Du hast dich *gemeldet*, um was zu sagen. Wie ein Schulmädchen.«

»Das nächste Mal unterschätzt ihr mich nicht mehr«, erwiderte sie nur.

Er neigte sich zu ihr. »Ich jedenfalls ganz sicher nicht.«

Sie wich instinktiv etwas zurück, obwohl sie sich eigentlich zu ihm hingezogen fühlte. Da er offensichtlich ihr Zögern bemerkte, drückte er ihr nur einen Kuss auf die Wange. »Soll ich dir mit dem Wagen folgen, um mich zu vergewissern, dass du sicher heimkommst? Das mache ich gerne.«

»Nein, es geht schon. Ich werde aufpassen, die Straße ist beleuchtet, und die Schlösser sind gut. Danke für den lustigen Abend. Und bis bald.« Damit stieg sie in ihren Wagen.

Als er sich vorbeugte, öffnete sie das Fenster. »Wenn dir irgendwas komisch vorkommt, steig nicht aus dem Wagen«, sagte er.

»Beau«, gab sie zurück, »ich fahre jetzt schon seit Wochen abends allein nach Hause. Ich werde kein Risiko eingehen.«

»Schickst du mir dann eine SMS, wenn du sicher im Haus bist?«

Sie grinste ihn an. »Du bist so überängstlich wie meine Grandma.«

»So sieht's aus«, stimmte er zu. Er klopfte auf ihr Wagendach und trat einen Schritt zurück.

Im Haus wartete Tim auf dem Sofa auf ihn. Er hatte die Füße auf den Beistelltisch gelegt, balancierte einen Kaffee auf seinem Bauch und wirkte, als hätte er alle Zeit der Welt. »Na, das hat ja gedauert«, begrüßte er Beau.

»Ich hab Lauren nach ihren Plänen für die Feiertage gefragt«, erklärte Beau.

»Du wurdest also nicht abgeknutscht?«

»Nein, obwohl dich das nichts angeht«, antwortete Beau.

»Du bist jetzt seit Monaten hinter ihr her! Früher hattest du mehr Erfolg«, bemerkte Tim.

»Lauren ist verständlicherweise vorsichtig«, entgegnete Beau. »Und ich unvernünftiger Weise nicht.«

»Aha«, sagte Tim, richtete sich auf und stellte die Füße auf den Boden. »Du gibst also zu, dass das alles zu schnell geht ...«

»Ganz und gar nicht. Im Gegenteil, für meinen Geschmack viel zu langsam. Meine Ehe war schon vor Jahren am Ende. Pam und ich haben uns vor fast einem Jahr getrennt, und wenn sie einfach den verdammten Taschenrechner weglegen und die Sache hinter sich bringen würde, wäre es auch offiziell vorbei. Lauren hingegen ...« Er fuhr sich mit der Hand über den Kopf. »Für sie ist es erst ein paar Monate her. Du hast recht. Ich sollte es langsamer angehen lassen.«

»Ich hab doch gar nichts gesagt«, erwiderte Tim mit Unschuldsmiene.

»Das lernt ihr in der Priesterausbildung, stimmt's? Informationen rausquetschen, ohne auch nur zu fragen.«

Tim lachte. »Bei dir ist das gar nicht nötig. Du hast dein Herz schon immer auf der Zunge getragen.«

»Ja, ja, das stimmt. Also, kein Erfolg.« Er ließ sich auf der Couch nieder. »Und was ist mit dir? Was läuft bei dir? Du hast dich schon eine ganze Weile nicht mehr über deinen Boss beschwert.«

»Ich hab kein Problem mit meinem Boss«, erwiderte Tim. »Nur mit seinen irdischen Vertretern. Vielleicht liegt das Problem aber auch bei mir. Ich fühle mich so nutzlos.«

»Immer noch, wie? Wir könnten Kürbisse verschenken. Die Ernte war dieses Jahr sehr gut ...«

»Ist dir der Satz ›Seid Hirten mit dem Geruch der Schafe‹ geläufig?«, unterbrach ihn Tim.

Beau sah ihn verblüfft an. »Äh, nein. Klingt aber nicht sehr verlockend ...«

»Papst Franziskus hat das gesagt. Er hat sehr überzeugend dargelegt, dass Priester und Bischöfe, die nicht mit den Menschen leben, das heißt, mit ihnen arbeiten und ihnen auf ganz direktem Weg helfen – ich glaube, er meinte damit, ihre Felder bestellen, ihre Rohre reparieren und ihnen gleichzeitig geistige Führung anbieten –, zu bloßen Verwaltern werden. Ich will es noch deutlicher ausdrücken: Sie werden zu Bürokraten. Der Bischof hat mir mal ein gutes Buch gegeben, das ich in meiner Freizeit lesen sollte. *In drei einfachen Schritten zum Bischof.*« Er lachte. »Er ist so ein raffinierter Politiker, dass er sofort, als der Papst vom Hirten mit dem Geruch der Schafe sprach, einen Priester suchte, den er für seine Zwecke nutzen konnte. So spürte er mich in meiner kleinen, armen Gemeinde im Kalifornischen Längstal auf und ließ mich hierher versetzen. Damit er mich im Auge behalten konnte. Vermutlich habe ich mich ganz gut geschlagen. Jetzt soll ich bei ihm in die Lehre gehen. Er wünscht sich einen Bischof, der aus seiner Erzdiözese kommt.«

»Ich wusste gar nicht, dass es so was gibt«, sagte Beau. »Einen Bischofslehrling.«

»Ist nur ein besserer Sekretär. Ein persönlicher Diener.«

»Du bist auf dem Weg zur Bischofswürde«, sinnierte Beau. »Meinen Glückwunsch. Vielleicht sollten wir eine Party schmeißen oder so was.«

»Aber eigentlich will ich das gar nicht«, erwiderte Tim.

Beau verschlug es die Sprache. »Moment mal! Wolltest du nicht Papst werden?«

»Nein, Bing Crosby«, sagte Tim. »Kann sein, dass ich als Jugendlicher dachte, Bischof zu werden, wäre was Tolles, aber was mich wirklich antrieb, war die Vorstellung von einer hübschen kleinen Gemeinde in Brooklyn, voller hart arbeitender Männer und Frauen, die mehr brauchen als nur Gebete, die Unterstützung, Chancen und eine gute Singstimme brauchen. Kinder, die Ermutigung und Hoffnung brauchen. Nicht, dass ich wollte, dass jemand krank oder hungrig ist, verstehst du? Aber Menschen in Not. Mir war klar, dass ich nicht alle Übel der Welt beseitigen kann, aber ...« Er verstummte. »Ich wollte wirklich Hilfe und Trost spenden.«

»Ein Held sein?«, fragte Beau.

»Ich wollte mit anpacken«, sagte Tim mit leiser, ernster Stimme. »Arbeiten und nicht irgendwelche religiösen Regeln verbreiten, die Menschen kontrollieren und davon abhalten, sich menschlich zu verhalten. Ich wollte gebraucht werden. Nein, das trifft es auch nicht: Ich wollte bei ganz normalen Menschen etwas bewirken. Und für die ist doch ein Bischof so überflüssig wie ein Pickel am Arsch.«

»Oh Mann. Da will man dich mit allen Ehren überschütten, und du ... du ...«

»Verlierst die Leidenschaft«, sagte Tim.

Beau schwieg und betrachtete seinen Freund. Es passte gar nicht zu Tim, so ernst und schwermütig zu sein. »Wieso hast du nie was gesagt?«, fragte er.

»Die eigentliche Frage sollte doch lauten, wieso ich jetzt was sage. Weil, mein Bruder, Veränderungen in der Luft liegen. Ich weiß, du brauchst mich jetzt. Aber ich hoffe, du hast Verständnis, wenn ich, aus welchen Gründen auch immer, keine Zeit für dich habe.«

»Na klar«, antwortete Beau. »Hör mal, pass auf dich auf, Tim. Ich komm schon zurecht. Hauptsache, du bist glücklich. Du hast gar nicht glücklich gewirkt seit ...«

»Gott hat mich nicht hierhergebracht, damit ich glücklich bin«, unterbrach ihn Tim. »Sondern, um mich nützlich zu machen. *Das* ist das wahre Glück. Du siehst also, dass ich im Grunde nur egoistisch bin. Es macht mich glücklich, mich auf die Hinterbeine zu stellen und mit den Armen und Entrechteten zusammenzuarbeiten.«

»Du hättest die Ausbildungen und Gelübde einfach überspringen und direkt als Entwicklungshelfer arbeiten sollen. Mir fallen Hunderte von gemeinnützigen Organisationen ein, die jemanden wie dich mit Kusshand genommen hätten: jemanden, der bereit ist, sich für einen Teller Suppe krumm und bucklig zu arbeiten.«

»Verlockende Vorstellung«, bemerkte Tim nur, worauf ihn Beau überrascht und amüsiert ansah.

Er schüttelte den Kopf: »So einen wie dich gibt's auch kein zweites Mal.«

Lauren versuchte zwar, nicht allzu viel an die bevorstehenden Feiertage zu denken, dennoch wanderten ihre Gedanken immer wieder in diese Richtung. Das Ganze belastete sie. Sie wollte zuerst mit Cassie darüber reden, weil sie die Loyalste und Vernünftigste war. Danach mit ihrer Schwester; sie konnte ihr anbieten, beim Kochen und der Unterbringung der Gäste zu helfen. Vielleicht wollte Beth aber auch nicht, dass das Weihnachtsessen in Laurens neuem Haus stattfand, was vollkommen in Ordnung war. Dann würde sie die Feiertage eben woanders verbringen. Sie überlegte auch, nach Boston zu fliegen, obwohl Jeremy und Cassie sicher bei seiner Familie feiern konnten. Aber sie würden Lauren vermutlich ebenfalls einladen.

Doch wer würde während der Feiertage Zwietracht säen? Lacey, in ihrem Zorn darüber, dass ihre Familie zerbrochen war? Oder Brad, fuchsteufelswild, weil seine Feiertagspläne platzten? Würde der Geist der Weihnacht ihn in Rage versetzen?

Die Weihnachtszeit lag Brad besonders am Herzen. Er liebte es, auf Partys zu gehen und Partys zu geben. Zwar spielte er den Gastgeber und hatte ganz genaue Vorstellungen davon, was organisiert werden sollte, aber selbst machte er sich nicht die Hände schmutzig. Es gefiel ihm, auf den Partys seine Show abzuziehen, aber während einer Scheidung würde er sich lieber bedeckt halten. Adele hatte nie in Beths Haus mitgefeiert. Daher war Brad zu Thanksgiving und Weihnachten immer zum Nachtisch zu Adele gefahren und hatte Lauren mitgeschleppt. Somit zollte er seiner Mutter zwar seinen Respekt, aber die gelegentlichen Besuche bei ihr genoss er ganz und gar nicht. Er blieb nie lange, und danach war seine Stimmung immer im Keller. Ihm gefiel vielmehr eine aufwendige Feier in seinem Haus, entweder für seine Freunde oder sogar für Laurens Familie. So sah er sich gern: als König mit seinen Untergebenen. Ob zu Thanksgiving, zu Heiligabend oder am ersten Weihnachtstag: Er versammelte gerne Claqueure in seinem Haus.

Und das würde er nun nie mehr erleben. Ohne Lauren blieb ihm nichts anderes übrig, als einen Cateringservice zu bestellen, und zwar ohne seine Königin, die die Arbeit übernahm und alle Einzelheiten überwachte.

Aber vielleicht suchte er schon nach einer Nachfolgerin, überlegte Lauren hoffnungsfroh. Wenn sie ihn einfach an die Nächste übergeben konnte, würde das eine Menge Probleme lösen. Es verstand sich von selbst, dass sie die arme Frau bemitleidete, doch helfen konnte sie ihr nicht.

Aber würde er ausrasten? Das war ihre eigentliche Sorge. Würde die Wut ihn überwältigen, wenn die Feiertage nicht so liefen, wie er das wollte? Würde die Kontaktsperre sie wirklich vor ihm schützen?

Erica rief sie in der zweiten Oktoberwoche an. Das Laub der Bäume leuchtete. In der Bay Area war es noch warm, während es an der Küste feucht und kühl wurde. Die Erntezeit war fast vorbei. »Dr. Delaney möchte Sie persönlich bei einer Zusammenkunft treffen. Er nannte es ›eine Neuverhandlung‹«, erklärte Erica.

»Eine was?«

»Ich habe keine Ahnung, was er damit bezweckt«, sagte sie. »Aber angesichts Ihrer Erfahrungen mit diesem Mann schlage ich vor, Sie lehnen einfach ab.«

»Was will er?«, fragte Lauren. »Tut mir leid, ich habe laut gedacht. Sie sagten gerade, Sie hätten keine Ahnung, was er damit bezweckt.«

»Sie kennen ihn besser als ich«, erwiderte Erica. »Wie verhält er sich normalerweise?«

»Er lügt und manipuliert, und jetzt hat er mich am Haken: weil ich wissen will, was er zu sagen hat. Ich bin so neugierig, dass ich es gar nicht erwarten kann zu erfahren, was er jetzt will. Aber Sie haben recht. Bitte teilen Sie seinem Anwalt mit, dass ich nicht an einem Treffen interessiert bin. Er kann mit Ihnen reden.«

Erica seufzte. »Ich höre mir etwaige Angebote an, erzähle Ihnen davon, und dann sehen wir weiter.«

»Gerade habe ich noch gedacht, wie gut alles läuft: Er hat mich nicht belästigt, beschimpft oder bedrängt, und ich bekomme finanzielle Hilfe. Aber eigentlich war das zu schön, um wahr zu sein, oder?«

»Das wissen wir noch nicht«, entgegnete Erica. »Sein Anwalt versichert, sein Anliegen sei aufrichtig. Aber das würde ich natürlich auch behaupten. Ich halte Sie auf dem Laufenden.«

Drei Tage später meldete sich Erica erneut und bat Lauren, in ihrer Kanzlei vorbeizuschauen. Die befand sich in einem schönen viktorianischen Gebäude, in dem noch weitere Geschäftsräume von Anwälten, Notaren und Geistlichen untergebracht waren. Das Gebäude selbst stand in einer schicken Wohnstraße in San Francisco – in einem teuren Viertel, das Ericas Honoraren entsprach.

»Ich habe ihm ein paar Stunden meiner Zeit gewährt, für die er bezahlen wird, genauso, wie er mich für die Zeit bezahlen wird, in der ich mich Ihnen widme. Ich wollte Ihr Gesicht sehen, wenn ich Ihnen sein Angebot unterbreite. Zwar bin ich Überraschungen gewohnt, aber die hier ist doch was Besonderes.«

»Ach«, sagte Lauren schwach.

»Er ist bereit, Ihnen unter bestimmten Bedingungen eine große Summe zukommen zu lassen. Er würde Ihnen fünf Millionen Dollar in bar, in Aktien und Obligationen geben, wenn Sie Ihrer Ehe noch mal eine Chance gäben. Außerdem würde er einem Ehevertrag zustimmen, in dem diese Abfindung aus Ihrem gemeinsamen Vermögen ausgeklammert würde, falls die Versöhnung scheitern sollte. Für diese Summe verlangt er eine sechsmonatige Probezeit für Ihre Ehe. Und –«

Lauren schüttelte den Kopf. »Sie müssen gar nicht weitersprechen. Eine Versöhnung ist ausgeschlossen.«

»Wollen Sie denn nicht den Rest hören?«

»Ist es wenigstens interessant?«, fragte Lauren.

»Allerdings, zumindest informativ. Wenn Sie wieder in Ihr Haus ziehen, was für ihn eine wesentliche Bedingung ist, wird er für die Studiengebühren Ihrer Töchter aufkommen. Ein Jurastudium in Harvard ist nicht gerade billig. Wenn Sie sich allerdings weigern, es noch mal zu versuchen, wird er sich weigern, die Studiengebühren zu übernehmen. Wir können da noch mal verhandeln, aber ...«

Als Lauren die Augen zukniff, spürte sie, dass ihre Wimpern feucht wurden.

»Was genau bringt Sie so auf?«, erkundigte sich Erica.

»Es sind auch *seine* Töchter«, flüsterte sie. »Wie kann er nur so lieblos sein? So egoistisch? Muss denn bei ihm alles verhandelt werden?«

»Sie kennen ihn besser als ich«, erwiderte Erica recht kühl. »Nur eins noch: Wenn Sie seine Bedingungen inakzeptabel finden, will er, dass ein Mediator die Vermögensregelung übernimmt.«

Lauren lachte verbittert auf. »Das wäre mir zu riskant«, erklärte sie. »Wenn Sie miterlebt hätten, wie er die Paartherapeutinnen für sich eingenommen hat ... Ich sollte einfach vor Gericht gehen und alles den Geschworenen überlassen.«

»Einen Geschworenenprozess wird es nicht geben. Sie könnten vors Familiengericht gehen, hätten aber mit dem Richter dasselbe Risiko wie bei einem Mediator. Allerdings könnte ich bei dem Mediator mitbestimmen, da ich, genau wie der Anwalt der

Gegenseite, einige kenne. Also könnten wir vereinbaren, dass beide Parteien mit der Wahl des Mediators einverstanden sein müssen. Einen Richter hingegen kann ich nicht auswählen.«

»Brad kann seinen Charme auf Knopfdruck aktivieren und weiß ganz genau, wie er kriegt, was er will.«

»Lauren – Sie werden nicht mit leeren Händen aus dieser Scheidung hervorgehen, das kann ich Ihnen garantieren. Aber hören Sie mir zu: Alle, die seit Jahren im Scheidungsgeschäft arbeiten, sind verständlicherweise abgebrüht und zynisch. Es fällt uns schwer, etwas zu glauben, was wir nicht sehen, berühren, hören, riechen oder zählen können. Ich persönlich vertraue niemandem. Und die meisten meiner Kollegen sind wie ich, genauso wie die Mediatoren.«

»Mir vertrauen Sie auch nicht?«, fragte Lauren.

»Sie sind eine nette Frau, und ich glaube, dass Ihnen übel mitgespielt wurde. Meiner Meinung nach ist es auch vernünftig von Ihnen, sich scheiden zu lassen, und ich mag Sie. Aber es gibt bei allem zwei Seiten. Ich glaube, ein Mediator wäre sinnvoll und würde die Angelegenheit vorantreiben. Dennoch sollten wir beim Familiengericht einen Verfahrensantrag stellen, um für das ganze Prozedere eine Deadline zu bekommen. Außerdem warte ich immer noch auf die Beurteilung des Finanzsachverständigen. Ohne seine Berechnungen geht gar nichts – das ist eine meiner Bedingungen. Wir müssen wissen, wie groß sein Vermögen ist. Sein *reales* Vermögen.«

»Kann ich noch mal darüber nachdenken?«, fragte Lauren.

»Erwägen Sie ernsthaft, zu ihm zurückzugehen?«, erwiderte Erica.

»Oh Gott, nein! Ich will nur darüber nachdenken, ob ich einen Mediator, einen Richter oder eine ungerechte Abfindung haben will.«

»Ja, tun Sie das.«

Lauren kannte nur wenige Menschen, die bereits eine Scheidung hinter sich hatten. Beau war einer von ihnen. Sie fragte ihn, ob sie ihn im Pub zum Essen einladen könnte, um im Gegenzug ein offenes Ohr und vielleicht auch einen kleinen Rat zu bekommen. Er sagte sofort zu. Kaum hatten sie ihr Essen bestellt und sein Bier und ihr Glas Wein vor sich, erzählte sie ihm von Brads Angebot.

»Es widerstrebt mir, dazu etwas zu sagen«, bemerkte er. »Schließlich bin ich sehr daran interessiert, dass du wieder Single wirst.«

»Ich möchte auch wieder Single werden«, erklärte sie. »Allerdings wahrscheinlich nicht aus demselben Grund wie du. Ich möchte mein Leben zurück. Es wurde mir vor so langer Zeit gestohlen, dass ich nicht mehr weiß, wer ich eigentlich bin. Ich möchte, dass wir Freunde sind, Beau. Aber zu mehr bin ich noch nicht bereit –«

»Aber ja, das weiß ich doch«, versicherte er. »Das ist klar und verständlich. Da bin ich ganz bei dir, Lauren. Aber weil unsere durchgeknallten Ex-Partner Ärger machen, wo sie nur können, sind wir nicht mal in der Lage, uns auf eine Freundschaft zu konzentrieren. Also, Folgendes kann ich dir sagen: Ich habe eine Cousine, die mit einem echten Mistkerl verheiratet war und sich unbedingt scheiden lassen wollte. Sie meinte, sie wollte nur raus aus der Ehe, also besorgte sie sich keinen Anwalt, der für sie eine gerechte Lösung erwirkte. Der Mistkerl musste weder für sie noch für die Kinder Unterhalt zahlen, ihr blieben nur ein paar Möbel und die Kleider, die sie am Leibe trug. Sie bekam ihre Scheidung. Dann musste sie sich mit zwei kleinen Kindern und ohne Wagen durchschlagen. Jahrelang. Kaum hatte sie sich davon erholt, sagte sie, sie wünschte, sie wäre klüger gewesen. Ein bisschen härter und geduldiger. Aber damals war sie einfach nur am Ende ihrer Kräfte. Damit will ich sagen, dass du keine Entscheidung aus Schwäche treffen solltest. Höre auf den Rat deiner Anwältin. Ich weiß, du bist nicht gierig, und du willst eigentlich nur dein Leben zurück, aber lass dich nicht von ihm austricksen.«

»Ist es das, was du tust? Dich wehren und in Geduld üben?«

Er lachte freudlos. »Lauren, meine Ex-Frau will alles: Mein Haus, mein Unternehmen, meine Kinder und meine Seele. Sie hat mir ähnliche Angebote gemacht wie dein Mann: Wenn sie wieder nach Hause kommen dürfte, würde sie mir meine Firma lassen. Aber ich weiß, dass sie ihre Versprechen niemals hält. Und ganz ehrlich: Der Zug ist abgefahren. Auf gar keinen Fall will ich noch mal mit ihr zusammenleben.«

»Das verstehe ich vollkommen«, meinte Lauren.

»In meinem Leben gibt es momentan nur ein Problem«, erklärte er. »Dass ich allein bin.« Er griff nach ihrer Hand. »Ich hätte nie gedacht, dass das ein Problem werden könnte. Aber dann habe ich dich kennengelernt.«

Kapitel Zwölf

Tim verließ ein unangenehmes Treffen mit dem Erzbischof der Diözese; Seine Exzellenz war verständlicherweise enttäuscht. Er hatte Pläne mit Pater Tim gehabt, doch wie sich herausstellte, hatte Pater Tim eigene Pläne. Er hatte bereits um Entlassung aus dem Priesteramt gebeten. Jetzt überkam ihn zwar ein Anflug von Angst und Traurigkeit angesichts dieser Aussicht, doch bestand für ihn kein Zweifel, dass er das Richtige tat. Es war keine Frage des Glaubens: Sein Glaube war stark und ungebrochen, und er würde auch als normaler Bürger einen Weg finden, dem Herrn zu dienen. Aber seine Bedenken gegenüber der katholischen Lehre waren einfach zu groß.

Auch wenn der Erzbischof wegen seiner Entscheidung enttäuscht war, fand er bei seinen Kollegen in der Diözese viel Zuspruch und bei einem der Bischöfe sogar Verständnis. Seine Gnaden Bischof Michael Hayden war vor vierzig Jahren ordiniert worden, da hätte Tim gedacht, er würde ihn nur als einen weiteren von vielen unzuverlässigen junge Priestern betrachten, die wegen Zweifeln, Sorgen und egoistischer Launen ihre Gelübde brachen. Doch als Tim und der Bischof darüber sprachen, erwies sich sein Vorgesetzter als freundlich und mitfühlend. Er erzählte, dass er selbst viel wegen eigener Zweifel hatte beten müssen, als er etwa zehn Jahre Priester gewesen war. »Unseren Beruf kann man nicht halbherzig ausüben«, erklärte der Bischof. »Das geht nur mit großer Leidenschaft und dem mächtigen Drang zu dienen. Doch das hat seinen Preis. Was wollen Sie jetzt tun?«

»Ich finde bestimmt einen Platz, wo ich mich nützlich machen kann«, erwiderte Tim. »Es gibt überall Not, wohin ich auch blicke. Eigentlich mehr denn je. Und ich bin schon seit zwanzig Jahren Priester.«

»Natürlich werde ich für Sie beten«, sagte der Bischof. »Sie waren ein guter Hirte. Der Herr wird Ihnen den Weg weisen.«

Seine Freundlichkeit milderte die schroffen Worte des Erzbischofs: Wer seine politischen Ambitionen gefährdete, war kein guter Priester. Seine Exzellenz hatte Tim als Assistenten vorgesehen, während er in der Hierarchie von Rom aufstieg. Und jetzt wollte Tim nicht mitmachen. Das hatte er nie gewollt.

Um seine Stimmung zu heben und sich ein bisschen menschlicher zu fühlen, machte er sich auf den Weg zu Angelas Tafel in Oakland. Sein Kofferraum war voll von der letzten Ernte des Kirchgartens. Das Gremium der Ehrenamtlichen hatte diese Tafel schon drei Jahre in Folge ausgewählt. Sie befand sich in einem alten, schäbigen Lagerhaus nördlich des Flughafens und gab zweimal die Woche kostenloses Essen aus. In dieser Gegend gab es viele Obdachlose und im Inland etliche heruntergekommene Wohnviertel. Allerdings fand man in der Bay Area auch viele reiche und gepflegte Viertel, ganz zu schweigen von hochherrschaftlichen Anwesen. Angela Velasquez hatte die Tafel fünf Jahre zuvor gegründet und aus einem gemieteten Lager, das ungefähr die Größe einer Doppelgarage hatte, Essen verteilt. Während sie unermüdlich Förderanträge ausfüllte und nach größeren und geschützteren Räumlichkeiten suchte, wurde das Lager mehrere Male ausgeraubt. Schließlich wurde ihre Tafel in eine größere gemeinnützige Organisation integriert, die im ganzen Umland Suppenküchen und Tafeln betrieb. So konnte Angela in das geschütztere Lagerhaus umziehen, ein bescheidenes Gehalt bekommen und ein paar zuverlässige Ehrenamtliche anstellen.

Angela war jung und außerordentlich schön. Obwohl sie schon etwa dreißig sein musste, wirkte sie auf Tim wie ein zwanzigjähriges Mädchen. Als Tochter eines eingewanderten Feldarbeiters hatte sie die größte Zeit ihres Lebens im Kalifornischen Längstal gelebt. Doch es war ihr irgendwie gelungen, die Staatsbürgerschaft und eine anständige Schulbildung zu erlangen. Ihre große Familie befand sich mittlerweile vollständig in den Vereinigten Staaten. Die meisten Angehörigen waren verheiratet, und alle hatten eine Schulbildung beziehungsweise ordentliche Berufe.

Während des Sommers hatte er sie häufig gesehen, da er ihr so oft wie möglich Obst und Gemüse brachte. Das ging nun schon seit Jahren so. Ehrlich gesagt löste sie etwas in ihm aus. Obwohl er seine Gelübde gesprochen hatte, war er doch auch noch ein Mann. Aber es war mehr als das. Wenn er sie sah, summte er geradezu vor Glück. Wahrscheinlich war es kein Geheimnis mehr, dass er eine Schwäche für sie hatte. Doch wenn sie es wusste, ließ sie es sich nicht anmerken.

»Ach, Pater, ich hatte gar nicht erwartet, Sie so spät im Jahr noch mal zu sehen«, sagte sie und bedachte ihn mit ihrem hinreißenden Lächeln. »Das müssen die letzten Erträge aus Ihrem Garten sein.«

»Nein, wenn alles gut läuft, kann ich noch mal vorbeikommen«, erwiderte er. »Zwar sind fast alle Beete abgeräumt, und die Kürbisse möchte ich für die Kinder aufbewahren, aber hier und da gibt es noch was: Zucchini und Melonen, und sogar ein paar etwas schlaff aussehende Paprika und unerschrockene Artischocken. Wenn der Frost kommt, gibt es keinen Salat mehr, aber momentan könnte ich noch einen Wäschekorb für Sie füllen.«

»Großartig! Meine Freunde müssen unbedingt mehr Grünzeug essen. Sie haben nicht zufällig auch Windeln und Babynahrung angebaut?«

»Ich hab ein paar Spenden zusammengekratzt und sie gekauft«, antwortete er. »Ich weiß doch, dass sie dringend gebraucht werden.«

»Oh, Gott segne Sie, Pater! Es sind eigentlich nie genug da. Ich sage den Familien, sie sollen nicht damit sparen, damit die Kleinen keine Ausschläge oder Entzündungen bekommen. Daher habe ich ihnen auch eine Liste mit Stellen gegeben, wo sie sie bekommen können. Kommen Sie, ich helfe Ihnen, den Wagen zu entladen, damit Sie ihn wegfahren können. Heute kommen noch ein paar Lieferungen, damit wir morgen ganz früh öffnen können.«

»Eigentlich hatte ich gehofft, wir könnten uns ein bisschen unterhalten«, erklärte er.

»Aber immer doch«, erwiderte sie und schnappte sich eine Kiste Gemüse aus dem Lieferwagen der Kirche. »Schießen Sie los.«

»Nein, dazu möchte ich Ihre ungeteilte Aufmerksamkeit«, sagte er. »Ich kann warten, bis Sie Feierabend haben.«

Sie stellte die Kiste ab. »Wenn Sie was auf dem Herzen haben, warten wir besser nicht.« Sie blickte ihm direkt in die Augen. »Ist schon gut. Das wird alles rechtzeitig erledigt.«

Er lächelte erfreut. Angela war es gewohnt, Menschen in Not zu helfen; Menschen, die bedürftig waren, hungrig und verängstigt. Sie war so konzentriert. Manchmal war es schon Hilfe genug, wenn man jemandem aufmerksam zuhörte. »Ich würde gerne etwas Vertrauliches mit Ihnen besprechen.«

Überrascht zog sie die Augenbrauen hoch. »Läuft das nicht normalerweise umgekehrt? Dass man den Priester um Vertraulichkeit bittet? Aber natürlich, Pater. Ich schulde Ihnen weit mehr als das.«

»Sie schulden mir gar nichts«, entgegnete er. »Ihre Arbeit ist ein Geschenk des Himmels, und in meinen Augen sind Sie ein Engel.«

»Zwar hat mich mein Vater nach den Engeln benannt, aber ganz reiche ich doch nicht an sie heran. Was geht Ihnen denn im Kopf herum?«

»Ich habe das noch nicht vielen erzählt, von der Gemeinde weiß es keiner. Nach Weihnachten gebe ich mein Amt als Priester auf. Da die Feiertage für manche belastend sind, wollte ich den Gemeindemitgliedern nicht auch noch zumuten, ohne Seelsorger auskommen zu müssen. Pater Damien wird meine Stelle übernehmen. Meine Aufgaben werden jetzt nach und nach von ihm und den Vikaren übernommen, aber bei manchen geht das nicht. Ich weiß, dass Sie zu dieser Jahreszeit unglaublich viel zu tun haben, aber ich hoffte ... Ich weiß nicht, wie ich es ausdrücken soll. Sie dienen jetzt der Gesellschaft, seit Sie erwachsen sind.« Er lachte verlegen. »Ich weiß nicht mal, wie alt Sie sind, Angela.«

»Vierunddreißig, Pater. Ich hab's Ihnen nie erzählt, aber es gab eine Zeit, da zog ich in Betracht, ins Kloster zu gehen. Das wäre allerdings keine gute Idee gewesen. Ich hab's auch nur kurz überlegt. Außerdem war ich da noch sehr jung. Wieso, Pater? Warum geben Sie jetzt Ihr Priesteramt auf?«

»Es gibt keine konkreten Gründe, keine Glaubenskrise oder Unzufriedenheit mit meiner Arbeit oder Bedauern, weil ich einsam und ohne Familie bin. Doch warten jetzt eigentlich nur noch Stellen auf mich, die rein bürokratisch sind. Und das widerstrebt mir. Ich wurde für eine Stelle vorgesehen, auf die ich mich gar nicht beworben habe.«

Sie sah ihn verblüfft an. »Na, das ist mal was Neues«, sagte sie. »Sie hören auf, weil man Ihnen mit einer Beförderung droht?«

»Der Bischof betrachtet es als Karrieresprung. Und daran bin ich nicht interessiert. Wahrscheinlich klingt das lächerlich«, räumte er ein.

»Allerdings.« Sie nickte. »Ich habe noch nie einen Priester kennengelernt, der nicht insgeheim davon träumte, Kardinal zu werden.«

»Doch, haben Sie bestimmt. Aber egal«, erwiderte er. »Sie geben jetzt schon seit Jahren Essen an Bedürftige aus, und ich würde gerne wissen, wie es dazu kam. In Kürze muss ich mir was Neues suchen. Es gibt auch viele Möglichkeiten. Zum Beispiel könnte ich das Pfarrhaus fegen und die Kirchenbänke polieren, bis ich was Richtiges gefunden habe, aber eigentlich möchte ich mich um grundlegendere Bedürfnisse kümmern. So wie Sie. Also, wenn Sie mit mir darüber reden würden ...«

Mit gerunzelter Stirn und leicht zusammengekniffenen Augen trat sie näher zu ihm. »Worüber genau?«

»Wie haben Sie Ihre Berufung gefunden? Wie haben Sie mit Ihrer Tafel angefangen? Was haben Sie sonst gearbeitet? Wie waren Ihre Kämpfe mit der Bürokratie –«

»Gott wird nicht wütend auf Sie sein, weil Sie Ihr Priesteramt aufgeben, Pater. Wollen Sie etwas finden, um das bei Gott wiedergutzumachen?«

»Nein. Soweit ich weiß, ist zwischen mir und dem Boss alles in Ordnung. Das treibt mich an.«

»Dann will ich Ihnen eine Frage stellen, Pater. Hatten Sie mal richtigen Hunger? So großen Hunger, dass er alles andere beherrschte? Mussten Sie je mitten in der Nacht aus Ihrem Zuhause fliehen, weil Sie von der Polizei gejagt wurden? Mussten Sie jemals tagelang im Freien schlafen, auf dem harten, kalten Boden? Ohne jede Hilfe? Mussten Sie betteln, um Essen oder Kleidung? Hatten Sie jemals Angst, den nächsten Tag nicht zu erleben? Ach, *Dios!*« Sie verstummte und rieb sich den Nacken. »Verzeihung, Padre, ich wollte das nicht auf Sie abladen.« Dann fuhr sie fort: »So fand ich meine Berufung: durch meinen Zorn. Ich bin zornig, dass in einer so reichen Welt wie der unseren immer noch Kinder hungern müssen. Ist es nicht schon schlimm genug, dass es Krankheiten gibt, die wir nicht besiegen können? Ist es nicht schon schlimm genug, dass es immer noch Armut gibt, obwohl wir sie so hart bekämpfen?«

Er schwieg respektvoll, während sie sich beruhigte. Schließlich sagte er: »Es tut mir leid, Angela, was Sie erdulden mussten.«

Überrascht fuhr sie auf. »Oh nein, Pater – ich habe nicht mich gemeint! Wir sind klargekommen. Zwar waren wir Einwanderer, die auf den Feldern arbeiten mussten, aber wir hatten unsere Familie. Nein, ich meine die Menschen, die ich kennengelernt habe. Viele von ihnen sind Veteranen, die meisten allein, manche mit Familie. Wenn sie Probleme haben und keinen Job lange behalten können, verlieren sie auch ihre Wohnung und müssen in Obdachlosenheimen oder auf der Straße oder in Autos übernachten, sofern sie noch ein Auto haben. Und ja, ich kenne auch einige Familien, die von der anderen Seite der Grenze stammen. Wenn sie keine Papiere haben, bekommen sie auch keine staatliche Hilfe, zum Beispiel Lebensmittelmarken. Für einige ist diese Tafel überlebenswichtig. Wenn die Regale in diesem Lager voll sind, kann ich gut schlafen, obwohl wir damit nicht das Problem lösen. Aber an anderen Tagen bin ich unendlich traurig, wie zum Beispiel einmal, als ich eine Frau, eine junge Mutter, mit einer einzigen verbeulten Dose Mais wegschicken musste. Ich tue das hier, weil ich getrieben bin. Und das ist nicht immer gut.«

»Eigentlich wollte ich Sie fragen, ob wir nach den Feiertagen mal einen Kaffee trinken gehen, aber jetzt glaube ich, wir sollten lieber mal was anderes zusammen trinken.«

»Sehr gerne. Wir haben uns bestimmt viel zu erzählen. Aber nach den Feiertagen bin ich nicht mehr lange hier. Mrs Bennett wird dann die Tafel übernehmen. Sie hat schon welche geleitet und kennt sich auch mit dieser hier aus.«

»Wohin gehen Sie denn?«, fragte er betroffen.

»Ich bin von einer internationalen Hilfsorganisation angenommen worden. Erst mal bekomme ich mehrere Monate eine Ausbildung, und dann erfahre ich, wohin es für mich geht. Ich habe angeboten, nach Syrien zu gehen, aber bis ich mich auskenne, komme ich in ein Flüchtlingslager in Griechenland. Sie können es sich nicht leisten, Unerfahrene an gefährliche Orte zu schicken.«

»Bitten Sie einen der Mitarbeiter im Lagerhaus, uns beim Entladen zu helfen und dann die Lieferungen zu übernehmen! Wir nehmen uns eine Stunde frei. Ich will unbedingt mehr darüber hören. Bitte!«

»Oh, Pater, Ihre Augen funkeln ja plötzlich so!«

Ohne nachzudenken, griff er kurz nach ihrer Hand. »Ich weiß nicht, wo ich landen werde, aber jeder Tag, den ich in einem Büro verbringe, ist ein Tag zu viel.«

»Es gibt für jeden eine ganz besondere Aufgabe, Pater. Überall lässt sich was finden. Ich weiß, Sie werden hier gebraucht ...«

»Selbstverständlich«, unterbrach er sie. »Ich bin stolz auf das, was wir in der Erlöserkirche geleistet haben. Auch Menschen, die nicht an Hunger leiden, können nach etwas hungern. Wir haben alle unsere Bedürfnisse. Aber es gibt viele Priester, die diese Aufgabe übernehmen können. Ich habe jahrelang um die Chance gebetet, dorthin zu gehen, wo nur wenige hingehen wollen.«

Ungläubig, mit offenem Mund starrte sie ihn an. »Ich glaube wirklich, Sie haben schon was getrunken …«

Er lachte. »Wie können Sie sich über mich lustig machen! Sehen Sie sich doch nur an, was Sie vorhaben!«

»Ja, meine Mutter hat schon Blasen an den Fingern vom vielen Rosenkranzbeten. Wenn ich mich nicht gerade in einem Problemviertel aufhalte, will ich auf die Warteliste, um in ein Kriegsgebiet zu kommen …«

»Bringen wir diese Kisten hier rein und sehen nach, ob jemand Sie eine Weile ablösen kann. Wenn ich Sie jetzt nicht ausquetsche, verpasse ich vielleicht meine Chance! Ich mach's auch wieder gut und bring die Pfadfinder dazu, Ihnen während der Feiertage zu helfen.«

»Das will ich auch hoffen«, sagte sie und nickte. »Ich nagle Sie drauf fest.«

Zum ersten Mal seit Jahren verteilte Lauren zu Halloween Süßigkeiten. Sie hatte ihre Veranda geschmückt, ein Geisterbettlaken in den Baum davor gehängt, einen großen Kürbis ausgehöhlt und eine Vogelscheuche in einen Gartenstuhl gesetzt. Dann hatte sie sich als freundliche Hexe mit spitzem Hut verkleidet, aber ohne Warzen und ohne Zahnlücken. Sie wollte niemanden erschrecken, schon gar nicht die Kleinsten, aber sie wollte zur allgemeinen Stimmung beitragen. Im Haus zündete sie ein paar große orangefarbene Kerzen an und lobte jedes Kind für sein Kostüm, ob es nun ein Astronaut oder eine Prinzessin war. Es war auch ein guter Zeitpunkt, sich mit den Nachbarn bekannt zu machen, die ihre Kinder begleiteten.

Sie versuchte sich zu erinnern, wann sie das letzte Mal Süßigkeiten verteilt hatte und ihre Töchter durch die Nachbarschaft gezogen waren und ›Süßes oder Saures‹ gerufen hatten. Cassie war da vermutlich nicht älter als zehn gewesen. Brad hatte dafür gesorgt, dass es ihr peinlich war. Er behauptete, dass das nur Kleinkinder machten. Außerdem sei es albern und gefährlich. Er kochte vor Zorn, wenn Leute aus anderen Vierteln mit ihren Kindern zu ihnen kamen, aber Lauren bestand darauf, Unmengen von Süßigkeiten zu kaufen und sie großzügig zu verteilen. Brad war entweder in der Klinik oder im Arbeitszimmer und weigerte sich, an die Tür zu gehen. Als die Mädchen die Junior High besuchten, bestand er darauf, alle Lichter nach vorne hinaus auszuschalten. Allerdings erschienen ohnehin nie viele Kinder vor ihrer Haustür, da sie in ihrem vornehmen Privatviertel viel zu abgeschottet waren. Schon bevor sie einen Pförtner bekamen, hatte es ein Tor gegeben.

Aber in ihrem neuen Viertel hatte sie einen wunderbaren Abend, tauschte sich mit jungen Müttern aus, stellte den Kindern Fragen zu ihren Kostümen und verteilte Unmengen von Süßigkeiten. Sie besuchte ihre Nachbarn und freute sich, weil niemand sie komisch ansah oder Fragen über den Abend mit dem Streifenwagen und dem Notarzt stellte. Es war so gesellig und unterhaltsam, dass sie sich wünschte, der Abend hätte nie ein Ende. Aber irgendwann wurden die Kinder nach Hause gescheucht, wo die Eltern ihre Tüte überprüfen und ein bisschen mit ihnen toben würden, damit sie die Energie vom vielen Zucker wieder loswurden.

Nach acht kamen nur noch ein paar ältere Kinder, trotzdem ließ sie ihre Lichter an. Sie wollte es bis zum Ende auskosten. Sie wusste nicht, ob sie irgendetwas hätte anders machen können, fragte sich aber doch, wie ihr Leben wohl verlaufen wäre, wenn sie Brad schon vor Jahren verlassen hätte. Sie hätte Freunde gehabt und spontane, lustige Treffen mit ihnen, anstatt die perfekt durchgeplanten Feiern. Ihr Leben wäre ganz anders gewesen.

Als es an der Tür klingelte, setzte sie ihren Hexenhut auf und öffnete. Dort stand Beau mit einer Flasche Wein in der Hand und grinste sie an.

»Ich hab keine Süßigkeiten mehr«, erklärte er. »Also bin ich hergekommen, um mir anzusehen, wovon alle reden. Ich habe gehört, hier wäre die hinreißendste Hexe von Alameda.«

»Clever«, sagte sie, war aber geschmeichelt. »Waren viele Kinder bei dir?«

»Dutzende. Darla ist bei uns, und Drew wirkte begeistert, als ich angekündigt habe, ich wäre eine Weile weg. Soll ich den Wein aufmachen?«

»Unbedingt! Es sind nur noch ein paar Nachzügler unterwegs.«

»Ich habe auch überlegt, in den Pub zu gehen, aber als ich daran vorbeikam, ging es hoch her. Es war ziemlich laut.«

»Hier ist es nicht laut, sondern schön still.« Sie ging in die Küche, um einen Korkenzieher und zwei Gläser zu holen. »Hast du dich heute Abend amüsiert?«

»Aber ja.« Er öffnete den Wein. »Zwar bin ich kein so großer Fan von Halloween wie andere, aber die Jungs haben es immer geliebt. Ich konnte sie sogar kaum davon abhalten, als sie schon in der Highschool waren. Heute Abend war Drew als Pirat verkleidet. Ich weiß noch, dass sie eine Phase hatten, in der es hieß: Je blutiger, desto besser.« Er gab ihr ein Glas. »Als Hexe bist du wirklich sehr sexy. Cheers.«

Sie strahlte ihn an. »Cheers, mein Freund«, sagte sie und stieß mit ihm an. »Erzähl mir, wie deine Woche war.«

»Eigentlich wie immer. Ich habe ein paar neue Kunden, für die ich Pläne entwerfe, aber im Winter werden wir noch nichts davon realisieren. Dann plane ich Dachgärten und will ein paar Grundstücke völlig neu gestalten, aber die Pflanzungen können erst im März losgehen. Und ab da werden wir mit Aufträgen überschwemmt. Das ist meine Lieblingszeit.«

Er sprach über die Entwürfe und die Angebote, die er im Winter nachholen wollte. Dann waren da noch die Steuern, die ewigen Steuern, obwohl er einen verlässlichen Buchhalter hatte. Eine Firma zu leiten, hieß auch, viel Papierkram anzuhäufen.

Glücklicherweise klingelte es nicht mehr an der Tür. Sie sprachen über seine Arbeit, die geruhsamer wurde, wenn die Pflanzsaison vorbei war. Ihre Arbeit hingegen wurde hektischer, wenn sich die Feiertage näherten. »Bis Januar hat die Lebensmittelbranche Hauptsaison. Ich freue mich darauf, wenn es danach wieder ruhiger wird. Aber momentan habe ich mehr Spaß denn je an meiner Arbeit.«

»Was hat sich denn geändert?«, fragte er.

»*Ich* habe mich geändert, und das geschah eigentlich eher zufällig. Früher dachte ich immer, ich würde nicht dazugehören. Ich fühlte mich isoliert, so als wäre ich nicht wie die anderen Frauen in der Versuchsküche. Du weißt schon, weil ich eine Putzfrau und einen erfolgreichen Mann hatte. Luxussorgen. Dann hörte ich zu meiner eigenen Überraschung auf, mich selbst zu schützen, und erzählte ihnen die Wahrheit: dass mein Mann gewalttätig ist, dass ich mich von ihm getrennt und die Scheidung eingereicht habe. Sie überschütteten mich mit Trost und Unterstützung – was sie schon seit Jahren hätten tun können. Denn ich war diejenige gewesen, die Abstand gehalten hatte. Wir haben uns angefreundet, haben hin und wieder gemeinsam Mittagspause gemacht oder sind nach der Arbeit was trinken gegangen. Jetzt sind die Menschen, die ich schon seit Jahren kenne, meine Freunde geworden. Im Frühjahr will ich einen Garten anlegen«, fuhr sie fort. »Blumen und Gemüse anpflanzen. Vielleicht kannst du mir ein paar Tipps geben. Bei unserem Garten durfte ich nie mitbestimmen. Ich hatte noch nie einen eigenen Garten.«

»Dabei kann ich dir helfen.«

»Wenn du am meisten zu tun hast?«

»Für dich werde ich immer Zeit haben«, sagte er und stellte sein Weinglas auf den Sofatisch. Dann legte er seinen Arm auf die Rückenlehne der Couch und drückte sachte ihre Schulter. »Komm ein bisschen näher, Lauren.«

Ohne zu zögern, glitt sie zu ihm, gerade als er sich zu ihr neigte. Ihre Lippen berührten sich sanft.

»Bislang haben wir es langsam angehen lassen, aber wir spüren doch beide, dass da was ist. Ich jedenfalls spüre es eindeutig«, sagte er. »Und ich glaube, du fühlst es auch.«

»Ich dachte, es wäre sicherer und unkomplizierter, wenn –«

»Wir beide die Scheidung hinter uns hätten? Wenn du das wirklich willst, kriege ich es hin, aber wahrscheinlich werden unsere Ex-Partner versuchen, das Ganze so weit wie möglich in die Länge zu ziehen. Außerdem ist es für mich vollkommen ausgeschlossen, mit Pamela noch mal unter einem Dach zu wohnen. Ich bin mir ziemlich sicher, dass das für dich und deinen Doktor ebenfalls gilt. Wenn nicht, musst du es mir nur sagen …«

»Oh nein, mit dem bin ich fertig. Aber ich wollte nicht, dass die Leute denken …«

»Wir hätten eine Affäre?« Er nahm ihr das Glas aus der Hand und stellte es neben seines auf den Tisch. »Ganz gleich, was wir tun, es gibt kaum eine Möglichkeit, das zu kontrollieren, was die Leute über uns denken. Die Wahrheit ist: Ich hab mich sofort in dich verliebt. Es war Liebe auf den ersten Blick. Damals, im Kirchgarten, noch bevor wir irgendwas voneinander wussten. Wärest du nicht so verletzlich gewesen, wäre ich vielleicht etwas forscher vorgegangen. Nicht, weil das in meiner Natur liegt. Nein, sondern weil ich dich von Anfang an besser kennenlernen wollte. Ich wollte Zeit mit dir verbringen. Als er dich dann angriff, musste ich Distanz zu dir wahren, um dich zu schützen. Ich wusste, du würdest deine Probleme nicht lösen können, wenn du dich auch noch mit einem liebestollen Kerl hättest herumschlagen müssen. Aber ganz gleich, was wir tun und wie lange wir noch Abstand wahren: Die Leute werden denken, was sie denken wollen. Genau wie dein Mann.«

»So hatte ich das wirklich nicht geplant«, flüsterte sie. »Ich war nicht auf der Suche nach einem neuen Mann.«

»Ich weiß. Und ich hatte vor, ein alter Junggeselle zu werden. Und jeder vernünftige Mensch, oder zumindest jeder, der die Ratgeberseite einer Zeitschrift gelesen hat, wird dir sagen, dass man es nach einer Trennung langsam angehen muss, weil eine verfrühte neue Partnerschaft normalerweise nicht funktioniert. Aber das hat keinerlei Einfluss auf meine Gefühle. Ich will mit dir in die Berge, damit wir zusammen das Herbstlaub sehen, bevor es abfriert, und dazu bleibt uns nicht mehr viel Zeit. Und im Frühling will ich dir ein paar ganz besondere Gärten zeigen. Ich will mit dir Orte besuchen und Dinge unternehmen ... und einfach nur im Pub Burger essen. Und an einem der typischen verregneten Abende hier will ich ein Feuer im Kamin machen und mit dir zu Hause bleiben.«

»Was für Gärten?«, fragte sie, ihre Lippen ganz dicht an seinen.

Er fuhr ihr mit dem Daumen über den Kieferknochen. »Es gibt so viele. Aber wir sollten nach Victoria fahren, nach British Columbia. Zu den Butchart Gardens zum Beispiel. Obwohl der gesamte Ort wunderschön ist und dort immer irgendwas blüht. Dort herrscht ein perfektes Klima.«

»Victoria?«, flüsterte sie. Liebend gerne würde sie mit ihm nach Victoria fahren. »Ich hatte nicht gehofft, einen neuen Mann zu finden«, wiederholte sie. »Was, wenn das nur eine Schwärmerei ist, weil wir beide dasselbe durchgemacht haben?«

»Dann müssen wir wohl damit klarkommen«, sagte er. »Aber was, wenn *nicht*? Wenn es echt ist? Und gut? Und *richtig*?«

»Ich habe so viele Fehler gemacht«, erwiderte sie und senkte die Lider.

»Willkommen im Club.«

Dann verschloss er ihre Lippen mit einem glühenden Kuss. Sie umschlang seinen Nacken, und er umfasste ihre Taille und zog sie näher an sich. Sie stöhnte leise auf, hatte sie sich das doch schon länger gewünscht, als sie es vor sich selbst zugegeben hatte. Sie erwiderte seinen Kuss, öffnete ihre Lippen und schmiegte sich so eng an ihn, dass sie das Gefühl hatte, nichts könnte sich mehr zwischen sie drängen. Sie erzitterte bei seinem Seufzer, als er mit seinen Lippen über ihren Hals wanderte, mit seinen Händen über ihren Rücken strich. Dann küssten sie sich leidenschaftlich und erforschten sich spielerisch. Der Kuss dauerte eine volle Minute, dann zwei. Sie genoss es, wie er roch und schmeckte. Sie konnte ein männliches Aftershave ausmachen und etwas Frisches, Erdiges ... Vielleicht bildete sie sich das aber auch nur ein, weil er sich ständig im Freien aufhielt.

Sie hielt ihn ganz eng an sich gedrückt, wanderte mit ihren Fingern über die Härchen an seinem Nacken, küsste ihn immer leidenschaftlicher. Ihr Atem ging schneller und schwerer. Sie löste sich von seinen Lippen, legte den Kopf auf seine Schulter und hielt ihn eng umschlungen, als befürchtete sie, er könnte sich ihr entziehen.

Er hielt sie im Arm und streichelte ihr übers Haar. »Du hast ja keine Ahnung, wie sehr ich mich danach gesehnt habe«, murmelte er.

»Hast du geübt?«, fragte sie flüsternd. »Denn du bist sehr gut darin.«

»Du bist aber auch sehr gut. Ehrlich gesagt habe ich seit über einem Jahr keine Frau mehr geküsst. Aber dich wollte ich küssen. Und jetzt wünsche ich mir mehr. Doch vielleicht sollte ich gehen. Ich will dich nicht unter Druck setzen.«

»Du musst nicht gehen«, erwiderte sie und schmiegte sich noch enger an ihn.

Eine ganze Weile blieben sie so, versunken in wohligem Schweigen. Schließlich küsste er sie wieder, diesmal fast verzweifelt. Gott, es fühlte sich so gut an, leidenschaftlich begehrt zu werden. So zärtlich, aber gleichzeitig stark. Sie ließ sich fallen, weil sie endlich keine Angst mehr vor dem hatte, was da kommen mochte.

Er unterbrach ihren Kuss und blickte ihr direkt in die Augen. »Ich sollte gehen«, wiederholte er. »Sonst kann ich mich vielleicht nicht mehr zurückhalten. Es ... wir ... überstürzen es sonst und gehen zu weit.«

»Okay«, sagte sie.

»Schließlich hast du gesagt, wir sollten am besten erst die Scheidungen hinter uns bringen, bevor wir –«

Sie nickte, weil sie das immer noch für das Vernünftigste hielt. Nur wollte sie jetzt nicht vernünftig sein.

Sie standen auf. Umarmten sich. Er nahm ihr Gesicht in seine Hände und küsste sie erneut. Dann strebte er zur Haustür, und sie folgte ihm. Er blieb stehen, ohne die Tür zu öffnen. Hielt inne. Dann drehte er sich um, umfasste ihre Taille und presste sie mit dem Rücken gegen die Tür. Küsste sie erneut. »Ich will nicht gehen«, flüsterte er, seine Lippen an ihren.

»Gut«, sagte sie. »Ich will es auch nicht.«

»Auch wenn es nicht vernünftig ist?«, fragte er.

»Ich kann mir im Moment nichts Vernünftigeres vorstellen«, erwiderte sie.

»Ich will mit dir schlafen«, erklärte er. »Drei Tage lang, ununterbrochen.«

Sie lachte leise. »Ich glaube, so lang geht das nicht. Ich muss morgen arbeiten.«

»Aber jetzt?«

»Jetzt ist gut.«

Er lehnte seinen Kopf an ihre Schulter. »Ich verspreche, ich werde mich gut um dich kümmern«, sagte er, seine Lippen an ihrem Hals.

»Ich weiß«, erwiderte sie.

Er hob sie auf seine Arme. »Zeit, die Hexe zu entkleiden«, verkündete er und trug sie ins Schlafzimmer.

Vor dem Bett zogen sie sich beide rasch aus und warfen die Kleider auf einen Haufen. »Kondome«, sagte er und legte ein paar auf ihren Nachttisch. Sie sah ihn nicht an, obwohl es sie danach drängte. Was sie erkennen konnte, ohne ihn direkt anzublicken, waren sein prächtiger Brustkorb und seine starken Schultern. Er war so fit und muskulös. Scheu befiel sie. Es war schon lange her, dass sie einen Mann nackt gesehen hatte. Sehr lange her, seit sie hoffnungsvoll an Sex herangegangen war. Glücklicherweise zog er sie so schnell in seine Arme, dass sie nicht mehr mit ihrer Verlegenheit kämpfen musste. Sein Kuss schenkte ihr Selbstvertrauen.

Er hingegen starrte sie offen an. »Oh Gott, du bist perfekt«, sagte er und fuhr ihr mit den Händen über die Flanken, über ihre Brüste, ihren Bauch hinunter und über ihre Hüften. »Diese Freundschaft war einfach aberwitzig«, erklärte er. »Ich habe mich ständig ermahnt, vorsichtig zu sein, dich nicht zu bedrängen, doch jedes Mal, wenn wir auseinandergingen, habe ich dich schon vermisst. Wenn wir getrennt waren, habe ich die ganze Zeit an dich gedacht.« Behutsam legte er sich auf sie, ohne sie mit seinem Gewicht zu belasten. Als er sie leidenschaftlich küsste, spürte sie seine Erregung an ihrem Schenkel. »Du bist so weich. Und hast so *lange Beine*«, fügte er hinzu und strich ihr mit der Hand die Beine hinunter, so weit er konnte.

Ihre Größe verdankte sie ihren Beinen, das wusste sie. Beau hatte eine deutliche Erektion. Als er sich an sie drängte und sie küsste, überkam sie schnell ein intensives Verlangen, aber sie bezwang sich und nahm sich Zeit, ihn zu berühren. Sie streichelte seine Arme, seinen Rücken, seine Hüften. Schlang ihre Beine um seine; sie waren genauso lang wie seine. Seine Haut war weich und glatt, nur an seinen Händen etwas rau. Seine Hände auf ihren Brüsten, ihren Hüften fühlten sich einfach perfekt an. Aber sein Mund bewirkte wahre Wunder, Beau küsste sie, als würde er das schon seit Jahren tun.

»Du fühlst dich so gut an«, flüsterte sie.

»Nur weil ich dich in meinen Armen halte«, erwiderte er. »Davon habe ich schon so lange geträumt ...«

»Deine Berührungen sind genau richtig«, sagte sie und streichelte sein Gesicht. »Du bist so gut aussehend und aufmerksam, du hättest doch jede Frau haben können ...«

»Ich will nur dich«, sagte er. »Und ich will dich mit aller Macht.«

»Wieso fühlt sich das nur so vertraut an?«, fragte sie sich.

»Weil es richtig ist«, erwiderte er.

Seine Hände und Lippen erkundeten sie unermüdlich. Wo auch immer er sie berührte, hinterließ er prickelndes Verlangen, und als seine Finger langsam auf ihren empfindsamsten Punkt zu wanderten, stöhnte sie laut auf. »Kommst du an das Kondom ran?«, fragte er flüsternd. »Ich will meinen jetzigen Platz nicht aufgeben.«

»Aha, du machst beim Sex also Witze?«, entgegnete sie glucksend.

»Beeil dich, Lauren«, drängte er. »Ich brauch ganz schnell eins.«

Ganz kurz setzte er sich auf die Fersen und beugte sich, kaum dass er fertig war, wieder über sie. Er war genau an der richtigen Stelle und bewegte sich kaum merklich. »Ich glaube, wir passen sehr gut zusammen, Liebste.« Er hob ihre Knie, küsste sie inbrünstig und schob sich in sie hinein.

Einen Augenblick lang hielt sie die Luft an, schloss die Augen und klammerte sich fest an ihn. Dann bewegte sie sich mit ihm im Gleichtakt, denn das Gefühl von ihm in ihr erregte und tröstete sie zugleich. Schon bald drängte sie sich ihm entgegen und schlang impulsiv ein Bein über seinen Po, um ihn noch fester an sich zu ziehen.

Er flüsterte ihr leise Koseworte zu, während er heftiger und schneller in sie stieß. Da riss die Leidenschaft sie mit sich, und sie hörte sich aufschreien, während sie sich gleichzeitig noch fester an ihn klammerte. Und dann erhellte ein Blitz ihre ganze Welt, während ihr ein herrlicher Orgasmus den Atem raubte. Von Beau hörte sie so etwas wie ein Knurren, als er sie an sich presste und ihre Zuckungen genoss. Er stieß so hart wie möglich in sie, und sie keuchte auf.

»Gott!«, flüsterte er.

Nach nur wenigen Stößen kam er ebenfalls zum Höhepunkt. Man sah ihm an – an seinen zusammengepressten Lippen und Augen –, dass er es genauso genoss wie sie. Danach lagen beide zitternd und matt vor Zufriedenheit da. Sie sprachen nicht, sondern hielten sich nur im Arm. Erschauernd zog Beau die Decke über sie beide, ohne Lauren loszulassen. Er rollte sich mit ihr auf die Seite.

Wieder und wieder küsste er sie. »Das war unglaublich«, sagte er schließlich. »War das nicht unglaublich? Du bist wundervoll. Einfach vollkommen.«

Sie fing an zu lachen: Zuerst mit einem Schnauben, dann kicherte sie wie ein Mädchen und lachte schließlich aus voller Kehle.

»Was ist denn so lustig?«, fragte er und stützte sich auf einen Ellbogen.

»Ach ... ich kann einfach meine früheren Erfahrungen nicht mit dieser hier in Einklang bringen ...« Sie lachte immer noch. Dann räusperte sie sich. »Mir wurde gesagt ...« Sie lachte auf, hustete, räusperte sich erneut und begann noch mal: »Mir wurde ständig gesagt, ich sollte mir mehr Mühe geben. Ich wäre eine Enttäuschung.«

Das fand Beau ganz und gar nicht lustig. Er lachte nicht, sondern sagte: »Das klingt so, als hätte jemand anderer sich mehr Mühe geben müssen. Du bist einfach erstaunlich.«

»Das war schon ziemlich perfekt, oder?«, fragte sie. »Für mich jedenfalls hat sich das so angefühlt. Aber das lag wohl an dir. Ich habe nur reagiert, mir blieb gar nichts anderes übrig.« Sie lächelte. »Und das ist das Perfekte, findest du nicht?«

»Allerdings. Aber mit ein wenig Übung, werden wir noch etwas besser als perfekt werden. Und darauf freue ich mich.«

»Es ist einfach so passiert«, sagte sie und schmiegte sich an ihn. »Ich habe lange darüber nachgedacht.«

»Ich denke schon seit *Monaten* darüber nach ...«

»Ich habe mich gefragt, ob ich Angst haben würde, ob ich nervös und verlegen sein würde, ob es zu verwegen sein würde. Ich bin nie verwegen, weißt du.«

»War denn irgendwas davon der Fall?«, fragte er.

Sie schüttelte den Kopf. »Es fühlte sich ganz natürlich an. Sehr gut. Vollkommen richtig.«

»Keine Panik, Lauren. Lass mich dir nur zeigen, wie viel du mir bedeutest«, sagte er. »Wir haben uns diesem Thema erst genähert, aber ich weiß, du hast noch Hemmungen, dich wieder um dein Liebesleben zu kümmern. Ich habe versucht, das im Hinterkopf zu behalten. Ich will dich doch weiß Gott nicht verschrecken. Wenn man eine unglückliche Ehe hinter sich hat, muss der Gedanke an eine neue Beziehung furchterregend sein ...«

»Ist er denn für dich furchterregend?«, erkundigte sie sich.

Er schüttelte den Kopf. »Mir ist einfach nicht der Gedanke gekommen, dass ich mich in dich verlieben könnte. Die Gefühle sind in mir gewachsen. Je mehr wir uns kennenlernten, desto intensiver wurden sie. So habe ich noch nie empfunden – ich spüre nicht den geringsten Zweifel. Wir werden zusammen glücklich werden.«

»Ich muss dich was fragen«, sagte sie und legte ihre Hand auf seine Wange. »Hattest du denn beim letzten Mal Zweifel? Bei ihr?«

»Ja, schon.« Er nickte. »Ich habe ständig Entschuldigungen für sie gesucht – schließlich hatte sie viel durchgemacht. Sie war von beiden Vätern ihrer Söhne verlassen worden. Sie hatte zu kämpfen. Wieso sollte sie mir vertrauen? Sie lag mir am Herzen. Ich empfand Mitgefühl wegen ihrer Lage. Ich machte mir Sorgen um die Jungs: Sie brauchten ein starkes, verlässliches Vorbild. Ich dachte, wenn sie irgendwann einsähe, dass sie mir vertrauen kann, würde alles gut. Ich bedaure es nicht, Lauren. Es tut mir nicht leid, dass ich die Vaterrolle übernommen habe.«

»Ich weiß«, sagte sie.

»Und du? Hattest du je Zweifel?«

Sie lachte verlegen. »Ja, von Anfang an, und fast hätte ich alles abgeblasen. Aber da scheuchte Mrs Delaney alle aus dem Zimmer und nahm mich sich zur Brust. Sie war ungeheuer einschüchternd. Am liebsten hätte ich die Flucht ergriffen. Stattdessen tat ich genau das, was sie mir befahl. Ich trocknete meine Tränen, legte neues Make-up auf und heiratete ihren Sohn. Wegen dieser Schwäche habe ich mich über zwanzig Jahre geschämt.«

»Aber um diese Jahre durchzustehen, musstest du doch stark sein«, wandte er ein.

»Aber nicht auf die richtige Art. Meine Vorgesetzte Bea, mit der ich mich auch angefreundet habe, warf ihren gewalttätigen Mann raus und zog ihre vier Kinder ganz allein auf. Ohne jede Unterstützung arbeitete sie und bildete sich weiter – diese Art von Stärke hätte ich viel lieber.«

»Ja, das ist wirklich bewundernswert.«

Sie lächelte zärtlich. »Oh Beau, ich dachte, wir wären nur Freunde, fragte mich aber, wie man mehr daraus machen könnte. Du bist so verdammt ritterlich.«

Er lachte. »Ach ja?«

»Du hast Kaffee gekauft und im Garten auf mich gewartet, bist nach Brads Übergriffen bei mir geblieben, hast mir Schonkost gebracht ... Du bist der perfekte Gentleman. Und das liebe ich an dir.«

»Ich will einfach nur mit dir zusammen sein«, erklärte er. »Mehr nicht. Ich kann geduldig und diskret sein, aber ich bin bereit.«

Sie grinste. »Ich glaube, ich hätte gerne einen festen Freund.«

»Was werden deine Töchter dazu sagen?«, fragte er.

»Keine Ahnung«, gab sie zu. »Aber ich werde sie daran erinnern, dass sie eine sehr unterhaltsame Auswahl von Freunden in unser Haus mitgebracht haben, von denen einige wahrhaft grässlich waren, und dass ich trotzdem immer höflich und gastfreundlich war.«

»Wirklich?«, hakte er nach.

»Aber ja doch«, sagte sie mit Nachdruck. »Sonst wären sie sofort mit ihnen durchgebrannt! Ich mag keine gute Ehefrau gewesen sein, weiß aber genau, was man als Mutter tun muss.«

Er streichelte ihren Rücken. »Ich finde, du weißt auch genau, wie man alles andere tun muss.«

»Bei Brad hatte ich jede Menge Zweifel«, erklärte sie. »Aber bei dir habe ich keinen einzigen.«

Kapitel Dreizehn

Mit einem Schlag änderte sich Beaus Leben. Innerhalb eines Tages, vielleicht sogar innerhalb einer Stunde. Als er Lauren erklärte, wie tief er für sie empfand, gestand sie dasselbe, und ihr Bund war geschlossen. Ihre körperliche Vereinigung war reinste Ekstase.

In den darauffolgenden Tagen konnte er sich kaum von ihr lösen. Er versuchte, es langsam angehen zu lassen, aber das war sehr quälend. Monatelang hatten sie einander vorsichtig kennengelernt, aber nachdem sie die Nacht miteinander verbracht hatten, warteten weitere Entdeckungen auf sie, die eine neue, intime Beziehung zueinander gründeten. Eine Beziehung, die sich sofort sicher und zutiefst erfüllend anfühlte. »Ich war völlig zufrieden mit meinem Leben«, flüsterte er ihr zu. »Mir hat nichts und niemand zu meinem Glück gefehlt. Aber du hast ein Vakuum in mir ausgefüllt, von dem ich nichts ahnte. Du bedeutest mir alles.«

»Oh, ich habe auch niemand Neuen gesucht«, erwiderte Lauren. »Ich vertraute mir selbst nicht mehr und hatte Angst, ich würde den Richtigen nicht mal erkennen, wenn er mich direkt umhauen würde. Aber dies hier fühlt sich richtig an. Bitte sei vorsichtig mit meinem Herzen, Beau. Es ist so zerbrechlich.«

»Dein Herz ist bei mir sicher«, versprach er. »Alles von dir ist bei mir sicher.«

Von da an sahen sie sich fast täglich und verbrachten intensive Stunden miteinander, ob es zum Lunch oder Abendessen war oder zu einem Ausflug in die Berge, wo die letzten Bäume ihre Farbe wechselten. Beau kochte für sie und Drew, aber sie übernachtete dort nicht, sondern fuhr nach Hause. Kurze Zeit später klopfte er dann bei ihr und schloss sie in seine Arme.

»Oh, Beau, was ist denn mit Drew?«

»Ist schon in Ordnung«, erklärte Beau. »Er denkt nicht darüber nach, was wir tun, weil er es gerade selber tut.«

»Das ist was anderes«, wandte sie ein. »Wir sind doch nicht mehr achtzehn.«

»Ja, und weißt du, woran man das merkt? Mit achtzehn macht man es ständig.«

»Es fühlt sich aber komischerweise so an, als würden wir es auch ständig machen«, sagte sie.

»Ich hab noch nicht genug davon«, entgegnete er. »Du etwa?«

Vor lauter Glück entfuhr ihr ein Lachen. »Weißt du eigentlich, dass ich so etwas noch nie erlebt habe?«

Dann führte Lauren mit Cassie ein langes Gespräch über Beau. »Genau der, den du so gut aussehend gefunden hast«, erklärte sie. »Er ist ein äußerst liebenswerter Mann. Du würdest ihn mögen. Er ist alleinerziehender Vater von zwei erwachsenen Söhnen, wohnt im selben Viertel wie ich, und wir sind erst seit Kurzem zusammen, lassen es aber langsam angehen, weil wir beide eine unglückliche Ehe hinter uns haben. Trotzdem möchte ich, dass du Bescheid weißt. Ich glaube, dieses Wochenende fahren wir ins Napa Valley, um was Schönes zu essen und Wein zu kaufen.«

»Oh, Mama, ich freue mich so für dich. Aber versprich mir, vorsichtig zu sein. Ich möchte nicht, dass du noch mal schlechte Erfahrungen mit einem Mann machst.«

Lauren lachte. »Seit wann haben wir die Rollen getauscht?«

Zwei Wochen vor Thanksgiving sprach sie mit Lacey. »Ich weiß nicht, wie du Thanksgiving feiern möchtest. Cassie kommt erst Weihnachten nach Hause. Überraschenderweise habe ich mehrere Einladungen. Bea, meine Chefin, hat mich gebeten, mit ihrer Familie zu feiern. Sylvie Emerson hat mich zum Essen zu sich und ihrer Familie eingeladen. Beth hat fast den ganzen Shaughnessy-Clan bei sich und möchte natürlich, dass wir auch kommen.«

»Und Daddy?«, fragte Lacey.

»Keine Ahnung, wie er den Feiertag verbringt«, sagte sie nur.

»Haben die Emersons nicht auch ihn eingeladen?«, hakte Lacey nach.

»Nein, Lacey. Sylvie ist meine Freundin und weiß, dass die Scheidung nicht einvernehmlich ist. Sie würde mich nicht in Verlegenheit bringen. Ich halte es für das Beste, bei Beth zu feiern. Möchtest du mitkommen?«

»Erst muss ich mich vergewissern, dass Daddy nicht allein ist«, erwiderte Lacey. »Ich sag dir Bescheid.«

Der arme Daddy, dachte Lauren. Wahrscheinlich hätte er nie gedacht, dass es für ihn Konsequenzen haben könnte, seine Frau ins Gesicht zu treten.

»Wirst du ihm denn jemals verzeihen?«, fragte ihre Tochter.

»Lacey, dein Vater hat mich nie um Verzeihung gebeten.« Sie holte tief Luft. »Melde dich einfach, wenn du mich begleiten willst.« Sie beschloss, Lacey nichts von Beau zu erzählen. Der Zeitpunkt erschien ihr einfach nicht passend, weil Lacey immer noch mit der Scheidung haderte und von Lauren erwartete, ihr zuliebe alles wieder rückgängig zu machen.

Sie hatte auch eine Einladung von Beau. Wenn es Thanksgiving in ihren Zeitplan passte, würde sie zum Dessert bei ihm zu

Hause auftauchen, um dort ein paar seiner Leute kennenzulernen.

Beaus Bruder wohnte in der Nähe von Alameda, eine seiner Schwestern lebte in Redding und die andere in San Diego. Die Mutter war vor Kurzem zu der Schwester in Redding gezogen. Als Familie trafen sie sich nur selten.

Ihrer Schwester erzählte Lauren alles über Beau. Und wie Cassie war Beth gleichzeitig entzückt und besorgt.

»Sie haben Angst, dass ich mich wie beim letzten Mal in eine schreckliche Beziehung ziehen lasse«, erklärte sie Beau. »Es würde nicht reichen, ihnen zu sagen, dass es mit dir ganz anders ist. Stattdessen muss ich dich einfach den Wölfen vorwerfen, damit sie dich beschnuppern können. Beth möchte ein großes Sonntagsessen veranstalten, bei dem du flüchten kannst, wenn es zu unangenehm wird. Die Jungs können Xbox spielen, wenn es für sie zu langweilig ist, und wenn du vor lauter Nervosität nicht weißt, wohin mit deinen Händen, kannst du uns beim Abwasch helfen.«

»Ich werde nicht nervös sein«, entgegnete Bau. »Ich hab sie durch deine Erzählungen schon ins Herz geschlossen. Und dein Schwager hat doch diesen riesigen Fernseher in seiner *Männerhöhle*. Ich werde mich prächtig amüsieren.«

»Ist es vielleicht zu früh, unsere Familien kennenzulernen?«, fragte sie.

Er schüttelte den Kopf. »Wir lernen sie doch nicht kennen, um uns ihr Einverständnis zu unserer Hochzeit zu holen, sondern nur, damit sie wissen, dass wir Zeit miteinander verbringen. Ich jedenfalls habe noch keinen Antrag bekommen. Hast du einen Antrag bekommen?«, fragte er verschmitzt.

»Wir müssen erst mal eine ganze Weile zusammen sein – noch ist es nichts Ernstes.«

Aber natürlich war es was Ernstes. Sie konnte sich nicht vorstellen, sich jemals wieder von einem anderen Mann als ihm berühren zu lassen. Und sie wusste, dass es für Beau von Anfang an etwas Ernstes gewesen war.

»Wie definierst du denn ›ernst‹?«, erkundigte er sich.

»Verlobung oder Heiratsabsichten. Doch das kommt auf absehbare Zeit nicht infrage«, erklärte sie. »Wahrscheinlich noch Jahre nicht.«

»Okay, dann haben wir unterschiedliche Einstellungen dazu. Meine Definition von ›ernst‹ ist, dass ich dich jede Sekunde vermisse, in der wir nicht zusammen sind, dass ich meine Hände nicht von dir lassen kann, dass du mein Ein und Alles bist, dass ich andere Frauen nicht mal mehr wahrnehme, dass ich die Absicht habe, mit dir und keiner anderen zusammen zu sein. So lang, wie du mich haben willst.«

»Na gut, dann ist es nach deiner Definition wohl was Ernstes.«

»Was ist mit Lacey?«, fragte er. »Wann willst du sie mit der neuen Lage konfrontieren?«

»Ich habe Cassidy schon von dir erzählt, und sie will dich unbedingt kennenlernen. Da sie sich mit ihrer Schwester momentan nicht besonders gut versteht, wird sie ihr wohl nichts davon verraten. Sollte Lacey überraschend hier auftauchen, während du da bist, oder sollten wir ihr irgendwo begegnen, dann stelle ich dich ihr vor. Ansonsten warte ich, bis die Feiertage vorbei sind oder die Scheidung über die Bühne ist. Je nachdem, was zuerst kommt. Dabei hätte ich die Scheidung schon längst hinter mir, wenn Brad nicht so darauf versessen wäre, mich mit leeren Händen dastehen zu lassen. Er begreift einfach nicht, dass ich eigentlich gar nichts will. Mir geht es nur darum, dass meine Töchter versorgt sind. Genug Geld für ihre Ausbildung haben. Und für eine Therapie, wenn es notwendig ist. Ich kann für mich selbst sorgen.«

Leise lachend sagte er: »Ich glaube, letzten Endes werden wir beide füreinander sorgen, Schatz. Wir wissen ja, wie.«

Lauren traf Beau fast täglich, und wenn sie den Abend nicht zusammen verbringen konnten, telefonierten sie miteinander. Sie fühlte sich wieder wie ein Teenager und wurde jedes Mal rot, wenn sie zu ihm sagte: »Du hast mir den ganzen Tag gefehlt.« War das nicht lächerlich? Sich so Hals über Kopf zu verlieben? Ging das nicht zu schnell? Sie kannte sich in solchen Dingen nicht aus. Er behauptete, bei ihm sei es Liebe auf den ersten Blick gewesen, und ihr war es ähnlich gegangen. Als er im Kirchgarten mit Kaffee und dem Buch auf sie wartete, über das sie geredet hatten, war sie verloren gewesen. Zugegeben, er war attraktiv, unglaublich sexy, klug und verständnisvoll, aber was ihr geschundenes Herz am meisten berührt hatte, war seine Freundlichkeit. Seine Aufmerksamkeit. Er war nicht nur ihr gegenüber zuvorkommend, sondern allen gegenüber. Er hielt anderen die Tür auf, erkundigte sich nach ihren Familien, trug für ältere Menschen schwere Pakete zum Wagen, brachte Babys zum Lachen und streichelte Hunde. Höflich. Zuvorkommend. Nicht ein einziges Mal hatte er sich von jemandem abgewandt und eine unhöfliche oder feindselige Bemerkung gemurmelt. Er war durch und durch freundlich.

Sie liebte seine Güte.

Gefangen in ihren Erinnerungen starrte sie vor sich hin. Über eine so lange Zeit war es unmöglich, Bosheit oder Selbstsucht zu verbergen. Rückblickend betrachtet hatte Brad seinen wahren Charakter nicht mal eine Woche verheimlichen können. Die Alarmsignale waren unübersehbar gewesen, doch sie hatte ständig Entschuldigungen für sein Verhalten gesucht. Wieso hatte sie das eigentlich gemacht?

»Weil du zweiundzwanzig warst«, erklärte Beau. »Wirf dir nicht vor, das Offensichtliche übersehen zu haben, sondern sei stolz auf deine Bemühung, deine Familie intakt zu halten. Du hast wirklich dein Bestes gegeben.«

»Du aber auch«, sagte sie.

»Versucht habe ich's«, räumte er ein. »Große Hoffnungen hatte ich nicht, aber ich habe es versucht. Ich hatte mir ein ziemlich hohes Ziel gesetzt: Sollte ich wirklich aufgeben müssen, wollte ich sicher sein, mein Bestes gegeben zu haben.«

»Wir sind uns so ähnlich«, bemerkte sie. »Aber wird das auch reichen?«

»Ich glaube, uns verbindet noch viel mehr als das, und mein Instinkt ist ziemlich gut. Auch wenn ich alles anzweifle: mein Bauchgefühl nicht.«

»Und das mit Pamela?«, erinnerte sie ihn.

»Fühlte sich ganz anders an«, erwiderte er. »Und das mit Brad?«

Sie lachte kurz auf. »*Kein* Vergleich!«

In der zweiten Novemberwoche gab Beth eine Dinnerparty für Beau, damit alle ihn kennenlernen konnten. Sie wählte dafür einen Sonntag, weil sie dann keine Aufträge als Fotografin hatte und den Termin freihalten konnte. Zur Vorbereitung putzte sie wie wild das Haus und spannte auch Chip und die Jungs dafür ein. Sie wollte ihr bestes Gericht kochen, was eine ganz normale Lasagne war, die wunderbar schmeckte. Dazu sollte es Salat aus frischem Spinat mit roten Zwiebeln, Pilzen und hart gekochten Eiern geben. Als Vorspeise wählte sie mit Käse gefüllte Chilischoten – die liebten die Männer. Und Lauren wollte zum Nachtisch einen Kuchen mitbringen.

Im Grunde ein ganz einfaches Essen, doch auf die Vorbereitungen verwandte Beth zwei Tage, obwohl sie nicht genau wusste, warum eigentlich. Es ging nicht so sehr darum, diesen neuen

Typen zu beeindrucken, der angeblich so toll sein sollte. Eher trieb sie eine Mischung aus Hoffnung und der Angst an, dass ihre Schwester schon wieder einen Fehler machte. Wenn es ein anständiger Kerl war, wollte sie, dass es funktionierte. Zugegeben, Lauren lebte erst seit ein paar Monaten getrennt, aber ihre Ehe hatte sie schon vor Jahren aufgegeben und von da an in Einsamkeit gelebt. Nur Beth wusste, wie allein ihre Schwester sich gefühlt hatte, vor allem, als ihre beiden Töchter nicht mehr zu Hause wohnten.

»Nein, das ziehst du nicht an«, befand sie, als Chip in Jogginghose und fleckigem Giants-Shirt in Übergröße vor ihr auftauchte.

»Wieso, du hast gesagt, es wäre ganz zwanglos«, protestierte Chip.

»Das ist nicht zwanglos«, erklärte sie, »sondern Flodderlook. Ich hab dir Sachen rausgelegt.«

»Im Ernst?«

»Wenn deine Verwandten oder Freunde zum Essen kommen, kannst du deine Klamotten selber aussuchen«, sagte sie.

Sie hatte auch für die Jungs Sachen rausgelegt. Ausnahmsweise protestierten oder meckerten sie nicht, denn sie merkten, dass Beths Nerven zum Zerreißen gespannt waren und das Leben erst wieder leichter werden würde, wenn sie dieses ›Einführungsessen‹ hinter sich hatten. Auch Beth gab sich mit ihrem Erscheinungsbild mehr Mühe als sonst. Zwar trug sie die Haare kurz und pflegeleicht, aber für diese Dinnerparty benutzte sie einen Föhn und schminkte sich – sogar die Augen, was sie sonst nie tat, weil die Mascara immer verschmierte, wenn sie durch die Kamera guckte. Dann zog sie einen schicken schwarzen Hosenanzug an, den sie normalerweise nur trug, wenn sie ausging. Auf dem Weg in die Küche machte sie an der *Männerhöhle* Halt, räumte kurz auf und versprühte großzügig Lufterfrischer.

Als sie in die Küche kam, lehnte Chip an der Theke und trank ein Bier. Er wies mit dem Kopf zum Wohnzimmer. Dort saßen Stefano und Ravon mit gekämmten Haaren, sauber geschrubbten Gesichtern und den von ihr gewählten Kleidern brav nebeneinander auf dem Sofa. Ravon hielt Morty am Halsband fest, damit er nicht seiner hündischen Natur folgte und herumtollte.

»Jetzt sieh dich an«, sagte Chip zu Beth und grinste lüstern. »Vielleicht gehen sie ja früher.«

»Ich verlass mich auf deine Manieren.«

»Was ist, wenn wir uns ganz normal benehmen?«, erkundigte sich Ravon.

»Dann mach ich euch das Leben zur Hölle«, informierte sie ihn.

Es klingelte.

»Showtime«, bemerkte Chip, worauf Beth ihm auf den Arm boxte.

Lauren, Beau und Drew traten ein, Lauren mit einem Kuchen. Sie sah aus wie immer: lange Hose mit Bügelfalte, Stiefeletten mit Absatz, Kaschmirpullover. »Wow«, sagte sie. »Jetzt seht euch Familie Shaughnessy an. Gehen wir heute Abend noch zur Kirche?«

»Sehr witzig«, erwiderte Beth. »Hi«, sagte sie dann und bot Beau ihre Hand.

»Beau und Drew, darf ich euch meine Schwester Beth vorstellen, meinen Schwager Chip, meine Neffen Ravon und Stefano – und Morty«, fügte sie hinzu. Morty zog an seinem Halsband, das Ravon immer noch festhielt. Er wollte unbedingt die Besucher anspringen.

Allgemeines Händeschütteln, Lächeln und Begrüßen.

»Schönes Haus«, bemerkte Beau.

»Toller Garten«, sagte Drew und warf einen Blick durch die Terrassentür. »Sehe ich da draußen einen Basketballkorb?«

Die Jungs nickten. »Aber wir dürfen heute Abend keinen Spaß haben«, erklärte Stefano. »Sonst werden wir dafür büßen.«

Drew grinste. »Nicht, wenn ich euch dazu überrede. Los, zeigt mir den Garten. Und lass den Hund los, bevor er erstickt.«

Chip legte Beau die Hand auf die Schulter. »Was zu trinken?«

»Auch so eins«, erwiderte er und wies nickend auf Chips Bier.

»Gott sei Dank seid ihr gekommen, bevor sie uns zwingen konnte, die ganze Bude zu renovieren«, bemerkte Chip.

Der Tisch war gedeckt, die Lasagne war fertig und wurde warmgehalten, und die Vorspeise konnte in den Ofen geschoben werden. Chip ging mit Beau und den Jungs nach draußen und zündete die Feuerstelle an. Die Männer wurden miteinander warm.

»Du hast dir so viel Mühe gemacht, Beth«, sagte Lauren.

»Allerdings«, gab Beth zu. »Wenn wir uns nach heute Abend nicht alle lieb haben, ist es nicht meine Schuld. Möchtest du ein Glas Wein?«

»Unbedingt«, sagte Lauren. »Und entspann dich: Alle lieben Beau, und Beau liebt alle. Soweit ich sehen kann, ist Drew genau wie er. Michael wollte nicht mitkommen. Er kann sich immer noch nicht mit der Scheidung abfinden. Ich hab ihn noch nicht mal kennengelernt.«

»Macht dir das Sorgen?«, fragte Beth.

»Nein. Eins meiner Kinder ist auch stocksauer. Wir haben beschlossen, uns nicht darum zu kümmern. Am Ende wird sich alles fügen.«

»Aber stocksaure Kinder können es einem schwer machen«, wandte Beth ein.

»Was soll man denn machen?«, gab Lauren zurück. »In einer schlimmen Lage bleiben, bis sie einem endlich die Erlaubnis geben, ein eigenes Leben zu führen?«

»Gott«, sagte Beth und gab ihr ein Glas Wein. »Du bist ja so gelassen.«

»Es ist schon ein Wunder, wie man sich fühlt, wenn man mit einem ruhigen und vernünftigen Menschen zusammen ist. Prost«, fügte sie hinzu und hob ihr Glas. »Danke für all das. Es ist wunderschön.«

»Gern geschehen. Sobald wir uns ein bisschen näher kennengelernt haben, können wir unser Lotterleben wieder aufnehmen.«

Die Dinnerparty bei Beth war ein voller Erfolg. Chip, Beau, Drew und die Jungs freundeten sich problemlos miteinander an, lachten und verstanden sich großartig. Drew spielte mit ihnen Basketball und Golf und amüsierte sich prächtig, als Morty in den Pool sprang und sich danach so heftig schüttelte, dass alle nass wurden. Das ganze Essen hindurch redeten und witzelten sie. »Mit dem letzten Kerl hatten wir nicht mal annähernd so viel Spaß«, bemerkte Stefano.

»Stefano!«, rief Beth entsetzt und wurde blass.

»Ist schon gut, Beth«, sagte Beau. »Wir wissen doch alle, dass es da einen ›letzten Kerl‹ gab.«

Eine Woche später überredete Beau Michael, mit ihnen im Pub essen zu gehen, damit er Lauren kennenlernen konnte. Am Anfang war Michael etwas still und reserviert, aber als Lauren ihn mit Fragen zu seiner Ausbildung und seinen Zukunftsplänen umgarnte, taute er auf und wurde fast so umgänglich wie Drew. Aber nur *fast*, dachte sie, denn es war schwer, Drew in seiner Umgänglichkeit zu übertreffen. Der Junge war einfach umwerfend.

Zumindest wirkte Michael nicht mehr wütend oder nachtragend, und darauf hatte sie gehofft.

Am Wochenende vor Thanksgiving fand ein weiterer Pokerabend statt, und dieses Mal waren Michael und seine Freundin Raisa ebenso mit von der Partie wie Darla, Drew und Pater Tim.

»Hier kommt euer Lieblingslückenbüßer«, verkündete Pater Tim.

»So sehen wir das nicht«, entgegnete Lauren. »Obwohl *Lieblings-* stimmt.«

Sie amüsierten sich großartig, und Lauren verstand sich gut mit Raisa, woraufhin Michael noch zugänglicher wurde. Es sah ganz so aus, als würden die Feiertage doch nicht so stressig, wie sie befürchtet hatte.

Cassie hatte bestätigt, dass sie zwar nicht für Thanksgiving nach Kalifornien kommen, dafür aber über Weihnachten zehn Tage bleiben würde. Lacey hatte zugesagt, Thanksgiving zuerst ein bisschen mit Lauren und Beth zu feiern und dann später zu ihrem Vater zu gehen. Brad würde mit seiner Mutter in einem Restaurant essen.

Lauren, Beth und Beau stimmten sich ab, damit alle Termine miteinander vereinbar waren. Das Essen bei den Shaughnessys sollte um vier Uhr nachmittags anfangen und sich dann endlos hinziehen, damit genug Zeit blieb, um mindestens zweimal Nachtisch und danach noch die Reste zu essen. »Die Shaughnessys sind wie Heuschrecken«, erklärte Beth. »Sie fressen alles kahl.«

Beaus Essen würde gegen sechs Uhr abends beginnen. So konnte Lauren auf dem Heimweg von Beth vorbeischauen und den Nachttisch dort essen – den sie auch beisteuern wollte. Sie würde seinen Bruder, seine Schwestern und ihre Familien sowie seine angebetete Mutter kennenlernen und plante, drei Pies zu backen und schon morgens vorbeizubringen.

Beaus Söhne berichteten, dass Pamela Thanksgiving mit ein paar Freunden in Cabo verbringen wollte. »Wenn ich mich nicht irre, sind Drew und Michael darüber erleichtert«, sagte Beau. »Pamela hat nicht viele Verwandte. Sie stehen sich auch nicht nah und streiten ganz gerne mal. Die Weihnachtsessen mit ihnen gleichen einem russischen Roulette. Aber ich habe den Kids erklärt, dass sie Weihnachtstourismus betreiben müssten, sobald sie eine Frau oder Freundin hätten, damit niemand zu kurz käme. Die Eltern seien nicht so wichtig wie die Partnerinnen. An ihren Mienen konnte ich erkennen, dass ihnen die Aussicht besser gefiel als die, eine Regelung für ihre geschiedenen Eltern zu finden.«

»Verständlich«, stimmte Lauren zu. »Die arme Lacey muss mit ihrem pedantischen Vater und ihrer noch pedantischeren Großmutter in einem Restaurant essen.«

»Aber wahrscheinlich wird es köstlich sein«, wandte er ein.

»Und einsam.« Denn Lacey war die Einzige, die alles unverändert haben wollte, auch wenn das Ganze ziemlich schlimm gewesen war.

Es lief alles so, wie sie geplant hatten. Lacey kam mit zu Beth und unterhielt sich ein bisschen mit den Shaughnessys und Beths Schwiegereltern. Nach einem Glas Wein und ein paar Hors d'œuvres traf sie sich in der Innenstadt mit ihrem Vater und ihrer Großmutter. Niemand im Haus der Shaughnessys verlor ein Wort über Laurens Pläne nach dem Essen, und als Lacey ging, brach Beth vor lauter Erleichterung fast zusammen.

»Hast du dir Sorgen gemacht?«, fragte Lauren. »Ist doch alles gut gelaufen.«

»Ich habe Stefano und Ravon gedroht, ihnen die Zunge herauszureißen, wenn sie irgendwas verraten würden. Ich hoffe, du erzählst es Lacey sehr bald, dann kriegt sie ihren Wutanfall, und wir haben es hinter uns.«

»Tut mir leid, Beth. Ich wollte es dir nicht so schwer machen.«

»Schwer? Das sind die verheißungsvollsten Feiertage seit Langem. Ich finde es zwar nervenaufreibend, ständig auf der Hut davor zu sein, irgendeine Bombe platzen zu lassen, aber ich bin unendlich erleichtert, dass du das endlich durchziehst. Meine große Schwester als Opfer dieses Arschlochs zu sehen, war ziemlich quälend.«

»Ich war aber doch kein Opfer, Schätzchen«, entgegnete Lauren. »Langsam dämmert mir, dass ich seine Komplizin war. Ich hätte dies hier schon vor Langem tun sollen. Aber jetzt ist es Zeit für den zweiten Akt: Nachtisch und Kaffee bei Beau, um seine Familie kennenzulernen.«

»Sie werden dich lieben.«

In Beaus Straße parkten unzählige Autos, und viele Häuser waren hell erleuchtet, als würden sich in fast jedem große Familien aufhalten. Nur ein paar Anwesen blieben dunkel. Lauren musste einen ganzen Block entfernt parken, was ihr nichts ausmachte – so hatte sie genug Zeit, sich ein bisschen zu beruhigen.

Beau öffnete ihr mit strahlendem Lächeln und zog sie in seine Arme. »Wie war es bei Beth?«, fragte er.

»Schön. Lacey ist gegangen, bevor irgendjemand verraten konnte, dass ich einen Freund habe, aber bis Weihnachten halte ich das nicht durch. Ich dachte, ich wäre die Einzige, die vor ihren Wutausbrüchen Angst hat. Wie sich herausstellt, geht es allen anderen auch so.«

»Tja, dann komm mal rein, du wirst schon ungeduldig erwartet. Meine Mutter und meine Schwester schneiden gerade deine Kuchen an.«

»Ich hoffe, sie schmecken«, erwiderte sie.

»Keine Angst«, sagte er und drückte ihre Hand. »Die Jungs haben schon allen erzählt, wie toll du bist.«

Sie hielt inne. »Michael auch?«, fragte sie.

»Michael auch«, versicherte er ihr. »Komm.«

Im Haus wimmelte es von Leuten.

Zuerst wurde sie Beaus Mutter Christine vorgestellt, einer korpulenten weißhaarigen Dame mit strahlendem Lächeln, die ihre Hände umfasste und ausrief, wie schön es sei, sie kennenzulernen. Beaus Bruder Jeff machte sie mit seiner Frau, mit einem seiner erwachsenen Söhne und dessen Frau bekannt. Dann kamen Beaus Schwester Jeanette, ihr Mann und ihre beiden Kinder, von denen eines einen Freund mitgebracht hatte. Beaus Schwester aus San Diego hatte es nicht zum Essen geschafft. Beaus Jungs begrüßten sie beide, und dann umarmte Drew sie, was er sich offensichtlich vorgenommen hatte. Michael hatte seine Freundin Raisa mitgebracht, aber Drew kündigte an, er würde etwas später zu Darla gehen. Alle fragten sie nach ihren Töchtern, gaben bewundernde Laute von sich, als sie von deren Studium erfuhren, und erkundigten sich interessiert nach Laurens Arbeit.

»Ich arbeite in der Produktabteilung bei Merriweather Foods und drehe manchmal Kochvideos.«

»Das würde mir, glaube ich, auch liegen«, sagte Beaus Mutter.

Die Frauen unterhielten sich über Jobs und Kinder, und Lauren wollte alles über Christines Garten hören. Die Männer entfernten sich, aber Beau blieb weiterhin in ihrer Nähe. Es wurden Witze über die Kindheit in einem zu kleinen Haus gerissen und Geschichten über Beau erzählt, die alle zum Lachen brachten. Und bevor Lauren es sich versah, waren schon zwei Stunden vergangen. Die Wörter *Scheidung* und *Ex-Frau* hörte sie kein einziges Mal. Aber sie war erschöpft. Der ganze Tag war ein bisschen überschattet worden von der Frage, ob man sie wohl akzeptieren, ob jemand sie als die ›andere Frau‹ bezeichnen und ob Lacey in Beths Haus irgendwas ahnen würde. Die vielen Menschen und das viele Essen taten ihr Übriges. Dann bemerkte sie, dass Beaus Mutter ein Gähnen unterdrückte, und wusste, es war Zeit, sich zu verabschieden.

»Bist du sicher?«, fragte Beau. »Willst du nicht noch ein Stück Kuchen? Einen Kaffee? Ein Glas Wein?«

»Du machst wohl Witze«, wehrte sie lachend ab. »Ich habe heute so viel gegessen, dass ich Glück habe, wenn ich mich noch im Bett herumdrehen kann.«

Der Abschied von der Familie dauerte genauso lang wie die Begrüßung. Und als sie das Haus verließ, war es bereits nach neun. Beau bestand darauf, sie noch zum Wagen zu bringen. Sie waren gerade mal ein paar Meter von der Auffahrt entfernt, da blieb er stehen, umfasste ihre Wangen und küsste sie so leidenschaftlich, dass sie sich wünschte, sie hätten ein paar Stunden für sich allein. »Danke, dass du so nett zu meiner Familie warst«, sagte er.

»Es sind auch sehr nette Leute, Beau. Sie waren so freundlich zu mir und haben nicht eine einzige peinliche Frage gestellt.«

»Ja, das können sie gut«, sagte er. Dann küsste er sie erneut. »Wenn alle weg sind und Drew zu Darla gegangen ist, komme ich zu dir.«

»Das musst du doch nicht ...«

Er lachte herausfordernd. »Du willst doch nicht behaupten, du wolltest mich nicht sehen ...?«

Sie lachte ebenfalls. »Nein, im Gegenteil, ich will, dass du kommst und nie mehr gehst ...«

»Bald, Baby«, versicherte er und küsste sie wieder.

»Ach, so ist das also«, ertönte eine weibliche Stimme hinter ihnen. Beau zuckte zusammen.

Er drehte sich um. »Pam, was machst du denn hier?«

»Ich hab's mir anders überlegt, also dachte ich, ich komm mal vorbei und sag kurz Hallo zu deiner Familie.« Sie schüttelte den Kopf. »Deshalb willst du es also nicht noch mal versuchen. Du hast mich betrogen. Ich wusste es!«

Lauren fiel auf, wie schön die Frau war. Und sie bemerkte, dass Tränen in ihren dunklen Augen schimmerten.

»Ich habe dich nie betrogen, aber das ist jetzt unwichtig. Du musst wieder gehen. Ich will nicht, dass meine Mutter sich aufregt. Oder sonst jemand.«

»Ich liebe dich doch so sehr«, sagte Pam, und jetzt rannen ihr die Tränen die Wangen hinunter. »Ich hab dir doch schon gesagt, ich würde alles versuchen, damit es wieder zwischen uns klappt. Aber du hast eine Bettgeschichte laufen!«

»Hör auf! Sei nicht so vulgär! Wir werden das nicht hier an Thanksgiving austragen, wenn die Jungs und meine Familie im Haus sind.«

»Ich hab dir alles gegeben«, wimmerte sie.

»Beau, ich gehe jetzt«, sagte Lauren. »Das ist nicht für meine Ohren bestimmt ...«

»Ja, Beau, bitte, schick sie weg. Bitte rede mit mir«, bat Pam.

»Herrgott, Pam, was soll das Drama! Es gibt nichts mehr zu bereden. Ich bin fertig mit dir!«

»Bitte, schick sie weg und rede mit mir ...«

»Komm, Beau, sprich mit ihr«, sagte Lauren. »Ich bin weg.«

Sie setzte sich in Bewegung und lief fast im Joggingtempo den Block hinunter zu ihrem Wagen.

»Mist«, hörte sie ihn ausrufen. »Pamela, wage es ja nicht, zum Haus zu gehen. Bleib, wo du bist!« Er rannte Lauren nach. »Lauren, fahr nach Hause, ich rufe an, wenn ich –«

Die Haustür knallte zu. »Oh Gott! Erschieß mich doch einfach!« Er drehte sich um und rannte zum Haus zurück.

Lauren fuhr heim. Sie parkte den Wagen in der Einfahrt, ging ins Haus, verschloss die Tür hinter sich und fing an zu weinen. Aus unzähligen Gründen.

Das dachte seine Frau also? Dass sie zusammengekommen

waren, bevor er frei war? Hatte er ihr, Lauren, die Wahrheit erzählt? Stimmte es, dass Pamela und er sich mehrmals getrennt hatten und sie ihn ein halbes Jahr vor ihrem Kennenlernen verlassen hatte? Wollte sie ihn in Gegenwart ihrer Söhne und seiner Familie zwingen, seine Ehe zu retten? Würden ihre Ex-Partner für immer ihre Beziehung belasten? Würden die Leute denken, sie hätten ihre Ehepartner betrogen, und das wäre der Grund für die Scheidung? Würde Pamela ihre Kinder gegen sie aufbringen?

Der Tag war so schön, so voller Hoffnung gewesen. Doch hatte er ein sehr hässliches Ende gefunden.

• • •

Als Beau wieder ins Haus kam, war Pamela bereits im Wohnzimmer und zog eine ganz große Show ab. Es war wie in einem Arenatheater: Die Jungs, seine Familie, seine Mutter, sie alle standen oder saßen sprachlos da, während Pamela in der Mitte schluchzend beteuerte, sie würde alles tun, um ihre Ehe zu retten, sie hätte nicht gewusst, dass Beau sie betrüge, nie hätte sie vermutet, dass sogar ihre Söhne sie verraten und sich gegen sie wenden würden; sie wollte nur nach Hause kommen, wieder in ihrem eigenen Haus leben, als Ehefrau und Mutter ...

Beau blickte sich um. Seine Mutter knetete mit gequälter Miene ihre Hände, Michael hatte die Augen zusammengekniffen, und sein Gesicht wirkte schmerzverzerrt. Aber alle anderen sahen angewidert oder gelangweilt aus. Selbstverständlich, schließlich erlebten sie Pamela nicht zum ersten Mal in Aktion. So was war schon oft vorgekommen. Sie hatten Beau auch besucht, als Pamela sich eine Auszeit genommen hatte, und mit eigenen Augen gesehen, dass die Schränke auf ihrer Seite alle leer waren. Seine Mutter hatte keine Ahnung, was Pamela auf Facebook gezeigt hatte, die Jungs und seine Geschwister aber schon. Sie alle hatten ihre Fotos gesehen: wie sie tanzen ging, sich am Sandstrand sonnte, Tequila mit Freunden kippte, über den Rand von Martinigläsern hinweg grinste, sich entspannte und das Leben genoss. Das Partygirl.

»Pamela, du musst jetzt gehen«, sagte Beau. »Jungs, würde einer von euch dafür sorgen, dass eure Mutter sicher zu ihrem Wagen kommt?«

»Ich will doch nur ein bisschen von eurer Zeit! Wir waren so lange zusammen. Willst du das alles wegen einer billigen Affäre wegwerfen?«

»Mom!«, rief Michael und stand auf. Er warf Beaus Mutter, seiner Stiefgroßmutter, einen verzweifelten Blick zu. Oh Gott, dieses unberechenbare Verhalten musste ihnen allen doch genauso peinlich sein wie ihm selbst!

»Komm schon, Mike«, sagte Drew, »bringen wir sie zum Wagen.«

Sie fassten sie an den Ellbogen und eskortierten sie aus dem Haus.

Beau blieb mit dem Rest der Familie zurück. Durchdringende Stille breitete sich im Raum aus. Nacheinander blickte er jeden von ihnen an. Seine Mutter war erschüttert, die schwangere Schwiegertochter seines Bruders wirkte entsetzt, und seine Schwester Jeanette sah aus, als plante sie einen Mord.

»Nun«, sagte seine Mutter schließlich. »Lauren wirkt sehr nett. Können wir uns diesmal vielleicht sicher sein?«, fragte sie.

Woraufhin alle in Gelächter ausbrachen.

Kapitel Vierzehn

Pater Tim verbrachte Thanksgiving damit, in einer Stadtmission in Oakland Essen auszugeben. Normalerweise hielt er an diesem Feiertag eine Messe. Nun aber verbrachte er den Tag mit Angela und ihren Freunden. Mittlerweile hatten sie die Küche fast wieder aufgeräumt. Zwar bewahrten sie für die Nachzügler noch Essen im Ofen auf, aber der große Ansturm war vorbei.

Seit er seine letzte Ernte zu Angela gebracht hatte, hatte er oft mit ihr gesprochen. Er wollte ihr erzählen, was er machte, dass er wieder ein weltliches Leben führen würde. Dann kam eins zum anderen, bis er ihr schließlich seine Gefühle für sie beichtete. Zu seiner Überraschung und Begeisterung erwiderte sie diese Gefühle. Sie gestand, dass sie ihn ins Herz geschlossen hatte. Seitdem hatten sie jede freie Minute zusammen verbracht.

»Wie war es für dich, heute die Messe auszulassen?«, fragte sie und trocknete ihre Hände an einem Küchentuch ab.

»Ich bin sicher, Pater Damien hat es gut hingekriegt.«

»Willst du ihn anrufen und danach fragen?«, erkundigte sie sich.

Er schüttelte den Kopf. »Wenn es irgendwas zu berichten gibt, wird er sich schon melden.«

»Also bist du immer noch fest entschlossen?«

Er nickte. »Seit mindestens einem Jahr. Direkt nach Weihnachten werde ich dem Kirchenvorstand meinen Rücktritt erklären. Mein Weggang wird sie nicht überraschen – nur der Grund dafür. Sie alle erwarten schon, dass ich die Stelle wechsle, um für den Bischof zu arbeiten. Aber ich werde dortbleiben, bis ich meinen nächsten Job antrete. Einige Gemeindemitglieder werden Fragen haben. Vielleicht auch Sorgen.«

»Was wirst du ihnen erzählen?«, fragte sie.

»Dasselbe, was ich auch dir erzählt habe. Dass ich weiterhin Gott dienen möchte und weder meinen Glauben aufgebe noch die Kirche. Nur mein Amt als Priester. Aber ich habe mich gefragt, ob du Silvester schon was vorhast.«

»Pater!«

»Hör doch auf, mich so anzureden«, sagte er lachend. »Bin ich zu alt für dich?«

Sie wurde rot.

»Du bist hinreißend, wenn du rot wirst«, bemerkte er und fasste nach ihrer Hand. »Ich wollte dich nicht in Verlegenheit bringen.«

»Nein, es ist nur ... Du warst seit über zwanzig Jahren nicht mehr mit einer Frau zusammen. Ich möchte kein Experiment sein. Am Ende könntest du mir das Herz brechen. Du weißt doch, wie sehr ich dich mag.«

Er blickte sich um und drückte ihr einen Kuss auf die Stirn. »Ich wette, wenn sich hier einer als Herzensbrecher herausstellt, dann wohl eher du.«

»Du bist noch nicht frei ...«

»Doch, das bin ich«, unterbrach er sie. »Ich halte schon seit einer ganzen Weile keine Messe mehr ab, erteile keine Kommunion und auch keine Absolution. Ich kann Pater Damien zwar noch helfen, wenn er mich braucht, aber das ist nicht der Fall.« Er lachte leise. »Er kann sich nur mühsam sein Grinsen verkneifen, denn insgeheim freut er sich, mich aus dem Weg zu haben.«

»Mögt ihr euch denn nicht?«, fragte sie.

»Ich schätze ihn«, erklärte Tim. »Er ist ein guter Mann. Wir haben nur unterschiedliche Ziele.« Er half ihr in den Mantel. »Es ist kalt und nass. Suchen wir uns eine stille Bar mit einem Kamin. Ich will dir von meinen Bewerbungen erzählen.«

Sie strahlte. »Hast du es getan? Du hast dich wirklich bei der internationalen Hilfsorganisation beworben?«

»Ja, ich werde dir rund um den Globus folgen. Außerdem habe ich von ein paar anderen Organisationen gehört, die wir uns mal ansehen sollten. Ich würde gerne mit dir darüber reden. Komm, ich spendier dir einen Kaffee oder ein Glas Wein.«

»An Thanksgiving? Wo denn?«

»Ich kenne da ein Lokal in der Nähe, auf der Insel. Ist nur ein kleiner Pub.«

»Hör mal, versteh mich nicht falsch, aber ich möchte nicht bei einem Date mit einem Priester erwischt werden ...«

Er lachte. »Händchenhalten nur unter dem Tisch. Versprochen.«

»Ich hätte dir nie verraten dürfen, dass ich mich zu dir hingezogen fühle. Du hast damit angefangen! Du hast mir deine Schwäche für mich gestanden. Und jetzt sieh dir an, wozu das geführt hat. Man kann mich nicht gerade als Jungfrau bezeichnen.«

»Mich auch nicht«, sagte er trocken.

Sie holte erschrocken Luft. »Pater!«

Er verdrehte die Augen. »Könntest du mich bitte Tim nennen? Du verstehst das völlig falsch. Bevor ich Priester wurde, habe ich ein paar Jahre darüber nachgedacht, Angela. Und ich gestehe, ich habe erst mal alle Möglichkeiten erkundet.«

Unwillkürlich musste sie lachen. »Das wird in einer Katastrophe enden«, sagte sie.

»Geh einfach mit mir in die Bar. Es ist sehr nett dort, und ich werde dich von allen Gästen abschirmen, die an einem Feiertag sonst nirgendwohin können. Wir können in aller Ruhe über diese Katastrophe reden.«

Sie nickte, und zwanzig Minuten später saßen sie in einer Ecknische neben dem Kamin. Angela trank Rotwein, während Tim ein Bier hatte.

»Wie kommst du darauf, dass wir etwas gemeinsam haben könnten?«, fragte sie.

»Wir haben vieles gemeinsam. Wir interessieren uns für dieselbe Art von Arbeit und haben beide den Wunsch, den Bedürftigen zu helfen. Wir haben denselben Glauben, suchen nach denselben Dingen – und du törnst mich an.«

»Oh Gott«, sagte sie und legte den Kopf in ihre Hände. »So was von jemandem zu hören, den ich als Priester kennengelernt habe, ist ziemlich verwirrend.«

»Dann muss ich dir sagen, dass du mich schon angetörnt hast, als ich noch Priester war. Ich habe meine Gefühle nur nicht in die Tat umgesetzt, weil ich durch ein Gelübde gebunden war. Was ich jetzt nicht mehr bin.«

»Aber du hast dein Amt doch nicht wegen Sex an den Nagel gehängt, oder?«

»Nein.« Er lachte. »Obwohl das mit Sicherheit ein Vorteil ist.«

»Aber nicht mit mir! Erst muss ich dich noch viel besser kennenlernen!«

Er berührte ihre Hand. »Ich werde dich nicht unter Druck setzen, Angela. Ich mag dich und kann es kaum erwarten, mehr Zeit mit dir zu verbringen. Wenn es klappt, würde mich das sehr glücklich machen. Aber wenn nicht, freue ich mich, dass wir Freunde sind. Und bin dir dankbar, dass du mir Möglichkeiten für mein Leben als Normalbürger aufgezeigt hast. Katholische Hilfsorganisationen gibt es auf der ganzen Welt.«

»Du bist ziemlich enthusiastisch, nicht wahr?«

»Genau das habe ich mir immer gewünscht: ein arbeitender Priester zu sein. Mit dem Geruch der Schafe.«

»Aber warum?«, fragte sie.

»Aus demselben Grund wie du. Es ist notwendig und sehr wichtig. Es ist keine Aufgabe für jedermann, aber dadurch ist es nur umso wichtiger für die, die sich dafür eignen. Es fühlt sich richtig an.«

»Das ist doch Wahnsinn«, sagte sie. »Ich kenne dich jetzt seit Jahren. Wir haben nicht mal geflirtet. Und glaub mir, ich kenne Frauen, die sogar mit Priestern flirten.«

Er lachte. »Ich auch. Hör mal, meine Gelübde haben es mir nicht immer ganz leicht gemacht, zumindest einige nicht. Aber dadurch hatten sie noch mehr Gewicht. Allerdings hatte ich trotzdem nicht meine Gefühle verloren.«

»Du warst immer zufrieden und freundlich, hast aber nicht geflirtet.«

»Selbstverständlich nicht. Es hätte dich in eine schreckliche Lage gebracht. Das ist jetzt anders. Aber ich möchte nicht, dass du wegen mir mit deinem Gewissen ringen musst, Angela. Ich möchte, dass dein Seelenfrieden erhalten bleibt.«

Daraufhin starrte sie ihn nur lächelnd an und schüttelte leicht den Kopf. »Es wird sehr schwer werden, mich nicht in dich zu verlieben.«

Einen Moment sagte er nichts. Und dann: »Gelobet seiest du.«

Beau benachrichtigte Lauren per SMS, dass er auf dem Weg sei.

Als sie ihm die Tür öffnete, sah er, dass sie ein Taschentuch in der Hand hielt und ihre Augen rot und tränenfeucht waren.

»Ach, Schatz«, sagte er und zog sie in seine Arme. »Hast du die letzten zwei Stunden nur mit Weinen verbracht?«, fragte er.

Sie nickte, mit dem Gesicht an seiner Brust, und zog die Nase hoch.

Er führte sie ins Wohnzimmer und setzte sich mit ihr aufs Sofa. »Es tut mir wirklich sehr leid.«

»Was ist passiert, nachdem ich weg war?«, erkundigte sie sich mit brüchiger Stimme. »Ich hab sie ins Haus gehen sehen.«

»Eigentlich nichts«, erwiderte er. »Die meisten aus meiner Familie haben schon einige Dramen mit ihr erlebt. Aber für die Jungs tut es mir leid. Sie haben am meisten mitbekommen. Ich bat sie, sie zu ihrem Wagen zu begleiten. Nach fünf Minuten waren sie schon wieder zurück. Ich weiß nicht, ob es ihnen das Herz zerrissen hat oder nur peinlich für sie war. Wahrscheinlich beides. Aber sie hatten Zufluchtsorte, wo sie sich trösten lassen konnten, ohne sich schämen zu müssen. Darla verbringt Thanksgiving bei ihren Eltern, also ging Drew dorthin. Und Michael und Raisa sind zur Feier ihrer verheirateten Schwester gegangen. Also sind sie unter Freunden. Nach einer Weile ist auch meine Familie aufgebrochen. Meine Schwester, mein Schwager, die Kinder und meine Mutter übernachten im Haus meines Bruders, weil sie morgen schon ganz früh wieder nach Redding fahren. Natürlich habe ich angeboten, sie könnten auch bei mir bleiben, aber Jeffs Haus ist größer. Außerdem denke ich offen gestanden, dass sie vielleicht wegen Pamela nicht bei mir bleiben wollen.«

»Waren sie sehr aufgebracht?«, fragte Lauren.

Er hob ihr Kinn, um ihr in ihre wunderschönen veilchenblauen Augen blicken zu können. »Hör mal, letztes Thanksgiving war Pamela gegangen. Sie war weg: über die ganzen Feiertage.

Während andere Menschen mit einer schlechten Ehe versuchen, wenigstens bis zum Ende der Feiertage auf weitere Schritte zu verzichten, packte meine Frau ihre Sachen und flog nach Maui. Sie rief Drew nicht an und Michael vermutlich auch nicht. Wir fuhren nach San Diego. Und ich sorgte dafür, dass Pamela davon wusste, damit sie ihre Söhne anrufen konnte, aber das tat sie nicht.« Er holte tief Luft. »Meine Familie schüttelt schon seit Jahren über sie den Kopf ... hauptsächlich, weil in meiner Familie sonst jeder eine gute Ehe hat. Eine glückliche Ehe. Ich bin der Einzige, der es nie hinbekommen hat.«

»Meine Schwester und Chip sind auch glücklich«, sagte Lauren und zog die Nase hoch. »Aber meine arme Mom ... Mein Dad ist einfach verschwunden und hat sie mit allem im Stich gelassen ...«

»So weit ich mich erinnern kann, waren meine Eltern immer glücklich. Lauren, ich kenn das Rezept dafür auch nicht. Aber jedenfalls habe ich nicht vorzeitig aufgegeben.«

»Sie wirkte so unglücklich«, erklärte Lauren. »So was würde ich niemandem antun. Niemals würde ich ins Territorium einer anderen Frau eindringen.«

»Bist du auch nicht«, sagte er und berührte ihre Wange. »Aber worum geht es dir wirklich?«, fragte er.

»Was ist, wenn ich mich irre?«, antwortete sie. »Wenn wir uns beide irren?«

»Irren?«, wiederholte er stirnrunzelnd. »Hast du Angst, dass ich dich belüge?«

»Mein Mann hat ständig gelogen«, erklärte sie. »Und deine Frau war *am Boden zerstört*!«

»Lauren, du hast gewusst, dass er lügt«, wandte Beau ein. »Also wirst du es auch merken, wenn ich lüge. Du hast Zeit, Lauren, Zeit, mich kennenzulernen, so wie ich Zeit habe, dich kennenzulernen. Keinem von uns wird die Pistole vorgehalten.«

»Ich möchte niemandem wehtun«, sagte sie.

»Natürlich nicht. Und du hast Pamela auch nicht wehgetan. Sie trifft schon seit Jahren die falschen Entscheidungen. Es wäre nur eine weitere, wenn sie versuchte, zu mir zurückzukommen.«

»Sie wird dich niemals freigeben«, sagte Lauren.

»Dein Arzt dich vielleicht auch nicht. Kann sein, dass wir noch lange mit ihnen zu tun haben. Also, versuchen wir's. Ich habe Pamela schon losgelassen. Und du tust, was du tun musst.«

»Oh Gott«, sagte sie und lehnte sich an ihn. »Sie ist so unglaublich schön.«

Beau hielt sie fest. »Eigentlich war sie viel hübscher, als ich sie kennengelernt habe«, erklärte er. »Sie hat viel an sich machen lassen, ein paar Körperteile vergrößert und ein paar andere verkleinert. Zugegeben, sie sieht toll aus, aber das Mädchen von früher war trotz kleiner Makel viel realer. Pam wollte schon immer mehr, *immer mehr*. Sie ist nie mit dem zufrieden, was sie hat.«

»Du hast gesagt, du würdest es nicht bereuen«, erinnerte sie ihn.

»Stimmt auch«, bestätigte er. »Es war nicht immer leicht, aber es war die Sache wert. Weil ich ehrlich behaupten kann, dass die Jungs die beste Kindheit hatten, die ich ihnen bieten konnte. Natürlich gab es auch Probleme. Aber wir sind klargekommen.« Er blickte ihr in die Augen. »Ich habe sie nie im Stich gelassen.«

»Ich hab ein bisschen die Nerven verloren«, sagte sie. »Weil ich gerade erst deine Familie kennengelernt hatte, und da kam diese arme, verzweifelte Frau ...«

»Schon gut. Wirklich, es ist alles in Ordnung. Du hast Fragen, und das ist ganz natürlich. Es wäre verrückt, wenn du dich einfach so in eine neue Situation stürzen würdest. Das gilt auch für mich.

Aber es wird alles gut werden, weil wir alle Zeit der Welt haben, uns kennenzulernen. Wir sind nicht in Eile, schließlich tickt bei uns ja nicht mehr die biologische Uhr, oder?«

»Sehr witzig.« Sie lachte auf.

Er schlang seine Arme um sie. »Ich habe schon geahnt, dass die Feiertage ein bisschen schwierig werden könnten. Zumindest unvorhersehbar. Dabei hat der Doktor sich noch nicht mal gemeldet. Der könnte auch jederzeit auftauchen. Du hast doch noch den Baseballschläger parat, oder?«

Sie erschauerte.

»Ich möchte einfach nur weitermachen, einen Tag nach dem anderen leben, um diesen ganzen Scheiß hinter mir zu lassen. Ich wünsche mir nicht viel, Lauren. Nur, mein Leben mit jemandem zu genießen, dem ich was bedeute und der mir was bedeutet. Nichts Großes oder Kompliziertes. Ein bisschen Ausgewogenheit und Kompromissbereitschaft.« Er küsste sie auf die Wange. »Es wird alles gut. Hoffe ich.«

Sie seufzte. » Komischerweise bin ich froh, dass deine Ex-Frau aufgetaucht ist und nur ein bisschen verrückt gespielt hat. Brad hingegen ist bestimmt schon dem Wahnsinn nahe: Thanksgiving in einem Restaurant, mit seiner gemeinen alten Mutter? Ich staune, dass er noch nicht mein Haus niedergebrannt hat.«

Beau schwieg einen Augenblick. »Du riechst doch keinen Rauch, oder?«

»All die Jahre, in denen ich mir vorgestellt habe, wie ich mich von ihm scheiden lassen und mein Leben allein weiterleben würde, hätte ich nie gedacht, dass es so werden würde. Ich wäre nie darauf gekommen, dass er mich verprügeln könnte. Und ich hätte nie gedacht, dass ich mich in einen Mann verlieben würde, der von einer durchgedrehten Ex-Frau bedrängt wird. Wird unsere Beziehung all das aushalten?«

»Ich weiß, dass ich das Richtige tue, und ich glaube an dich«, erwiderte er. »Ich werde dich niemals anlügen. Solltest du dich selbst belügen, kann ich nichts dagegen machen. Wenn es sich nicht richtig anfühlt, musst du entsprechend reagieren.«

»Und du? Wenn es sich für dich nicht richtig anfühlt: Wirst du es mir sagen?«, fragte sie.

»Auf jeden Fall. Ich werde dir nichts vormachen. Dann würde ich mir nur selbst schaden.«

»Es gibt keine, die auf dich wartet?«, fragte sie.

»Nein. Nach Pamela haben alle das Weite gesucht. Wahrscheinlich hatten sie Angst, sie würde zurückkommen.«

»Gehen wir ins Bett, und du nimmst mich in den Arm?«, fragte sie.

»Ich hab schon gedacht, du fragst nie«, antwortete er.

In den frühen Morgenstunden schmiegte sie sich an ihn. Sie fühlte sich sicher. Sicher, befriedigt und ruhig. Sie hob den Kopf und küsste ihn aufs Kinn. »Ich liebe dich«, flüsterte sie. »Ich liebe dich und möchte für immer mit dir zusammen sein.«

Zärtlich küsste er sie auf den Mund. »Ich auch. Ich auch.«

Die Woche nach Thanksgiving verlief für Lauren etwas ruhiger. Sie ging mit Lacey zuerst essen und dann shoppen. Dabei erfuhr sie alles über ihr Thanksgiving und freute sich insgeheim ein bisschen, dass sie einen schrecklichen Abend mit Brad und Adele gehabt hatte. Wie zu erwarten gewesen war, hatte er grässliche Laune gehabt, weil er mit seiner Mutter und seiner verwöhnten Tochter festsaß und sich nirgendwo abreagieren konnte.

Im Juni wäre es Lauren nie in den Sinn gekommen, dass sie ein halbes Jahr nach ihrem Auszug immer noch ohne Scheidung und irgendwelche Besitztümer aus ihrem alten Haus dastehen könnte.

So hatte sie auch keinen Weihnachtsschmuck. Allerdings wusste sie, wie man Kränze und Tischschmuck bastelte, und kaufte ein paar rote und weiße LED-Kerzen, die mit Hilfe einer Zeitschaltuhr an- und ausgingen. In einem Bastelladen besorgte sie Geschenkband und Floristenbedarf. Bei einem Blumengroßhandel kaufte sie günstig Tannengrün und bot Beau an, ihm ebenfalls einen Kranz und Tischschmuck zu basteln, wenn er mitkäme.

Da er alles, was mit Grünzeug und Blumen zu tun hatte, liebte, war das die perfekte Freizeitbeschäftigung für ihn.

Sie füllten seine Ladefläche mit Zapfen und Zweigen von Tannen, Kiefern, Wacholder, Eukalyptus, Zeder und Stechpalmen. Dann bedeckte Lauren ihren Esstisch mit einem Laken, holte die neu gekaufte Floristenschere und fing an, Kränze und Tafelaufsätze herzustellen.

Beau brachte das Grünzeug herein und sah ihr zu. Er war so fasziniert von ihren Kreationen, dass sie ihm zeigte, wie es ging. »Kann ich es auch mal versuchen?«, fragte er.

Er war einfach unwiderstehlich. »Na klar. Komm, ich zeig's dir. Wir fangen mit einem Tafelaufsatz an, der ist einfacher.«

Gegen fünf Uhr nachmittags hatten sie zehn Tafelaufsätze und verschiedene Kränze hergestellt. Ihre Finger waren klebrig und wund. Beau warf einen Blick auf seine Uhr.

»Hast du noch was vor?«, fragte sie.

»Nein, ich hab Hunger«, erklärte er. »Wie sieht's bei dir mit Bier und Wein aus?«

»Ist alles da, aber das ist doch nichts zu essen.«

Er ging zur Spüle und wusch sich die Hände. »Ich hole uns was, es sei denn, du willst auswärts essen.«

»Nein, ich möchte das ganze Grünzeug verarbeiten, solange es noch frisch ist«, erwiderte sie. »Hol nur, wonach dir ist, ich esse alles mit.«

Da klopfte es an der Tür, und als sie öffnete, stand Bea, ihre Chefin, vor ihr.

»Tut mir leid, ich hätte anrufen sollen. Es geht um die Arbeit.«

»Komm rein«, forderte Lauren sie auf. »Wir basteln gerade Weihnachtsschmuck. Beth, das ist mein Freund Beau, und Beau, das ist Bea, meine Vorgesetzte bei Merriweather.«

Beau streckte ihr nickend die Hand entgegen. »Sehr erfreut, Sie kennenzulernen«, sagte er.

»Ich glaube, ich störe ...«

»Aber nicht doch. Beau wollte gerade Essen holen. Ich wasch mir schnell die Hände, dann können wir ein Glas Wein zusammen trinken«, erwiderte Lauren. »Du hast mich noch nie in meinem Haus besucht. Das heißt, meinem gemieteten Haus. Aber trotzdem bin ich irgendwie stolz darauf, weil es mein erstes eigenes Zuhause ist.«

»Ich möchte nicht zu viel von deiner Zeit in Anspruch nehmen und sehe doch ...«

»Ich hole uns jetzt was zum Essen«, schaltete sich Beau ein. »Möchten Sie auch etwas?«

»Nein, danke. Ich brauche nur ein paar Minuten.«

Lauren schrubbte sich die Hände ab. »Ich gehe davon aus, dass es um was wirklich Wichtiges geht, denn wegen etwas Beruflichem hast du dich noch nie am Wochenende gemeldet, dabei bin ich doch schon über zwölf Jahre bei euch ...«

Bea sah sich den Weihnachtsschmuck auf der Arbeitsfläche an: Tafelaufsätze in allen Größen und ein paar Kränze, die an Regalen lehnten. »Die sind ja hinreißend! Du hast verborgene Talente!«

Beau kam zu Lauren und küsste sie auf die Wange. »Ich bring was mit, was du magst, und lasse mir Zeit.«

»Danke«, sagte sie. Als Beau ging, plauderte Lauren weiter mit

Bea. »Ich hatte keinen Weihnachtsschmuck, weil ich immer noch nicht in mein altes Haus kann. Also habe ich was aus Resten gebastelt. Meine Tochter und ihr Freund kommen über die Feiertage, deshalb wollte ich –«

»Lauren, du solltest wissen, dass ich gegen alle Vorschriften und gegen ausdrückliche Anordnungen zu dir komme, aber ich finde es wichtig. Ich habe schlechte Nachrichten für dich.«

»Was ist denn los? Was in aller Welt –«

»Mir wurde mitgeteilt, dass du nächsten Freitag gekündigt wirst.«

Lauren lachte verwirrt auf. »Am Freitag vor den Weihnachtsferien? Aber wieso?«

»Die Personalabteilung kümmert sich darum, und ich bin wirklich mal gespannt, wie sie das begründen wollen, denn deine Leistungen sind überragend. Ich weiß nur so viel: Die Entscheidung kommt von ganz oben, und es hieß, deine Stelle würde aus Kostengründen gestrichen. Irgendwer hat irgendwo beschlossen, dass es für deine Abteilung keine Leiterin braucht, aber man bietet dir auch keine Stelle als Supervisorin oder Leiterin einer anderen Abteilung an.« Sie schüttelte den Kopf. »Es ist vollkommen unbegreiflich. Kannst du dir das erklären? Wüsstest du irgendeinen Grund? Irgendeinen Zusammenhang?«

Benommen schüttelte Lauren den Kopf. Sie musste sich erst mal an die Küchentheke lehnen und ein paarmal tief Luft holen. Dann ging sie zur Wohnzimmercouch und setzte sich. »Wieso nur?«, fragte sie.

Bea zuckte die Achseln. »Aber da ist was faul«, bemerkte sie.

»Hat irgendjemand in der Firma was gegen mich?«, fragte Lauren. »Gibt es einen Feind, von dem ich nichts weiß?«

»Nicht in unserer Abteilung«, antwortete Beau. »Mag sein, dass ich nicht die beste Chefin aller Zeiten bin, aber ich habe vier

Kinder großgezogen und daher ein scharfes Auge und gute Instinkte. Lauren, könnte dein Mann irgendwas damit zu tun haben?«

»Ich wüsste nicht, wie«, sagte sie. »Er hat ja nicht mal Kontakt zu meinen Kollegen. Keiner in unserer Abteilung ist so wichtig, dass er ihm irgendwie nützen könnte.«

»Aber würde er so was tun, wenn er könnte? Dir den Job wegnehmen?«

»Keine Ahnung.« Sie blinzelte ein paarmal. »Was soll ich jetzt machen?«

»Also, ich tue zwar, was ich kann, habe aber nicht so viel Einfluss. Im Moment, also bevor die Kündigung tatsächlich ausgesprochen wird, kann ich gar nichts machen. Ich könnte sogar meinen Job verlieren, weil ich mich direkten Anordnungen widersetzt und dir Bescheid gesagt habe. Also müssen wir bis auf Weiteres so tun, als wär nichts, und unser Pokerface aufsetzen. Ich weiß nicht, wer sonst noch im Bilde ist. Meine Anweisung habe ich vom stellvertretenden Leiter der Marketing-Abteilung bekommen. Aber der kennt auch keine Einzelheiten. Ich habe protestiert und gesagt, bei der Produktentwicklung seist du die Allerletzte, die man feuern sollte. Du darfst dir die nächste Woche nichts anmerken lassen.«

»Vielleicht sollte ich mich krankmelden.«

»Du könntest ja weniger Stunden arbeiten – das würde niemandem auffallen. Alle schleichen sich vorzeitig raus, um die Weihnachtsvorführungen ihrer Kinder in der Schule mitzukriegen. Du solltest einen Anwalt anrufen und nachdenken, Lauren. Überleg dir, was dahinterstecken könnte. Irgendwer will dir persönlich eins auswischen. Es klingt verrückt, außerdem hat keiner in unserer Abteilung genug Einfluss, um das durchzusetzen. Aber wenn es tatsächlich so weit kommt, solltest du bereit sein, dagegen anzugehen.«

»Genau das, was ich jetzt brauche«, bemerkte Lauren. »Noch einen Anwalt.«

»Wenn jemand direkt vor Weihnachten seinen Job verliert, dann muss das doch persönliche Rache sein, oder?«

»Wenn ich irgendwo in der medizinischen Branche arbeiten würde, könnte Brad wahrscheinlich ziemlich leicht dafür sorgen, dass ich meinen Job verliere. Aber in der Lebensmittelbranche? Dazu hat er doch keinerlei Verbindung – obwohl –, nein, das ist verrückt. Aber war Sylvie Emerson nicht vor fünf, sechs Jahren bei uns im Aufsichtsrat?«

Bea schüttelte den Kopf. »Das weiß ich nicht, Lauren. Dazu stehe ich nicht hoch genug in der Nahrungskette. Aber wieso ist das wichtig?«

»Brad betrachtet sich als Freund von Andy Emerson. Aber ich kann mir wirklich nicht vorstellen, dass Andy oder Sylvie …« Sie schüttelte den Kopf. »Das passt einfach nicht. Dazu sind sie zu anständig. Als ich Sylvie von der Scheidung erzählt habe, hat sie mir ganz offen gesagt, dass Brad sie nie hat täuschen können. Sie kann ihn nicht leiden und würde ihm niemals einen Gefallen tun. Schon gar nicht so einen.«

»Vielleicht solltest du mit ihr reden«, sagte Bea. »Aber verrate momentan noch nicht deine Quelle.«

»Ja, das könnte ich tun. Seit meiner Trennung treffen Sylvie und ich uns regelmäßig.« Lauren stand auf. »Ich hole jetzt wohl besser mal den Wein.«

»Ich weiß nicht«, erwiderte Bea. »Ich sollte lieber verschwinden, bevor dein Freund mit dem Essen kommt.«

»Wegen Beau musst du dir keine Gedanken machen«, sagte Lauren. »Ich kenne ihn schon eine Weile, aber wir sind erst seit

Kurzem zusammen. Er ist völlig anders als Brad. Trinken wir ein Glas Wein, vielleicht fällt uns ja was ein.«

»Aber nur ein kleines«, entgegnete Bea. »Ich habe mir schon das Hirn zermartert ...«

»Ich werde nicht zulassen, dass Merriweather mich einfach auf die Straße setzt«, kündigte Lauren an. »In mehr als zwölf Jahren hatte ich nie eine schlechte Leistungsbilanz oder gar eine Ermahnung. Ich war eine loyale und verlässliche Mitarbeiterin.«

»Das kann ich unterschreiben«, sagte Bea und nahm auf einem der Hocker an der Küchentheke Platz. »Das Ganze tut mir so leid, Lauren. Scheidungen können wirklich ein Albtraum sein.«

»Ja, das merke ich langsam auch.«

Als Bea sich vierzig Minuten später verabschiedete, schenkte Lauren ihr einen Tafelaufsatz. »Frohe Weihnachten«, sagte sie. »Ich hatte ohnehin vor, dir nächste Woche einen mitzubringen.«

»Vielen Dank«, sagte Bea. »Ich werde ihn in Ehren halten. Ehrlich, ich bin am Boden zerstört. Nach all den langen Jahren haben wir uns endlich angefreundet. Das ist doch nicht auszuhalten!«

»Ganz gleich, was nächste Woche passiert, wir bleiben Freunde. Und jetzt kennst du ja den Weg zu meinem Haus.«

Es kostete Lauren schreckliche Überwindung, in der nächsten Woche zur Arbeit zu gehen, aber es gelang ihr zu verbergen, dass sie Bescheid wusste. Hätte sie Beau nicht gehabt, mit dem sie reden, mit dem sie schlafen konnte, es wäre ihr noch viel schwerer gefallen. Am Donnerstagnachmittag machte sie früher Feierabend und ging in einen nahegelegenen Blumenladen, um dort für kleines Geld Tannenzweige zu kaufen. Daraus machte sie eine lange Weihnachtsgirlande, die gut auf Sylvies Esszimmertisch passen würde. Danach schrieb sie ihr eine SMS und fragte, ohne etwas von Sylvies Terminen zu wissen, ob sie Freitagnachmittag vorbeikommen könnte, sie hätte dann wohl frei.

Sylvie Emerson antwortete ihr, sie würde sich auf sie freuen.

Und wie erwartet kam der Leiter der Personalabteilung mit zwei Assistenten Freitag zu ihr ins Büro und erklärte, Laurens Stelle würde aus Kostengründen gestrichen. Als Lauren nachfragte, wurde ihr erklärt, es gebe keine Abfindung, aber sie hätte ein Anrecht auf die Arbeitslosenversicherung.

»Sie kündigen mich grundlos und bieten mir weder eine Abfindung noch Sonstiges an?«, fragte sie.

»Ich bedaure«, sagte der Leiter der Personalabteilung, »aber ich folge nur meinen Anweisungen. Wenn Sie dagegen Einspruch erheben wollen, sollten Sie Folgendes beachten.« Und mit zitternder Hand reichte er ihr ein Blatt Papier.

Lauren warf einen Blick auf die Liste mit Vorschlägen und dann wieder auf den Mann. Kündigung, ohne Abfindungspaket oder sonstige Entschädigungen. Das *musste* irgendwas mit ihrer Scheidung zu tun haben.

»Das werde ich ganz sicher tun. Vielen Dank. Könnten Sie mir ein Wägelchen besorgen, damit ich meine Sachen zum Auto bringen kann?«

»Aber ja«, sagte der Leiter der Personalabteilung erleichtert. »Meine Assistenten werden Ihnen dabei helfen.«

Noch vom Parkplatz von Merriweather Foods aus rief Lauren Beau an. »Es ist passiert«, meldete sie. »Sie haben mich wirklich rausgeworfen. Ohne Abfindung oder sonst was. Ich bin vollkommen fassungslos, obwohl ich damit gerechnet habe.«

»Wir finden eine Lösung«, erwiderte er. »Ich habe auf der Suche nach einem guten Anwalt schon ein bisschen recherchiert. Kommst du jetzt nach Hause?«

»Nein, ich wollte noch zu Sylvie, um ihr Weihnachtsschmuck

vorbeizubringen. Das hatte ich sowieso vor, aber jetzt möchte ich sie um Rat bitten. Sie kennt Merriweather, weil sie im Aufsichtsrat war. Sehen wir uns später?«

»Na klar. Möchtest du lieber auswärts oder zu Hause essen?«

»Weiß ich nicht«, sagte sie. »Mir ist nach Heulen zumute, aber aus irgendeinem Grund kann ich nicht weinen. Ich ruf dich an, nachdem ich mit meiner Freundin geredet habe.«

Als Sylvie ihr öffnete, rief sie begeistert: »Oh, das ist ja wunderschön!« Damit meinte sie die Weihnachtsgirlande. Doch als sie hörte, was Lauren widerfahren war, sagte sie: »Unmöglich! So behandelt Merriweather seine Angestellten nicht! Sonst wäre ich niemals ihrem Aufsichtsrat beigetreten.« Schließlich verkündete sie: »Da stimmt was nicht! Ich werde dir helfen, der Sache auf den Grund zu gehen.«

Kapitel Fünfzehn

Lauren war klar, dass von nun an verhandelt werden musste, wer wann wohin zu den Weihnachtsfeiertagen kommen würde. So war das eben nach einer Scheidung mit erwachsenen Kindern, die Partner hatten.

Cassie und Jeremy flogen am Samstag von Boston nach San Francisco; Heiligabend war am Montag. Sie fuhren direkt zu Laurens Haus, brachten ihr Gepäck im Gästezimmer unter und aßen kurz etwas, bevor sie zu Jeremys Familie in Menlo Park aufbrachen. »Hast du für heute Abend schon was geplant?«, erkundigte sich Cassie.

»Ich stehe euch zur Verfügung«, antwortete Lauren. »Wir sollten uns mal darüber unterhalten, wo ihr Heiligabend und den ersten Weihnachtstag verbringen wollt. Wir haben mehrere Einladungen, aber ich weiß, dass ihr euch auch mit Jeremys Familie abstimmen müsst. Darf ich nur kurz sagen, wie glücklich ich darüber bin, dass ihr hier übernachtet? Danke. Von nun an muss ich euch wohl immer mit Jeremys Familie teilen.«

»Das stimmt wahrscheinlich«, sagte Cassie. »Aber momentan wollen wir hier für dich da sein, weil du noch nicht so lange allein lebst und so viel durchgemacht hast.«

Sie hatten tatsächlich ziemlich viele Einladungen bekommen. Beth wollte, dass sie am ersten Weihnachtstag alle zu ihr kamen.

Beau gab an Heiligabend ein Essen und hatte Lauren gebeten, ihre Töchter und Beths Familie ebenfalls dazu einzuladen. Es sollte Kartoffelauflauf mit Schinken geben, und Tim, die Jungs und vielleicht auch ihre Freundinnen würden ebenfalls kommen. Dann wollte Tim zur Mitternachtsmette, und jeder, der Lust hatte, konnte sich anschließen. Zwar hatte Lauren ihre Töchter noch nicht gefragt, aber sie bezweifelte, dass sie von ihrem Vater eingeladen worden waren; sie wusste auch nicht, ob Beaus Stiefsöhne eine Einladung von ihrer Mutter hatten.

»Können wir heute Abend zusammen essen?«, fragte Cassie. »Mit deinem neuen Freund?«

»Er hält sich schon bereit, und seine Söhne und deren Freundinnen möchte ich auch dabeihaben. Ich habe eine riesige Chicken Parmigiana gemacht, und dazu gibt es Spinat und Baguette. Was es zum Nachtisch gibt, weiß ich noch nicht.«

»Und Lacey?«, fragte Cassie. »Hast du sie auch eingeladen?«

»Das sollst du entscheiden«, erwiderte Lauren. »Sie hat Beau noch nicht kennengelernt, ich habe ihr nicht mal von ihm erzählt. Wenn du Lacey heute Abend dabeihaben willst, sag ihr bitte, sie wird dann meinen ... Ach, wie soll ich ihn bloß bezeichnen? Als ganz besonderen Freund?«

Cassie lachte. »Entspann dich. Er ist der Mann, mit dem du dich seit ein paar Monaten triffst. Das stimmt doch, oder? Es sind schon ein paar Monate?«

Lauren nickte. »Ich möchte keine Szene. Es ist Weihnachten. Bitte richte ihr aus, sie kann gerne kommen, wenn sie meinen Freund kennenlernen will. Aber wenn sie sauer wird, kann sie zu Hause bleiben.«

Nach einem harmonischen Essen sagte Lauren zu sich selbst, dass jede Situation wohl bis auf Weiteres unvorhersehbar sein würde. Alle Eingeladenen waren gekommen, auch Lacey, die anfangs aussah, als wäre dies ihre Henkersmahlzeit. Sie wirkte steif und gehemmt, ja sogar reserviert. Aber Beau äußerte, wie er sich freue, sie kennenzulernen, Cassie und Jeremy begrüßten sie mit einer Umarmung, und Beaus Söhne brachten sie sogar zum Lachen. Außerdem mussten Lauren und Beau als frischgebackenes Pärchen einige Scherze von Drew und Michael über sich ergehen lassen.

Trotz ihrer augenscheinlichen Reserviertheit, mit der sie den Eindruck erweckte, niemanden mögen zu wollen, taute Lacey ziemlich rasch auf. Beau und seine Söhne waren witzig, charmant, aufmerksam – und zudem attraktiv.

Von diesem Abend an wurden es zauberhafte Feiertage. Lauren verbrachte jede Minute mit Beau, während Cassie ihre Zeit zwischen ihr und Jeremys Familie aufteilte und Lacey zwischen ihr und ihrem Vater. Cassie bekam keinerlei Einladung von ihrem Vater, aber das war ihr gleich. Tatsächlich war sie sogar erleichtert, denn seit August, seit der Konfrontation in seinem Büro, hatte sie nichts mehr von ihm gehört. Natürlich hatte er ihr auch keine Unterstützung bei den Studiengebühren angeboten.

An Heiligabend gingen alle außer Lacey zur Mitternachtsmesse in Mill Valley, wo Pater Tim zum letzten Mal Pater Damien assistierte. Mittlerweile war sein Rücktritt allgemein bekannt, und man sah, wie er Gemeindemitglieder umarmte und ihnen versicherte, er hätte in den nächsten zwei Wochen für jeden Zeit, der Kontakt mit ihm aufnehmen wollte. Er ermutigte alle, ihn auch danach anzurufen, falls sie Fragen hätten.

Nach der Messe, in den frühen Morgenstunden des ersten Weihnachtstages, saßen Lauren und Beau allein in Laurens Wohnzimmer zusammen. Cassie und Jeremy waren zu Bett gegangen, Michael übernachtete in Beaus Haus, und Beau hatte seine Söhne ganz offen gebeten, nicht auf ihn zu warten. In dieser trauten Zweisamkeit tauschten sie Geschenke aus. Beau hatte ihr eine kleine, hübsch verpackte Schachtel gereicht, und als sie sie öffnete, blinkte ihr ein wunderschöner Diamantanhänger an einer Platinkette entgegen. »Einen Ring kann ich dir nicht schenken, aber damit möchte ich dir zeigen, was ich für dich empfinde.«

»Beau ... das ist atemberaubend!«

»Darf ich?«, sagte er und holte die Kette aus der Schatulle, um sie Lauren umzulegen. Einen Augenblick sah er sie an, dann gab er ihr einen innigen Kuss. »Ich wünschte, du würdest die im Bett tragen«, flüsterte er, mit seinen Lippen an ihren. »Und sonst nichts.«

Sie lachte leise. »Dann musst du wohl warten, bis unsere Gäste abgereist sind ...«

»Ich weiß nicht, ob ich so lange warten kann«, gab er zurück.

»*Ich* weiß nicht, ob ich ohne dich die Feiertage durchgestanden hätte«, sagte sie. »Ohne dich und die Jungs – die waren umwerfend und haben sogar Lacey auftauen lassen.«

»Tim war aber auch nicht ohne«, erwiderte er. »Ich hoffe nur, es geht ihm gut. Ich habe gesagt, er soll sich bei mir melden, wenn er jemanden zum Reden braucht ...«

»Ich habe auch etwas für dich«, sagte sie und lenkte ihn damit von Tim ab. Sie stand auf, ging zum Weihnachtsbaum und zog zwischen den Zweigen einen langen, schmalen Umschlag hervor.

Lächelnd nahm er ihn entgegen. »Hoffentlich hast du dich nicht in Unkosten gestürzt, schließlich ist unsere finanzielle Lage ungewiss ...«

Sie berührte ihren Anhänger. »Das hat dich auch nicht gekümmert«, entgegnete sie lächelnd.

Er öffnete den Umschlag. Darin befanden sich eine schöne Karte und mehrere gefaltete Blatt Papier: zwei ausgedruckte Flugtickets und die Reiseroute: San Francisco nach Victoria, British

Columbia. Am Valentinstag. Staunend starrte er sie an. Er war sprachlos.

»Die Gärten, Beau. Im Winter sind sie auch wunderschön, und bei dir fängt die Saison doch erst im März ernsthaft an. Wenn sich alles ein bisschen stabilisiert hat, fliegen wir noch mal im Frühjahr dorthin.«

Er zog sie an sich. »Du hast wohl vergessen, dass du momentan arbeitslos bist.«

»Wie könnte ich das vergessen!«, erwiderte sie lachend. »Aber glücklicherweise war ich bereits vor meiner Kündigung im Reisebüro. Wir kriegen das schon hin, zwar weiß ich nicht wie, aber irgendwie wird's schon gehen. Jetzt nimm mich einfach in den Arm.«

Es war zwei Uhr morgens, als Tim das Pfarrhaus verließ und zu dem Wagen ging, der auf dem Parkplatz dahinter stand. Er warf eine kleine Reisetasche auf die Ladefläche, stieg auf den Beifahrersitz und schaute die hübsche Frau auf der Fahrerseite an. »Soll ich fahren?«, fragte er.

»Nein, das schaffe ich schon.«

»Es ist eine lange Fahrt ...«

»Nein, ist schon gut. Wie fühlst du dich?«

»Weiß ich nicht«, gestand er. »Wenn ich dir sage, dass ich mir ein bisschen verloren vorkomme, glaubst du dann, ich hätte Zweifel?«

»Hast du denn Zweifel?«

Er lehnte sich zu ihr. »Komm her, Angela«, befahl er leise. Als sie sich zu ihm neigte, umfasste er ihren Nacken, zog sie näher zu sich und küsste sie lang und innig. »Ich bin mir vollkommen sicher«, sagte er, dicht an ihrem Mund.

»Wow«, seufzte sie. »Frohe Weihnachten.«

»Möglicherweise werden einige Gemeindemitglieder anrufen«, erklärte er. »Vielleicht weil sie den Kontakt nicht verlieren wollen und sich Sorgen über meine Zukunft machen.«

»Aber machst du dir denn Sorgen?«, fragte sie.

»Nein, das liegt alles in Gottes Hand. Ich kenne Ihn schon sehr lange, und meiner Erfahrung nach schenkt Er jedem, der dienen will, alles im Übermaß.«

Sie lachte ihn an und legte den Gang ein. »Du hast ja keine Ahnung«, sagte sie. »Eigentlich ist es nie genug. Die letzten acht bis zehn Jahre habe ich mich immer am Ende des Tages gefragt, was ich noch tun könnte.«

»Denk an die Frau mit der einen Dose Mais«, erinnerte er sie. Er streckte die Hand aus und tätschelte ihr Bein.

Sie waren auf dem Weg zum Lake Tahoe. Tim hatte dort ein schönes Hotelzimmer reserviert. Sie würden mit Champagner auf ihre Zukunft anstoßen und in einem Bett schlafen. Ihr Zimmer würde auf sie warten, wenn sie früh am Morgen ankämen. Sie hatten geplant, den ersten Weihnachtstag mit Faulenzen zu verbringen und dann zurück nach Oakland zu fahren, zum Haus der Velazquez. Tim wollte Angelas Vater um die Hand seiner Tochter bitten. Die Velazquez gehörten nicht zu seiner Gemeinde, aber er würde erklären, dass er sein Priesteramt aufgegeben habe und dass er Angela zwar seit seiner Rückkehr nach Mill Valley gekannt, aber keine Liebesbeziehung mit ihr gehabt habe. Die habe erst angefangen, als er offiziell kein Priester mehr gewesen sei.

»Bist du sicher, dass du das wirklich alles tun willst?«, fragte sie nach.

»Angela, ich habe die Prozedur schon vor fünf Monaten eingeleitet. Die Erzdiözese weiß seit knapp einem halben Jahr Bescheid. Ich übergebe sie in gute Hände. Pater Damien ist jung, dynamisch und von seiner Mission beseelt.«

»Meine Mutter wird in Ohnmacht fallen«, warnte sie.

»Und dein Vater?«, fragte er leicht nervös.

»Ich glaube, der wird dir nicht nur seinen Segen geben, sondern dich vielleicht überreden, in die Kirche zu gehen, noch bevor du dazu bereit bist.«

»Darüber würde ich mir keine Gedanken machen«, erwiderte er. »Denn ich bin bereit.«

Ihre Pläne hatten sich geändert, wenn auch nur geringfügig. Sie hofften immer noch, beim Flüchtlingsprogramm helfen zu können, aber erst später. Davor wollten sie als Freiwillige bei einem katholischen Hilfsprojekt in Puerto Rico arbeiten, wo nach einem schrecklichen Hurrikan Hunger und Not herrschten. Und da sie ein prächtiges Empfehlungsschreiben vom Monsignore bekommen hatte, würde das Domkapitel von New York ihnen bei ihrer Unterkunft helfen. Wahrscheinlich hieß das nur, dass sie ein Zimmer in einem Privathaus bekämen. Immer einen Schritt nach dem anderen, einen Tag nach dem anderen. *Wenigstens gehen wir gemeinsam voran*, dachte Tim.

»Hast du was gesagt?«, fragte sie.

»Ich glaube nicht, dass ich es laut gesagt habe: Hauptsache gemeinsam«, erwiderte er.

Irgendwann in der Zukunft, die hoffentlich nicht zu weit entfernt läge, würden sie mit ihren jeweiligen Fähigkeiten ein perfektes Team ergeben. Sie wussten nicht, welcher Organisation sie sich anschließen würden – es gab so viele wunderbare Unternehmungen, um Hunger, Schmerzen und Unrecht zu bekämpfen. Aber gemeinsam würden sie die Mission finden, die für sie richtig war.

»Gott, ich bin so dankbar, dich zu haben«, sagte er.

»*Dios*, ich stehe kurz davor, mit einem Priester die Nacht zu verbringen«, erwiderte sie.

Er lachte. »Nein, mit einem Ex-Priester.« Und dann dachte er: *Es war eine gute Zeit.* In zwanzig Jahren hatte er einiges bewirken können und wertvolle Erfahrungen gemacht. Und wenn Beau erst von seinem neuen Abenteuer hörte, würde er mit Sicherheit die Fassung verlieren. »Warte erst mal ab, bis ich es meinem besten Freund erzähle.«

»Ich dachte, das hättest du schon!«

»Nein, ich habe nur gesagt, ich würde eine neue Richtung einschlagen. Er steckt gerade mitten in einer hässlichen Scheidung. Da habe ich mich entschuldigt, dass ich vielleicht mit den Gedanken woanders wäre, wenn er mich gerade brauchen würde. Aber ich habe vor der Messe den Abend mit ihm und seiner Familie verbracht. Es ist eine sehr nett wirkende Frau in sein Leben getreten, und seine Söhne helfen ihm und unterstützen ihn. Zwar habe ich ihm noch nichts von dir erzählt, aber er wird wohl nicht sonderlich überrascht sein. Nur wenn ich ihm wirklich alles erzähle, was gerade läuft, wird er bestimmt ausflippen. Du musst unbedingt dabei sein. Wenn Beau ausflippt, ist das ein sehr lustiger Anblick.«

Als sie am Lake Tahoe ankamen, war es frühmorgens, aber immer noch dunkel. Tim bat darum, ein Champagnerfrühstück aufs Zimmer serviert zu bekommen. In den Bademänteln vom Hotel setzten sie sich an den Tisch ihres Raums. Die Vorhänge waren aufgezogen, damit sie in ein paar Stunden den Sonnenaufgang sehen konnten. Sie stießen miteinander an, küssten sich und fütterten sich gegenseitig mit Omelette und Crêpes.

Schließlich taumelten sie in das große Bett, berührten sich unbeholfen, küssten und liebkosten sich und schliefen schließlich miteinander. Als nachher beide erschöpft und zufrieden dalagen, bemerkte Angela leicht außer Atem: »Was die Keuschheit betrifft, hast du wohl gelogen. Das war unglaublich!«

»So ist das mit der Liebe, Süße«, erwiderte er und schob ihr eine dicke, dunkle Haarsträhne aus der Stirn. »Da muss man nicht üben. Da geht alles wie von selbst.«

Angela schlief in seinen Armen, hatte den Kopf an seine Schulter gelehnt und ein Bein über seine Hüfte gelegt. Zum ersten Mal seit langer, langer Zeit fühlte er sich friedlich und wohl. Er hatte nie seine Gelübde gebrochen, obwohl er, wie wohl jeder Mann, hin und wieder in Versuchung gekommen war. Er hatte viel verdrängt und immer mit seiner Selbstbeherrschung gerungen, schließlich waren es nur die Hormone! Erst als er Angela das erste Mal wiedersah, nach seinem Gespräch mit Seiner Exzellenz darüber, dass er das Priesteramt aufgeben würde, spürte er mehr. Bei ihr waren es nicht nur die Hormone und der von Gott gegebene Drang, sich zu vermehren. Hier ging es um Vollkommenheit.

Mit so was hatte er nicht gerechnet. Er hatte es für möglich gehalten, irgendwann eine Frau kennenzulernen. Wenn er kein Priester mehr war, hatte er dafür offen sein wollen.

Als er Angela übers dunkle Haar strich, rührte sie sich ein wenig. Sie war die Richtige, eine Frau, die genauso leidenschaftlich gern dienen wollte wie er, die seinen Glauben, seinen Antrieb und seine Liebe zu den Menschen teilte. Angela verrichtete nun schon seit Jahren Gottes Werk, und bei ihr würde er seinen Weg finden. Er hoffte nur, sie würde bei ihm Erfüllung finden.

Als er sie näher an sich zog, berührten seine Lippen ihre Stirn. Sie hob den Kopf und blickte ihm in die Augen. »Ich hoffe, ich kann dich so glücklich machen wie du mich«, sagte sie.

»Wir lernen uns als Paar erst kennen«, erwiderte er. »Jeder Tag wird neue Erfahrungen bringen. Aber wenn du nur meine Hand hältst, werden wir schon das Richtige tun. Können wir nicht sofort heiraten?«

»Hast du es eilig, Tim?«, fragte sie.

»So bin ich wohl. Wenn mein Entschluss erst feststeht, möchte ich sofort einen Schwur ablegen. Aber lass dich nicht von mir drängen, wenn du noch Zeit zum Nachdenken brauchst.«

»Tim, ich wäre nicht hier bei dir, wenn ich mir unsicher wäre. Aber ich würde mich gerne von einem Priester trauen lassen. Das mag altmodisch sein, aber so ticke ich nun mal.« Sie grinste und fuhr ihm mit den Fingern durch die Haare über seinem Ohr. »Werden wir Flitterwochen haben?«

»Wahrscheinlich keine typischen. Ich muss noch ein Weilchen hierbleiben und einiges im Pfarrhaus klären, aber übernachten werde ich dort nicht mehr. Meine Handynummer ist allgemein bekannt. Sollten Gemeindemitglieder noch Trost und Zuspruch brauchen, darf ich sie bis Neujahr in der Kirche empfangen. Danach können wir los.«

»Brauchst du beim Umzug meine Hilfe?«

»Nein, ich habe nicht viel. Was ich nicht mitnehme, spende ich oder lagere es bei meinen Eltern. Ich werde uns für ein paar Wochen ein Hotelzimmer in der Innenstadt besorgen. Wir müssen uns mit verschiedenen Leuten treffen und das Aufgebot bestellen. Wenn wir nicht damit beschäftigt sind, möchte ich dich ein bisschen verwöhnen. Ich vermute, es wird ziemlich lange dauern, bis wir wieder gute Restaurants, Whirlpools und große Duschen genießen können.«

»Gute Matratzen, schönes Bettzeug, Hotelbademäntel …«

»Wenn dir das je zu viel werden sollte …«

»Schon vergessen? Du folgst doch mir. Ich habe nie in einer großen, wohlhabenden Kirche gepredigt und in einem behaglichen Pfarrhaus wie deinem gewohnt. Wie oft hast du in deinem Auto geschlafen?«

»Nicht so oft«, räumte er ein, obwohl er im Kalifornischen

Längstal schon häufiger seine Unterkunft an jemanden abgetreten hatte, der sie dringender brauchte als er.

»Das war der beste Weihnachtsmorgen meines ganzen Lebens«, sagte sie.

»Meiner auch«, flüsterte er. »Meiner auch.«

Zwischen den Jahren hatten Cassie und Jeremy sehr viel zu tun. Hier in San Francisco hatten sie ihr Vor- oder Grundstudium absolviert und kannten noch viele Kommilitonen. Außerdem lebten Jeremys Eltern, eine verheiratete Schwester mit einem Baby und seine Tante und sein Onkel in der Gegend. So bekam Lauren viel freie Zeit, die sie zwar brauchte, aber sie wollte auch unbedingt mal mit ihren Töchtern gemeinsam essen gehen. Nur sie drei, ohne Freunde oder sonst wen.

Nach ihrer Kündigung direkt vor Weihnachten hatte sie einen sehr aufschlussreichen Anruf von Sylvie Emerson bekommen. Sylvie hatte sich die Freiheit genommen, mit ihrem persönlichen Anwalt über Laurens Lage zu sprechen. Natürlich, ohne Namen zu nennen. »Ruf deine Anwältin an und sag ihr, du willst gegen die Kündigung Einspruch erheben, weil sie ohne Grund erfolgt ist. Nimm keinen anderen Job an, ohne mit mir zu sprechen – ich hab da ein paar ausgezeichnete Ideen. Aber da du jetzt arbeitslos bist, sag deiner Anwältin, sie soll auf einer Abfindung bestehen. Und wenn du mit einem Mediator einverstanden bist, lass endlich einen Termin dafür ansetzen. Dein Mann hat dich in einem Staat, wo die Schuldfrage uninteressant ist, schon sechs Monate hingehalten. Mach Druck, Lauren. Und dann ruf mich an, bitte.«

Das versprach Lauren. Und sie sagte, sie wäre für jeden Vorschlag dankbar.

Als sie Erica Slade anrief, musste sie eine Nachricht hinterlassen. Und da Lauren war, wie sie war, klang sie entschuldigend:

»Erica, es tut mir sehr leid, Sie zwischen den Feiertagen zu stören, aber hier hat sich einiges ergeben, das ich mit Ihnen so rasch wie möglich besprechen möchte. Ich habe meine Stelle verloren. Ohne Grund, alles ziemlich fragwürdige Umstände, aber ich weiß nicht, ob da irgendjemand die Strippen gezogen hat. Jedenfalls ist das ein Grund mehr, warum ich die Scheidung endlich hinter mich bringen will. Ich hatte natürlich Ausgaben, die ich mit meinem Gehaltscheck abdecken wollte. Verzeihung, dass ich Sie damit belästigen muss.«

Nicht mal eine Stunde später klingelte ihr Telefon. »Lauren, ich bin Scheidungsanwältin. Feiertagskrisen sind für mich nichts Neues. Ich fürchte, dabei geht's vor allem um Territorialkämpfe. Um Weihnachten herum verlieren alle die Nerven. Genauso wie am Muttertag, Vatertag und beim Superbowl. Meinen Urlaub nehme ich immer im Februar. Und jetzt erzählen Sie mir genau, was passiert ist.«

Ihr Telefonat war nur kurz. Erica versprach, Einspruch gegen ihre Kündigung einzulegen und einen schnellstmöglichen Termin entweder für eine Mediation oder die Scheidungsverhandlung vor dem Familiengericht zu beantragen. Sie wollte auch die Ergebnisse des Finanzsachverständigen einsehen. »Wenn er die Vorgänge weiterhin verzögert, gehe ich vor Gericht. Sein Anwalt weiß genau, dass er sie nur mit gutem Grund verzögern kann, und den hat er nicht. Sie haben bereits alles eingereicht und offengelegt, was von Ihrer Seite aus notwendig war.«

Zwar hatte das Lauren beschäftigt, doch war es nicht der Grund, warum sie ihre Töchter unbedingt zum Essen treffen wollte. Cassie und Jeremy wollten am zweiten Januar nach Boston zurückfliegen. Und dann würde wahrscheinlich viel Zeit vergehen, bevor sie wieder nur zu dritt essen gehen konnten. Lauren wählte dafür den Pub in ihrem Viertel, den sie so gerne mit Beau besuchte. Obwohl es draußen kalt und nass war, ging sie mit Cassie zu Fuß dorthin.

»Weißt du, Mom, du musst Beau nicht nach Hause schicken, damit ich eure Beziehung nicht mitkriege. Solange ich euch nicht stöhnen und schreien höre ...«

»Cassie!«, wehrte Lauren lachend ab.

»Ich sag's ja nur. Wenn ich nicht hier bin, ist deine Beziehung bestimmt viel interessanter. Ich mag Beau. Seine Familie ist auch nett. Ich freue mich, dass du jemanden wie ihn gefunden hast.«

»Das kam vollkommen unerwartet«, erklärte Lauren. »Ich wollte, ich hätte ihn erst nach der Scheidung kennengelernt, aber die zieht sich so lang hin ...«

»Wann genau bist du ihm denn das erste Mal begegnet?«, erkundigte sich Cassie.

»Im März. Genau an dem Tag, an dem ich eine Anzahlung auf das Haus geleistet und meine Anwältin gebeten habe, deinem Vater vor meinem Einzug dort, also Anfang Juli, die Scheidungspapiere zustellen zu lassen. Eigentlich dachte ich, ich müsste eine Weile bei Beth unterkommen, doch der Vermieter gab mir die Schlüssel ein paar Tage früher.«

»Aber Beau hatte nichts damit zu tun ...«

»Selbstverständlich nicht!«, versicherte Lauren. »Er hat nie Annäherungsversuche gemacht. Ich habe ihn zufällig im Supermarkt getroffen, und da erst erfuhr ich, dass er im selben Viertel wohnt. Wirklich, ich hatte keine Ahnung. Als ich ihn auf ein Glas Wein einlud, kam er am nächsten Tag, um neue Schlösser anzubringen und eine Türklingelkamera zu installieren.« Sie schwieg kurz. »Geküsst haben wir uns erst vier Monate später ...«

»Na, da habt ihr aber wirklich nichts überstürzt«, beruhigte Cassie sie. »Ich zum Beispiel habe schon beim ersten Date mit Jeremy rumgemacht. Und das nicht zu knapp!«

»Ich habe versucht, vernünftig und vorsichtig zu sein«, erklärte Lauren.

»Ihr habt ja auch beide Ex-Partner, die euch nicht gehen lassen wollen«, bemerkte Cassie.

»Aber warum!«, erwiderte Lauren. »Ich weiß nicht, worum es Beaus Ex-Frau geht, aber *sie* hat *ihn* verlassen. Und dein Vater? Was will er eigentlich von mir? Alles deutet doch darauf hin, dass er mich verachtet. Wieso will er unsere Ehe dann nicht hinter sich bringen?«

»Weil er gewinnen will«, sagte Cassie.

»Was denn? Eine niedergeprügelte, unglückliche Frau?«

»Ich sag ja nicht, dass es logisch ist«, entgegnete Cassie. Der Pub kam in Sicht. Davor stand Laceys kleiner BMW. »Oh, gut, dann müssen wir heute nicht auf sie warten.«

Lacey saß in einer großzügigen Sitznische und trank bereits ein Glas Weißwein. Glücklicherweise lächelte sie, als Lauren und Cassie eintraten. Die Mädchen hatten sich über die Feiertage gut verstanden – keine Kabbeleien, kein Partei-Ergreifen. Das Thema Scheidung wurde natürlich vermieden, was für Lauren eine große Erleichterung war.

»Sind wir zu spät?«, fragte sie Lacey und gab ihr einen Kuss auf die Wange.

»Nein, nein. Ich bin eher ein bisschen früh. Das ist ja ein wirklich nettes kleines Lokal. Gefällt mir sehr. Und du kannst sogar zu Fuß hierherkommen.«

»Ich liebe dieses Viertel«, sagte Lauren. »Ich kann einkaufen, mir bei Starbucks ein Frühstück genehmigen oder hier einen Salat essen. Und das alles zu Fuß.«

Sie plauderten ein bisschen, während Cassie und Lauren sich etwas zu essen aussuchten und bestellten; Cassie lud Lacey ein, sie in Boston zu besuchen, obwohl sie nur eine Couch und eine abschließbare Tür anbieten konnte. Sie konnten sogar lachen, als Lacey sich über ihr Weihnachten mit Vater und Großmutter beklagte. »Ich fasse es einfach nicht, dass du mich mit ihnen allein gelassen hast!«

»Moment mal, Schwesterherz. Das hast du dir selbst zuzuschreiben: Wenn man nicht auf Luxus und Zuwendungen verzichten will, muss man eben jede Menge Familienessen auf sich nehmen.«

»Gott, das will ich doch nicht hoffen! Komm Cassie, gib dir einen Ruck und versöhn dich wieder mit ihm. Dann sind wir wenigstens zu zweit, und du kommst wahrscheinlich wieder auf die Gehaltsliste.«

»Was habe ich euch beiden bloß angetan«, sagte Lauren seufzend und stützte den Kopf in die Hand.

»Ich gebe zu, ich bin ein bisschen verwöhnt«, gestand Lacey.

»Ein bisschen?«, erwiderten Lauren und Cassie wie aus einem Mund.

Ihr Essen kam, und als sie weiterhin munter miteinander plauderten, verspürte Lauren einen Anflug von Hoffnung. Ende Juni hatte sie die Scheidung eingereicht. Jetzt war es Ende Dezember – also rissen die beiden schon ein halbes Jahr später bissige Witze über ihre Eltern, die sie in die Armut stürzten.

»Ich nicht«, wehrte sich Lauren. »Ich wollte einfach nur ein Leben ohne Kontrollsucht und Gemeinheiten haben. Und ich möchte euch so gut ich kann bei eurer Ausbildung helfen, aber das ist auch einer der Gründe, warum ich euch vor Cassies Abreise beide treffen wollte. Ich habe ein neues Problem: Mir wurde gekündigt.«

»Was?«, fragte Cassie. »Aber du hast doch schon seit einer Ewigkeit bei Merriweather gearbeitet! Was ist denn der Grund?«

»Es hieß, ich hätte nichts falsch gemacht, aber die Abteilung für Produktentwicklung würde umstrukturiert, und meine Stelle wäre überflüssig. Allerdings wurde mir von dritter Seite angedeutet, dass das eigentlich nur ein vorgeschobener Grund ist.«

»Oh Mama, das jetzt auch noch?«, sagte Cassie. »Was machst du denn nun?«

»Ich suche mir einen neuen Job«, gab Lauren zurück. »Außerdem habe ich meine Anwältin gebeten, deinem Vater Dampf zu machen, damit wir uns endlich mit einem Mediator über die Vermögensaufteilung einigen. Das müssen wir hinter uns bringen, zum Wohle aller! Was ich euch also sagen will, ist, dass es vielleicht eine Weile dauert, bis ich euch finanziell unterstützen kann. Zwar habe ich noch meine Altersrücklagen, aber die will ich für Notfälle behalten.«

Cassie ergriff ihre Hand. »Hör mal, ich schaff das auch allein. Kann sein, dass ich dazu einen Haufen Schulden machen muss, aber da bin ich nicht die Erste, und dann muss ich die eben zurückzahlen, wie jeder andere auch. Jeremy verdient während seiner Doktorarbeit ein bisschen Geld mit Unterrichten. Ich kenne unglaublich viele Jurastudenten, die gar nicht von ihren Eltern unterstützt werden können. Es gibt nur wenige, die so leben können wie wir, und die gehören zu den sogenannten *fine old families* und –«

»Lacey?«, sagte Lauren.

Lacey hatte den Blick auf ihren Teller gesenkt, die Hände im Schoß gefaltet und weinte.

»Lacey, dein Vater wird bestimmt einige von deinen Kosten übernehmen, schließlich hast du dich nicht von ihm abgewandt, aber wenn nicht, versuche ich nach Kräften, dich zu unterstützen. Du musst nur etwas Geduld haben, momentan sitze ich ein bisschen in der Klemme. Damit hatte ich nicht gerechnet.«

Da hob Lacey den Blick, und eine dicke Träne rann ihr über die Wange. »Er war's«, sagte sie.

Verwirrt und sprachlos sahen Cassie und Lauren sie an.

»Er war's. Aber ich hab's nicht begriffen. Er und Grandma amüsierten sich königlich darüber, dass du ausflippen würdest, dass du niemanden hättest, an den du dich wenden könntest, dass du kein Einkommen mehr hättest und ihn um Geld anbetteln müsstest ...«

Lauren runzelte die Stirn. »Wie soll er das denn gemacht haben?«, fragte sie.

»Ich weiß nicht, jedenfalls nicht genau. Ich hab mich ausgeklinkt, als ich nicht verstanden habe, wovon sie eigentlich redeten. Ich weiß nur noch, dass er gesagt hat, es würde sich auszahlen, die richtigen Leute an den richtigen Stellen zu kennen, und dass Golf hervorragend geeignet sei, um entsprechende Kontakte zu pflegen. Aber als er das sagte, habe ich eigentlich nichts davon kapiert.«

»So was läuft nicht in meiner Firma«, erwiderte Lauren und merkte danach, dass sie Sylvies Einwand wiederholt hatte.

»Ich weiß nicht, wie er's gemacht hat, Mama«, sagte Lacey. »Wahrscheinlich ist es meine Schuld! Ich hätte es genau wie Cassie machen sollen: ihm sagen, wie sehr ich sein Verhalten verabscheue. Aber das habe ich nicht. Weil ich auf keinen Fall wollte, dass ihr euch scheiden lasst!«

Lauren schwieg eine ganze Weile. »Ich wollte das auch nicht und habe deshalb viel zu lange gewartet. Und jetzt seht euch an, wie kompliziert und schmerzlich es für alle ist.«

»Ich kam einfach nicht drauf, wieso er und Grandma sich so prächtig amüsierten. Er will dich in die Knie zwingen«, flüsterte Lacey. »Gott«, schluchzte sie auf, »es ist einfach furchtbar ...«

»Aber es ist nicht deine Schuld«, sagte Lauren energisch. »Es ist nicht eure Scheidung, sondern meine.«

»Lacey, lass dich nicht mehr von ihm manipulieren«, bat Cassie.

»Aber du verstehst das nicht! Ich habe niemanden. Meine Schwester habe ich nicht mehr, weil wir in gegnerischen Lagern waren. Meine Mutter habe ich nicht mehr, denn du musst mich doch hassen, weil ich für ihn Partei ergriffen habe. Er benutzt mich nur. Ich habe keinen Freund, und meine Freundinnen wollen nichts mehr davon hören. Ich habe niemanden! Und ich habe nicht mal große Träume und studiere Jura! Wisst ihr eigentlich, was Lehrer verdienen?«

Lauren lächelte nur. »Schön ist das nicht«, sagte sie. »Aber du wirst immer eine Mutter haben. Auch wenn wir in unterschiedlichen Lagern sind. Ich nehme es dir nicht übel, dass du dich mit deinem Vater gut stellen willst, nur arbeite nicht gegen mich. Das könnte ich dir nur schwer verzeihen.«

»Aber er behauptet, du wolltest ihm mit dieser Scheidung vorsätzlich schaden«, erwiderte Lacey, die offenbar immer noch nicht begriff.

»Das will ich natürlich nicht«, entgegnete Lauren. »Das Gesetz ist eindeutig. Alle Vermögenswerte aus der Zeit unserer Ehe werden gerecht aufgeteilt, ausgenommen die persönlichen Altersrücklagen. Alles, was wir in die Ehe eingebracht haben, wird ausgeklammert. Während meiner Ehe hatte ich mindestens drei Jobs gleichzeitig: als Putzfrau, als Kindermädchen und als persönliche Assistentin deines Vaters. Und das alles neben einer Vollzeitstelle. Dein Vater hat sich nie in der Schule engagiert, hat nie aufgeräumt oder eingekauft, er weiß nicht mal, wo die Reinigung ist. Ständig hat er mir eine Liste mit Aufgaben gegeben, und mein Gehalt ging aufs gemeinsame Konto. Ich will ihm nicht schaden, Lacey, obwohl man schon sagen könnte, dass er es verdient hätte. Ich will nur mein Leben zurück.«

Lacey schwieg einen Moment, dann sagte sie: »Er wird's dir nicht leicht machen.«

»Schätzchen, das wusste ich schon ein knappes Jahr nach unserer Hochzeit.«

Kapitel Sechzehn

Am achten Januar fuhr Beau mit Lauren zu einer Hochzeit, die in einer kleinen katholischen Kirche am Rand von Oakland stattfand. Beau war der Trauzeuge von Tim Bradbury. Eigentlich sollte es nur eine ganz kleine, private Hochzeit werden, doch kaum hatten Tim und Angela ihre Familien informiert, geriet das Ganze außer Kontrolle, vor allem, als Angelas Mutter, ihre Tanten, Großeltern, Geschwister und Cousins übernahmen. Am Ende kamen über hundert Gäste zu ihrer kleinen, privaten Hochzeit, und jede der Frauen brachte etwas zu essen mit. Außerdem tauchten mehrere Mariachibands und eine Tanzkapelle aus dem Umkreis auf. Die Blumen für den üppigen Blumenschmuck kamen wohl aus dem Ausland, schließlich war es Januar. Es gab Piñatas für die Kinder, Bier und Wein in rauen Mengen und dazu köstliche mexikanische Speisen.

Es überraschte Beau kaum, dass Tims Familie, die im Vergleich zu den anderen eher begütert war, sich wunderbar einfügte und amüsierte. Als Beau Michael und Drew von der Hochzeit erzählte, wollten sie unbedingt dabei sein und brachten auch ihre Freundinnen mit. Es gab Musik, es wurde getanzt, gesungen und gelacht. Und es wurden Trinksprüche ausgebracht, unermüdlich, einer nach dem anderen. Beau hielt für das Brautpaar eine Rede, die alle glänzend unterhielt.

»Ich glaube, ich habe noch nie ein Paar gesehen, das gründlicher verheiratet worden wäre«, bemerkte Lauren. »Sie wissen wirklich, wie man es macht.«

»Hattest du eine große Hochzeit?«, erkundigte er sich.

»Selbstverständlich«, antwortete sie. »Aber es war keine spaßige Angelegenheit, sondern steif, förmlich und sterbenslangweilig.«

Beau lachte auf, zog sie in seine Arme und wirbelte sie erneut über die Tanzfläche – das umfunktionierte Souterrain der Kirche. Es war bereits Mitternacht, als eine von Tims Vater bestellte Limousine vor der kleinen Kirche eintraf und Tim und Angela zurück in die Innenstadt entführte, wo sie übernachten würden.

Beau hingegen entführte Lauren zurück in ihr Haus, wo sie sich auf dem Weg zum Schlafzimmer auszogen, ohne auch nur einmal ihren Kuss zu unterbrechen. Es dauerte lediglich Sekunden, da lagen sie schon nackt im Bett und klammerten sich aneinander. Kaum berührte Beau sie, öffnete sie sich für ihn wie eine Blume, und er füllte sie mit all seiner Lust und Liebe. Ihre Haut, die sich so makellos und weich anfühlte, wurde warm und geschmeidig, und ihr Becken bewegte sich im Gleichtakt mit seinem.

Genau so fühlte sich vollkommene Liebe an, voller Vertrauen, Hingabe und Leidenschaft. Beau versuchte die Momente der Erfüllung bei jeder ihrer Vereinigungen zu zählen. Es gab grelle Ekstase und unvergleichliche Zufriedenheit, Erregung und Trost, befriedigte Bedürfnisse und gestillte Sehnsüchte. Für ihn kamen Körper und Seele zu einer absoluten Seligkeit zusammen.

»Ich fasse es nicht, dass du wirklich mir gehörst«, flüsterte sie.

»Oh ja, ich gehöre dir«, sagte er. »So, als hätte ich mein ganzes Leben auf dich gewartet. Genau, wie es sein sollte.« Mit seinen Lippen an ihren, seinen Händen auf ihrem Körper, innig ineinander verschlungen, er in ihr im Gleichtakt, dauerte es nicht lang, da überflutete sie ein alles mitreißender Orgasmus. Es ging so schnell; es ging immer so schnell. Ihr Körper reagierte auf seinen, und zusammen wurde ihre Liebe mächtig und doch leicht. Dann kam sein Lieblingsteil: wenn er sie festhielt, während sie mit nachbebendem Körper in die Wirklichkeit zurückfand und ihr Atem sich beruhigte. Er überschüttete sie mit kleinen Küssen, um ihr den Weg nach Hause zu zeigen, und sie hielt ihn fest, um ganz sicher zu sein, dass sie dies gemeinsam erlebten.

»Das war so schön«, flüsterte er. »Kaum zu glauben, dass du vorher Probleme mit Orgasmen hattest. Jetzt kommen sie doch sehr leicht.«

»Mmhm, jetzt. Sobald du mich berührst, muss ich mich beherrschen, bis du mit mir zusammen kommen kannst.«

»Dich zu lieben, ist das Beste in meinem Leben«, sagte er.

Sie berührte sein markantes Gesicht. »Ich hätte nie gedacht, dass ich so was erleben würde«, flüsterte sie. »Ich dachte, ich würde allein sein. Allein und ziemlich zufrieden.«

Er gluckste. »Hatte ich auch gedacht. Aber wenigstens hat keiner von uns geplant, Priester zu sein.«

»Sind sie nicht ein schönes Paar? Das Glück strömte ihnen förmlich aus allen Poren. Ich hätte mir Tim eigentlich nie so vorstellen können, so sinnlich, sexy und …«

»Unpriesterlich?«, soufflierte er.

»Bei der Hochzeit war überhaupt nichts Priesterliches an ihm«, stimmte sie zu und schmiegte sich enger an ihn. »Jedes Mal, wenn ich ihn gesehen habe, hat er Angela gerade geküsst. Ich glaube, es hat ihn voll erwischt.« Sie küsste Beau. »Und mich hat es auch voll erwischt. Falls es dich interessiert.«

Noch einmal liebten sie sich, diesmal langsamer und weniger

drängend. Dennoch war es wundervoll und besonders süß. Schließlich drifteten sie eng umschlungen in den Schlaf.

Eine Explosion weckte sie, die das ganze Haus erschütterte.

• • •

Beaus Wagen in Laurens Einfahrt stand in hellen Flammen. Er reagierte sofort, ging gar nicht erst nach draußen, sondern wies Lauren an, in der Küche zu bleiben und sich von den Fenstern fernzuhalten. Dann rief er die Feuerwehr und erklärte, sein Wagen würde aus unerfindlichem Grund brennen, aber vorher hätte man einen lauten Knall gehört. Noch bevor er das Telefonat beendete, hörte er schon die Sirenen, und kurz darauf fuhren mehrere Löschzüge, Streifenwagen und ein Krankenwagen vor.

»Zieh dich an, Beau«, sagte Lauren und reichte ihm seine Jeans.

Er sah, dass sie in Jeans, Sweatshirt und Tennisschuhe geschlüpft war. Noch während er Hose und T-Shirt überstreifte, klopfte es laut an der Tür.

Als Lauren öffnete, fragte ein Feuerwehrmann: »Alles in Ordnung, Ma'am?«

»Ich glaube schon«, sagte sie. »Wir sind von einer Explosion aufgewacht …«

»Ich muss Sie erst mal evakuieren. Sie können sich in einen der Polizeiwagen setzen. Die Bombenentschärfer und Brandermittler werden übernehmen, sobald das Feuer gelöscht ist. Ich werde auch vorschlagen, dass Ihr Haus gründlich untersucht wird.«

»Das Haus?«, fragte sie und fuhr sich mit der Hand nervös an die Kehle.

»Es sieht so aus, als wäre es eine Bombe gewesen. Aber ich

weiß nicht, was für eine. Gibt es jemanden, der Ihnen schaden will?«

Als Beau zur Tür kam, steckte er sich noch sein T-Shirt in die Hose. »Könnte sein, obwohl es absurd klingt: Wir lassen uns beide gerade scheiden, und unsere Ex-Partner sind nicht gerade begeistert. Und bevor Sie fragen, nein, wir sind nicht der Scheidungsgrund.«

»Okay«, erwiderte der Feuerwehrmann. »Das können Sie alles der Polizei erklären.«

»Unsere Ex-Partner machen uns das Leben schwer, aber das? ... Das hätte doch jemanden verletzen können!«

»Sie brauchen eine Jacke«, erklärte der Feuerwehrmann. »Heute ist es ziemlich kalt.«

Sie wurden auf den Rücksitz eines Mannschaftswagens verfrachtet, dann evakuierte man Laurens Nachbarn aus ihren Häusern. »Die müssen mich doch hassen«, sagte sie.

»Wir reden gemeinsam mit ihnen«, beruhigte Beau sie. »Wir erklären ihnen, dass wir keine Ahnung von der Sache haben und ihnen alle Einzelheiten mitteilen werden, wenn wir mehr Informationen von der Polizei bekommen.«

»Trotzdem werden sie mich hassen. Bevor ich hierhergezogen bin, war das ein ruhiges und gepflegtes kleines Viertel.«

»Hast du irgendwas von Brad gehört?«, fragte Beau.

»Nein, nichts«, erwiderte sie. »Ich hab dir doch erzählt, dass Lacey meint, Brad hätte irgendwie für meine Kündigung gesorgt, obwohl sie nicht sicher sein könnte. Das, was er von sich gab, könnte vielleicht bedeuten, dass er meint, mich endlich ausgetrickst und um die Abfindung gebracht zu haben. Aber es gibt keinerlei Anlass zu glauben, dass er hinter der Explosion steckt. Oh Gott, was, wenn er uns ernsthaft schaden oder uns gar töten wollte?«

»Warten wir erst mal ab, was die Untersuchung ergibt«, beschwichtigte Beau sie.

»Aber was ist, wenn einer von ihnen, wahrscheinlich Brad, sich mit solchen Maßnahmen rächen will?«, fragte sie.

»Komm her«, sagte er und zog sie in seine Arme. »Wir finden das schon raus. Es wird alles wieder gut.«

Den Rest der frühen Morgenstunden verbrachten sie auf der Polizeiwache und beantworteten Fragen. Die Trümmer von Beaus Wagen wurden in einen gesonderten Bereich des Abschlepphofs gebracht, damit Polizei und Brandermittler sie untersuchen konnten. Allerdings waren bereits Spuren von einer Rohrbombe gefunden worden. Offenbar war die auf die Ladefläche des Wagens geworfen worden, was Beau und Lauren einen ziemlichen Schock versetzte. Wäre sie explodiert, während Passagiere in der Fahrerkabine gesessen hätten, wäre das eine entsetzliche Katastrophe gewesen.

Getrennt voneinander wurden sie etwa drei Stunden lang befragt. Dann wurden sie mit der Aufforderung entlassen, sich der Polizei zur Verfügung zu halten. Zuerst wollten sie ein bisschen Schlaf nachholen – in Beaus Haus. Dann besuchten sie Laurens Nachbarn, um ihnen so viel wie möglich zu erklären. Schließlich packte Lauren eine kleine Reisetasche.

Auf der Einfahrt war ein schrecklicher Brandfleck geblieben.

»Das ist so unheimlich«, sagte Lauren. »Kann man den irgendwie entfernen? Allein der Anblick erschreckt mich zu Tode.«

»Da finde ich schon eine Lösung«, beruhigte Beau sie. »Ich glaube, du musst jetzt erst mal eine Weile bei mir wohnen. Nur zur Sicherheit.«

Drew war geschockt und wollte ebenfalls, dass Lauren bei ihnen wohnte. Zwar wussten sie nicht, wer oder was das Ziel der Bombe gewesen war – Beau oder Lauren oder beide oder nur der

Wagen oder das Haus –, aber sie wollten kein Risiko eingehen. Ein paar Jahre zuvor hatte Beau bei sich Überwachungskameras angebracht. Jetzt sah er sich die Aufnahmen des vergangenen Monats an. Es gab nur eine verdächtige Gestalt, die sich ums Haus schlich: am ersten Weihnachtstag, kurz nach drei Uhr morgens. Es war eine Frau, die ihr Gesicht mit einer Kapuze verbarg. Zwar war sich Beau nicht hundertprozentig sicher, aber sie bewegte sich wie Pamela.

Es überraschte Lauren ein wenig, wie schnell sie sich in Beaus Haus eingewöhnte. Schon am ersten Morgen, nachdem sie die ganze Nacht durchgeschlafen hatte, saß sie im Bademantel am Küchentisch und löste ein Kreuzworträtsel, da kam Drew herein und wünschte ihr so beiläufig einen guten Morgen, als wäre das alles ganz normal. Als er anfing, Müsli und Toast herauszuholen, sagte Lauren: »Komm, ich mach dir Eier. Dauert nicht lang.«

»Äh, hast du denn Zeit?«

»Momentan habe ich viel zu viel davon, aber wenn ich wieder arbeiten gehe, musst du dich selbst um dein Frühstück kümmern. Jetzt mach ich's gern.«

»Na dann.«

Sie schlug ein paar Eier in die Pfanne, briet Speck in der Mikrowelle, toastete Brot und stellte nach etwa fünf Minuten einen Teller vor ihn hin. Sie stibitzte sich einen Streifen Speck und öffnete einen Becher Joghurt.

Drew schaufelte die Eier in sich hinein. »Gut geschlafen?«, fragte er schließlich.

»Schon, aber ich bin ziemlich oft aufgewacht. Bei jedem leisesten Geräusch.«

»Mach dir keine Sorgen«, sagte Drew. »Dad hat das ganze

Grundstück verdrahtet. Hier kommt keiner rein, ohne dass es sofort das volle Sirenenprogramm gibt.«

»Da bin ich aber erleichtert«, erwiderte sie. »Musst du nicht zur Uni?«

»Heute habe ich keine Seminare, also schaue ich mal bei Dad im Büro vorbei, vielleicht gibt's irgendwas für mich zu tun. Wenn ich nicht bei verschiedenen Landschaftsgärtnern arbeite, mache ich irgendwas im Büro. Danach treffe ich mich mit Darla, sobald sie Uni aus hat. Ich weiß nicht, wann ich heute erreichbar bin. Brauchst du irgendwas?«

Lächelnd schüttelte sie den Kopf. »Danke, Drew, aber nein. Ich mache selbst ein paar Besorgungen.«

»Aber pass auf dich auf«, mahnte er. Sie musste sich in Erinnerung rufen, dass Drew nicht Beaus leiblicher Sohn war, so sehr ähnelte er ihm. Vor allem, wenn er fürsorglich war.

»Das werde ich, versprochen.«

Beau hatte vor, einen neuen Lieferwagen zu kaufen, aber Lauren wollte Sylvie Emerson besuchen. Rein zufällig hatte sie am Vortag angerufen und sie gebeten, sich mit ihr zum Lunch zu treffen. Lauren hatte ihr nichts von ihrem Abenteuer mit der Bombe erzählt und konnte sich nicht vorstellen, dass Sylvie davon wusste.

Lauren bewunderte Sylvie aufrichtig. Wenn sie gekonnt hätte, wäre sie so wie sie gewesen: so viel für verschiedene wohltätige Einrichtungen zu tun, gleichzeitig mit solcher Anmut und Güte eine Dame der Gesellschaft zu sein, ohne aber den Sinn für die Realität zu verlieren. So, wie sie Brad auch von Anfang an durchschaut hatte – mit Intuition und Scharfsinn. Wenn Lauren sich eines wünschte, dann das.

Lauren erkannte, dass Sylvie ihrer Mutter Honey sehr ähnlich war.

Und doch hatte sie nicht das Gefühl, dass Sylvie ihre Freundin war – nein, eher eine sehr nette Bekannte. Dagegen war nichts einzuwenden; Lauren verkehrte nicht in Sylvies Kreisen und wollte das auch nicht. Eigentlich wollte sie nur Sylvies Respekt, und den hatte sie wohl.

Es war ein düsterer, nebliger, feuchter Tag. Lauren nahm die Fähre in die Stadt und ein Taxi zu Sylvies großem Haus. Sylvie öffnete ihr persönlich, obwohl sie genug Personal dafür hatte.

»Lauren«, sagte sie und umarmte sie herzlich. »Wie schön, dass du mich an so einem Tag besuchen kommst.«

»Da ich momentan arbeitslos bin, stehst du bei mir ganz oben auf der Liste. Danke für die Einladung.«

»Ich hab mich schon länger darauf gefreut und jetzt endlich Zeit. Wir gehen in die Bibliothek. Komm, ich nehme deinen Mantel.«

Doch bevor Sylvie ihren Mantel nehmen konnte, griff eine leger gekleidete Frau danach, die Lauren von ihrem letzten Besuch kannte, und brachte ihn weg. »Danke, Mary«, sagte Sylvie, und an Lauren gewandt: »Komm mit.«

Sie gingen durch den Flur, vorbei an einem Wohnzimmer, einem Arbeitszimmer und einem Esszimmer, zur vorderen Ecke des Hauses. Lauren war schon ein paarmal hier gewesen, hatte die Bibliothek aber noch nicht gesehen. Sie war wunderschön, hatte deckenhohe Regale, ein paar Buchleitern, ein Ledersofa und einen Kamin, in dem ein munteres Feuer flackerte. In der Mitte des Raums befand sich ein mit Leinentischdecke und Porzellan gedeckter Tisch. Davor standen bequeme Ledersessel. Im Zimmer gab es nur dämmriges Licht und keine Fenster, aber auf dem Tisch flackerten ein paar Kerzen.

Lauren war wie verzaubert. »Sylvie, wie schön!«

»Ich dachte, hier wäre es heute am besten, da der Garten ja nicht infrage kommt.« Sie betätigte einen Schalter, worauf die Beleuchtung der Regale ansprang. »Es ist ein ziemlich dunkles Zimmer, aber ich finde es gemütlich, vor allem im Winter.«

»Bist du oft hier?«

»Nicht so oft, wie ich möchte«, erwiderte Sylvie. »Ich trage das, was ich gerade lese, immer mit mir herum und lese im Esszimmer, im Schlafzimmer oder wo ich auch gerade bin. Hin und wieder komme ich hierher, um mir in Erinnerung zu rufen, welche Bücher ich besitze und horte.« Sie zog eins aus dem Regal. Es war eine vergilbte und zerlesene Ausgabe der *Schatzinsel.* »Das habe ich den Kindern vorgelesen. Ich könnte es ersetzen, aber eigentlich gibt es doch nichts Schöneres als ein zerlesenes Buch, oder?«

»Das habe ich meinen Töchtern auch vorgelesen«, sagte Lauren.

»Setz dich, Lauren. Bist du mit dem Wagen da?«

»Nein, mit Fähre und Taxi. Wenn es regnet, sind die Straßen immer verstopft, und ich fahre gern mit der Fähre, selbst bei solchem Wetter.«

»Na dann, lass uns ein Glas Wein trinken, ja?«

»Sehr gerne«, sagte Lauren.

»Und dabei kannst du mir das Neueste aus deinem Leben erzählen«, bat Sylvie.

»Mittlerweile solltest du doch schon Angst haben, danach zu fragen«, bemerkte Lauren.

»Oh nein«, rief Sylvie aus, während sie ihnen Wein einschenkte. »Ist wieder was Schlimmes passiert?«

Lauren prostete Sylvie erst zu, dann sagte sie: »Ich bin wirklich froh, dich zu treffen.« Und sie erzählte, dass Beaus Wagen explodiert war und die Polizei meinte, der Grund wäre eine Bombe gewesen.

»Ach du lieber Gott«, stieß Sylvie hervor. »Hast du Brad in Verdacht?«

»Ich weiß nicht, was ich denken soll, wohne aber vorübergehend bei Beau. Nur zur Sicherheit. Ich habe keine Ahnung, ob die Bombe für uns gedacht war – Beaus Wagen hat in meiner Einfahrt geparkt –, oder ob es nur ein böser Streich sein sollte. Nur gibt es auf dieser Insel eigentlich kaum Kriminalität, und unsere Ex-Partner sind uns beide feindlich gesinnt.«

»Und was ist mit diesem Mann, Lauren?«

»Oh, den hast du auch schon kennengelernt, und zwar auf dem Wohltätigkeitsevent vor fast einem Jahr. Ich hatte ihn auch erst kurz zuvor zum ersten Mal getroffen. Es ist der Landschaftsarchitekt mit den Dachgärten.«

»Ja, ich erinnere mich!«, rief Sylvie aus.

»Als wir uns etwa ein halbes Jahr kannten und meine Scheidung immer noch nicht durch war, fingen wir an, miteinander auszugehen. Er hat zwei erwachsene Söhne, ich habe zwei erwachsene Töchter, und wir haben vieles gemeinsam. Er ist ein sehr liebenswerter Mann. Eigentlich hatte ich nicht vor, bei ihm zu wohnen, aber angesichts der Umstände ...«

»Hör mal, wenn du dich je bedroht fühlst und keine andere Möglichkeit hast, oder auch nur keine bessere, dann bist du hier immer willkommen. Dieses Haus ist eine wahre Festung.«

»Wie großzügig von dir, Sylvie. Aber ich kann auch zu meiner Schwester, die ist mit einem Polizisten verheiratet. Außerdem hat sie zwei umtriebige, laute Söhne, also ist es in ihrem Haus chaotisch, aber sicher. Doch als ich beschlossen habe, es mit Beaus Haus zu versuchen, in dem auch noch Beaus jüngerer Sohn wohnt, habe ich erkannt, dass ich ihn so wirklich kennenlernen kann. Den echten Beau. Sei ganz beruhigt, beim kleinsten Alarmzeichen bin ich weg. Mittlerweile habe ich nicht mehr die geringste Angst davor, eine unangenehme Situation einfach zu beenden. Ich bedauere es unendlich, so lange an einer schrecklichen Ehe festgehalten zu haben.«

»Besteht irgendeine Hoffnung, dass das Problem in absehbarer Zeit gelöst ist?«

»Meine Anwältin hat ihn mit einer gerichtlichen Verfügung dazu gezwungen, bis zum Ende des Monats seine Finanzen offenzulegen, also ist in dieser Hinsicht tatsächlich ein Ende in Sicht. In anderer Hinsicht könnte er sich zeit meines Lebens als Problem erweisen. Aber zu ihm zurückzukehren, ist keine Option.«

Mary brachte ihnen Eiswasser und Salat und zog sich still zurück.

»Ich muss dir was sagen«, setzte Sylvie an. »Ich habe mich bei Merriweather ein bisschen mit Angestellten unterhalten, die ich aus meiner Zeit im Aufsichtsrat kenne. Zwar habe ich keine Beweise, glaube aber, dass Brad den stellvertretenden Leiter der Marketingabteilung überredet hat, deine Stelle zu streichen – eine Stelle, die er jetzt per Zeitungsinserat neu besetzen will. Ich habe weder ein Memo noch einen E-Mail-Austausch noch Zeugen gefunden. Nur einen sehr schuldbewussten und reuigen stellvertretenden Abteilungsleiter, der angeboten hat, sich mit dir in Verbindung zu setzen und dir deine Stelle wiederzugeben.«

Laurens Gabel verharrte auf halber Strecke zu ihrem Mund. Der Salat schwebte nur Zentimeter vor ihr. »Stu Lonigan? Das kann ich nicht glauben!«

»Glaub es nur.«

»Aber ich habe Stu Lonigan immer für einen klugen und fairen Vorgesetzten gehalten. Meine Chefin hat ihn auch geschätzt. Meine Tochter hat Weihnachten mit ihrem Vater und ihrer Großmutter verbracht und glaubt, dass Brad jemanden überredet hat, mich zu feuern. Sie weiß zwar keine weiteren Einzelheiten, sagte aber, die Sache wäre beim Golf abgemacht worden.«

»Vielleicht war es so einfach, vielleicht aber auch komplizierter, das weiß ich nicht. Allerdings hat Stu Lonigan auch seinen eigenen Job damit gefährdet. Hast du ein Abfindungspaket bekommen?«

Lauren legte die Gabel zurück auf ihren Teller. »Nein.«

»Ich könnte es dir nicht verdenken, wenn du zu Merriweather zurückkehren würdest. Es ist alles vertraut, du hast da sicher Freunde, und trotz der ganzen Sache betrachte ich Merriweather als gutes Unternehmen. Glaub mir, ich hab es gründlich durchleuchten lassen, bevor ich ihrem Aufsichtsrat beigetreten bin. Als stadtbekannte Philanthropin darf man mich nicht mit einer Firma in Verbindung bringen, die ihre Angestellten schlecht behandelt. Nein, dies ist ein Einzelfall. Und etwas Persönliches, glaube ich. Wäre es gängige Firmenpraxis, hätten sie es ziemlich gut verborgen. Aber das glaube ich nicht. Irritierend finde ich es trotzdem.«

»Steckt Stu jetzt in Schwierigkeiten?«

»Wenn jemand grundlos einen Angestellten entlässt, ohne ihm ein anständiges Abfindungspaket anzubieten, und die Firma damit der Gefahr einer Klage aussetzt, dann hat der Aufsichtsrat ganz sicher ein Problem damit. Da deine Anwältin gegen die Kündigung Einspruch erhoben hat, wissen alle Bescheid. Mr Lonigan bewegt sich auf sehr dünnem Eis. Allerdings hat dein zukünftiger Ex-Mann meiner Meinung nach auch seine Approbation aufs Spiel gesetzt. Ich weiß, dass er zweimal angezeigt wurde und sich mit einem Vergleich gerettet hat. Und zwar nicht wegen irgendwelcher Kunstfehler, sondern wegen Belästigung und Schikane.«

»Darüber weißt du Bescheid?«, fragte Lauren. »Aber es kam nie vor Gericht. Ich weiß es auch nur, weil Brad mir davon erzählt hat.«

Sylvie aß etwas von ihrem Salat. Sie legte den Kopf schräg und kaute langsam. »Nun, wenn man regelmäßig viel Geld für die gute Sache aufwendet, lernt man schnell, dass nicht jedermann dein Freund ist. Wir müssen Einzelpersonen, Wohltätigkeitsorganisationen und Stiftungen durchleuchten. Ich fürchte, das ist Routine.«

»Habt ihr Brad auch durchleuchtet?«, fragte Lauren.

»In gewisser Weise ja«, bestätigte Sylvie. »Ich hoffe nur, du bist nicht allzu gekränkt. Ich hatte gute Gründe. Wir haben auch Nachforschungen über dich angestellt. Dabei erfuhr ich, welche schlimmen Verletzungen Brad dir beigebracht hat, dass er eine Kontaktsperre hat und bereits zweimal angezeigt wurde. Ich wusste, dass man Brad nicht vertrauen kann, gebe aber zu, dass ich keine Ahnung hatte, wie schlimm er ist. Ich bin entsetzt. Keine Angst: Das ist alles vertraulich und nur dazu gedacht, unsere Stiftung zu schützen. Denn unser Geld ist ausschließlich für wirklich bedürftige Menschen gedacht.«

Lauren wurde unwillkürlich rot. »Warum hast du Nachforschungen über mich angestellt?«, fragte sie. »Hattest du Angst, ich würde dich wegen der Scheidung anlügen? Oder wegen sonst was?«

Sylvie lachte. »Aber nicht doch! Ich bat meine Assistentin, die Nachforschungen zu übernehmen. Sie ist sehr gut darin und sehr feinfühlig. Ich hatte sie darum gebeten, weil ich dich mochte. Ich fand dich klug und hatte den Eindruck, wir könnten uns gut verstehen. Dann überschlugen sich die Ereignisse, und dir passierten ein, zwei Dinge wie zuerst die Scheidung und dann deine Kündigung. Ich gestehe, ich hatte ohnehin schon in diese Richtung gedacht: Meine Assistentin Ruth Ann will die Bay Area verlassen, wenn ihr Mann in Rente geht. Daher suchen wir nach einem Ersatz für sie, was nicht leicht ist. Ruth Ann ist mittlerweile seit zehn Jahren bei mir. Mir wurden zwar einige Kandidatinnen vorgeschlagen, aber die entsprechen einfach nicht meinen Erwartungen. Sie sind alle sehr nett und professionell, aber … Ich suche nach jemandem, den ich bewundere, den ich mag, eine Person mit Herz und Hartnäckigkeit, die ich respektieren kann, eine hingebungsvolle Mutter und gleichzeitig eine loyale Angestellte. Jemanden, der ein Geheimnis bewahren kann. Manchmal ist der Job ziemlich aufreibend. Es gibt viel zu tun, und hin und wieder muss man auch reisen. Allerdings gibt es auch entspanntere Zeiten. Und neben der guten Bezahlung bieten wir ausgezeichnete Zusatzleistungen und eine Privatrente.«

Lauren bekam den Mund nicht mehr zu. »Du bewunderst mich?«, flüsterte sie.

Sylvie legte ihre Gabel nieder und lehnte sich zurück. »Lauren, du wurdest von einer alleinerziehenden Mutter aufgezogen. Genau wie ich. Das ist schwer für ein Mädchen. Du hast deine Mutter erst vor ein paar Jahren verloren. Du hast deine Kinder beschützt und sie gut erzogen, obwohl das schwer gewesen sein muss. Du hast viele Jahre bei einer einzigen Firma in einer Position mit viel Verantwortung gearbeitet. Du bist zuverlässig, gibst nicht so leicht auf und hast eine enge Beziehung zu deinen Töchtern und zur Familie deiner Schwester. Und du bist klug. Wir verstehen uns wirklich gut. Du bist genau die Assistentin, die ich mir wünsche.« Sie tupfte sich mit der Serviette den Mund ab. »Aber ich nehm's nicht persönlich, wenn du nicht willst.«

Lauren lachte. »Also, zuerst mal musst du mir viel mehr über die Stelle erzählen. Zu Merriweather will ich nicht zurück, obwohl ich wirklich gern da gearbeitet habe. Außerdem habe ich weder von Stu noch von der Personalabteilung irgendwas gehört. Und ich kann mir nichts Schöneres vorstellen, als für dich zu arbeiten.

Aber ganz ehrlich? Dazu muss ich wirklich gut eingearbeitet werden! Weil ich noch nie im Leben jemanden durchleuchtet habe.«

»Keine Sorge, das ist der leichte Teil und kommt auch nicht so oft vor. Viel schwerer ist es herauszubekommen, wofür Wohltätigkeitsorganisationen und Stiftungen, die dein Geld wollen, wirklich stehen.«

»Stecken denn oft Betrüger dahinter?«

»So gut wie nie«, sagte Sylvie kopfschüttelnd. »Aber manchmal konzentrieren sie sich nur auf bestimmte Empfänger. Wir hingegen wollen so breit wie möglich streuen. Oh, ich glaube ehrlich, dass dir das Spaß machen würde. Es ist wirklich die größte Freude auf der Welt, bedürftigen Menschen zu helfen, denn sie werden es weitergeben. Du wirst dazu beitragen, die Welt zu verbessern, Lauren. Uns liegt jetzt nichts anderes mehr am Herzen. Wir haben mehr, als wir brauchen, unsere Kinder ebenfalls, was sollen wir also machen? Noch eine Jacht oder einen Jet kaufen, oder Menschen Nahrung und Bildung geben, die nicht so viel Glück hatten wie wir?«

Lauren spürte, wie ihr die Tränen in die Augen stiegen. »Oh, Sylvie, dass du mir zutraust, euch dabei helfen zu können! Ich fühle mich zutiefst geehrt. Und warte erst mal, bis ich dir von Beaus bestem Freund erzähle, dem ehemaligen Priester Tim Bradbury. Wir waren vor ein paar Tagen auf seiner Hochzeit. Er ist der geborene Menschenfreund.«

»Schieß los«, forderte Sylvie sie auf. »Erzähl mir alles über ihn.«

Ihr Lunch dauerte drei Stunden. Lauren genoss es sehr, Sylvie von Tim und seiner neuen Frau zu erzählen, die schon bald nach Puerto Rico fahren wollten, um dort den Hurrikan-Opfern zu helfen. Sie gab auch das weiter, was sie über Angela und ihre Essensausgabe gehört hatte. Sylvie ihrerseits informierte Lauren über alle Stiftungen, an denen sie beteiligt waren, und all die Projekte, die einen Großteil von Andys Zeit in Anspruch nahmen. Dann sprachen sie ausführlich über ihre Familien. Schließlich erklärte Sylvie ihr, was sie von ihrer Assistentin erwartete, worauf Lauren so aufgeregt wurde, dass sie sich fragte, ob Sylvie wohl mitbekam, wie sie innerlich zappelte. Ein ganz neues Leben wurde ihr da geboten, ein Leben, das sowohl Herausforderung als auch Erfüllung barg.

Als sie beide schon ihren zweiten Kaffee getrunken hatten, fragte Sylvie: »Wie ist das eigentlich, Lauren? Sich nach fünfundzwanzig Jahren Ehe wieder neu zu verlieben?«

Lauren dachte eine Weile nach. »Angsteinflößend«, sagte sie schließlich. »So unerwartet. Ehrlich gesagt war es ein Schock. Als würde in meinem Herzen auf einmal die Sonne scheinen. Als würde ich aufwachen, und alles ist gut. Endlich.«

Lauren nahm Sylvies Angebot mit Begeisterung an. Sie konnte es kaum erwarten, Beau davon zu erzählen. Als sie nach Hause kam, räumte er mit Drews Hilfe gerade die Garage aus. Zwar war es eine Doppelgarage, aber nach Pamelas Auszug hatte sich eine Menge Trödel darin angesammelt, und sie brauchten Platz für zwei Fahrzeuge.

Kaum hatte Lauren ihm von dem Jobangebot erzählt, nahm er sie in den Arm. »Das ist toll, Schatz! Wann fängst du an?«

»Sofort, wenn auch erst mal nur nachmittags. Ihre Assistentin wird mich einarbeiten und mir ein paar ihrer Projekte vorstellen. Ich werde das Bindeglied zwischen Sylvie und ein paar ihrer Spendenbeschaffer werden. Sie heuern Eventplaner für Golfturniere, Auktionen, Galadiners und andere Veranstaltungen an. Sie wird uns alle bald zum Essen einladen, damit wir uns besser kennenlernen.«

Beau lachte leise. »Das wird Dr. Delaney aber auf die Palme bringen.«

»Ich werde ihm nicht von meinem neuen Job erzählen«, erwiderte sie.

Es gab aber ein, zwei Menschen, denen sie unbedingt davon erzählen wollte – und auch erklären, warum sie gerade bei Beau wohnte. Lacey fragte sofort, ob Lauren Brad im Verdacht hatte, für die Bombe verantwortlich zu sein. Vollkommen aufrichtig antwortete sie ihrer Tochter: »Das kann ich mir nicht vorstellen. Dazu hat dein Vater viel zu große Angst um seine Hände. Ich habe nie erlebt, dass er mit Sprengkörpern herumgefuchtelt oder auch nur über so was geredet hätte. Andererseits ist Beau allgemein beliebt, es gibt keine wütenden Kunden oder Ähnliches ... Bestimmt stellt sich heraus, dass es uns nur zufällig getroffen hat.«

Überraschenderweise warf Lacey ihr nicht vor, dass sie bei Beau wohnte, und Cassie war darüber sogar erleichtert, weil sie ihre Mutter so in Sicherheit wusste. Beth wollte, dass Lauren zu ihnen zog, verstand aber, wieso sie lieber bei Beau blieb. »Ja, bei mir ist es ziemlich turbulent«, gab sie zu, »aber versprich mir, bald mal mit ihm zum Essen zu kommen und auch den jungen Mann mitzubringen. Die Jungs lieben Drew.«

Als Lauren am nächsten Tag bei den Emersons eintraf, erwartete sie in der Bibliothek ein glänzend polierter Eichentisch. Darauf befanden sich ein aufgeklappter Laptop und zwei neue iPhones. »Was meinst du?«, fragte Sylvie. »Wäre dies ein gutes Büro für dich?«

»Oh Gott, es ist hinreißend! Hat Ruth Ann auch hier gearbeitet?«

»Nein, sie ist ständig umgezogen: von meinem Büro in die Küche in den Wintergarten. Das kannst du natürlich auch. Aber für den Anfang ist dies doch ein guter Arbeitsplatz. Wir haben extra einen Schrank für dich ausgeräumt«, sagte sie und zog die Türen eines Schranks auf, um ihr die leeren Regalborde darin zu zeigen. »Zwar sind wir mittlerweile fast papierlos, aber du wirst einen Computer mit Scanner brauchen.«

Es gab noch einen weiteren Pokerabend, bevor Tim und Angela aufbrachen, und es war ein wundervolles Fest mit viel Gelächter, aber zum Abschied wurde es doch ein wenig emotional. Als Tim Lauren umarmte und sagte: »Ich bin wirklich froh, dass Beau eine so tolle Frau gefunden hat«, verlor sie die Fassung.

»Bitte, bitte, bitte passt auf euch auf«, schluchzte sie.

Sie musste ausgiebig getröstet werden, bevor sie ihre Fassung wiedergewann, doch flossen auch bei den anderen reichlich Tränen.

Dann geschah einiges: Brad weigerte sich, seine Finanzen offenzulegen, und wurde von dem Richter, der das verfügt hatte, mit einer Geldstrafe belegt. Daraufhin strich Brad Lauren die Unterhaltszahlungen.

Beau seinerseits fragte fast jede Woche bei der Polizei nach, ob es Fortschritte bei den Ermittlungen gab. Als Erstes erfuhr er, dass sowohl Pamela als auch Brad zur betreffenden Nacht befragt worden waren, aber sie hatten beide ein Alibi und wurden nicht mehr verdächtigt. Doch jetzt wussten sie, dass Beaus Wagen mit einer Bombe zerstört worden war.

Lauren fuhr nun täglich in die Innenstadt, um bei Sylvie zu arbeiten. Auf Drängen von Sylvie und ihrer Anwältin Erica zog sie ihren Einspruch gegen die Kündigung nicht zurück. »Bitte nicht«, bat Sylvie. »Das darf Merriweather sich kein zweites Mal erlauben.«

Lauren bekam zwar wieder ihren alten Job angeboten, lehnte aber mit der Begründung ab, sie habe kein Vertrauen mehr in die Firma. Nach einem langen Gespräch mit Sylvie erklärte sie, sollte es eine finanzielle Entschädigung geben, würde sie die für eines der Emerson-Projekte spenden. »Nein, ich würde es lieber einem Jurastudenten geben, der mit seinem Beruf nicht reich werden, sondern etwas Gutes in dieser verrückten Welt bewirken will. Fällt dir da jemand ein?«

In der ersten Februarwoche standen alle im Haus der Magellans auf, um zur Arbeit zu gehen: Lauren in der Stadt, Drew an der Uni, und Beau – Beau trug einen Anzug.

»Heute habe ich einen Schlichtungstermin mit Pamela«, erklärte er ihnen.

»Davon hast du gar nichts erzählt!«, erwiderte Drew.

»Es sollte kein Geheimnis sein«, sagte Beau. »Aber da ich wusste, dass es vielleicht für Anspannung sorgen würde, habe ich es lieber verschwiegen. Ich möchte auf keinen Fall für Unruhe sorgen. Es könnte auch weitere Termine geben. Allerdings hoffe ich, wir können uns friedlich auf etwas einigen, womit alle einverstanden sind.«

»Ich staune, dass Mom noch nicht angerufen hat, um mich irgendwie für ihre Zwecke einzuspannen.«

»Das überrascht mich auch«, meinte Beau. »Hoffentlich bedeutet das nur, dass langsam Ruhe eintritt und die Scharmützel ein Ende haben.«

Wie schön das doch wäre, dachte Lauren. Aber sie hatte so eine Vorahnung, dass das Ende noch lange nicht in Sicht war.

Kapitel Siebzehn

Beaus Schlichtungstermin erwies sich, milde gesprochen, als überraschend. Eine Überraschung folgte der nächsten. Er trug seinen besten Anzug, was für ihn als Landschaftsgärtner schon etwas zu bedeuten hatte. Denn normalerweise sah man ihn nur in Jeans, Chinos oder Shorts. In seinem Leben gab es kaum Gelegenheiten für einen Anzug, nur hin und wieder eine Hochzeit oder eine Beerdigung.

Dieses Treffen betrachtete er als Beerdigung. Er rechnete fest damit, in die Grube zu fahren. Denn er hatte einiges in die Ehe mitgebracht, aber nicht ein einziges Mal an einen Ehevertrag gedacht. Nicht so sehr, weil er unverbrüchliches Vertrauen zu Pam hatte, sondern weil er wollte, dass die Jungs, seine Jungs, gut versorgt waren, bis sie auf eigenen Füßen stehen konnten. Schließlich hatten ihre leiblichen Väter sie mehr oder weniger im Stich gelassen. Beau aber würde bis zum Ende seines Lebens für sie da sein.

Der Schlichter hatte sich die Zahlen angesehen, eigene Kalkulationen angestellt und alles mehrfach durchgerechnet und geprüft, bis er auf eine eigene Schätzung vom Wert des Hauses und der Firma kam. Es gab Posten aus Pams Forderungen, die rot durchgestrichen waren – wie die Anwaltshonorare –, welche die Gesamtsumme ein bisschen veränderten. Pamela wollte das Haus und die Hälfte vom Wert seiner Firma. Der Schlichter erklärte in aller Ausführlichkeit die Gesetzeslage, dass dieses Vermögen während der Ehe erwirtschaftet worden sei.

Ihre Anwälte hielten eigene Kalkulationen dagegen und verglichen den Wert von Haus und Firma zum Zeitpunkt ihrer Ehe mit dem aktuellen Wert. Der Schlichter teilte die Differenz auf.

Beau konnte nur mit Mühe den Mund halten. Eigentlich aber hatte er nicht damit gerechnet, verschont zu bleiben.

Unterhaltszahlungen wurden ausgeschlossen. Pam brauchte keine, da sie ein beträchtliches Einkommen hatte und ihre Kinder kaum unterstützte. Ihr Einkommen war fast so gut wie seines, und er unterstützte die Jungs mehr als sie und zahlte außerdem ihre Studiengebühren. Sie hatte die Hälfte seiner Altersrücklagen gefordert, aber das war vom Tisch, denn sie hatten sich ganz am Anfang darauf geeinigt, den normalen Richtlinien einer einvernehmlichen Scheidung zu folgen. Damit waren auch ihre Altersrücklagen aus dem Spiel, nur hatte Pam ohnehin wenig angespart und nichts als ein ziemlich kleines Aktienportfolio mit Hilfe ihres Arbeitgebers angelegt. Stattdessen hatte sie ihren schicken Wagen bar bezahlt, war viel gereist, hatte Partys gefeiert, Kleider gekauft und im Grunde alles immer sofort wieder ausgegeben. Beau hingegen hatte in die Jungs investiert und für die Zukunft gespart. Nachdem ihn Pam das zweite Mal verlassen hatte, hatte er seine Altersrücklagen vergrößert und eine große Summe für die Studiengebühren zurückgelegt – allerdings auf den Namen der Jungs, damit Pam keinen Zugriff darauf hatte.

Denn kaum sah Pam, wie viel es war, wollte sie davon ebenfalls die Hälfte. Sie protestierte auch lautstark, als ihre eigenen Vermögenswerte mit in Rechnung gezogen wurden; davon bekam Beau die Hälfte. Die Miene des Schlichters verriet, dass Pam seine

Sympathien verspielt hatte, als sie zeigte, dass sie sogar ihren Söhnen Geld wegnehmen wollte.

Es dauerte drei Stunden, bis alle Zahlen durchgesprochen waren, dann trafen sie sich mit ihren jeweiligen Anwälten. Pam und ihr Anwalt gingen zusammen Mittag essen, Beau und seine sehr scharfsinnige, großmütterlich wirkende Anwältin aßen in ihrem Konferenzzimmer, während sie alles noch mal prüfte.

»Meiner Meinung nach kommen Sie noch ganz gut davon. Wenn Sie die Schätzung akzeptieren, kriegt sie vom Wert Ihres Hauses siebenundzwanzig Prozent und vom Wert Ihres Unternehmens vierunddreißig Prozent. Wir können anbieten, dass Sie ihr einen Fixbetrag vom aktuellen Wert zahlen, aber erst, wenn Sie das Haus verkaufen, oder in spätestens zehn Jahren. Mit der Firma können Sie nicht auf so viel Glück hoffen. Wenn Sie Ihr eigener Herr bleiben wollen, müssen Sie sie auszahlen, sonst kann Sie eine Hypothek darauf aufnehmen. Aber das wollen Sie nicht, glauben Sie mir.«

»Können Sie mir eine Zahl nennen?«, fragte er beunruhigt.

Sie hielt ein Blatt in die Höhe und kreiste eine Zahl darauf rot ein. Eins Komma drei Millionen.

»Meine Firma soll dreimal so viel wert sein?«, rief er aus.

»Nein, noch mehr, viel mehr. Der Nettowert ist äußerst beachtlich. Wirklich beeindruckend. Aber wir kalkulieren nicht auf Grundlage Ihres Nettowerts, sondern auf Grundlage des während der Ehe erworbenen Vermögens. Glücklicherweise haben Sie eine Weile mit ihr zusammengelebt. So konnten wir etliches von Ihrer Büroausstattung, Ihre Miete für die Geschäftsräume, die Löhne und Versicherungen und so weiter abziehen. Sie haben ein sehr erfolgreiches Unternehmen, Beau.«

Er brach in Gelächter aus. »Verraten Sie es niemandem, aber ich könnte auch von zu Hause aus arbeiten, wenn es sein müsste.

Dann hätte ich zwar jede Menge zusätzlich mit dem Verwaltungs- und Papierkram zu tun, aber so habe ich angefangen.«

»Ich sag's nicht weiter, versprochen. Aber Ihr Firmenkapital ist gebunden«, sagte sie. »Nur wäre es besser, Ihre Schulden sofort zu bezahlen.«

»Ja, aber so viel kann ich nicht flüssig machen«, erwiderte er. »Ich muss schließlich in meinem Haus wohnen. Als ich es gekauft habe, war es völlig heruntergekommen. Ich habe viel Geld und Arbeit hineingesteckt. Jetzt ist es abbezahlt. Als Pam einzog, war es fertig renoviert.« Er lachte und fuhr sich mit der Hand durchs Haar. »Verdammt.«

»Ich habe eine Frage«, sagte Sonja. »Was für ein Mann bewahrt die Quittungen für jeden Nagel auf, den er je gekauft hat?«

»Ein Geschäftsmann«, antwortete er und lachte erneut. »Außerdem kann die Bank helfen und mir die Auszüge der letzten Jahre liefern. Ich liebe Computer. Sie nicht?«

Sie verzog das Gesicht. »Nicht besonders.«

»Ich will eigentlich nur noch, dass Pam mich endlich gehen lässt.«

»Ich kann Ihnen nicht versprechen, dass sie Sie in Ruhe lässt, aber Sie werden nicht mehr verheiratet sein. Sie haben beide der Schlichtung zugestimmt, und ich glaube, der Schlichter hat sehr gute Arbeit geleistet. Diese Einigung ist fair. Keiner trägt übermäßigen Schaden davon. Ihre Frau sollte gut klarkommen, und die Jungs können ihre Ausbildung beenden.«

»Ex-Frau«, korrigierte er sie. »Kann sie mich noch vor Gericht zerren?«, erkundigte er sich.

»Jeder kann jeden wegen irgendwas verklagen. Nur ist die Frage, ob er gewinnt. Und es ist ziemlich riskant, mit sexy Kostümchen vor Gericht zu erscheinen. Macht keinen guten Eindruck.«

»Wo ist Pam jetzt?«, fragte er.

Sonja schob die Unterlagen zusammen und steckte sie in einen großen Umschlag. »Vermutlich versiegelt ihr Anwalt ihre Lippen. Ich lasse diese Papiere für Sie kopieren. Haben Sie einen Safe?«

Er nickte.

»Dann passen Sie gut darauf auf«, sagte Sonja. »Auf mich macht Pamela einen ziemlich gnadenlosen Eindruck.«

»Sie haben ja keine Ahnung«, gab er zurück.

Die Sache hatte einen ganzen Tag in Anspruch genommen, aber er war dankbar, dass es bei einem Tag blieb. Die notwendigen Dokumente waren von beiden Parteien unterzeichnet worden und würden eingereicht werden. Die offizielle Scheidung würde ihnen in etwa zehn Tagen von ihren Anwälten bestätigt werden. Pamelas Anwalt musste ihr erklärt haben, dass sie mehr nicht zu erwarten hatte. Außerdem hatte sie für einen Landschaftsarchitekten nie großen Respekt aufgebracht. Eigentlich war er für sie nur ein Gärtner, der ein altes Haus auf Vordermann gebracht hatte, um selbst darin wohnen zu können. Wahrscheinlich hatte ihre Abfindung sie überrascht; bestimmt hatte sie nicht gedacht, dass er so viel wert war.

Beau konnte es kaum erwarten, nach Hause zu kommen. *Nach Hause.* Er blickte auf seine Uhr. Bei Laurens neuer Stelle konnte er nur schwer im Kopf behalten, wann sie heimkam. Allerdings hatte er es auch noch nicht richtig versucht. Er wusste nur, dass sie früh losmusste und bis spät blieb, falls es notwendig war. Aber wenn sie noch nicht da war, würde sie bald kommen. Wichtig war jetzt nur, dass er frei war, ein Zuhause, einen Job, einen guten Ruf, viele Aufträge und eine gute Frau hatte. Ganz gleich, was sich noch mit Lauren und dem Doktor abspielte, er würde sie ohne Probleme versorgen können. Sich selbst, Lauren und die Jungs. Er fühlte sich nicht besonders gerupft, sondern so, als wäre er noch ganz gut davongekommen.

Er lachte laut auf. Eine Million Dollar? Solange er sein Haus, seine Firma und seine Söhne hatte, konnte er immer wieder von vorn anfangen. Er schrieb Tim eine SMS:

Scheidung ist durch. Ich habe gezahlt und bin ein freier Mann.

Freut mich, Bruder. War ein langer Weg.

Geht es euch gut?

Sehr gut, Beau. Angela lässt schön grüßen.

Solltet ihr was brauchen ...

Danke, gleichfalls.

Grüße an Angela.

Als er heimkam, stand zwar Laurens Wagen in der Einfahrt, aber Drews Auto war nirgendwo zu sehen. Er schloss die Tür auf und trat ein – neuerdings sperrten sie immer ab. Lauren saß am Esstisch vor ihrem Laptop und stand erwartungsvoll auf.

»Wo ist Drew?«, fragte er.

Sie schüttelte den Kopf. »Ich bin vor ein paar Stunden gekommen, da war er schon nicht da.«

Beau atmete geräuschvoll aus. Er ging zu ihr, zog sie in seine Arme und drückte ihr einen Kuss auf den Hals. »Ich hab's hinter mir«, sagte er leise. »Es ist vorbei.«

»Vorbei?«

»Der Rest ist nur noch Papierkram, der eingereicht werden muss. Und zwar nicht von mir.«

»Du musst nichts mehr tun?«, fragte sie.

»Doch, einen dicken Scheck ausschreiben«, antwortete er und lachte. »Aber das ist leicht. Viel, viel leichter, als ständig zu streiten, im Ungewissen zu leben und unglücklich zu sein. Das ist das viele Geld wirklich wert.«

»Und dein Haus? Deine Firma?«

»Mit dem Geld ist das alles gesichert. Es ist also gut investiert.« Er zog sie näher an sich. »Ich liebe dich.«

»Oh, Beau, ist jetzt wirklich alles überstanden?«

»Die Ehe ist überstanden«, erwiderte er. »Keine Ahnung, wie Pamela das aufnimmt. Darauf habe ich keinen Einfluss.«

»Was machen wir jetzt?«, fragte sie.

»Morgen gehe ich zur Bank und leihe mir Geld, dann übergebe ich in der Kanzlei ihres Anwalts einen Scheck, und dann überlege ich mir, was ich für unser verlängertes Wochenende in Victoria mitnehmen muss.« Er küsste sie lang und leidenschaftlich. »Ich hoffe, wir haben auch Zeit, uns die Blumen anzusehen«, flüsterte er, seine Lippen an ihren.

»Das schaffen wir schon«, erwiderte sie.

»Gibt Sylvie dir denn frei?«

Sie nickte lächelnd. »Ich hatte ihr schon an meinem ersten Tag davon erzählt. Sie war sehr verständnisvoll, schließlich hatte ich schon die Tickets. Wir werden gemeinsam einen Eventplan erstellen, sodass ich in Zukunft nichts mehr verpasse. Du kannst dir nicht vorstellen, wie viele Projekte die Emersons haben!«

Er fuhr ihr mit dem Fingerknöchel über die Wange. »Ist diese Veränderung gut für dich?«

»Seit ich dir begegnet bin, sind alle Veränderungen gut«, antwortete sie.

Ihre Reise nach Victoria war einfach magisch. Die Gärten schienen den Valentinstag geradezu zu feiern, aber das war nicht das Schönste. Obwohl es mitten im Winter war, standen und hingen überall in der Stadt Behältnisse mit bunten Blumen. Die Durchschnittstemperatur in Victoria war höher als im Rest des Landes. Der Ort erinnerte an Alameda: Hier war es ein bisschen idyllischer und angenehmer als im Rest der Welt.

Und ihr Aufenthalt fühlte sich an wie sehr entspannte und befriedigende Flitterwochen.

Doch obwohl ihre Zeit zu zweit sehr romantisch war, brannten sie darauf, wieder heimzukommen. Nach dem Stress des vergangenen Jahres empfanden sie ein ganz normales Leben mit ganz alltäglichen Freuden wie ein Geschenk. Beaus Haus wurde schnell auch Laurens Zuhause. Die Tage direkt nach der Schlichtung waren für Michael und Drew nicht ganz einfach gewesen, doch dann ergab sich eine Routine, und Lauren und Beau trafen sich ein paarmal mit beiden Jungs. Da erkannte Lauren, dass das Ende der Rechtsstreitigkeiten für diese genauso eine Erleichterung war wie für sie und Beau.

Sie traf sich auch öfter mit Lacey, um sicherzustellen, dass sie nicht glaubte, ihre Eltern würden sich wieder versöhnen. Aber in dieser Hinsicht konnte ihre Tochter sie nicht beruhigen.

»Hast du in letzter Zeit deinen Vater gesehen?«, erkundigte sie sich.

»Ja, aber nur weil es nicht anders ging. Er macht das alles ziemlich schwierig. Manchmal denke ich, er wird ein bisschen verrückt.«

Lauren biss die Zähne zusammen. »Wie kommst du darauf?«

»Er redet so komisch«, erklärte sie. »Sagt ganz merkwürdige Sachen. Seit Weihnachten ... nein, eigentlich seit Thanksgiving wirkt er irgendwie krank. Er ist dünn geworden, hat Tränensäcke unter den Augen, und ständig wirft er Rennies ein, als wäre es Kaugummi. Ich kann ihn nicht mal mehr fragen, ob es ihm gut geht, denn dann knurrt er nur: ›Nein, ich bin sechzig, und die Frau, mit der ich fünfundzwanzig Jahre verheiratet war, hat mich wegen eines Jüngeren verlassen.‹«

»Hör mal, Schatz, du entscheidest selbst, ob du ihn sehen willst oder nicht. Er ist schon immer leicht in Rage geraten, und ich glaube, das konnte er vor euch nur verbergen, weil ich so lange alles abgeschirmt habe. Beau ist drei Jahre jünger als ich, man kann ihn also kaum als ›jüngeren Mann‹ bezeichnen. Pass auf dich auf, Lacey. Wenn es dir unangenehm ist, dich mit ihm zu treffen, dann schütze doch einfach Arbeit vor. Du bist über einundzwanzig. Wenn du nicht mit mir darüber reden willst, wende ich an Cassie.«

Lacey lachte. »Nein, die hat wirklich zu viel zu tun. Im Gegensatz zu mir hat Cassie ein Leben!«

»Tante Beth hat sicherlich Zeit für dich«, erwiderte Lauren. »Versuch nicht, das allein mit dir auszumachen, Schatz.«

Lauren vermisste Cassie zwar sehr, doch erfreulicherweise war Cassie vollkommen glücklich: Sie hatte zu viel Arbeit und zu viele Schulden, dafür aber zu wenig Schlaf. Aber sie war so glücklich wie nie zuvor. Jeremy war ein Traummann, das Jurastudium zwar schrecklich schwer, aber eine Herausforderung, der sie gewachsen war. Und es ging ihr einfach gut. Sie hatte sogar schon neue Freunde gefunden.

Lauren hingegen hatte alte Freunde. Sie hatte sich mit ihren Kolleginnen von Merriweather getroffen, Neuigkeiten ausgetauscht und dabei erfahren, dass Stu Lonigan die Firma verlassen hatte.

Es frustrierte sie nur, wie sehr sich die Scheidungsprozedur in die Länge zog. Offenbar sorgte Brads Anwalt ständig für Verzögerungen. Und Brad sammelte Geldbußen, weil er weder Unterhalt zahlte noch vor Gericht erschien. Beau sagte dazu: »Macht doch nichts. Irgendwann wird das Gesetz sich durchsetzen, aber bis dahin geht es uns doch gut. Wir sind zusammen und haben genug zu essen.«

Es stimmte: Trotz der Scheidung, trotz der ungeklärten Finanzen hatte sie ein gutes Leben. Jedes Mal, wenn sie zu Sylvie zur Arbeit fuhr, empfand sie Dankbarkeit. Ruth Ann zog in einen wärmeren und nicht so kostspieligen Teil des Landes, war aber immer noch per Telefon erreichbar. Alle Akten und Unterlagen waren papierlos, und Sylvies Büro befand sich direkt nebenan. Zu gewissen Zeiten hielt Lauren allein die Stellung, da Sylvie und Andy auf Reisen waren. Dadurch wuchs ihr Selbstvertrauen. Es war ein großes Vergnügen, gute Organisationen mit Geld zu unterstützen, auch wenn es nicht ihr Geld war.

Zwar schien Erica Slade ihre Scheidung nicht beschleunigen zu können, aber sie konnte bei Merriweather einen Vergleich erwirken. Um nicht vor Gericht gehen zu müssen, gewährte die Firma Lauren eine großzügige Abfindung, die sie sofort in einen Trust Fund steckte, den sie mit Cassie teilen wollte. Sie fühlte sich wahrhaft vom Glück begünstigt.

Beau wollte gerade Feierabend machen, da bekam er einen Anruf von einem gewissen Detective Craig Moore. Auf diesen Anruf hatte er schon gewartet, auch wenn er bezweifelte, dass er seinen Wagen ersetzt kriegen würde.

»Mr Magellan, wir haben einen Verdächtigen befragt und

möchten, dass Sie auf ein Gespräch zu uns kommen. Es geht darum, ob es irgendeine Verbindung zwischen ihm und Ihnen gibt.«

»Wie heißt er denn?«, fragte Beau sofort. In seinem Kopf überschlugen sich die Gedanken. Glaubte die Polizei etwa, er hätte dafür gesorgt, dass sein Wagen explodierte? Unmöglich. Vor allem, weil er dadurch viel Geld verloren hatte: Die Versicherung zahlte nur für den Wiederverkaufswert, und er hatte wesentlich mehr dafür hingelegt. Schon wenn man einen Wagen vom Parkplatz des Händlers fuhr, war er gleich mehrere Tausend weniger wert.

»Wenn Sie nichts dagegen hätten, Sir«, wich der Detective aus. »Es sind noch viele Fragen zu dem Vorfall offen, und Sie können uns wahrscheinlich unterstützen.«

»Ist gut«, sagte er, verwirrt, aber bereit zu helfen. »Ich brauche eine halbe Stunde, weil ich gerade Feierabend mache.«

»Lassen Sie sich Zeit«, erwiderte Detective Moore. »Ich bin hier.«

Beau informierte Lauren per SMS, dass die Polizei ihn angerufen und gebeten habe, vorbeizukommen, weil man einen Verdächtigen habe. Also werde er ein bisschen später kommen.

Kein Problem, simste sie zurück. *Ich kaufe kurz ein und fang schon mal an zu kochen.*

Ihm floss das Herz über, wie jedes Mal, wenn er an Lauren dachte. Er schickte ein kleines Dankgebet in den Himmel und hoffte nur, dass die Dramen in ihrem Leben endlich ein Ende hätten. Es machte ihn so glücklich, mit ihr zusammenzuleben, alles gemeinsam zu tun, sein Leben mit ihr zu teilen. Jeden Tag wurden seine Gefühle für sie stärker. Jede Nacht neben ihr zu liegen und jeden Morgen gemeinsam mit ihr aufzuwachen, waren für ihn vollkommen unerwartete Geschenke. Und wie es aussah, empfand sie das ganz genauso. Manchmal hielten sie sich einfach nur fest umschlungen, als wollten sie sich nie wieder loslassen. Sie bedeutete ihm alles.

Als er die Polizeiwache betrat, dachte er: *Vielleicht ist die Sache damit erledigt.* Er erkundigte sich nach Detective Moore und wurde in sein Büro geführt.

»Danke, dass Sie gekommen sind«, begrüßte ihn der Ermittler. »Zu Beginn möchte ich Sie bitten, sich ein paar Fotos anzusehen. Sie können hier Platz nehmen.«

»Alles klar«, erwiderte Beau. Der Detective breitete acht Fahndungsfotos vor ihm aus und fragte, ob er jemanden darauf wiedererkenne. Beau schüttelte den Kopf. »Nein. Sollte ich?«

»Dann schauen Sie sich bitte ein kurzes Video an«, erwiderte Detective Moore. Er klappte sein Laptop auf, gab ein Passwort ein und drehte den Monitor zu Beau. »Kommt Ihnen da irgendwas bekannt vor?«

»Natürlich«, sagte Beau, während er zusah, wie ein Mann sich seinem Wagen näherte, etwas vorsichtig auf die Ladefläche legte und wieder wegrannte. »Mein Wagen. Ist das der Kerl? Der Typ, der eine Bombe in meinem Auto versteckt hat?«

»Wir haben ein paar Materialien und einen unvollständigen Fingerabdruck auf einem Schrapnellstück identifiziert. Ehrlich gesagt war der Abdruck kaum zu erkennen, und vielleicht liegen wir auch falsch, aber der Mann ist für derartige Streiche bekannt –«

»Streiche? Der Wagen hat siebzigtausend Dollar gekostet!«

»Oh, es kommt noch viel schlimmer«, bemerkte Detective Moore darauf. »Erkennen Sie den Hintergrund in diesem Video?«

Beau kniff leicht die Augen zusammen und schüttelte dann den Kopf.

»Sie waren auf einer Hochzeit und haben dazu einen Block

weiter geparkt, vor einem Minimarkt. Der Laden hatte überall Sicherheitskameras, weil er davor ständig ausgeraubt wurde.«

Beau fuhr sich mit der Hand durch die Haare. »Haben Sie ihn gefasst?«

»Ja, Sir, wir haben ihn verhaftet und ihm diesen kleinen Film gezeigt. Er gab zu, die Bombe gebastelt zu haben. Allerdings nicht besonders gut, wie sich herausgestellt hat. Rohrbomben sind ziemlich unberechenbar. Eigentlich sollte sie explodieren, sobald Sie losfuhren. Das Ruckeln des Wagens hätte den Zünder betätigen sollen.«

»Wieso in Gottes Namen hat er die Bombe in meinem Wagen angebracht? Und wieso ist die erst mitten in der Nacht explodiert? Als der Wagen sich gar nicht bewegte? Hatte sie noch einen Zeitzünder?«

Der Detective schüttelte den Kopf. »Wie ich schon sagte, sind Rohrbomben ziemlich unberechenbar. Manchmal explodieren sie erst Stunden, nachdem man sie deponiert hat. Da der Mann sich dazu nicht äußern will, schätze ich mal, dass die Bombe gut geschützt in den Rillen der Ladefläche lag und Sie ganz vorsichtig gefahren sind, ohne Kickstart, ohne Vollbremsung, ohne irgendwelche Schlaglöcher zu überfahren ... Sie hätte ganz spontan explodieren können, auch das hat man schon erlebt. Aber wir haben Pfotenspuren rund um den Wagen entdeckt. Wahrscheinlich von einer großen Hauskatze.«

»Was hat er denn zugegeben?«

»Er ist ein Wiederholungstäter und wurde dafür bezahlt, die Bombe zu basteln und in Ihren Wagen zu legen. Auch der Standort wurde ihm verraten. Es war ein Anschlag, Mr Magellan, schlicht und einfach. Sie und Ihre Freundin waren das Ziel. Unser Verdächtiger ist umgekippt wie ein Kegel und hat alles ausgespuckt, um das Strafmaß zu senken. Er wird es vor Gericht bezeugen.«

»Mein Gott, steckt Laurens Mann dahinter?«, fragte Beau.

»Nein, Mr Magellan. Ihre Frau.«

Das verschlug ihm kurz die Sprache. »Pamela?«

»Sie wirken ziemlich geschockt.«

»Allerdings bin ich geschockt! Woher kennt sie überhaupt jemanden, der so was tut? Zugegeben, sie ist eine Irre ... sehr wütend und egozentrisch, aber ...«

»Wütende und egozentrische Menschen sind manchmal ziemlich findig. Hat sie Ihnen früher schon Ärger gemacht?«

»Aber doch keine Bombenleger angeheuert!«, rief er aus. »Sie macht ständig andere für ihre Probleme verantwortlich, manipuliert alles und jeden und kann extrem egoistisch sein ...«

»Man wird Anklage gegen sie erheben«, erklärte Detective Moore. »Sind Sie noch in einer Beziehung mit ihr?«

Beau schüttelte den Kopf. »Unsere Scheidung ist bald durch – es fehlen nur noch ein paar Formalitäten. Als die Bombe in meinen Wagen gelegt wurde, waren wir auf der Hochzeit meines besten Freundes, und zwar bevor Pamela und ich die letzten Dokumente unterzeichnet hatten. Ich war in Begleitung der Frau, mit der ich seit einiger Zeit zusammen bin. Aber diese Frau hatte nichts mit der Scheidung zu tun. Pamela hat mich schon vor über einem Jahr verlassen. Aber kaum erklärte ich, für mich sei endgültig Schluss, da wollte sie wieder zurückkommen.« Frustriert schüttelte er den Kopf. »Ich dachte nur, sie wäre ein bisschen verrückt ...«

»Das ist wohl mehr als ein bisschen«, bemerkte der Detective trocken.

»Sind Sie absolut sicher, dass sie mich umbringen wollte?«, hakte Beau nach.

»Ja, ganz sicher. Zwar hat sie nicht gestanden, aber der Bombenbauer bekam dafür siebentausend Dollar von ihr. Er hat das Treffen mit seinem iPhone aufgezeichnet und ein Foto von dem Geld gemacht. Wie ein richtiger Profikiller.«

»Gott«, sagte Beau. »Das wird ein harter Schlag für ihre Söhne.«

»Haben die eine gute Beziehung zu Ihnen?«, erkundigte sich Detective Moore.

»Ja. Ich versuche, für sie da zu sein. Sie sind achtzehn und einundzwanzig. Schon erwachsen, aber ... dann auch wieder nicht, verstehen Sie?«

»Ja.« Der Detective nickte. »Vielleicht sollten Sie sich dafür professionelle Hilfe suchen?«

»Ich weiß nicht«, erwiderte Beau. »Ich habe gerade erst einen ganzen Tag bei der Schlichtung mit ihr zusammengesessen und eingewilligt, ihr viel Geld zu überlassen. Und da hat sie nicht mal mit der Wimper gezuckt! Gott, wenn ich versucht hätte, jemanden umzubringen, wäre ich doch wenigstens ein bisschen nervös, wenn ich mit demjenigen zusammentreffen müsste, um eine Scheidung über die Bühne zu bringen. Sie nicht?«

»Keine Ahnung, Mr Magellan«, antwortete er. »Ich hab noch nie einen Killer angeheuert.«

»Wer macht denn so was?«, fragte Beau, immer noch fassungslos.

»Sie wären überrascht. Das Besondere hier ist nur, dass sie es fast geschafft hätte. Die meisten unserer Verdächtigen brechen vorher ein und versuchen, mit den Cops einen Deal zu machen, bevor es zum Äußersten kommt. Dies hier war wirklich nah dran. Sie haben viel Glück gehabt.«

Da ging quietschend eine Tür auf und schloss sich klickend. Beau blickte in den hinteren Teil des Büros. Zwei Officer in Zivil führten Pamela ab. Sie hatte die Hände hinter dem Rücken gefesselt und trug ihr unglaublich sexy Büro-Outfit: taillierte Jacke, geschlitzter, enger Rock, hochhackige Schuhe, viel Haut, schöne blonde Haare, furchterregend lange Fingernägel. Er starrte sie an und dachte an die junge, hübsche, verletzliche Frau mit der zerrissenen Jeans und dem Männerhemd, die die braunen Haare zu einem Pferdeschwanz zurückgebunden und zwei kleine Kinder auf dem Schoß sitzen hatte, die um ein Eis bettelten ...

Als ihre Blicke sich trafen, verzog sie finster das Gesicht und wandte sich ab.

»Wann ist sie so kaltherzig geworden?«, fragte er.

»Keine Ahnung, Kumpel. Aber sie wird auf Kaution rauskommen wollen. Sie sollten wirklich vorsichtig sein.«

Das versprach Beau, aber die Frage nach Pamelas Kaltherzigkeit beschäftigte ihn weiter.

»Ich muss nach Hause«, sagte er schließlich. »Ich muss es Lauren erzählen, der Frau, die ich liebe. Ich muss es meinen Jungs erzählen, die ich so liebe, als wären es meine eigenen Söhne. Das ist so ein übler Scheiß! Wie konnte sie nur?«

»Was hätten Sie denn anders machen können?«, erkundigte sich der Polizist.

Beau dachte kurz nach. Er erinnerte sich an die kleinen Buben. Ihre arme, verlassene Mutter, die ständig verschwand, sodass sie nur ihn hatten. Er dachte an ihre Launen, ihren Egoismus. Er hätte die beiden mit Freuden allein erzogen, aber das hätte sie niemals zugelassen.

»Ich weiß es nicht.«

In einem Monat, der in der Bay Area einer der schönsten war, herrschte bei Lauren und Beau Finsternis. Gerade als Lauren dachte, es könnte nicht mehr schlimmer werden, kam Beau von der Polizei zurück und war so aufgebracht, wie sie ihn noch nie erlebt hatte.

»Guter Gott, was ist denn?«, fragte sie.

»Die Bombe im Wagen war von Pamela.«

Lauren war wie vor den Kopf gestoßen. »Sie hat eine *Bombe* gebaut?«

»Nein, nicht selbst«, sagte er. »Aber sie hat jemanden dafür angeheuert.«

»Um deinen Wagen in die Luft zu jagen?«, fragte Lauren kopfschüttelnd.

Da nahm er sie in die Arme und drückte sie fest an sich. »Nein, um uns zu töten«, flüsterte er. »Nur durch ein Wunder ist die Bombe nicht explodiert, als wir im Wagen saßen. Mir ist nicht klar, wieso sie wusste, dass nur wir beide mit dem Wagen fuhren. Was, was die Jungs dabei gewesen wären? Wollte sie die etwa auch umbringen? Gott«, sagte er heiser.

»Mein Gott«, hauchte sie. »Wer macht denn so was?«

Darauf antwortete er nicht, sondern hielt sie nur fest. Nach einer ganzen Weile sagte er: »Sie wurde verhaftet und wird angeklagt werden. Allerdings warnte man mich, dass sie wohl versuchen wird, auf Kaution rauszukommen.« Er fuhr mit den Fingern durch Laurens Haar und strich es ihr hinters Ohr. »Vielleicht bist du hier in diesem Haus nicht mehr sicher. Vielleicht solltest du besser zu Beth ziehen. Oder zu Sylvie.«

Mit den Händen auf seinen Schultern schüttelte sie den Kopf. »Jetzt? Lieber nicht. Wir sind schon so weit gekommen und wissen nicht, wie weit wir noch gehen müssen. Was sagen denn Drew und Michael dazu?«

Er schüttelte den Kopf. »Ich weiß nicht, wie viel sie wissen. Ich muss sie anrufen. Wenn sie davon wussten und uns nicht gewarnt haben, dann verstehe ich die Welt nicht mehr.«

Selbstverständlich hatten Drew und Michael keinerlei Ahnung von dem, was ihre Mutter getan hatte. Es traf sie sehr. Michael hatte fast einen Nervenzusammenbruch und weinte wie ein Fünfjähriger. Drew nahm es gefasster auf. Er war zornig. »Das war's«, verkündete er.

»Hör mal, wir suchen uns professionelle Hilfe«, bot Beau an.

»Musst du ihr jetzt immer noch eine Million geben?«, erkundigte sich Drew.

»Wahrscheinlich schon«, antwortete Beau. »Ich frag mal die Anwältin, aber vermutlich hat das eine nichts mit dem anderen zu tun.«

»Ich finde nicht, dass du ihr auch noch Geld geben solltest«, widersprach Drew.

Während Drew seinem Zorn Luft machte, vergrub Michael sein Gesicht in den Händen und schluchzte, wahrscheinlich vor Scham und Demütigung genauso wie vor Angst und Enttäuschung.

»Ich weiß nicht, wie es so weit kommen konnte«, sagte Beau. »Als ich eure Mutter kennenlernte, war sie ein armes, trauriges Mädchen. Mit Armut kenne ich mich aus. Arm zu sein, bedeutet nicht, dass man dumm, böse oder gar kriminell ist. Es bedeutet nur abgetragene Klamotten und wenig Essen. Auch ich bin in Armut aufgewachsen, aber meine Eltern waren anständige, gottesfürchtige, gesetzestreue und hart arbeitende Menschen. Wir packten alle mit an und hatten viel zu lachen. Eure Mom aber war immer so wütend, ich konnte mir nie erklären, wie sie das Leben mit so viel Wut überhaupt aushalten konnte. Und meines Erachtens hatte sie doch ein ziemlich schönes Leben. Vielleicht nicht als Kind, aber sie bekam eine ziemlich gute Schulbildung, auch wenn sie keinen Abschluss machte. Sie hatte eine anständige Stelle, ein hübsches Haus und alles, was sie brauchte. Außerdem ist sie wunderschön. Ich weiß einfach nicht, warum ihr all das nie genug war.«

»Es ist meine Schuld«, verkündete Michael tränenüberströmt. »Von mir weiß sie, dass Tim heiraten wollte. Ich hab ihr erzählt, dass du der Trauzeuge bist und ich auch hingehen will. Ich hab ihr verraten, wo es stattfindet.«

»Nein, es war nicht deine Schuld«, gab Beau zurück. »Wenn sie's nicht da gemacht hätte, dann woanders. Es lag nicht an dem, was du gesagt hast.«

»Du bist der einzige Mensch, der uns nie im Stich gelassen hat«, sagte Michael.

»Dem werden wir abhelfen«, versprach Beau.

Lauren saß an der Küchentheke und hörte nur zu.

»Es tut mir leid, Lauren«, sagte Michael.

»Ach, Schatz, es lag doch nicht an dir, sondern an uns. An Beau und mir. Wir haben Menschen geheiratet, die egoistisch und kontrollsüchtig sind. Natürlich mussten wir uns von ihnen trennen. Aber das geht nicht so einfach vonstatten. Wahrscheinlich hat sich keiner von uns vorgestellt, dass es so gefährlich werden könnte, aber eigentlich überrascht uns das nicht. Ich bin in der Notaufnahme gelandet, und Beau hatte Glück, nur seinen Wagen zu verlieren. Scheidungen können wahre Katastrophen sein. Wir sind diejenigen, denen es leidtut. Du hättest da nicht mit reingezogen werden dürfen.«

Am nächsten Morgen telefonierte Beau etwa eine halbe Stunde mit Tim. Der fragte, ob er sich einen guten Psychologen leisten könne. »Ja, klar, auch wenn ich dafür Organe verkaufen muss«, erklärte Beau.

»Frag zuerst mal bei einer Organisation gegen häusliche Gewalt«, schlug Tim vor. »Oder bei der entsprechenden Abteilung der Polizei.«

»So was sieht man doch nur in den Nachrichten«, sagte Beau. »So was erleben normale Menschen doch nicht persönlich!«

»Wir leben in einer verrückten, kaputten Welt, mein Freund. Aber es schadet nie, zu beten. Ich kann Beten nur empfehlen.«

»Kumpel, so viel wie jetzt habe ich in meinem ganzen Leben noch nie gebetet«, erwiderte Beau.

Kapitel Achtzehn

Pamela war nur kurz im Gefängnis. Sie nahm sich einen ausgezeichneten Anwalt und war nach nicht mal achtundvierzig Stunden schon wieder auf freiem Fuß. Allerdings wurde ihr Pass einbehalten, und sie bekam eine Kontaktsperre zu ihrem Ex-Mann und ihren Söhnen. Dennoch rief sie sie immer wieder an, um sich zu entschuldigen; damit verstieß sie gegen die Auflagen und kam noch mal für vierundzwanzig Stunden ins Gefängnis, was sie zu ernüchtern schien. Zumindest vorübergehend.

Beau übergab die Abfindungssumme Pamelas Anwalt, damit diese Sache wenigstens abgeschlossen war. Seine eigene Anwältin erklärte ihm, er könnte seine Ex-Frau zivilrechtlich belangen, um wenigstens einen Teil seiner finanziellen Aufwendungen zurückzubekommen. Aber Beau war erschöpft. Mit der Aussicht auf weitere Anwälte, Gerichtstermine und Verfahren konnte er sich einfach nicht anfreunden. Er wollte nur seine Freiheit, um jeden Preis.

»So zu denken, ist ziemlich gefährlich«, erklärte Sonja. »Sagen Sie das bloß nicht laut!«

»Meinen Sie, die Scheidung könnte mich sonst noch mehr kosten als weitere schlaflose Nächte für Lauren, die Jungs und mich?«

Nachts unterhielten sich Beau und Lauren oft flüsternd darüber. Sie hatten gedacht, ihre Ehen wären schwierig und schmerzhaft, aber doch nicht lebensbedrohlich! Sie hatten angenommen, ihre Partner wären egoistisch und gierig, aber doch nicht gefährlich! Sie selbst hatten nicht mal die Hälfte von dem bekommen, was sie in der Ehe erwirtschaftet hatten; keiner von ihnen war imstande, anderen aus Rache oder Gier wirklich zu schaden.

Beau wollte nur, dass die Welt schön wurde. Und Lauren wollte nur in Frieden leben und ihre Kinder schützen.

Aber Beau fand Wege, zumindest jetzt ihre Welt schöner zu machen. Je nachdem, wie Laurens Terminplan es zuließ, fuhr er mindestens einmal die Woche zu den Emersons und ging mit Lauren in der Mittagspause in einen Park oder Garten. Er kannte die schönsten Dachgärten, die eindrucksvollsten Parks, die entzückendsten Rückzugsorte. Dort aßen sie, was sie mitgebracht hatten, und unterhielten sich wie früher im Garten der Erlöserkirche.

Mit der Zeit entspannten sie sich, wahrscheinlich auch, weil Beaus Firma brummte wie jedes Frühjahr. Er hatte mehrere Projekte in Planung, und die Bepflanzung von Gärten und Dächern hatte begonnen, da das Wetter prächtig war. Als in einer Zeitschrift ein Artikel über seine Dachgärten erschien, wurde er so bekannt, dass er mit der Idee spielte, eine zusätzliche Bürokraft einzustellen, so viele Anrufe bekam er. Michael und Drew schien es nach ein paar Therapiestunden besser zu gehen, und nach der ausgestandenen Gefahr empfand Beau sein häusliches Leben als besser denn je.

Doch jedes Mal, bevor er irgendwohin fahren musste, untersuchte er seinen Wagen gründlich. Es war wie eine kleine Zwangsstörung, aber wenn dies die schlimmste Auswirkung seiner schlechten Ehe und seiner wahrhaft schlimmen Scheidung war, dann konnte er damit leben. Wann immer er sich fragte, wie er die innere Anspannung noch einen weiteren Tag aushalten sollte, nahm er Lauren einfach in den Arm und spürte, wie er durch ihre Hingabe dahinschmolz. Dann wusste er, er hatte endlich das gefunden, wonach er sich immer gesehnt hatte.

In April gab Lauren ihr gemietetes Haus auf; zwar hatte sie die Miete schon für ein ganzes Jahr gezahlt, aber der Besitzer zeigte sich sehr kulant. Wahrscheinlich hatte er genug von dem Aufruhr, für den sie in diesem Viertel gesorgt hatte. So wurde Beaus Haus ihr richtiges Zuhause. Dort wollte sie nicht nur sein, sondern sie musste es sogar. Denn nach allem, was passiert war, brauchten sie einander.

Beau und Lauren vergrößerten auch Beaus Gartenbereich und gestalteten ihn neu. Das Wetter war wundervoll, und Lauren genoss es wie nie zuvor, im Freien zu sein. Als sie noch in Brads Haus gewohnt hatte, war ihr der Garten immer zu steril, zu gepflegt und künstlich erschienen. In Beaus Garten konnte man Pflanzen beim Wachsen zusehen, und das war wirklich aufregend. Zuerst sah man nur winzige Sprösslinge, und dann dicke Stängel, bis schließlich Früchte und Knospen erschienen. Jeden Morgen schlenderte sie noch im Bademantel durch den Garten und zupfte hier ein Unkraut oder pflückte dort Blumen. Und es dauerte nie lang, bis Beau sich zu ihr gesellte und ihr half.

Sie hatte kaum Zeit, sich Gedanken wegen ihrer Scheidung zu machen, obwohl sie sich regelmäßig mit Erica in Verbindung setzte. Brad zögerte das Ganze immer noch hinaus. Erica glaubte, lieber würde er Geldbußen und zusätzliche Gerichtskosten zahlen, als ihr auch nur einen Cent zu überlassen. Obwohl das auf lange Sicht nicht funktionieren würde. Am Ende würde ihn das alles wieder einholen. Lauren hatte einfach keine Zeit, sich wegen Brad zu sorgen, denn ihr Job bei Sylvie war erfüllend und arbeitsreich und ihr Terminplan voller Meetings und Planungssitzungen. Beau und sie verstanden sich wundervoll. Ihre Arbeit hatte ihr mehr Selbstvertrauen gegeben, und sie fühlte sich wieder lebendig. Sie traf sich mit Eventplanern, Beratern, Anwälten und Buchhaltern und besuchte sogar die Meetings des Stiftungsrates.

Mit Lacey telefonierte Lauren mehrmals die Woche und traf sie mindestens einmal wöchentlich zum Essen. Sylvie lud sie sogar eines Tages zum Lunch in ihrem Haus ein. Allzu große Sorgen machte sich Lauren nicht mehr um ihre Tochter. Sie wirkte gefestigter, was wahrscheinlich auch viel damit zu tun hatte, dass sie Lauren öfter in Beaus Haus besuchte. Auch wenn sie verwöhnt und ein bisschen oberflächlich war, freundete sie sich doch mit der Zeit immer mehr mit Beau an. Und sie besuchte ihren Vater seltener. Brad hatte über die Spanne seines Lebens hinweg viele Menschen in die Flucht getrieben.

In Wahrheit kümmerte sich Lauren kaum noch um ihre Scheidung. Sie konnte nicht mehr glücklicher werden, als sie schon war – selbst wenn Brad die Scheidung durchgewunken und ihr einen großen Scheck gegeben hätte. Sie versuchte, das Lacey zu erklären. »Ich lebe mit einem wunderbaren Mann in einer sicheren Umgebung, und seine Söhne behandeln mich freundlich und mit Respekt. Ich habe eine großartige Stelle und gute Freunde, meine Töchter sind gesund, und ich kann ihnen beiden helfen, wenn auch nicht viel.«

»Aber was soll ich denn machen, wenn ich meinen Master habe? Bis dahin ist es ja nicht mal mehr ein halbes Jahr! In irgendeiner Junior Highschool unterrichten? Dann muss ich alles aufgeben! Die Gehälter sind viel zu niedrig!«

»Ich weiß es nicht, Schätzchen. Vielleicht musst du dir dann einen anderen Job suchen. Wenn du möchtest, kannst du gerne bei mir und Beau wohnen. Möglicherweise musst du noch mal ganz von vorne anfangen, wie so viele andere auch.«

»Aber was soll ich denn anfangen?«, fragte Lacey.

Mitfühlend zuckte Lauren die Achseln. »Manche Entscheidungen sind ziemlich schwer. Ich habe weiß Gott genug unangenehme Entscheidungen aufgeschoben und es bereut, aber seit ich mich getraut habe, noch mal von vorn anzufangen, bin ich sehr glücklich. Mach erst mal deinen Abschluss und bleib aufgeschlossen. Ich kann dir nicht viel Geld geben, aber du wirst immer ein Dach über dem Kopf und genug zu essen haben.« Sie lachte und sagte: »Warte erst mal, bis du unseren Garten siehst.«

Lacey aber erwiderte: »Ich glaube nicht, dass der mich so begeistern wird wie dich.«

Brad fragte Lacey regelmäßig über die Arbeit, die Freizeit, die Finanzen ihrer Mutter aus, aber Lacey antwortete darauf nur: »Wir kommen alle viel besser klar, wenn ich mit dir nicht über Mom und mit Mom nicht über dich rede.«

Aber Brad wusste Bescheid. Zwar kam er nicht in Laurens Nähe – wegen der Kontaktsperre, die sie seiner Meinung nach nur aus Effekthascherei bewirkt hatte, und um ihn unter Druck zu setzen. Aber soweit er es beurteilen konnte, half ihr das nicht im Geringsten. Er wusste, dass sie vor Weihnachten ihren Job verloren hatte, dass sein Kumpel Stu deswegen gekündigt hatte und dass Lauren sich mit einem Jüngeren traf. Irgendeinem Arbeiter, einem Landschaftsgärtner. Einem gottverdammten Gärtner! Was war ihr Problem? War der Pooljunge schon vergeben? Wahrscheinlich unterstützte der Gärtner sie mit Hilfe seiner Trinkgelder.

Außerdem wusste er, dass die Ex-Frau des Gärtners versucht hatte, sie beide umzubringen. Kaum hatte die Polizei ihn dazu befragt, fing er an, exzessiv Nachforschungen in dieser Sache zu betreiben. Die Frau war verhaftet und angeklagt worden und würde sich vor Gericht verantworten müssen. Er fragte sich, ob Lauren sich jetzt immer noch für schlau hielt. War es denn wirklich eine weise Entscheidung gewesen, dafür ihre Ehe aufzugeben? Andererseits war Lauren ja auch ziemlich dämlich.

Er wusste, dass Lauren mit Cassie in Kontakt stand, aber wohl kaum mit Lacey redete; schließlich war die in ihr Studium vertieft und erwiderte noch nicht mal alle seine Anrufe. Zwar konnte er sich nicht vorstellen, wie Cassie sich ein Jurastudium leisten konnte, aber was er wohl wusste, war, dass sie sich für diesen jämmerlichen Jeremy entschieden hatte, der wahrscheinlich nie so viel verdienen würde, wie sie von ihrer Familie her gewohnt war. Cassie hatte ihn wegen Laurens blauem Auge abgeschrieben – wegen eines Missverständnisses! Dabei konnte er das alles erklären. Was konnte er dafür, dass niemand ihm glaubte? Er war reingelegt worden. Er war es nicht gewesen!

Aber er hatte immer noch die Kontrolle über das Familienvermögen und würde sich nicht widerstandslos davon trennen.

Zu Hause lief es nicht besonders gut. Zwar hatte er immer noch dieselben Gärtner, Putzhilfen und Fensterputzer, aber niemanden, der sie alle koordinierte. Wenn die Haushälterin seine Hosen wusch, statt sie in die Reinigung zu bringen, kümmerte sich niemand darum, dass sie anständig gebügelt wurden. An allen Ecken und Enden ging was schief, und das machte ihn rasend! Er hatte sofort eine Assistentin eingestellt, die für ihn Besorgungen machte und andere Kleinigkeiten erledigte. Allerdings musste er entdecken, dass Assistentinnen seine Korrekturen und Hinweise, wie man es richtig machte, nicht so gut wie seine Frau aufnahmen. Mittlerweile hatte er die fünfte Assistentin in neun Monaten, und auch die ertrug er nicht. Das allerdings erwähnte er Lacey gegenüber nie, damit Lauren es nicht erfuhr.

In der Klinik gab es auch Ärger. Er hatte ständig schlechte Laune und war abgelenkt durch seine scheiternde Ehe beziehungsweise durch seine bevorstehende Scheidung. Die Vorstellung, dass seine schöne Frau von einem Jüngeren gevögelt wurde, trieb ihn in den Wahnsinn. Auch wenn er selbst schon wesentlich Jüngere gevögelt hatte, war Lauren doch einzig und allein für ihn da gewesen. Was ihn jedoch am meisten zur Weißglut brachte, war, dass er es nicht hatte kommen sehen. Obwohl sie ihm schon oft gedroht hatte, hätte er nie gedacht, dass sie es wirklich durchziehen würde.

Er hasste Lauren und wollte sie bestrafen, aber sein Anwalt warnte ihn immer wieder, dass jegliche Form von körperlicher Gewalt ihn einiges kosten würde. Nicht nur Geld, sondern auch seine Freiheit. Und Straftaten, die körperliche Gewalt beinhalteten, kosteten sogar die Approbation.

Bei der Klinik hatte es zwei Beschwerden gegen ihn gegeben. Eine Assistenzärztin und eine Röntgenassistentin hatten ihm Übergriffe vorgeworfen. Er stand unter großem Druck; vielleicht war er ein bisschen angespannt. Sobald er ein Instrument fallen ließ, behauptete eine Schwester, er hätte es nach ihr geworfen. Die brauchten alle mehr Mumm. Weicheier. Heulsusen. Die hätten mal wie er für bedeutende Chirurgen arbeiten sollen. Er war nie so verhätschelt worden. Und er hatte sich auch nie beschwert. Beschwerde einreichen? Wie weit sollte es mit dieser Welt noch kommen?

Dann kam der Tropfen, der das Fass zum Überlaufen brachte. Ihn quälte der Gedanke an das Geld, das ihn diese Scheidung kosten würde, er war wütend, dass er eine Tochter an Lauren verloren hatte und von der anderen kaum was hörte, er war fuchsteufelswild, dass sie ein paar Leuten vorgelogen hatte, er wäre *gewalttätig*, und damit sogar eine Kontaktsperre erwirkt hatte ... Aber er rastete aus, als er erfuhr, dass Lauren für die Emerson Foundation arbeitete. Das waren *seine* Freunde! Mit Andy war er schon seit Jahren befreundet!

Es war rein zufällig herausgekommen. Er hatte Andy angerufen und ihn gefragt, wann er Zeit für eine Runde Golf in Pebble Beach hätte. Andy antwortete, da müsste er erst mal im Kalender nachsehen. Dann fragte er ihn, wann das nächste Golfturnier für eine von Andys Stiftungen wäre, und Andy wiederholte, er müsste erst in seinem Kalender nachsehen. Da sträubten sich Brads Nackenhaare, und er fragte: »Was ist los? Gehst du mir aus irgendeinem Grund aus dem Weg?«

»Aber nein, Brad. Ich bin sicher, wir werden weiterhin gut miteinander befreundet sein, und wir sind dir sehr für deine Unterstützung dankbar. Eines Tages finden wir schon eine Gelegenheit, wenn es nicht mehr so unangenehm ist.«

Lachend hatte Brad erwidert: »Wieso unangenehm? Gefällt dir die Farbe meines Geldes nicht mehr? Du hast doch schon tüchtig von mir abkassiert – wenn du mich nicht beim Golfen schlägst, kriegst du jede Menge bei jedem Wohltätigkeitsevent.«

Glucksend hatte Andy gesagt: »Nein, ich liebe dein Geld. Ich möchte nur dir und deiner Ex-Frau nicht noch zusätzlich Stress aufladen. Sylvie verlässt sich voll und ganz auf sie. Sie ist die beste Assistentin, die sie je hatte. Sie haben eine tolle Beziehung.«

»Wie bitte?«, fragte Brad nach langem Schweigen.

»Lauren ist Sylvies Verwaltungsassistentin und Stiftungsvertreterin, und das läuft sehr gut. Für Sylvie und auch für mich. Also wollen wir es auch weiterhin so lassen. Nicht?«

Brad war wie erschlagen, aber er sagte: »Kein Problem. Dann wirf einen Blick in deinen Kalender und sag Bescheid, wann du Zeit hast. Ist schon lange her!«

»Allerdings«, bestätigte Andy.

Brad beendete das Gespräch und dachte *Scheiß auf Golf!* Er schäumte vor Wut. Hatte sie sich etwa in seinen Freundeskreis eingeschlichen? Und Zweifel bei ihnen geweckt, ob sie sich noch weiterhin mit ihm treffen sollten?

Er rief Lacey an. »Also, ich hab dich schon mehrere Male gefragt, was deine Mutter arbeitet.«

»Tja, sie hat ihren Job bei Merriweather wieder angeboten bekommen, entschied sich aber für was anderes. Und wie ich schon sagte, ist es viel angenehmer, wenn wir nicht über Mom reden ...«

»Ich habe gehört, sie arbeitet für die Emersons«, stieß Brad hervor.

»Ach ja, das hast du gehört? Von wem denn?«

»Von den Emersons! Das hättest du mir erzählen sollen! Schließlich sind das meine Freunde und nicht ihre! Ganz offensichtlich hat sie meine Freundschaft mit ihnen ausgenutzt, um sich einen Job zu erschleichen!«

»Nein, das glaube ich nicht, Dad«, gab Lacey zurück.

Er legte einfach auf. Und rief Lauren an. Zu seiner Überraschung meldete sie sich.

»Jetzt dauert das schon neun verdammte Monate«, zischte er wütend. »Meinst du nicht, dass es langsam reicht? Du hast alle gegen mich aufgebracht, willst mir alles, was ich mir verdient habe, wegnehmen und vögelst jetzt auch noch mit irgendeinem Gartenjungen? Du hast mir etwas gelobt! Bis dass der Tod uns scheidet! Wenn du jetzt mit deinen Grausamkeiten aufhörst, überschreibe ich dir das Haus und zahle Cassie das Studium. Nenn deine Bedingungen! So kann das nicht weitergehen!«

Sie legte einfach auf und blockierte seine Nummer – als er erneut versuchte, sie zu erreichen, wurde er von einer blechern klingenden Automatenstimme informiert, dass diese Nummer nicht durchgelassen würde.

Er machte seinem Ärger ein bisschen Luft. Sollte die Putzfrau doch alles aufräumen, wenn sie kam!

Da er nicht schlafen konnte, trank er. Nicht zu viel, nur ein bisschen. Am nächsten Tag musste er in die Klinik. Die Putzfrau rief ihn auf dem Handy an und meldete: »Dr. Delaney, im Esszimmer liegen lauter zerbrochene Sachen herum. Wie nach einem Erdbeben!«

»Ach ja. Tut mir leid. Mrs Delaney war da und hatte einen kleinen Wutanfall. Dann macht sie immer was kaputt. Ich wollte noch aufräumen, musste aber ins Krankenhaus.«

»Mrs Delaney?«, hakte sie nach.

»Das sagte ich doch!«

Er beendete das Gespräch, aber sie rief noch mal an. »Soll ich irgendwas aufbewahren?«, fragte sie mit ihrem ausgeprägten Akzent.

»Nein! Das kann alles weg!«

Ein paar Tage später musste er eine Operation absagen, weil er nicht geschlafen hatte, erschöpft war und einen leichten Tremor in seinen Händen bemerkt hatte. Wahrscheinlich zu niedriger Blutzucker. Als er seinen Blutdruck maß, war der ziemlich hoch. Auch das war Laurens Schuld. Er verschrieb sich etwas, das den Blutdruck senken sollte.

Sein Anwalt rief an und informierte ihn, dass er vor Gericht vorgeladen würde und sich dem nicht entziehen könnte. »Schauen wir mal«, antwortete Brad nur.

»Hören Sie zu, Brad. Man kann Sie deswegen verhaften. Ins Gefängnis werfen und so lange dort schmoren lassen, bis Sie bereit sind, die Auflagen des Gerichts zu erfüllen.«

»Aber Sie haben gesagt, dazu würde es nicht kommen«, widersprach Brad.

»Weil die Richter es normalerweise viel lieber sehen, dass sich beide Parteien außergerichtlich auf etwas einigen und getrennte

Wege gehen, aber wenn Sie sich weigern, zu verhandeln oder vor Gericht aufzutauchen, kann ich nichts für Sie tun.«

»Dann nehme ich mir einen anderen Anwalt!«

»Doktor, Sie verlieren die Kontrolle. Ich empfehle Ihnen, jemanden aufzusuchen, mit dem Sie reden können. Ich kenne einen Richter im Ruhestand, der jetzt Menschen wie Sie berät. Er hilft vollkommen zerstrittenen Parteien, sich zusammenzureißen, sich zu einigen –«

Brad beendete das Gespräch.

Daraufhin bekam er in seiner Praxis eine Vorladung zugestellt. Er ignorierte sie. Ein paar Tage später wurde er verhaftet und ins Gefängnis gebracht. Dadurch fielen mehrere seiner Operationen aus. Er brauchte ein paar Tage, um alles wieder in Ordnung zu bringen. Dann bekam er Besuch vom Chef der Chirurgie, dem er erklärte: »Haben Sie eigentlich eine Ahnung, wie rachsüchtig eine Frau sein kann?«

»Vielleicht sollten Sie mal ein paar Wochen freinehmen und das alles klären«, erwiderte der Chefarzt. »Es ist bereits aufgefallen, dass Sie immer aggressiver werden. Offen gestanden könnten Sie damit das Krankenhaus gefährden.«

Daraufhin befahl Brad ihm, sich zu verpissen. Prompt wurden ihm alle Belegbetten im Krankenhaus gestrichen.

Lauren kam mit mehreren Tüten vom Supermarkt zurück. Die ersten beiden brachte sie durch die Hintertür ins Haus, und zwei weitere ließ sie erst mal im Kofferraum. Es würde ein langer Abend werden. Beaus Söhne und Lacey wollten kommen. Außerdem wurden eine oder beide Freundinnen erwartet, je nachdem, ob sie arbeiten mussten oder nicht. Es war perfektes Wetter für einen Grillabend auf der Terrasse. Da es schon Mitte Mai war, würden Cassie und Jeremy in ein paar Wochen ebenfalls kommen – Jeremy nur kurz, da er seine Studien nicht zu lange unterbrechen wollte, aber Cassie für die ganzen Semesterferien.

Lauren räumte die Lebensmittel in den Kühlschrank und ließ die nicht verderblichen Waren auf der Theke. Sie ging zur Hintertür, um die anderen Tüten zu holen.

»Hallo, Lauren«, ertönte da eine Stimme.

Sie schrak zusammen und griff sich geschockt mit der Hand ans Herz. Eine Sekunde später hatte sie sich schon gefasst und griff nach dem Telefon. Brad saß auf der Couch im Wohnzimmer.

»Lass das«, sagte er. »Bitte.«

Es war keine höfliche oder gar flehentliche Bitte, sondern wie üblich ein Befehl, daher ignorierte sie es und wählte die Nummer der Polizei, der sie so ruhig und schnell wie möglich alle nötigen Angaben nannte. »Mein Ex-Mann ist hier in meinem Haus, und ich habe eine Kontaktsperre gegen ihn erwirkt, weil ich um mein Leben fürchte. Bitte kommen Sie schnell und helfen Sie mir!« Dann legte sie das Handy auf die Theke, ohne den Anruf zu beenden, um die Hände frei zu haben und sich wehren zu können, wenn es nötig wurde. »Wie bist du reingekommen?«, fragte sie.

»Ich bin dir gefolgt«, sagte er. »Wenn du mich ernsthaft von dir fernhalten willst, solltest du besser aufpassen, aber du warst ja schon immer so schusselig.«

»Was willst du?«, fragte sie.

»Reden. Sag mir einfach, was es kostet, dann bringen wir es hinter uns.«

Sie runzelte die Stirn und hätte fast gelacht. »Was es kostet?«, wiederholte sie.

»Ich vergebe dir und nehme dich wieder auf. Ich gebe dir sogar was für deine Sicherheit, wenn dir das wichtig ist. Aber du hast fast mein Leben ruiniert, dazu meine Karriere und die Beziehung zu meinen Töchtern und meinen Freunden, da meine ich, du hättest dich jetzt genug gerächt. Bringen wir das doch hinter uns. Es dauert schon fast ein Jahr. Was willst du denn noch?«

Sie schüttelte den Kopf. »Ich will nur die Scheidung«, sagte sie. »Lass die Anwälte alle Einzelheiten aushandeln.« Sie lauschte angestrengt in der Hoffnung, Sirenen zu hören.

»Wegen dir habe ich meine Belegbetten im Krankenhaus verloren«, erklärte er. »Meine engsten Freunde sind jetzt deine Freunde. Und Arbeitgeber: Sie sind deine Freunde und Arbeitgeber. Ich hab nicht die geringste Ahnung, wie du dir das erschwindelt hast, aber ich gebe auf. Ich will nur mein Leben zurück. Was wird mich das kosten?«

Sie sah ihn blinzelnd an. War er jetzt wahrhaftig verrückt geworden? Etwas zu heftig schüttelte sie den Kopf. »Ich habe dir nie was angetan«, flüsterte sie, dann wurde ihre Stimme lauter. »Ich will nur weg von dir! Du bist gemein und gefährlich, und du solltest jetzt gehen. Verschwinde, bevor die Polizei kommt.«

»Wegen dir habe ich tagelang im Knast gesessen«, beharrte er. »Meine Kollegen halten mich für labil, dabei warst du die ganze Zeit die Labile. Aber mit alldem komme ich klar, wenn du mir nur mein Leben zurückgibst. Gib mir meine Kinder, meine Freunde und mein Leben zurück.«

»Wie soll ich das denn anstellen, Brad?«, fragte sie.

»Ich tue alles, was nötig ist, damit es wieder so wird wie früher, als ich noch ein bisschen Kontrolle hatte und etwas bewirken konnte. Es war schwierig, weil du immer schwierig warst, aber als ich das erst mal begriffen hatte, war doch alles gut. Was es jetzt nicht mehr ist.«

»Es war nicht gut«, entgegnete sie, »sondern schrecklich. Wir haben in getrennten Schlafzimmern übernachtet. Wir waren beide unglücklich. Ich habe nie verstanden, wieso du nicht selbst um die Scheidung gebeten hast.«

»Weil es funktionierte«, erklärte er. »Es war nicht perfekt, aber es hat funktioniert. Ich hab so gut für dich gesorgt. Du hast immer nur das Beste vom Besten gekriegt, und dafür wollte ich nicht viel als Gegenleistung. Es hat funktioniert.«

»*Funktioniert*? Und mehr hast du nicht vom Leben erwartet?«, fragte sie kopfschüttelnd.

Er verzog das Gesicht und holte plötzlich eine kleine silberne Waffe aus seiner Tasche. »Die Alternative ist viel schlimmer«, sagte er. »Ich muss unbedingt mein Leben zurückhaben. So kann ich nicht funktionieren. Mehr will ich nicht. Es war doch alles gut.«

»Brad, nicht so schnell – du findest eine Bessere. Eine Frau, die besser zu dir passt, die das Gleiche mag wie du. Du bist so beliebt bei deinen Patienten und Mitarbeitern ... Da wird es nicht lang dauern, bis –«

Er fuchtelte mit der Pistole herum. Als er aufstand, wirkte er unendlich müde und erschöpft. »Ich hab dir gesagt, was ich will. Aber du hörst ja nie zu. Wir werden jetzt diesen Wahnsinn beenden und nach Hause fahren. Ich habe nichts mehr zu verlieren. Nur weil du es dir anders überlegt hast, habe ich alles verloren.«

»Aber das stimmt doch nicht«, erwiderte sie. »Du hast das Haus, und das hast du ausgesucht. Ich durfte es vorher nicht mal ansehen, es war also von Anfang an dein Haus. Du hast eine erfolgreiche Praxis. Du hattest andere Frauen – das wissen wir beide. Du hast zwei Töchter, und wenn du ihnen nur sagen würdest, dass sie dir am Herzen liegen, würden sie für dich da sein. Was brauchst du denn noch?«

»Dass du nach Hause kommst, Lauren. Ich will nicht mehr allein sein. Ich hab niemanden zum Reden.«

»Aber ... mit mir hast du doch auch nie geredet«, wandte sie ein.

»Habe ich doch«, entgegnete er. »Ich habe dich jeden Tag angerufen und dir SMS geschickt. Nach der Arbeit habe ich auch jeden Tag mit dir geredet. Genauso wie am Wochenende. Jede Woche sind wir in ein nettes Restaurant gegangen. Was sag ich: zweimal die Woche! Wir haben Reisen unternommen und Freundschaften geschlossen …«

»Du hast mich geschubst, gekniffen und angeschrien! Wir haben nur gemacht, was du wolltest, und sind auch nur dorthin gefahren, wohin du wolltest! Nicht *wir* haben geredet, sondern du hast geredet! Und wenn ich mal was gesagt habe –« Da verfinsterte sich seine Miene, und er richtete die Waffe auf sie. »Bitte«, sagte sie. »Bitte nicht.«

Die Hintertür flog krachend auf, und Beau kam herein. Er hatte zwei Tüten mit Lebensmitteln in der Hand und kickte die Tür hinter sich zu. Grinsend fragte er Lauren: »Bist du abgelenkt worden, Schatz?« Dann bemerkte er Brad. »Haalt!«, brüllte er, ließ die Lebensmittel zu Boden fallen und stürzte zu Lauren, um sich schützend vor sie zu stellen.

Langsam setzte Brad die Mündung der Waffe auf seine rechte Schläfe.

»Nein!«, schrie Beau und warf sich auf Brad, worauf der die Kontrolle über die Pistole verlor. Einen Augenblick rangen die beiden Männer darum, dann ertönte ein Knall. Zwei volle Sekunden lang kämpften Beau und Brad noch weiter, schließlich sackte Beau zu Boden, und unter seiner linken Seite breitete sich eine Blutlache aus. Er hatte die Augen im Schock aufgerissen und öffnete die Lippen zu einem lautlosen Schrei.

»Beau!«, rief Lauren außer sich und stürzte zu ihm. Sie ging in die Knie und umschlang Beaus Oberkörper.

Brad stand über ihnen und blickte zu ihnen herunter.

»Hilf ihm, Brad! Hilf ihm doch!«

Aber Brad stand einfach nur da und sah sie wie betäubt an.

Lauren blickte zu Brad hoch und drückte ihre Hand auf die Wunde. Endlich hörte sie Sirenen, aber sie waren noch weit entfernt. »Brad«, sagte sie ganz ruhig. »Wenn du ihm hilfst, komme ich nach Hause. Wir können alles wieder rückgängig machen.«

Daraufhin ging Brad in die Küche und kam mit einem Handtuch zurück. Er kniete sich neben Beau und drückte das Handtuch gegen Beaus Schulter. Die Waffe lag auf dem Boden. Brad wechselte in seinen Arztmodus. Da trat die Polizei die Tür auf und stürmte mit gezogenen Waffen herein. »Wir brauchen ärztliche Versorgung!«, rief Brad. »Wir haben eine Schusswunde. Er verliert Blut, ist aber noch bei Bewusstsein. Kugel im oberen linken Quadranten. Sie steckt noch.«

»Wie ist das –«, setzte einer der Polizisten an.

»Ich bin Chirurg«, unterbrach ihn Brad. »Wir können das beschleunigen. Ich bestelle einen OP.«

Lauren neigte sich über Beau und war nur froh, seinen Atem auf ihrem Gesicht zu spüren. »Bleib bei mir«, flüsterte sie. »Es wird alles wieder gut.«

Nicht mal zwei Minuten später, gerade als die Polizei die Waffe konfiszierte, trafen die Sanitäter ein. Hektisch legten sie einen Zugang, versorgten und verbanden die Wunde und hoben Beau auf die Krankentrage. »Ich komme mit«, sagte Lauren zu den Sanitätern. »Und mein Ex-Mann praktiziert nicht mehr als Chirurg – bringen Sie diesen Mann zum nächstliegenden Krankenhaus.«

»Dann zu dem in Alameda«, sagte einer von ihnen. »Los, los, los!«

»Halt!«, brüllte Brad. »Lauren! Du kommst mit mir!«

Sie hielt inne, drehte sich zu ihm um und starrte ihn an. Ihre Kleider waren blutbespritzt. »Gott sei deiner Seele gnädig«, sagte sie zu Brad. »Er war es, der geschossen hat«, erklärte sie der Polizei. Dann wandte sie sich um und rannte der Trage nach.

»Halt!«, brüllte Brad erneut. »Hey, was soll das?«, fragte er die Polizeibeamten. »Hey, Lauren! Sag ihnen, dass es nicht meine Schuld war!«

Aber Lauren stieg bereits zu Beau in den Krankenwagen, drückte ihre Stirn an seine und benetzte mit ihren Tränen sein Gesicht.

»Hey«, murmelte Beau. »Hey, keine Angst. Mir geht's gut.«

»Ja, das wird schon wieder, Ma'am«, versicherte der Sanitäter. »Die Kugel hat sein Herz, seine Lungen und wichtige Arterien verfehlt. Nur um die Schulter machen wir uns Sorgen …«

»Du musst einfach wieder gesund werden, du musst!«, sagte sie inbrünstig.

Lauren hatte zwar von der Waffe gewusst, aber nie im Zusammenhang mit ihrem Leben oder ihren Konflikten mit Brad an sie gedacht. Vor Jahren war in ihrem Haus eingebrochen worden, daher hatte Brad die Waffe besorgt, sich aber nie für sie interessiert. Er war weder Waffenliebhaber noch auch nur ansatzweise schießwütig. Wahrscheinlich hatte er die Waffe in all den Jahren weder gereinigt noch benutzt. Sie fand, dass allein das schon ein kleines Wunder war.

Brad wurde nicht sofort verhaftet. Die Polizei befragte Lauren, während sie im Krankenhaus auf das Ende von Beaus Operation wartete, aber da sie nach ihrem Notruf die Leitung zur Polizei offen gelassen hatte, war alles aufgezeichnet worden. Nach der Operation bestätigte Beau, dass es stimmte, dass er Brads Selbstmordversuch verhindert hatte. »Ich hab nicht mal nachgedacht«, erklärte er. »So was kann man doch nicht zulassen, oder? Es war reiner Reflex.«

»Wenn ich dich verloren hätte, wäre das auch mein Ende gewesen«, sagte Lauren.

»Das hast du aber nicht. Und ich bereue es nicht. Seit ich dich kennengelernt habe, ist mir noch mehr bewusst, wie kostbar das Leben ist.«

Brad wurde verhaftet und ins Gefängnis gesteckt. Die Anklage war noch unklar, weil er genau genommen nur gegen die Kontaktsperre verstoßen und die Waffe auf Lauren gerichtet hatte. Aber das hätte katastrophal enden können. Andererseits war es eindeutig, dass Brad unzurechnungsfähig war. Lauren erfuhr, dass er bei der Einlieferung ständig gerufen hatte, er wäre ein sehr bekannter Chirurg mit vielen einflussreichen Freunden. Die medizinische Routineuntersuchung von neuen Insassen war nur kurz. Es wurde vermerkt, dass sein Blutdruck ziemlich hoch war, doch das war keine Überraschung, da er gerade verhaftet und ins Gefängnis geworfen worden war.

Aber in der ersten Nacht in Haft bekam Brad einen Schlaganfall. Man dachte, er schliefe nur, doch als die Wachen merkten, dass etwas nicht stimmte, wurde er sofort ins Krankenhaus gebracht und operiert. Es war, als wären sechzig Jahre Wut in seinem Kopf explodiert. Brad würde sich nicht vollständig erholen, sondern geistig und körperlich behindert bleiben.

Nach einigen überstürzten juristischen Maßnahmen konnte Lacey mit Laurens Hilfe die Rolle der Bevollmächtigten übernehmen und dafür sorgen, dass die Krankenhausrechnungen von Brads Vermögen bezahlt wurden. Grandma Delaney konnte mit ihren fünfundachtzig Jahren schließlich kaum etwas helfen. Eigentlich wurde sie jeden Tag gebrechlicher, wozu auch die Sorge um den Zustand ihres einzigen Sohnes beitrug.

Brad schien sich an nichts von dem zu erinnern, was sich zugetragen hatte. Seine Einschränkungen frustrierten ihn, aber er bekam die beste Pflege in einem der exklusivsten Reha- und Pflegezentren der Bay Area. Seine gesamte rechte Seite war gelähmt, und er würde immer auf Hilfe angewiesen sein.

Dadurch bekam Lacey ein Lebensziel. Sehr schnell entwickelte sie Interesse an den wirtschaftlichen und administrativen Aspekten von Langzeitpflegeheimen. Sie deutete an, Ökonomie oder gar Jura studieren zu wollen.

Dies war gewiss nicht das Leben, das Lacey sich für sich vorgestellt hatte, aber auf einmal hatte sie die komplette Kontrolle über etwas, auch wenn sie sich auf den Rat ihrer Mutter verließ. Brad war nicht mehr hochtrabend und aggressiv, sondern ziemlich anhänglich und emotional. Er weinte oft, fragte ständig nach Lauren und hielt sogar manchmal Lacey für seine Frau, obwohl man sein Nuscheln kaum verstehen konnte. Er war ein bisschen wie ein Kind und rührte seine Tochter durch seine Bedürftigkeit.

Mit der Hilfe der Anwälte und eines Schlichters konnte Laurens Scheidung endlich durchgezogen, Geld endlich bewegt, das große Haus verkauft und das letzte Kapitel ihrer Ehe endlich abgeschlossen werden. Als Cassie ihren Vater besuchte, wirkte er erfreut, sie zu sehen, obwohl er ihr eigentlich nur die Hand drücken konnte.

Lauren besuchte ihn nicht, obwohl sie tatsächlich Mitleid für ihn empfand. Zwar war sie Ansprechpartnerin für Lacey und die Verwaltung des Pflegeheims, in dem Brad lebte; sie versuchte auch, Lacey im Umgang mit den Anwälten zu helfen, damit die Gelder für Brads Pflege schneller fließen konnten, sie sprach sogar mit dem medizinischen Personal. Doch in dem Augenblick, als die Kugel Beaus Brust durchbohrte, hatte sie ihre persönliche Beziehung mit ihrem Ex-Mann beendet. Brad würde zwar nie wieder operieren, aber mit etwas Glück und langer Reha konnte er vielleicht wieder selbstständig gehen und ohne zu kleckern essen.

Würde er lesen können? Der Handlung eines Films folgen? Ein sinnvolles Gespräch führen? Das konnte nur die Zeit zeigen. Der Schlaganfall hatte tiefe Spuren hinterlassen.

Aber letzten Endes war Lauren sehr stolz auf ihre Töchter. Vielleicht hatte sie doch nicht so großen Schaden bei ihnen angerichtet. Lacey kümmerte sich um das Vermögen und die Pflege ihres Vaters, und da Cassie den Sommer in Alameda verbrachte und ihr half, verbesserte sich ihre Beziehung, und es hatte den Anschein, als könnten sie wieder eine Familie sein. Während Cassie sich an der Westküste aufhielt, waren die Treffen mit ihr, Lauren, Beth und Lacey erfüllt von Lachen und Liebe. Wahrlich, sie waren wieder eine Familie!

Eine Familie mit vielen Zweigen und sehr robusten Wurzeln.

Epilog

Es war August, und sie hatten ein bemerkenswertes Jahr hinter sich. Beau war offiziell geschieden, genau wie Lauren. Pamela war verschwunden, hatte sich einem Prozess und einer Haftstrafe entzogen. Direkt nach ihrer Anklage hatte sie ihren Job verloren. Statt die Abfindung von Beau dafür zu nutzen, sich von einem guten Anwalt verteidigen zu lassen, hatte sie damit die Flucht ergriffen und alles hinter sich gelassen – auch ihre Söhne. Zwar konnte sie wieder auftauchen – Unkraut verging nun mal nicht –, doch Beau rechnete eigentlich nicht damit, sie noch mal in Alameda zu sehen. Er wusste, er konnte nicht bestimmen, wie die Jungs mit ihrer Mutter umgingen, aber für ihn war sie definitiv erledigt. Die gute Nachricht war nur, dass sie nichts mehr zu gewinnen hatte, wenn sie ihn umbrachte. Falls ihr Versuch vor der Scheidung geglückt wäre, hätte sie als Witwe das gesamte Vermögen geerbt. Jetzt schuldete er ihr nur noch einen Anteil am Haus, und dafür hätte sie nach Alameda kommen müssen. Dann allerdings wäre sie ohne Möglichkeit der Freilassung gegen Kaution ins Gefängnis gekommen. Ihr Mordversuch war ein teurer Fehlschlag gewesen.

Seit seiner ersten Operation unmittelbar nach der Schussverletzung hatte Beau mehrere Monate lang eine Armschlinge tragen müssen. Diese Kugel hatte, obwohl sie so klein war, riesigen Schaden angerichtet. Er musste sich einer zweiten Operation unterziehen, die die Schmerzen lindern und seine Mobilität vergrößern sollte. Offenbar war sie ein Erfolg, wenigstens behauptete das sein Physiotherapeut. Und Beau kam mit den Schmerzen zurecht – zumindest die meiste Zeit. Außerdem bekam sein linker Arm mehr Kraft. Genug Kraft jedenfalls, um im Garten Unkraut zupfen, Gemüse zu ernten und die Ernte in die Küche zu Lauren zu bringen.

Genau das machte er gerade, als er ein Signal von seinem Handy hörte und sich die SMS ansah. Er lachte. Und dann lachte er noch mal.

Lauren war in der Küche. An diesem Abend würden alle ihre Kinder kommen, was jedes Mal ein großer Spaß war. Beau und sie kochten immer aufwendig, wenn sie kamen. Da es Cassies letzter Abend mit der Familie war, bevor das Studium wieder anfing, würden sich auch Beth und ihre Familie dazugesellen. Beau kam durch die Hintertür in die Küche und übergab ihr den Gartenkorb, aber in der Hand mit der Schlinge hielt er sein Handy und grinste wie ein Honigkuchenpferd.

»Gute Neuigkeiten«, verkündete er. Er gab ihr erst einen Kuss, bevor er das Display zu ihr drehte. »Guck mal.«

Die SMS lautete:

Kommen in einem Monat nach Kalifornien zurück und bleiben ein Weilchen. Überraschung!

Das Foto darunter zeigte Angela in Tims Armen, mit einem deutlich sichtbaren Babybauch.

»Von nun an nur noch schöne Überraschungen«, bemerkte Beau.

»Oh! Sieh mal an! Ich hatte keine Ahnung, dass sie eine Familie gründen wollten! Sind sie nicht ein schönes Paar?«, sagte Lauren und lächelte Beau an. »Es war schon eine aufreibende Zeit, aber offenbar geht es danach allen viel besser.«

Beau schlang seinen gesunden Arm um ihre Taille und zog sie an sich. »Ich würde das alles noch mal durchmachen, wenn sich am Ende nur rausstellt, dass du mich liebst.«

»Ich gehöre dir«, sagte sie. »Und du gehörst mir.«

»Gut. Ich bin froh, dass das geklärt ist.«

»Es ist geklärt. Und zwar endgültig«, bestätigte sie.